AF307828

Barbara Ostrop ist 1963 geboren, in Südbaden aufgewachsen und lebt mit ihrem Mann bei Aachen. Sie ist Diplomübersetzerin und hat seit 1993 zahlreiche Romane aus dem Englischen und dem Französischen übertragen. Als Autorin hat sie seit 2016 mehrere Romane und Storys veröffentlicht. 2022 erhielt sie den Putlitzer-Preis für die beste Kurzgeschichte.

BARBARA OSTROP

Pizza con amore

Herzklopfen auf Sizilianisch

Erstausgabe März 2024

Copyright © 2024 dp Verlag, ein Imprint der
dp DIGITAL PUBLISHERS GmbH
Made in Stuttgart with ♥
Alle Rechte vorbehalten

Pizza con amore

ISBN 978-3-98778-961-8
E-Book-ISBN 978-3-98778-953-3

Covergestaltung: ARTC.ore Design / Wildly & Slow Photography
Umschlaggestaltung: ARTC.ore Design
Unter Verwendung von Abbildungen von
stock.adobe.com: © Damian Sobczyk, © Naila, © Ilgun, © Shanti,
© Lukas Gojda, © Papugrat
Lektorat: Manuela Tengler
Satz: dp DIGITAL PUBLISHERS GmbH
Druck und Bindung: Books on Demand GmbH, Norderstedt

Kapitel 1

Merle klappte den Koffer zu, wuchtete ihn von der Matratze und schob ihn unter das Bett des Eheschlafzimmers. Nur ein einziger Koffer. Sie wollte nicht ewig wegbleiben. Nur so lange, bis alle gemerkt hatten, dass sie ihnen fehlte. Ihrer Familie war ihre Anwesenheit so selbstverständlich wie die des Küchentischs oder der Geschirrspülmaschine. Dass die Geschirrspülmaschine wichtig ist, merkt man auch erst, wenn sie mal nicht funktioniert.

Wenn sie zurückkäme, würde sie nicht länger das unbezahlte Dienstmädchen sein, das das Essen auf den Tisch stellt und die schmutzigen Socken in die Waschmaschine steckt. Genauso fühlte sie sich nämlich manchmal. Nach ihrer Rückkehr wäre manches anders. Veränderungen würde es geben, da war sie sich sicher.

Kurt würde merken, dass es ihm den Rest gab, wenn seine bessere Hälfte ihm nicht mehr den Rücken freihielt. Ein Bürgermeister ohne Frau war wie ein Mixer ohne Deckel.

Und Sara? Nun, Sara würde wahrscheinlich gar nichts merken. Sara würde sich niemals ändern.

Doch bevor Merle sich endgültig entschied, den Koffer in ihr Auto zu laden und loszufahren, war noch etwas Wichtiges zu erledigen. Ein letztes gemeinsames

Essen. Sie würde den beiden noch eine allerletzte Chance geben.

Sie ging die Treppe hinunter und band sich in der Küche eine Schürze um. Sie blickte durch die Scheibe der Terrassentür. Der Sonnenhut litt in der sommerlichen Hitze, die draußen herrschte, und ließ bereits die Köpfe hängen. Eigentlich müsste sie heute Abend gießen. *Meine Blumen werden mich mit Sicherheit vermissen,* dachte sie.

Während zwei Esslöffel Honig im Topf zerschmolzen und sie ein paar Knoblauchzehen hineinpresste, ließ sie sich ihren Plan noch einmal durch den Kopf gehen.

„Lass dir das nicht länger bieten", hatte Bea immer wieder gesagt. Ihre jüngere Schwester hatte leicht reden. Sie war schon so lange geschieden, dass ihre einstige Ehe im Nebel einer fernen Vergangenheit verblasst war. Fast schon nicht mehr wahr. Statt auf Familie hatte Bea auf Karriere gesetzt.

Merle nahm die Lammschulter aus dem Kühlschrank. Hermann, der Metzger, dem sie schon seit Jahren vertraute, hatte es wie immer gut mit ihr gemeint. Er hatte die Knochen bereits ausgelöst und das Fleischstück perfekt pariert, das meiste Fett und das dünne, weißliche Silberhäutchen entfernt. Sie rieb das Fleisch von allen Seiten kräftig mit Salz und Pfeffer ein, bestrich es mit der Honig-Knoblauch-Mischung, legte es in den Bräter und verfrachtete diesen in den vorgeheizten Backofen.

Bea versuchte schon seit Jahren, sie zur Trennung von Kurt zu überreden. Die geschiedene Frau ertrug es anscheinend nicht, wenn eine andere glücklich verheiratet war. Merle seufzte. Soweit man bei ihr von glücklich reden konnte. Schließlich litt sie schon lange unter dem Gefühl, dass alles, was sie leistete, für ihre Familie eine Selbstverständlichkeit war und dass keiner ihre Anstrengungen würdigte. Nein, Bea hatte recht, Merle führte keine glückliche Ehe und lebte in keiner glücklichen Familie. Und so hatte sie sich schließlich auf eine Wette eingelassen.

Das war nach Saras Abi gewesen. Die ganze Familie hatte den guten Abschluss mit einem Festessen gefeiert. Merle hatte sich mal wieder selbst übertroffen: Es gab Doradenfilets in einer feinen Weißweinsoße, Kalbsröllchen mit Peperonata und danach Saras Lieblingsdessert, Tiramisu mit Himbeeren.

Die Zubereitung war recht aufwendig gewesen, ganz abgesehen von der Planung und dem Einkaufen der Zutaten. Die Familie hatte das Essen schweigend verdrückt. Wenigstens waren Sara und Kurt sich nicht wieder in die Haare geraten.

Vielleicht musste Merle es ja so sehen, dass das Kochen die eigentliche Feier war. Sie hatte sich später bei Bea beklagt, und Bea sagte: „Eher erkennt ein Blinder ein Schnitzel mit dem Krückstock, als dass deine Familie ein Festmahl anerkennt. Tisch ihnen mal ein Gourmet-Menü auf, ohne es anzukündigen. Und dann warte ab. Sie werden es nicht einmal merken."

Merle lachte. „Natürlich werden sie es merken. ‚Liebling, was ist los, was gibt's zu feiern?', wird Kurt fragen."

„Wetten, dass nicht."

„Wetten, dass doch?"

„Okay, dann lass uns wirklich wetten. Wenn sich niemand für das Festmahl bedankt, ziehst du für ein paar

Wochen von zu Hause aus und quartierst dich bei mir ein. Vielleicht reibt sich deine Sippe ja die Augen, wenn du mal eine Weile nicht zur Verfügung stehst."

„Einverstanden. Und wenn Kurt fragt, was es zu feiern gibt, hörst du auf, an ihm herumzunörgeln."

„Top. Die Wette gilt. Ich geh schon mal das Gästebett beziehen."

So war es gelaufen, eine Wette wie ein Scherz, aber dann wurde es plötzlich ernst, und sie kochte hier vielleicht zum letzten Mal, bevor sie den Koffer nahm und ging.

Die Beilage, Spinatknödel, hatte sie bereits gestern zubereitet und musste sie nachher, wenn der Braten fertig war, nur noch kurz unter den Grill stellen.

Als Vorspeise würde es einen Salat geben. Direkt vor dem Essen frisch angerichtet. Jetzt kam also erst einmal der Nachtisch dran.

Gerichte, bei denen lange gerührt werden muss, gelten als kompliziert, weil sie Zeit kosten. Tatsächlich aber war der Marzipanpudding ein ganz einfaches Rezept. Und Rühren machte Merle Spaß. Das lag daran, dass man beim Rühren Zeit hatte, einmal in aller Ruhe nachzudenken. Sie gab Milch, Mehl, Eier und Zucker in einen Topf und stellte ihn auf die Herdplatte. Dann griff sie zum Kochlöffel - und ja, sie dachte wirklich nach. War sie hier die Putzfrau, die für alle sprang? Hätte sie nicht besser Karriere machen sollen wie Bea? Energisch zog sie kräftige Kreise durch das Gemisch im Topf, während sie zurückdachte. Natürlich hatte Sara sie gebraucht, als sie klein gewesen war. Aber andere Kinder brauchten ihre Mütter auch, und die schafften es trotzdem, alles unter einen Hut zu bekommen und auch noch im Beruf aufzusteigen.

Sobald die Zutaten im Topf durch Hitze und Rühren zu einem zähen Brei eingedickt waren, zog sie das gewürfelte Marzipan unter und pürierte alles mit einem Stabmixer. Die Masse musste jetzt erst einmal abkühlen, und das gab ihr Gelegenheit, sich wieder der Lammschulter zuzuwenden.

Als sie die Ofentür öffnete, kam ihr eine Wolke von leckerem Bratenduft entgegen. Sie durfte nicht zulassen, dass die düsteren Gedanken bis in ihr Allerheiligstes, die Küche, vordrangen. Das Kochen wenigstens barg seinen Sinn in sich. Es war ein Zeichen ihrer Liebe für ihre Familie. Es machte Spaß, umschmeichelte ihre Sinne, gab ihr das Gefühl, etwas geschafft zu haben, und hinterher konnte man sich das Ergebnis schmecken lassen. Ob sie nun Lob und Dank dafür bekam oder nicht, Kochen war in sich ein Highlight ihres Lebens.

Sie goss die Keule mit Wein an, gab gehackten Thymian in den Sud und setzte ein paar Scheibchen Butter auf den Braten. So blieb er schön zart.

Als sie sich wieder dem Nachtisch zuwandte, kehrten die schwermütigen Gedanken, die das kräftige Bratenaroma vertrieben hatte, zurück. Bedrückt rührte sie Ricotta in die gelbliche Puddingmasse. Was, wenn ihre Familie sie gar nicht vermissen, sondern wunderbar ohne sie zurechtkommen würde?

Vor Kurzem hatte Merle ihre Stelle im Hotel Sonne verloren, einem kleinen Hotel garni. Sie hatte die Arbeit sehr gemocht, obwohl sie viel zu schlecht bezahlt gewesen war. Als gelernte Hotelfachfrau hatte sie den

Betrieb zum Schluss fast allein geführt, denn ihre Chefin, Frau Sutter, war im Lauf der Jahre immer gebrechlicher geworden und konnte kaum mehr mithelfen. Merle hatte nicht nur das Frühstück zubereitet, die Betten bezogen und die Gästezimmer gereinigt, den Verwaltungskram erledigt und den Einkauf organisiert, sondern auch die Arbeitseinsätze des übrigen Personals gelenkt und überwacht, während ihre Chefin an der Rezeption thronte und wie immer die Gäste empfing.

Dann aber war das Unausweichliche geschehen. Die Chefin, die sich eisern an ihre Aufgaben klammerte, hatte schließlich doch das Hotel verkauft. Und die neue Besitzerin war jung und dynamisch und brauchte keine Hotelfachfrau zur Unterstützung, sondern nur ein paar angelernte Teilzeitkräfte. Merle hatte die Kündigung erhalten. Immerhin hatte sie noch eine kleine Abfindung herausgehandelt. Aber dieser Abschied kam ihr wie ein vorgezogener Ruhestand vor. Würde sie, die auf die Fünfzig zuging, noch einmal eine Stelle finden? Bisher sah es nicht danach aus. Wie es sich anfühlte, überflüssig zu werden, das wusste sie jetzt jedenfalls aus eigener Erfahrung.

Nachdenklich zupfte sie die Johannisbeeren von den Stielen. Dann wusch und halbierte sie eine kleine Portion Erdbeeren, die sie vorhin im Garten geerntet hatte. Kaum hatte sie ein paar Löffel Johannisbeergelee in einem Topf erhitzt, vermischte sich der kräftig säuerliche Duft mit dem zarten Aroma der Erdbeeren, das in der Luft hing. Zusammen mit Orangensaft und Campari würde der Gelee eine Soße ergeben, in der das Beerenobst ziehen konnte, bis es mit dem Marzipanpudding als Dessert aufgetragen wurde.

Als sie mit dem Nachtisch fertig war, begoss sie die Lammschulter mit Bratensaft und prüfte die Festigkeit mit dem Finger. Das Fleisch brauchte bestimmt noch eine Dreiviertelstunde, bis es gar war. Danach würde es auf der Zunge zergehen. Für eine Lammschulter war diese Zubereitung bei relativ geringer Hitze einfach ideal.

Bea sagte gern, sie solle sich doch ein Bratenthermometer kaufen. Merle antwortete dann immer, durch die Einstichstelle trete zu viel Fleischsaft aus, das schade dem Braten. Aber das war nicht der eigentliche Grund. Was sie am Kochen liebte, war gerade das Risiko. Es konnte auch schiefgehen. Der Braten innen noch blutig oder im Gegenteil übergart und trocken. Die Knödel zermatscht. Das Dessert überzuckert. Der Salat in Soße ertränkt. Das alles war im Prinzip möglich, und es gehörte mit zu dem, was das Kochen für sie so spannend machte.

Ein Automat, in den man vorn die Zutaten hineingäbe und aus dem hinten das fertige Gericht in immer gleicher Perfektion herauskäme, wäre für sie der absolute Albtraum. Und das Bratenthermometer war der erste Schritt auf dem Weg dorthin.

Das Kochen sollte wie das wirkliche Leben sein. Auch da konnte immer etwas schiefgehen. Und man musste seine ganze Kunst und Erfahrung einsetzen, damit das Ergebnis gut und schmackhaft wurde.

Sie war auf dem Weg zum Kühlschrank und verharrte mitten im Schritt. Wann war sie eigentlich zum letzten Mal im Leben ein Risiko eingegangen? Hatte etwas gewagt, für das sie ihre ganze Lebenserfahrung und Lebenskunst brauchte? Sie geriet ja schon ins Schwitzen, wenn sie sich ein paar Wochen Auszeit von zu Hause gönnen wollte.

Nachdenklich nahm sie das in Zeitung eingeschlagene Päckchen, das sie auf dem Markt besorgt hatte, aus dem Kühlschrank und legte es vor sich auf die Arbeitsplatte. Sie schlug die Zeitungsseite auseinander, und die knackigen rot-grünen Blätter kamen zum Vorschein. In der Kühle gelagert, aber dadurch auch noch frisch und unverbraucht. Im Grunde war sie wie dieser Eichblattsalat. Sie hatte noch genügend Kräfte, die sie einsetzen konnte.

Jetzt wünschte sie fast, dass sie ihre Wette verlor.

Kapitel 2

Um sieben Uhr versammelte sich die Familie zum Abendessen um den Tisch. Es war eine Tradition aus Kindertagen, und manchmal gelang es ihnen immer noch, sie einzuhalten.

Sara saß bereits. Über ihr Smartphone gebeugt, tippte sie mit beiden Daumen in rasendem Tempo darauf ein. Sie schickte die Nachricht ab, schaute kurz auf und nickte Merle stumm zu. Dann ertönte ein *Pling*, und schon hatte sie wieder den Kopf über dem Gerät.

Als Kurt ebenfalls kam, trug Merle als ersten Gang die Teller mit dem Salat auf. Sie hatte die rot-grünen Blätter mit dünnen Champignonscheiben, blanchierten grünen Bohnen, geviertelten Cocktailtomaten und Avocadowürfeln bestreut, was so farbenfroh und appetitlich aussah, dass sie das ganze Arrangement tatsächlich fotografiert hatte. Jeder Teller war eine köstliche Vitaminbombe.

Die erste Gabel voll Salat kaute sie mit einem zufriedenen Nicken. Das neue Walnussöl war zwar teurer, aber hochwertiger, und das hatte sich gelohnt. Der nussige Geschmack harmonierte perfekt mit dem Sherryessig und wurde durch den kleinen Schuss Sahne sowie eine Prise gemahlenen Koriander noch betont.

Beim Salat kam es auf die Kleinigkeiten an. Nur ein Löffelchen Essig, aber welcher? Balsamico oder Sherry, Weißwein oder Apfel? Dieser Löffel machte den entscheidenden Unterschied, und dasselbe galt für das Öl, den Senf oder die Gewürze. So konnte man das aus stets ähnlichen Zutaten angerührte Dressing fast unendlich variieren. Einmal hatte sie sich zum Spaß die Aufgabe gestellt, einen Monat lang jeden Tag einen neuen Salat zu machen. Es war ihr mühelos gelungen, obwohl sie die Hauptzutat – die Salatblätter selbst – mehr oder weniger gleich belassen hatte.

Aufblickend bemerkte sie, dass niemand am Tisch ihre Zufriedenheit zu teilen schien. Sara hielt ihr Handy mit einer Hand. Sie tippte nur mit einem Daumen, wenn sie sich mit der Gabel Salat in den Mund stopfte, und griff wieder mit beiden Händen zu, sobald sie kaute. Dabei spritzte Salatsoße in alle Richtungen, auch auf das Gerät. Das schien sie nicht zu stören.

Kurt hatte eine Mappe mit Unterlagen neben dem Teller liegen und blätterte beim Essen darin. Merle erkannte lange Listen und Kolonnen von Zahlen.

„Kurt", sagte sie. „Leg mal dieses Zeug weg. Den ganzen Papierkram. Iss doch bitte richtig mit uns. Genieße das Essen."

„Wenn es sein muss." Er schob die Blätter ein wenig zusammen und rückte sie zur Seite. „Es ist dringend, über diese Sache wird morgen entschieden."

„Ach Kurt." Merle seufzte. „Seit du Bürgermeister bist, kannst du nicht mehr genießen. Ich könnte dir auch Hundekuchen vorsetzen, die Reaktion wäre dieselbe. Es ist, als wärest du gar nicht da. Ich habe einen Mann geheiratet, den jeder bemerkt, wenn er den Raum betritt. Das war damals so und ist so geblieben. Nur hier, bei uns zu Hause, bist du ganz anders. Ich könnte genauso gut allein am Tisch sitzen. Du nimmst mich nicht einmal wahr. Von einem Kompliment für das Essen ganz zu schweigen."

Es war ein Kampf, den sie letztes Jahr verloren hatte, als Kurt zum Bürgermeister von Heimlingen gewählt worden war, der kleinen Stadt am Rande des Südschwarzwalds, in der sie beide aufgewachsen waren und noch immer lebten. Die Niederlage mit Kurts Unterlagen zog dann gleich die nächste nach sich. Wie sollte sie Sara unter diesen Umständen klarmachen, dass Handys bei Tisch tabu waren?

„Mach jetzt bitte kein Ehedrama." Kurt schielte noch immer nach den Unterlagen. „Ich muss nur das hier kurz durchschauen, dann habe ich Zeit für dich."

Bei der Hochzeit vor zweiundzwanzig Jahren war Merle stolz und glücklich darüber gewesen, dass sie einen Mann erobert hatte, dem alle Herzen zuflogen. Der große, kräftige Kerl ragte aus jeder Menschenmenge heraus. Bei Tisch wirkte der Teller neben seinen von der Arbeit gestählten Pranken klein. Wurde gefeiert und getanzt, hatte Merle manchmal Angst, er könnte mit seinem hünenhaften Körper vor lauter Schwung andere Tänzer umwerfen, aber tatsächlich behielt er selbst im dichtesten Gedränge den Überblick, hatte noch nie jemanden angerempelt und war auch ihr selbst noch nie auf die Füße getreten. Er schien wie gemacht dafür, mit seiner lauten, fröhlichen Stimme auf Wahlkampfveranstaltungen die Menge im Sturm zu erobern. Deswegen hatten die Freien Wähler ihn so lange bekniet, bis er sich als Bürgermeisterkandidat hatte aufstellen lassen.

Kurt, der als junger Mann in die Heizungs- und Sanitärfirma seines Vaters eingestiegen war, hatte davor zwei Semester Maschinenbau studiert, das Studium aber abgebrochen, weil er gemerkt hatte, dass er lieber mit den Händen arbeitete. Merle wünschte, er wäre bei dieser Erkenntnis geblieben.

Sie hatte es nie laut gesagt, aber tatsächlich vermutete sie, dass jeder von Kurts Gegenkandidaten sich in dem Amt leichter getan hätte als er. Man musste nur die Pratzen ihres Mannes betrachten, um zu begreifen, dass er nicht für die Verwaltungsarbeit geschaffen war. Und genau damit hatte er jetzt vorwiegend zu tun.

Er hatte sich aufstellen lassen, weil er seine Heimatstadt liebte. Was es bedeutete, eine Verwaltung mit mehr als hundert Mitarbeitern zu leiten, war ihm gewiss nicht klar gewesen. Und nun musste er sich mit der Digitalisierung der Behörden, dem Kita-Ausbau, Maßnahmen zum Klimaschutz, tausend Förderanträgen an Land, Bund und EU und hundert anderen Dingen abgeben. Zu sagen, dass er im ersten Jahr seiner Amtszeit kaum wusste, wo ihm der Kopf stand, war untertrieben.

Sie hatte Einwände erhoben, als man Kurt zur Kandidatur drängte. ‚Du bist ein Handwerker, kein Bürgermeister‘ hatte sie gesagt und ihn damit nur verärgert. Eine Frau müsse ihren Mann unterstützen, hatte er energisch erklärt.

Und so hatte sie ihren Widerspruch aufgegeben. Das war ein Fehler gewesen, denn seit seiner Wahl war

Kurt mit den Gedanken nur noch im Rathaus, so wie jetzt.

Doch schlimmer geht immer. Bei Tisch waren seit Kurzem neue Schrecken hinzugekommen mit der Planung eines Neubaugebiets der Stadt unter Kurts Federführung. Sara hatte sich einer Bürgerinitiative dagegen angeschlossen, und nun hatten sie den politischen Streit mitten in der Familie.

Merle brachte die leer gegessenen Salatteller in die Küche und trug erst die Auflaufform mit den Spinatknödeln, dann die Servierplatte mit der Lammschulter auf. Sie hatte das Fleisch in Scheiben geschnitten, mit etwas Soße begossen und mit gerösteten Mandelblättchen bestreut. Es sah großartig aus. Die Blättchen hoben sich appetitlich und knusprig von der glänzenden Soße ab, und darunter schimmerte der Braten hervor. Bei dem Anblick lief ihr das Wasser im Mund zusammen.

Als Merle anfing, das Essen auf die Teller zu verteilen, hob Sara plötzlich den Kopf. Sie legte das Handy weg und streckte die Hände abwehrend vor. „Ich esse kein Fleisch." Unwillig hielt sie die Hände über ihren Teller gebreitet, als befürchtete sie, ihre Mutter könnte ihren Widerspruch einfach übergehen.

Merle schluckte. „Seit wann denn das? Letzte Woche hast du doch noch welches gegessen."

„Was ist das für Fleisch?" Sara deutete angewidert auf die Servierplatte.

„Lammschulter", antwortete Merle mit ruhiger Stimme. Sie wusste, dass sie bei Sara nicht weiterkam, wenn sie aus der Haut fuhr.

„Nein", sagte Sara energisch. „Ich esse kein Fleisch und Lamm schon gar nicht. Hast du mal die Lämmchen auf der Weide beobachtet? Wie sie spielen und herumspringen? Wie kann man nur so süße Lämmchen essen?" Sie sah Merle anklagend an.

„Das siehst du falsch", sagte Merle. Wider aller Erfahrung hoffte sie, Sara wenigstens einmal durch Argumente überzeugen zu können. „Die Lämmer werden erst geschlachtet, wenn sie ein halbes Jahr alt sind. Da wiegen sie vierzig Kilo, und du könntest sie von einem ausgewachsenen Schaf kaum unterscheiden."

„Ha ha", machte Sara. „Das kann jeder sagen."

„Aber du siehst doch selbst, dass da eine ganze Menge Fleisch liegt. Nur von einer einzigen Schulter. Die kann nicht von einem kleinen Tier stammen."

Sara musterte die Fleischscheiben misstrauisch. „Wie viel Leid dahinter steckt", sagte sie mit rauer Stimme. „Die schlimme Massentierhaltung. Und dann das grausame Schlachten."

„Die Schafe haben ein besseres Leben als fast alle anderen Nutztiere", argumentierte Merle. „Schon früh im Jahr sind sie den ganzen Tag mit ihrer Herde auf der Weide, sind abgehärtet und robust. Die leben wirklich artgerecht. Schaf kannst du mit gutem Gewissen essen."

„Ich esse überhaupt kein Fleisch", entgegnete Sara. „Wiederkäuer furzen Methan, und das ist schlecht für das Klima. Das weiß doch jedes Kind." Sara legte die Hände neben ihrem Teller ab, hob angriffslustig das Kinn und sah Merle scharf in die Augen.

Merle musste sich zusammenreißen, um ihrem Blick nicht auszuweichen. Ihre Tochter war wirklich ein

Energiebündel an scharfzüngiger Durchsetzungskraft. Schließlich lösten sie den Blick gleichzeitig voneinander, und Merle legte sich zuletzt Lammschulter auf den Teller.

Der Appetit war ihr vergangen. Beim Kochen hatte sie sich so auf den köstlichen Bratengeschmack mit seinem zarten Lammaroma gefreut. Schon vom Duft war ihr das Wasser im Mund zusammengelaufen. Jetzt dagegen war ihr Mund trocken. Saras Verweigerung hatte sie getroffen. Sie schnitt ein Stück von ihrem saftigen Bratenstück ab und tunkte es in die Soße. Als sie das Fleisch in ihren Mund schob, schmeckte es wie Pappe – als wären all ihre Geschmacksknospen verwelkt.

„Wenn man hochwertiges Fleisch isst, fördert man damit eine ökologischere Landwirtschaft", mischte Kurt sich ein. Immerhin kam er ihr zur Hilfe. Normalerweise zoffte er sich nur wegen der Gemeindepolitik mit Sara.

„Hört, hört", sagte Sara und grinste. „Väterchen macht sich Gedanken. Aber natürlich denkst du nicht an die Welternährung." Sie musterte Kurt höhnisch. „Um alle sattzubekommen, muss genug Nahrung produziert werden. Und das geht am besten vegan. Es gibt überhaupt keinen Grund, warum Menschen sich nicht ausschließlich von Getreide, Gemüse und Hülsenfrüchten ernähren sollten."

„Dann iss meinetwegen Spinatknödel ohne alles", versuchte Merle es mit Sarkasmus. „Guten Appetit." Aus dem Augenwinkel verfolgte sie, wie Kurt sich wieder seinen Unterlagen zuwandte, inzwischen ungeniert. Er hatte sein Fleisch in Stücke geschnitten und pickte eines davon mit der Gabel auf, ohne hinzuschauen.

Sara nahm sich ein paar der kleinen Knödel aus der Auflaufform, spießte einen davon auf die Gabel und führte ihn zum Mund. Doch mitten in der Bewegung hielt sie inne. Mit der auf und ab wippenden Gabel in der Hand sah sie Kurt an. „Ich marschiere Samstag übrigens auf der Demo gegen das Neubaugebiet mit."

Kurt ließ das Dokument in seiner Hand fallen und blickte auf.

O nein, dachte Merle. *Nicht schon wieder.*

Saras Kloß wippte gefährlich.

„Mach das nicht", sagte Kurt. „Das Neubaugebiet ist gut für Heimlingen. Wir brauchen eine Stadt, in der sich junge Familien wohlfühlen. Du willst doch nicht in einem Ort leben, in dem es irgendwann nur noch alte Leute gibt." Er hatte sich inzwischen ganz von seinen Unterlagen abgewandt und sah Sara eindringlich an. An den dunklen Halbmonden unter seinen Augen erkannte Merle, dass er schlecht geschlafen hatte.

„Ihr dürft die Wiese neben dem Moosweiher nicht zubauen. Im Teich laichen Molche, Kröten und Frösche, und jedes Jahr wandern sie über die Wiese. Damit ist Schluss, wenn man dort Häuser baut und Zäune hochzieht."

„Die Umweltprüfung ist ordnungsgemäß durchgeführt worden", entgegnete Kurt und nickte bekräftigend. „Meinst du, wir hätten sonst die Genehmigung bekommen, wenn in dieser Matschpfütze wirklich so viel Leben wäre, wie du behauptest?"

Saras Kloß kippte von der Gabel und fiel mit einem Platsch auf den Teller. „Demonstrieren ist mein demokratisches Recht. Und wenn die Umwelt zerstört wird, nehme ich es wahr. Ich wette, ihr seid von dem Bauern bestochen worden, dem das Land gehört. Was bietet er den Freien Wählern an Spenden? Für wie viel seid ihr käuflich?"

Nein, dachte Merle. *Das ist lächerlich. Geh nicht darauf ein. Fangt nicht wieder damit an.*

„Das ist eine hundsgemeine Unterstellung!" Kurt wurde laut. „Ohne den Zuzug junger Familien lebt eine Stadt nicht, sondern vegetiert ..."

„Und ohne Natur ...", fiel Sara ihm ebenso laut ins Wort.

„Jetzt reicht´s." Merle schlug mit der Faust auf den Tisch. „Ich ertrage diese ewigen Streitereien nicht mehr. Ich hab mir das lange genug angehört."

Einen Moment herrschte Schweigen. Merles Wut legte sich so rasch, wie sie gekommen war, und sie spürte, wie ihr Herz klopfte. Jetzt würde es sich entscheiden. Ihre Zunge war wie gelähmt. Sie stand auf. Ihre Beine funktionierten noch.

„Das war übrigens ein Festessen." Die Tränen standen ihr in den Augen. „Ein Testessen wollte ich sagen." Sie schluckte. „Und ihr habt die Probe nicht bestanden. Eure Gleichgültigkeit, euer endloser Hickhack, das Lesen in den Akten, ich halte das nicht mehr aus. Ich hab meinen Koffer schon gepackt."

Sekundenlang herrschte Stille. Kurt starrte sie mit offenem Mund an. Sara legte ihr Handy weg und sah verblüfft zu ihrer Mutter auf.

Mit raschen Schritten ging Merle Richtung Tür.

„Halt!“ Kurt sprang auf. Er eilte ihr nach und drehte sie zu sich herum. „Was fällt dir ein, Merle? Du kannst nicht einfach weggehen.“

Merle sah ihn einfach nur an und schwieg.

„Rede mit mir“, donnerte Kurt.

Merle schrak zusammen, als Kurt sie an den Armen packte und sie schüttelte. Groß wie ein Turm stand er über ihr. Plötzlich hatte sie Angst, er könnte gewalttätig werden. Er hatte sie zwar noch nie geschlagen, aber sie hatte auch noch nie versucht, die Familie zu verlassen.

Sie riss sich los, versuchte aber, ihn zu beruhigen. „Wir reden später miteinander“, sagte sie beschwichtigend. Sie hatte wirklich Angst, dass er sie schlagen könnte, so wütend schaute er. „Lass mich gehen.“ Sie ging rasch hinaus und stieg die Treppe zum Schlafzimmer hinauf.

Als sie mit dem Koffer zurückkehrte, stand Kurt am Fuß der Treppe.

„Mach kein solches Theater!“, rief er. „Sei ehrlich. Du willst doch gar nicht weg.“

Er stand vor der Treppe, als wollte er ihr den Weg verlegen. Wieder fürchtete Merle, dass er sie gewaltsam aufhalten könnte. Sie schob sich mit gesenktem Kopf stumm an ihm vorbei, spürte die Wärme, die sein kräftiger Körper abstrahlte, aber diesmal berührte er sie nicht.

„Wir sind deine Familie!“, rief er ihr nach, als sie die Haustür öffnete. „Wo geht es dir besser als hier?“

„Überall.“ Merle war schon fast zur Tür hinaus. Vor Erregung zitterte sie am ganzen Körper. „Alles ist besser als das.“

Kapitel 3

Seit einiger Zeit wirkte Beas Stimme tiefer. Das war Merle zum ersten Mal aufgefallen, nachdem ihre Schwester vor zwei Jahren von ihrer Firma zur Teamleiterin befördert worden war. Seit Bea die Verantwortung dafür hatte, dass Projekte planungsgemäß voranschritten und sie in ihrer Firma für Rühr- und Mischwerke Teams von einem Dutzend und mehr Mitarbeitern führte, hatte ihre Stimmlage sich um einen Halbton gesenkt und klang zwar nicht herrisch, aber doch nach Autorität.

Umso tröstlicher fand Merle es, dass ihre Schwester vor Freude und Überraschung quietschte, als Merle unangekündigt mit dem Koffer vor ihrer Wohnungstür auftauchte.

„Hast du endlich Nägel mit Köpfen gemacht? Bist du von zu Hause ausgezogen?"

„Nur für ein paar Wochen", antwortete Merle. „Eine Auszeit. Erinnerst du dich an unsere Wette?"

„Natürlich. Lass mich raten. Kurt hat in seinen Unterlagen geblättert, und Sara hat Streit angefangen. Dabei hattest du so lecker gekocht."

Es klang, als wäre Bea dabei gewesen. Kein Wunder. Merle hatte schon so oft Ähnliches erzählt.

Gegensätze ziehen sich an. Merle und Bea verstanden sich prima, aber es konnte kaum zwei Schwestern geben, die unterschiedlicher waren. Das galt ganz sicher für ihr Äußeres, aber es erstreckte sich auch auf ihre Ziele und ihr Temperament.

Ein Grund dafür war sicher, dass sie von verschiedenen Vätern stammten. Beas Vater war der Mann, mit dem beide Mädchen aufgewachsen waren. Er war ein liebevoller Papa gewesen, der viel Zeit mit seinen Töchtern verbracht hatte, im Sommer mit ihnen ins Schwimmbad gegangen war und sie im Winter die Skihänge des Südschwarzwalds hinuntergelotst hatte. Ihre Liebe für die Gartenarbeit hatte Merle zwar nicht von ihm geerbt, aber doch von ihm gelernt.

Merles Erzeuger dagegen war der unbekannte Mann. Sie wusste nicht einmal, wie er ausgesehen hatte oder konnte es nur ahnen, wenn sie ihre eigenen Gesichtszüge im Spiegel betrachtete. Nach ihrer Nase hätte ein Cäsar-Darsteller sich die Finger geleckt. Der Nasenrücken war lang und gebogen – eine römische Nase, wie man das so schön nannte. Andere Bezeichnungen klangen weniger schmeichelhaft. Ihr tiefschwarzes Haar hing ihr in Wellen bis zu den Schultern. Sie hatte dichte, schwarze Augenbrauen, dunkle Augen und einen selbst im Winter leicht gebräunten Teint. Ihr Gesicht war schmal. Bea behauptete, sie hätte Mandelaugen. Als ihre Mutter noch lebte, hatte die schon mal geseufzt: „Kind, mit der Nase bekommst du nie einen Mann."

Als Kind hatte Merle ihre jüngere Schwester mit den blonden Locken und den knallblauen Augen unglaublich niedlich gefunden. Sie war richtig in das süße, zwei Jahre jüngere Pummelchen verliebt gewesen.

Merle ihrerseits war damals Beas Heldin. Wenn Merle irgendeinen Unsinn ausheckte, war Bea immer dabei. Einmal waren sie zusammen der *Wiese* gefolgt, dem kleinen Fluss, der durch Heimlingen strömte. Merle war vorangegangen und Bea immer hinterher. Der Vater hatte ihnen am Abend zuvor erzählt, dass die *Wiese* oben im Schwarzwald ganz klein war, dass sie dort gar nicht so weit entfernt als winziges Bächlein in einer Quelle entsprang. Diese Quelle wollten sie finden. Merle war damals vielleicht fünf, sie ging noch in den Kindergarten.

Sie waren auf dem schmalen Pfad gelaufen, der dem Flusslauf folgte, bis er in einen Weg mündete. Als der Weg den Fluss verließ und auf den Hausberg Heimlingens führte, den Entegast, hatten sie sich verlaufen. Sie waren eine Weile durch den Wald geirrt, bis Bea zu weinen begonnen hatte.

Da hatte Merle ihren Rucksack aufgemacht. Wie es sich für eine Wanderung gehörte, hatte sie für Proviant gesorgt. Sie hatten Kekse, Gummibärchen und Äpfel gegessen, und Merle hatte auch zwei Päckchen mit Fruchtsaft aus dem Vorratsschrank eingepackt. So hatten sie sich getröstet. Kurz darauf waren sie zu einem Waldspielplatz gelangt und hatten sich dort auf Rutsche und Schaukel vergnügt. Zum Glück hatte gerade die Mutter einer Kindergartenfreundin den Spielplatz mit ihren Kindern besucht und sich gewundert, dass die Schwestern ohne Begleitung waren. Sie hatte die beiden dann nach Hause gebracht.

Natürlich hatten sie dort Ärger bekommen. Oder genauer gesagt, Merle. „Wie konntest du die Kleine so weit von zu Hause wegschleppen", hatte die Mutter geschimpft. Dann hatte sie sich über Bea gebeugt, den niedlichen Blondschopf mit den knallblauen Augen, und hatte ihr über die Locken gestreichelt. „Du Ärmste. Hat die böse Merle dich von zu Hause weggelockt?"

Doch Bea hatte die Nachsicht der Mutter eingesteckt wie ein Schulbrot, als Selbstverständlichkeit und ohne großen Dank, und war Merle weiter nachgelaufen wie ein Welpe. Das Abenteuer hatte ihre Bereitschaft, ihrer Schwester durch dick und dünn zu folgen, nur noch gesteigert.

Heute war Bea nicht mehr niedlich. Ihre blauen Augen waren blasser geworden, und statt in Wellen trug sie das Haar kurz. Mit dieser Frisur könnte ein Soldat auf Auslandseinsatz gehen. Auch der Kinderspeck hatte sich ausgewachsen. Wenn es ernst wurde, schaute sie streng und konzentriert, und Merle hätte es nicht gewagt, ihr dann in die Quere zu kommen. Nein, niedlich war Bea nicht mehr, und das war ein Glück, denn wie hätte sie sich sonst unter lauter Männern durchsetzen sollen? So war es nämlich. Als Ingenieurin hatte sie überwiegend männliche Kollegen, und als Führungskraft musste sie Männern klarmachen, wer die Chefin war. Kein Wunder, dass sie mit tieferer Stimme sprach als früher.

Das Verhältnis von einst, als Merle voranging und Bea hinterher tappelte, hatte sich ein Stück weit umgekehrt. Heute bewunderte Merle Bea, die jüngere

Schwester für ihre Zielstrebigkeit. Wenn sie sich manchmal fragte, ob sie selbst sich nicht ein wichtigeres Ziel hätte setzen sollen, als ihre verwöhnte Familie noch mehr zu verwöhnen, stand ihr Beas Vorbild vor Augen. Auch sie selbst hätte vielleicht Karriere machen können, statt nun letztlich arbeitslos zu sein. Bea nahm Merle den Koffer ab und schleppte ihn in die Wohnung. Sie brachte ihn gleich ins Gästezimmer und stellte ihn neben das Bett.

Merle trat ein und drehte sich einmal um sich selbst. Der Raum war klein. Auf dem Bett lag eine stahlblaue Tagesdecke in Samtoptik, die Merle früher einmal selbst mit Bea zusammen ausgesucht hatte. Der Schrank mit der blauen Front war, wie Merle wusste, nicht wirklich für Gäste bestimmt. Darin hingen Beas Wintermäntel und ausrangierte Kleidung. Auf einem Schreibtisch vor dem Fenster stand ein Laptop mit zusätzlicher Maus neben einer metallisch glänzenden Schreibtischleuchte.

Ein Bürostuhl mit graublauem Kunstlederpolster war unter den Tisch geschoben.

Das sollte in den nächsten Wochen ihr Reich sein? Merle fühlte sich plötzlich bedrückt. Wie sollte sie es ertragen, hier die Zeit totzuschlagen?

„Weißt du noch, wie du mir als kleines Kind immer hinterhergetappelt bist?", fragte sie Bea.

„Ja." Bea nickte. „Du warst mein großes Vorbild."

„Jetzt ist es umgekehrt." Merle seufzte.

„Jetzt wünschte ich, ich hätte mich im Gegenteil an deinem Vorbild orientiert. Hätte ich es doch so wie du gemacht und auf meinen Beruf gesetzt!"

„Aber du hattest doch Sara", wandte Bea ein.

„Richtig, und ich habe sie und Kurt total verwöhnt."

Bea räumte ein paar Sachen aus dem Schrank, um für Merle Platz zu schaffen. „Und beide wissen es nicht zu schätzen. Sie lassen dich im Haushalt ackern, ohne einen Finger krumm zu machen."

„Das ist eigentlich nicht das Problem." Merle packte ihre Kleider aus der Reisetasche erst mal aufs Bett. „Ich nutze gern meine Hände, Haushalt macht mir Spaß. Und seit ich arbeitslos bin, habe ich ja sonst nicht viel zu tun."

Bea legte die Mäntel auf dem Bürostuhl ab. „Was dich stört, ist das Fehlen von Anerkennung, das hast du ja schon oft gesagt, oder? Deshalb bist du gegangen."

„Ja, das ist ein ganz wichtiger Punkt." Merle hob den Blick. „Ich mache gern etwas für sie. Wirklich, das ist mir nicht zu viel. Aber es geht ins Leere. Sie nehmen es gar nicht wahr. Und da ist noch etwas anderes. Es ist, als könnte Kurt nicht mehr genießen, seit er Bürgermeister ist. Er ist wie ein Hamster im Hamsterrad. Ich frage mich, ob er überhaupt etwas schmeckt, wenn er isst. Oder ob er sich freut, wenn er etwas Schönes sieht. Ich koche so gern etwas Leckeres. Und ich mache so gern Haus und Garten schön. Ich mache das auch für ihn. Damit er es genießt. Aber genauso gut könnt ich mit einem Automaten verheiratet sein."

Bea sah sie mitfühlend an. „Ich sag ja schon immer, dass ihr nicht gut zusammenpasst."

„Ach, da habe ich dir nie recht gegeben. Aber er hat einen Warnschuss verdient."

Bea schnitt eine Grimasse. „Mehr als das meiner Meinung nach."

Merle hängte ein paar Blusen in den Schrank. „Ich wünschte, ich hätte in meinem Leben mehr auf mein eigenes Vorankommen geachtet. Wäre ich doch in ein großes Hotel in Basel gependelt, statt mich mit der Stelle im Hotel Sonne in Heimlingen zufriedenzugeben. Dann hätte ich vielleicht richtig Karriere gemacht und stünde jetzt nicht ohne irgendwas da – ohne Job, ohne Familie und ohne Haus."

Bea umarmte sie tröstend. „Alles wird gut", sagte sie. „Jetzt nimmst du dir erst einmal eine Auszeit, um dich zu orientieren."

„Eigentlich will ich ja nach Hause zurückkehren. Ich liebe mein Haus. Und auch meine Familie." Merle schaute sich in dem engen Zimmer um. „Wenn nur Kurt und Sara begreifen würden, dass ich keine Selbstverständlichkeit bin. Kein gehender, sprechender Einrichtungsgegenstand."

„Du hast dir immer zu viel von ihnen gefallen lassen." Bea räumte Vasen aus einem Fach im Schrank.

„Wie immer schon. Schon als Kind von unserer Mutter." Merle legte ihre Unterwäsche in das frei gewordene Fach.

„Ach Merle." Bea drehte abwehrend den Kopf zur Seite. „Das sind wieder die ganz alten Geschichten."

„Aber da kommt doch alles her. Ich hatte früher immer das Gefühl, dass Mama mich als Kuckuckskind betrachtet. Und dazu passt ja, dass ich meinen Erzeuger nicht kenne."

„Komm." Bea spürte wohl, dass das Gästezimmer auf Merles Gemüt drückte. „Lass uns über etwas anderes reden." Sie ging ihr ins Wohnzimmer voran. „Fühl dich hier wie zu Hause. Meine Wohnung ist deine Wohnung. Hast du schon etwas gegessen?“

Merle und Bea wohnten in derselben Stadt, die Fahrt war nur kurz gewesen. Merle kam gerade vom Abendessen, aber wenn sie ehrlich war, hatte sie nur einen Teller Salat und einen Bissen Lammschulter im Bauch. Tatsächlich knurrte ihr jetzt der Magen.

„Du hättest deiner lieben Familie den Braten vom Tisch schnappen und mitbringen sollen“, sagte Bea. „Sie haben ihn nicht verdient. Wir könnten ihn besser gebrauchen. Kurt und Fräulein Neunmalklug hätten bestimmt gestaunt, wenn du einfach alles abgeräumt hättest.“

„Ich glaube nicht, dass sie jetzt noch Appetit haben“, sagte Merle leise. Es war wirklich schade um das gute Essen. „Sara isst kein Fleisch mehr“, fügte sie hinzu.

Bea lachte. „Darauf habe ich gewartet.“

„Wirklich?“, fragte Merle verblüfft. Sie hatte nie den Eindruck gehabt, dass Sara sich besonders für den Inhalt ihres Tellers interessierte. Ihre Tochter hatte immer kommentarlos verputzt, was man ihr vor die Nase setzte. Woher kam dieser plötzliche Sinneswandel?

„Ich hab mich schon gewundert, dass sie diese Gelegenheit auslässt, euch zu triezen. Vegetarisch essen, das ist doch jetzt total angesagt. Das ist man sich als junger Mensch schuldig.“

Bea deckte den Esstisch im Wohnzimmer mit zwei Tellern, Messern, Brot, Butter, Schinken und etwas Käse. Gouda-Aufschnitt aus der Folienverpackung. Bea hatte eine Küche mit allem Schnick und Schnack, war aber eine äußerst minimalistische Köchin. An den Wochentagen aß sie in der Betriebskantine, und an den

Wochenenden machte sie sich ein Tiefkühlgericht warm oder ließ sich Essen kommen.

Das Abendbrot kam ohne irgendwelche Feinheiten aus. Keine besonderen Käse- oder Wurstsorten. Keine Kräuter, kein frischer Salat, weder Radieschen noch Tomaten. Nicht dass Bea Raffinesse nicht zu schätzen gewusst hätte. Wenn sie bei Merle zum Essen eingeladen war, schlug sie immer begeistert zu. Aber sie selbst machte sich die Mühe nicht, der Aufwand war ihr zu groß.

Zum Essen schenkte Bea Wein ein, was für sie ungewöhnlich war. Noch überraschter war Merle allerdings, als sie den Bordeaux schmeckte. Sie hielt erstaunt inne und wälzte ihn auf der Zunge. Ein kräftiger Rotwein mit einer fruchtigen Note und einem Hauch Vanille. Das alles sehr harmonisch, wie sie erkannte, obwohl der Wein zu kalt war. Er kam direkt aus dem Kühlschrank.

Etwas Vergleichbares hatte sie bei Bea, die für einen Wein, falls überhaupt, nicht mehr als fünf Euro ausgab, noch nie gekostet.

„Was ist das für einer?", fragte sie. Ohne Beas Antwort abzuwarten, stand sie auf und ging in die Küche, wo die Weinflasche auf der Küchentheke stand. Ein Saint-Émilion. Und das bei Bea.

„Der hätte heute gut zur Lammschulter gepasst", sagte sie wehmütig. „Fürs Käsebrot ist er eigentlich zu schade."

Bea zuckte mit den Schultern. „Man nimmt, was man hat."

„Wo hast du ihn her?“, fragte Merle. Es war eine vollkommen neutrale Frage. Ohne irgendwelche Hintergedanken.

Bea wurde rot. „Ach, hier um die Ecke gibt es so einen Weinhändler.“

„Du meinst *Victors Weinkeller* hier in der Altstadt?“

Merle kannte Victor, obgleich sie ihren Wein am liebsten direkt beim Erzeuger kaufte. Badische Weine waren für ihre gute Qualität bekannt, und ein Besuch auf einem Weingut mit Weinprobe erwies sich immer als ein lohnender Ausflug.

Aber natürlich hatte sie sich die Weinhandlung nach ihrer Eröffnung vor einigen Monaten einmal angeschaut. Victor war ein sehr gut aussehender Mann in Beas und ihrem eigenen Alter. Sie hatte damals eine kleine Weinprobe bei ihm gemacht und zwei Flaschen gekauft. Dabei hatten sie sich länger über den Charakter der Weine und die Gerichte unterhalten, zu denen sie passen würden. Merle war sich nicht sicher, ob Victor Franzose war; falls ja, war sein Akzent kaum zu hören. So oder so, seine Auswahl umfasste französische Qualitätsweine besserer und gehobener Lagen.

„Ja, den meine ich“, antwortete Bea. Ihr Gesicht hatte inzwischen wieder seinen normalen Farbton.

„Seit wann kaufst du Wein beim Weinhändler? Du stehst doch gar nicht so auf Wein.“

„Ich brauchte ein Geschenk.“ Merle wartete auf mehr. Nach einem Moment des Schweigens fuhr Bea fort: „Jedenfalls habe ich bei Victor eine Flasche Wein gekauft. Und da hat er mir die hier obendrauf geschenkt.“

„Na“, sagte Merle. „Wie will er da ein Geschäft machen? Wenn er so einen Wein verschenkt?“

„Ich habe ihn zum Essen eingeladen", nuschelte Bea.

Merle war einen Moment lang baff. „Jetzt mal raus mit der Sprache", sagte sie. „Da ist doch noch mehr."

Bea wand sich und lief schon wieder rot an.

Merle sah sie erstaunt an. „Du und Victor? Wie ist es denn dazu gekommen?"

„Da ist gar nichts. Hast du noch nie jemanden zum Essen eingeladen?"

„Erzähl. Du und ein Weinhändler! Worüber habt ihr euch unterhalten?"

Bea runzelte die Stirn. „Über Wein", sagte sie schließlich.

Merle staunte. „Du verstehst doch gar nichts davon."

„Er aber", antwortete Bea. „Victor kann fantastisch über Wein reden. Ich könnte ihm stundenlang zuhören."

Merle kaute auf ihrem Brot herum und überlegte, ob sie ihre nächste Bemerkung nicht lieber mit dem Käse herunterschlucken sollte. Dann sagte sie es doch. „Das ist Bea, wie sie leibt und lebt. Du magst Wein nicht mal, aber du suchst dir natürlich einen Weinhändler aus. Je schlechter einer zu dir passt, desto besser. Was ist eigentlich aus dem Zauberkünstler geworden?"

Bea blickte einen Augenblick lang verlegen nach unten, hob dann aber munter den Blick. „Den Seiltrick, den er mir beigebracht hat, kann ich immer noch. Soll ich ihn dir vormachen?"

„Und der Homöopath?"

„Er hat gesagt, ich sei ein Schwefeltyp. Warum auch immer. Jedenfalls ging es im Bett ziemlich heiß her."

„Und der Hundetrainer? Wie viele Hunde haben euch beim Sex zugeschaut?"

„Hör auf. Ich werde rot."

Merle warf einen Blick auf das Prachtstück des Wohnzimmers, eine Liege von Le Corbusier. Mit der eleganten, geschwungenen Form machte das Möbelstück klar, dass Bea eine Frau mit Ansprüchen war. Aber vor allem war sie eine Frau, die sich als Single sah. Kein Zweisitzersofa, keine Couch. In Beas Wohnzimmer wirkte die LC4 wie der Thron einer einsamen Königin.

„Warum versuchst du es nicht mal mit jemandem, mit dem du Gemeinsamkeiten hast? Mit einem Kollegen? Einem aus deinem Team?"

Bea verdrehte die Augen. „Hast du schon mal einen Mann erlebt, der auf eine Beziehung mit seiner Chefin scharf ist?"

„Umgekehrt kommt es doch ständig vor. Krankenschwester und Chirurg, Assistentin und Manager, Sprechstundenhilfe und Arzt. Standard."

Bea wedelte abwehrend mit der Hand. „In Fragen der Emanzipation gibt es eben die Idealvorstellung und die Realität."

„Dann eben ein anderer Teamleiter."

Bea zuckte mit den Schultern. „Die sehe ich ohnehin ständig. Ich mag Männer, die anders sind. Mit einem neuen Mann will ich eine neue Welt kennenlernen."

Merle schaute auf Beas Regal, in dem die Bücher wild durcheinander lagen. „So geht es mir mit einem neuen Rezept. Ich denke, es gibt viele Möglichkeiten, neue Welten kennenzulernen."

„Apropos Rezept." Bea sah Merle bittend an. „Ich will Victor mit meiner Kochkunst beeindrucken, wenn er zum Essen kommt."

„Du?“, Merle war überrascht. „Aber du kannst doch gar nicht kochen.“

„Eben. Ich kann für ihn ja schlecht eine Packung von Iglo auftauen. Kannst du mir helfen?“

Kapitel 4

Später am Abend saß Merle in Beas Gästezimmer auf dem Bett und sah sich um. Diese Enge. Der Breite nach zwei Schritte vom Bett bis zur Wand, der Raum maß keine sechs Schritte in seiner ganzen Länge. Der blaue Schrank. Die kahlen Wände. Im Gegensatz zu Beas Wohnzimmer war das Gästezimmer eindeutig ein Raum, mit dem sie sich keine Mühe gegeben hatte. Wenigstens stand ein Laptop da. Merle würde Bea morgen bitten, ihr das Passwort zu geben. Vielleicht könnte sie gelegentlich ein paar Videos schauen oder eine E-Mail schreiben.

Merle betrachtete die Tätowierung auf ihrem rechten Unterarm. Dort stand in einer schönen, elegant geschwungenen Schrift: Sara. Die Buchstaben waren so deutlich, dass jeder sie lesen konnte. Sie hatte sie stechen lassen, als Saras Abitur sich näherte. Damals hatte sie das Gefühl gehabt, dass es nicht mehr lange dauern könnte, bis ihre Tochter ausgeflogen wäre, und sie wollte ein Stück von ihr zurückbehalten.

Ihre Tochter war ihr tief unter die Haut gegangen, sie war ein Teil von ihr geworden, wo auch immer sie einmal leben würde, und das sollte ruhig jeder sehen. Vor allem aber wollte sie es selbst sehen.

Und jetzt hatte also nicht ihre Tochter als Erste ihr Zuhause verlassen, sondern sie selbst war diejenige gewesen, die diesen Schritt getan hatte. War er eine Befreiung? Sie schaute sich in dem engen, kahlen Gästezimmer um und schüttelte mit hängenden Schultern den Kopf. Ein paar Tränen traten ihr in die Augen, und sie wischte sie weg. Nein. Hier würde sie nicht lange bleiben. Sie war in der Schwebe, gefangen zwischen Heimweh und dem Impuls, in eine unbekannte Zukunft aufzubrechen. Und jetzt fehlte ihr der Boden unter den Füßen.

Die Deckenleuchte brannte mit einem hellen, kalten Licht. Merle vermisste eine Stehlampe, mit der sie es sich etwas gemütlicher hätte machen können. Dann hörte sie eine Mücke sirren.

Der Tag war heiß und sonnig gewesen, und die Nacht brachte keine richtige Abkühlung. Sie hatte das Fenster weit geöffnet, ein Fehler, wie sich jetzt herausstellte. Das nervtötende Sirren der Mücke erfüllte den Raum.

Sie machte das Licht aus, um nicht noch mehr Insekten anzulocken, und griff im Dunkeln nach ihrem Handy. Eigenartig, dass sie den Gedanken als tröstlich empfand, Kurt anzurufen. Nur wenige Stunden zuvor war sie noch wütend auf ihn gewesen. Jetzt aber hatte sie Sehnsucht nach ihrem Zuhause. Die Küche, die Wohnung, alles hatte sie so liebevoll eingerichtet. Und die Familie war ihr Leben gewesen, oder nicht? Sie hatte es doch jahrelang so ausgehalten, wieso sollte es jetzt plötzlich nicht mehr gehen? Okay, vielleicht bereute sie ihren impulsiven Aufbruch. Aber das würde sie Kurt nicht sagen.

Als sie aufs Display schaute, sah sie, dass sie bereits ein paar Anrufe Kurts verpasst hatte. Sie hatte das Handy, bevor sie in ihr Auto gestiegen war, stumm geschaltet. Und nach der kurzen Fahrt zu Bea hatte sie es nicht wieder laut gestellt.

Sie rief ihre eigene Festnetznummer aus der Adressliste auf und tippte sie an. Kurt war beim zweiten Läuten dran.

„Ach", sagte er. „Endlich. Ich hab schon tausend Mal versucht, dich anzurufen." Seine Stimme klang vorwurfsvoll.

„Na ja, jetzt reden wir ja miteinander", sagte Merle.

„Wie kommst du dazu, einfach wegzugehen?" Sie hörte, dass er mit unterdrücktem Groll sprach. „Dein Platz ist zu Hause."

„Ich weiß schon selbst, wo mein Platz ist", antwortete Merle. „Nämlich da, wo ich mich wohlfühle. Und so, wie es zu Hause läuft, fühle ich mich nicht mehr wohl."

„Wo bist du?", fragte Kurt angespannt.

„Bei Bea."

Kurt schnaubte. „Und da fühlst du dich wohler?"

Trotz seines ironischen Tonfalls spürte sie seine Erleichterung. Vielleicht hatte er befürchtet, sie könnte einen Geliebten haben.

„Jedenfalls bin ich lieber bei Bea, als zu Hause die unsichtbare Frau zu sein", sagte Merle.

„Was soll denn das heißen?", fragte Kurt barsch.

Merle hörte die Mücke jetzt ganz nah und schlug nach ihr, als sie auf ihrem nackten Arm gelandet war. Mit sirrendem Protest flog das Insekt auf und verzog sich tiefer in die Dunkelheit des Raums.

„Wenn du dir die Antwort nicht selbst geben kannst, brauchen wir eigentlich nicht weiter zu reden, Kurt."

Er lenkte ein wenig ein. Zumindest klang er jetzt freundlicher. „Na gut, ich hab beim Essen Unterlagen aus dem Büro studiert. Ausnahmsweise. Ist das wirklich so schlimm?"

„Du machst das ständig."

„Wenn du denselben Ärger am Hals hättest wie ich, würdest du das auch machen. Ich wünschte, ich könnte mich auch mal eine Weile einfach nur um den Haushalt kümmern."

„Was soll das heißen?", fragte Merle scharf. „Meinst du, Arbeit im Haushalt ist keine Arbeit?"

„Sei doch nicht so empfindlich! Muss ich jedes Wort auf die Goldwaage legen?"

Merle schwieg.

„Na egal", sagte Kurt. „Jedenfalls ist morgen Stadtratssitzung, und ich muss mich vorbereiten. Du weißt nicht, was für einen Ärger diese Stadträte machen. Es ist wie verhext. Was auch immer ich vorhabe, sie sind dagegen."

„Na ja", sagte Merle. „Das kommt davon, wenn man sich von den Freien Wählern aufstellen lässt, obwohl sie die kleinste Fraktion sind."

„Jedenfalls habe ich jetzt eine Menge Ärger am Hals." Kurt klang genervt. „Und du solltest mich unterstützen. Schließlich bist du meine Frau."

„Aber ich muss es nicht bleiben", gab Merle zurück.

Kurt schwieg. Er wirkte geschockt. Das war sie selbst vielleicht auch. Sie war wegen einer Wette zu Hause ausgezogen, vorübergehend. Ganz so ernst meinte sie es doch gar nicht. Oder vielleicht doch?

„Was war denn so wichtig?“ Merle versuchte, wieder ins Gespräch zu kommen. Unten kam eine Gestalt von der Straße und ging quer über den Parkplatz in Richtung Eingangstür. Am Gang erkannte Merle ihre Schwester. Na so was! War Bea so spät noch unterwegs gewesen? In der Hand hielt sie eine Weinflasche. Ausgerechnet Bea. Dann war ja klar, wo sie herkam. Ein von den Vorlieben so entgegengesetztes Paar wie Bea und ein Weinhändler wirkte unwahrscheinlich, aber vielleicht war es ja diesmal etwas Ernstes.

„Das interessiert dich nicht“, erwiderte Kurt maulfaul. So leutselig er außerhalb des Hauses war, so verschlossen gab er sich in der Familie.

„Dann hätte ich nicht gefragt.“

„Na ja, vielleicht interessiert es dich ja doch. Zumindest der Teil, der mit Essen zu tun hat. Dabei geht es um das Restaurant *Ratsstube*. Du weißt ja, der Pächter hat gekündigt, und im Moment steht das Lokal leer. Das erscheint mir als eine gute Gelegenheit, es zu verkaufen.“

„Warum denn?“ Merle hob interessiert den Kopf. „Ist es nicht besser, die Stadt kann bei einem Restaurant in so zentraler Lage mitreden?“

„Es ist schon der zweite Pächterwechsel in diesem Jahr“, antwortete Kurt. „Das alles macht viel Mühe und bringt letztlich nicht viel ein. Bei einem Verkauf käme auf einmal ein Batzen Geld in die Kasse, den die Stadt als Finanzspritze gut gebrauchen könnte.“

„Ihr verscherbelt das Tafelsilber“, stellte Merle trocken fest.

„Zerbrich dir darüber mal nicht dein Köpfchen“, erwiderte Kurt.

Sie hasste diesen Spruch, und Kurt wusste es. Wollte er sie provozieren?

Die Mücke sirrte wieder laut um Merles Kopf und ließ sich auf ihrer Wange nieder, mit einem Mal lautlos. Merle spürte den Stich und schlug zu. Etwas Matschiges unter der Hand sagte ihr, dass sie getroffen hatte.

Sollte sie einfach auflegen? Und das Desaster ihrer Ehe endgültig den Bach hinuntergehen lassen? „Was habt ihr mit der Lammschulter gemacht?", fragte sie stattdessen.

„Die hab ich in den Kühlschrank gestellt. Sara hat den ganzen Marzipanpudding samt Obst allein verdrückt. Hinterher ist ihr schlecht geworden."

„Wie hat Sara meinen Aufbruch verkraftet?", fragte sie.

„Sie glaubt, dass du bald zurückkommst", antwortete Kurt. Er räusperte sich. „Sag mir, dass sie recht hat. Wann kommst du zurück?"

„Und alles geht so weiter wie bisher? Niemals ein Hauch von Anerkennung, deine ewige Gleichgültigkeit und immer dieselben Streitereien? Danke vielmals."

„Bausch das doch nicht so auf." Kurts Stimme klang grimmig. Dann räusperte er sich. „Aber du fehlst mir", sagte er sanfter.

Jetzt hat er Kreide gefressen, dachte Merle. Sie schwieg.

„Ich mag nicht ohne dich schlafen gehen", fuhr Kurt fort. „Komm bitte nach Hause."

„Ich fühle mich hier sehr wohl", log Merle.

Aber tatsächlich fehlte er ihr auch. Man kann nicht jahrelang neben demselben Mann schlafen, sich an sein Schnarchen gewöhnen und dann so tun, als mache es keinen Unterschied, seine beruhigende, massige Gestalt neben sich zu haben oder nicht. Andererseits hatte sie sich gerade abends oft genug über Kurt geärgert.

„Wie oft bin ich ohne dich schlafen gegangen, weil du zu tun hattest. Da kannst du mal sehen, wie das ist!"

„Das ist etwas anderes." Kurt klang genervt. „Meinst du, mir macht es Spaß, mir die Abende um die Ohren zu schlagen, weil es in der Stadt nicht so läuft, wie ich es mir wünsche?"

„Lass eben deinen Charme spielen." Merle versuchte, mit den Augen die Dunkelheit zu durchdringen. „Charme hast du doch genug, wenn du nicht gerade zu Hause bist. Es dauert nicht lange, und die Stadträte fressen dir aus der Hand."

„Hoffen wir es", sagte Kurt. „Aber im Moment sieht es nicht danach aus."

Kurz herrschte Schweigen. Dann sprach Kurt erneut. „Einfach so wegzugehen, das war ein Schlag unter die Gürtellinie", sagte er. Nun klang er wieder unfreundlich. „Lass jetzt das Theater und komm nach Hause."

„Wir hören uns", erwiderte Merle knapp und tippte auf Auflegen.

Kapitel 5

„Schau mal, was ich gefunden habe", sagte Merle am nächsten Tag zu Bea. Bea war gerade nach Hause gekommen, wo Merle im Le-Corbusier-Sessel ruhte und in einem alten Buch schmökerte.

Sie stand auf und legte es vor Bea auf den Esstisch. Es war ein schwarzes DIN-A-5 Ringbuch mit linierten Seiten. Hier und da war ein Loch eingerissen und die Seite ein wenig herausgerutscht. Das Buch sah zerfleddert und alt aus.

„Ich hatte tagsüber ja nichts zu tun, da habe ich hier ein bisschen geputzt und aufgeräumt und mir dabei dein Kochbuchfach im Regal genauer angeschaut. Dabei bin ich auf etwas gestoßen, das mir bekannt vorgekommen ist."

Bea nahm das Ringbuch in die Hand und blätterte darin herum. Das Papier war vergilbt und wirkte fast schon brüchig. In dem Buch herrschte ein buntes Gewusel aus handschriftlich verfassten Seiten und gedruckten Rezepten, die aus Zeitschriften herausgeschnitten und aufgeklebt waren. „Ich habe Omas altes Kochbuch damals mitgenommen. Aus Pietät. Erinnerst du dich nicht?"

Merle verzog schmerzlich das Gesicht. Nach dem Unfalltod der Eltern vor einigen Jahren war sie innerlich vor Schreck wie gelähmt gewesen. Sie hatte es nicht geschafft, sich in der Wohnung der Verstorbenen, die aufgelöst werden musste, ein einziges Andenken auszusuchen. Bilder, Geschirr oder Bücher, alles war weg. Heute bereute sie das. Oft dachte sie an die Dinge, die sie gern noch einmal in die Hand genommen hätte.

Bea hatte damals offensichtlich einen klareren Kopf bewahrt. Für eine Frau, die niemals kochte, besaß sie erstaunlich viele Kochbücher, und in der Versammlung von Hochglanzbänden bekannter Kochexperten hatte das zerfledderte Ringbuch wie eine ärmliche alte Verwandte gewirkt. Bei Merle hätte es einen Ehrenplatz bekommen. Sie hätte die Rezepte ihrer Oma schon längst dreimal rauf und runter gekocht. „Was hast du bei Oma am liebsten gegessen?", fragte sie ihre Schwester.

Bea dachte kurz nach. „Paprikaschoten", sagte sie spontan. „So wie bei Oma habe ich sie nie wieder bekommen. Die Tomatensoße war das Beste."

Merle nahm Bea das Buch aus der Hand und blätterte in den Seiten, hatte aber Mühe, die krakelige Schrift ihrer Großmutter zu entziffern. Das Rezept würde sie so schnell nicht finden. „Ich erinnere mich. Das Besondere war, dass die Soße so dick war. Bestimmt mit Mehl angedickt. Der Kompromiss der Fünfzigerjahre zwischen exotischer Mittelmeerküche und deutschen Kochgewohnheiten."

„Aber kein fauler Kompromiss", entgegnete Bea. „Es waren die leckersten Paprikaschoten, die ich je gegessen habe."

„Ich schau mal, ob ich das Rezept hier drin finde", sagte Merle. „Falls ja, bereite ich sie für dich zu."

„Du bist nicht meine Köchin und auch nicht mein Dienstmädchen, sondern mein Gast", wehrte Bea ab. Sie deutete auf das frisch aufgeräumte Regal und den Boden, der seit Merles Putzaktion vor Sauberkeit glänzte. „Ich habe schon eine Putzfrau, und ich esse in der Kantine."

„Ich kann ja nicht den ganzen Tag Däumchen drehen", sagte Merle. „Ich brauche etwas zu tun. Wenn ich nur meine Stelle im Hotel Sonne noch hätte."

„Vielleicht kannst du ja eine andere Arbeit finden", sagte Bea.

„Ja, das habe ich auch schon überlegt. Ich werde mal die Stellenanzeigen studieren."

Bea dachte kurz nach. „Mir fällt da etwas ein. Kennst du das *Wirtshaus am Fluss*?"

„Ja, natürlich", antwortete Merle. Sie kannte alle Restaurants der Stadt. So viele waren es nicht. Das *Wirtshaus am Fluss* hatte jahrelang ein Schattendasein gefristet. Es war von einem betagten Wirt geführt worden, der sich nicht um neue Kundschaft bemüht hatte. Merle war ein einziges Mal da gewesen. Beim Service hatte der Wirt zwei Gesichter gezeigt, ein freundliches für seine Stammgäste und ein mürrisches für neue Kunden. Das Essen – Jägerschnitzel mit einer braunen Soße und Pilzen, dazu Fritten – war einfallslos und fad gewesen, die Soße hatte außerdem noch angebrannt geschmeckt. Nach dem ersten Test war Merle nie wiedergekommen. „Hat das nicht vor Kurzem ein neuer Pächter übernommen? Ein Italiener?"

Tatsächlich hatte das *Wirtshaus am Fluss* viel ungenutztes Potenzial, überlegte Merle. Das alte Fachwerkhaus hätte mit seinem Charme jeder Postkarte Ehre gemacht. Der altehrwürdige Eichenholzboden und die dicken Deckenbalken stammten aus einem längst vergangenen Jahrhundert. Sie erinnerte sich daran, dass hinter dem Haus eine Terrasse lag, die im Sommer von einer alten Esche beschattet wurde. Ein paar Dutzend Meter weiter rauschte das Flüsschen *Wiese*. Merle war gespannt, ob der neue Betreiber es schaffen würde, diese Vorzüge zur Geltung zu bringen.

„Keine Ahnung", sagte Bea. Sie ging zwar öfter essen, wie Merle wusste, brachte aber ständig alle Restaurants durcheinander und wusste nie, welche Gerichte sie wo verspeist hatte. „Jedenfalls habe ich dort am Eingang ein Schild gesehen. Er sucht eine Küchenhilfe."

„Eine Küchenhilfe?" Merle war nicht gerade begeistert. „Du meinst jemanden zum Zwiebelschneiden und Geschirrspülen?"

„Weiß ich nicht", antwortete Bea. „Frag den Wirt am besten selbst."

„Immerhin könnte ich damit etwas Geld verdienen", überlegte Merle laut. „Mehr als all meine Kochkünste mir jemals eingebracht haben."

„Sicher", sagte Bea. „Nämlich mehr als nichts."

„Danke für den Tipp." Merle ließ es sich durch den Kopf gehen. „Ich geh mal hin. Zumindest kann ich mir den neuen Betreiber ja anschauen."

„Apropos Kochen." Bea wechselte das Thema. „Ich brauche dringend Hilfe beim Abend für Victor. Hast du dir vielleicht schon ein Gericht für mich überlegt?"

„Du willst Eindruck machen auf Victor, oder?"
Bea nickte.

„Okay, der Pfiff bei meinem Rezept sind die Morcheln. Ein Weinkenner wie er wird sie zu schätzen wissen. Du erwärmst die Morcheln in Rinderfond und reduzierst die Flüssigkeit dann mit Sahne, bis sie dick und sämig ist. Diese Soße servierst du zu gebratenen Rindermedaillons. Davor ein leckeres *amuse gueule*, vielleicht Garnelen an Orangensoße, und zum Dessert ein Flammeri mit Chaudeau. Er wird hingerissen sein."

Bea sah sie mit großen Augen an.

„Du guckst wie ein Auto", sagte Merle.

„Ich hab kein Wort verstanden", beschwerte sich Bea.

„Aber dass ich von Rezepten für Vorspeise, Hauptgericht und Nachtisch geredet habe, hast du schon kapiert?"

„Was?", fragte Bea entsetzt. „Vorspeise und Nachtisch muss ich auch noch machen?"

„Wenn du Victor mit deinen Kochkünsten beeindrucken willst schon", antwortete Merle. Sie ging in die Küche. Inzwischen hatte sie Beas Kühlschrank bestückt und bereitete aus Orangensaft, Limettensaft, Eiswürfeln und einem Schluck Tequila einen Sunrise zu. Zum Schluss gab sie behutsam ein wenig Grenadinesirup in das Getränk, der sich wie ein roter Sonnenball am Grund des Glases sammelte. Dann stellte sie ein Glas vor Bea ab und ließ sich mit dem anderen ihr gegenüber nieder.

Bea betrachtete den Cocktail erstaunt. „Sieht super aus."

„Auf geht's mit frischer Kraft", begann Merle und sah ihre Schwester eindringlich an. „Kochschule erster Teil. Was hast du nicht verstanden?"

„Eigentlich alles", gestand Bea. Nachdenklich musterte sie ihr Glas, wo Fäden der Grenadine sich im Orangensaft lösten und nach oben stiegen wie die Strahlen einer aufgehenden Sonne. „Fang noch mal mit dem Hauptgericht an. Morchelsoße soll ein Hauptgericht sein?"

„Die Filetsteaks sind das Hauptgericht", erklärte Merle geduldig. „Und die Morchelsoße wird dazu gereicht."

„Steaks braten?", fragte Bea geschockt. „Das habe ich noch nie gemacht."

Das wunderte Merle nicht. Bea konnte in ihrer Küche, in der alles neu und vom Feinsten war, gerade mal die Mikrowelle bedienen. Immerhin.

„Der Trick ist, dass du das Öl in der Pfanne richtig heiß werden lassen musst", erklärte Merle. „Dann ist es kinderleicht. Eine Minute von der einen Seite anbraten, dann eine von der anderen, ein wenig flüssige Butter darauf, die Temperatur herunterstellen und dann so lange braten, bis es genau richtig ist."

„Und wie lange ist das?", fragte Bea.

„Ein Weilchen von jeder Seite, je nachdem, wie dick das Filet ist und ob es innen noch rötlich sein soll oder gut durch. Das hat man im Gefühl."

„Ich nicht." Bea klang genervt.

„Okay, dann sagen wir eben, noch zwei Minuten von jeder Seite, und anschließend drückst du drauf. Wenn es auf Fingerdruck noch ein bisschen nachgibt, ist es genau richtig."

„Mach mich nicht schwach", sagte Bea. „Das nennst du ein Rezept?" Sie äffte Merle nach: *„Wenn es auf Fin-*

*gerdruck noch ein bisschen nachgibt, ist es genau rich-
tig.* Wenn ich auf rohes Fleisch drücke, gibt es auch auf
Fingerdruck nach."

„Rohes Fleisch fühlt sich ganz anders an."

„Ich werde niemals kapieren, wann das Steak gut ist."

„Vielleicht solltest du einmal üben?"

„Üben? Auch das noch? Soll ich vielleicht drei Jahre
Kochlehre machen, um Victor ein einziges Mal zum Essen einzuladen?"

Merle verdrehte innerlich die Augen über ihre kleine
Schwester. Sie hatte schon immer zu polemischen
Überspitzungen geneigt. „Es war deine Idee, dass du ihn
mit deinen Kochkünsten beeindrucken willst."

„Tja", sagte Bea. „Das will ich auch, aber es müssen ja
nicht unbedingt Steaks sein."

„Vielleicht sollten wir die Männer tauschen", sagte
Merle. „Vor einer erfolgreichen Managerin wie dir
würde Kurt bestimmt vor Hochachtung in die Knie gehen. Und ich wickele Victor mit ein paar Antipasti um
den Finger."

Bea lachte. Sie nahm ihr Glas, klimperte ein wenig mit
dem Eis und trank einen ersten, vorsichtigen Schluck.
„Hm, lecker." Sie stellte das Glas wieder hin und beobachtete, wie noch mehr roter Sirup von unten nach
oben stieg und sich mit dem Orangensaft vermischte.
„Kannst du mir nicht ein Rezept vorschlagen, das man
schon vorab vorbereiten kann? Wenn Victor kommt,
habe ich dann alles im Griff."

„Gute Idee", sagte Merle und trank einen Schluck von
dem eisigen Longdrink. Er rann kühl über ihre Lippen
und überschwemmte ihre Zunge mit einem fruchtigen

Aroma, das durch den Schuss Tequila genau die richtige Spur Würze erhielt. „Dann solltest du vielleicht einen Schmortopf machen. Ich besorge die Zutaten und zeige dir, wie es geht. Wenn Victor da ist, musst du das fertige Gericht nur noch heiß machen. Für den Nachtisch sorge ich. Aber die Vorspeise musst du selbst zubereiten. Er soll sehen, wie du mit roten Wangen etwas in der Pfanne brutzelst. Das wird ihn total anmachen."

„Oje", sagte Bea.

„Du willst ihn nicht anmachen?"

„Doch, unbedingt, aber ich trau mich nicht, was zu brutzeln. Was soll das denn sein?"

„Es geht ganz leicht. Du machst Garnelen an Orangen-Anis-Soße."

„Klingt kompliziert."

„Erst einmal lässt du eine Packung Riesengarnelen auftauen. Die brätst du in der Pfanne, bis sie schön rosa sind, das geht ganz schnell."

„Das ist wieder so eins von deinen Pi-mal-Daumen-Rezepten."

„Gar nicht. Du kannst nicht viel verkehrt machen und siehst es, wenn sie gut sind."

„Und dann?", fragte Bea. Geistesabwesend fischte sie mit dem Finger einen Eiswürfel aus dem Sunrise und schob ihn in den Mund. Knirschend zerknackte sie ihn mit den Zähnen.

„Der Rest ist noch einfacher. Du reibst die Schale einer unbehandelten Orange. Keine Angst, ich kaufe vorher für dich ein. Die Orange presst du aus, die abgeriebene Schale und den Saft gibst du zu den Garnelen. Dazu noch den Anissamen, den ich dir vorher schön gemörsert habe, ein bisschen Salz und Pfeffer. Das Ganze

lässt du kurz einkochen. Am Schluss rührst du stück-
chenweise eiskalte Butter hinein, um die Soße zu bin-
den. Und fertig.“

„Das krieg ich nie hin.“

Merle lachte und stand auf. „Oh doch“, sagte sie. „Das
üben wir jetzt. Ich hab fürs Abendessen eingekauft und
sieh da, ich hab die Zutaten und ein Baguette besorgt,
die Garnelen aufgetaut und ein Stück Butter ins Ge-
frierfach gestellt. In zehn Minuten ist unser Essen fertig. Hast du Weißwein da?“

„Ich habe inzwischen alles: Weißwein, Rotwein, was
du willst. Geschenke von Victor. Weißt du, das sammelt
sich bei mir an. Ich trinke doch fast nichts.“

Merle grinste. „Victor und du, ihr seid wirklich das
perfekte Paar.“

Kapitel 6

Wenn er sich selbst mehr um Saras Erziehung gekümmert hätte, sähe es in der Küche anders aus, dachte Kurt. Merle hatte sie verzogen. Da hatte er sich jahrelang krummgelegt, um die Familie zu ernähren, und jetzt ließ Merle ihn sitzen, mitsamt dem Ärger mit Sara am Hals.

Mit einem Ruck riss er die Tür zu Saras Zimmer auf. „So geht es nicht weiter", sagte er. Er war halb eingetreten, hatte die Hand aber noch auf die Klinke gelegt.

„Kannst du nicht anklopfen?", fragte Sara.

„Komm mal lieber in die Küche." Kurt trat ganz ein und sah sich um. Im Gegensatz zur Küche war Saras Zimmer in einem leidlichen Zustand. Das Bett war gemacht, nirgends lagen Kleider herum und der Schreibtisch wirkte aufgeräumt. Auf dem Boden lag ein großes, weiß lackiertes Brett, das Sara mit einer Sprühdose beschriftete. Die Buchstaben standen für Kurt auf dem Kopf, sodass er sie mühsam entziffern musste. „NEUBAU IST NATURKL...", las er. Wütend schluckte er alle Bemerkungen dazu herunter. Bloß keinen Zweifrontenkrieg eröffnen. Jetzt ging es erst einmal um die Küche. „Überall steht schmutziges Geschirr herum, und du kannst nicht immer nur Reis essen." Er blieb ratlos im Zimmer stehen, während Sara ungerührt weiter sprühte. Gerade zog sie behutsam den Aufwärtsbalken eines großen A, hielt kurz im Sprühen inne und machte mit dem Abwärtsbalken weiter. Zum Glück hatte sie eine Folie unter das Brett gelegt, wie er jetzt erleichtert bemerkte. Seine Tochter mochte eine Kratzbürste sein, aber sie war wenigstens eine Kratzbürste, die ihr eigenes Zimmer nicht mit Farbe versaute.

Als sie mit dem A fertig war und ein schwungvolles U gesprüht hatte, drückte sie den Deckel auf die Dose und stand auf.

„So", sagte sie und maß ihn mit einem herausfordernden Blick. Wie Merle hatte sie pechschwarzes Haar, und die graublauen Augen in ihrem blassen Gesicht konnten strahlend leuchten oder wie jetzt kalt wie ein Bergsee funkeln. Er wusste, dass sie es auf einen Streit über das Neubaugebiet anlegte, aber darauf würde er sich heute nicht einlassen.

Er ging ihr in die Küche voran. Merles sonst vor Sauberkeit glänzendes Kochparadies war jetzt eine einzige Katastrophe. Auf dem Herd stand eine Auflaufform, in der grüne Spinatreste von den Knödeln klebten, und dazu Töpfe, in denen Wasser schwappte, einmal bräunlich gefärbt von der Lammschultersoße und einmal mit weißen Reiskörnern darin. Den Reis hatte Sara sich gekocht. Angetrocknete Kleckereien verschmierten das Cerankochfeld und die Arbeitsplatten. In der Spüle türmte sich ein Stapel Teller, teils mit brauner Soße bedeckt und teils von weißen Reisschmierern überzogen.

„So sollte es nicht aussehen", sagte Kurt. „Stell dir mal vor, deine Mutter käme zurück."

Kurt gestand es sich selbst kaum ein, aber tatsächlich träumte er ständig davon, dass Merle zur Tür hereinkäme und einfach sagte: *Hallo, hier bin ich wieder.* Er vermisste sie schrecklich. Die Geräusche, mit denen sie die Räume erfüllte, wenn sie in der Küche mit den Töpfen klapperte oder durchs Haus ging, um zu lüften. Sie hatte so eine Manie mit dem Lüften. Ständig sauste einem ein Durchzug um die Ohren, und oft musste er erst einmal die Fenster schließen, wenn er in ein Zimmer trat. *Hier zieht's ja wie Hechtsuppe,* sagte er dann. Merle lachte immer und nannte ihn einen Luftmuffel. Aber jetzt fehlte ihm die frische Luft, die sie mit ins Haus brachte. Er würde liebend gern den ganzen Tag im Durchzug sitzen und jedem Blatt Papier nachrennen, das wegwehte, wäre sie nur wieder da.

„Wenn Mama das sieht, trifft sie der Schlag", stimmte Sara ihm zu. „Du solltest aufräumen und sauber machen."

Kurt sah sie sprachlos an. „Nein", erklärte er kategorisch und deutete auf das Chaos. „Ich verdiene die Brötchen. Du isst die Brötchen. Also kannst du dich auch einmal nützlich machen."

„Das denkst du aber nur. Du bist wohl der Meinung, als Mann bräuchtest du im Haushalt keinen Finger krumm zu machen. Die Zeiten sind vorbei."

Auf so ein Argument würde Kurt sich nicht einlassen. „Das hat nichts mit Mann oder Frau zu tun. Ich arbeite und du nicht."

„Na und?"

„Wer arbeitet, braucht sich nicht um den Haushalt zu kümmern. Das ist einfach eine Frage der Gerechtigkeit."

Sara schüttelte energisch den Kopf. „Mama hat doch bis vor Kurzem auch gearbeitet."

Jetzt hatte sie ihn erwischt. Er hatte Merles Berufstätigkeit nie wirklich ernst genommen, aber es stimmte. Im Hotel Sonne hatte sie zuletzt eine Vollzeitstelle gehabt.

Plötzlich dachte er daran zurück, wie glücklich er früher mit seinem kleinen Töchterchen gewesen war. Schon damals hatte sie den Dreh herausgehabt, in einem Gespräch den Spieß umzudrehen und ihn mit ihren Einwänden zu überrumpeln. Damals hatte er das süß gefunden. Er war stolz auf ihre Intelligenz gewesen und hatte sich bestätigt gesehen, als sie in der Grundschule eine Klasse übersprang.

Du lässt dich von ihr um den Finger wickeln, hatte Merle manchmal eingewandt, aber Merle konnte gerade etwas sagen. Sie hatte Sara ständig verwöhnt und nie dazu angehalten, ihr im Haushalt zu helfen. Bis die sich einmal bequemt hatte, hatte Merle, flink wie sie war, bereits alles erledigt. So war es immer gewesen. – Kurt aber musste sich jetzt mit seiner widerspenstigen Tochter herumschlagen.

Die Erziehung hätte Merle wirklich besser hinkriegen können.

„Eines ist sicher", sagte Kurt. „Die Küche wird sich nicht von selbst aufräumen. Und so bleiben, wie sie jetzt ist, kann sie nicht."

„Ja, dann räum halt auf", sagte Sara.

Kurt holte tief Luft. *Was fällt dir ein?*, wollte er brüllen, ein ordentliches Donnerwetter loslassen.

Sara sah ihn kühl an. Mit ihren neunzehn Jahren war sie eine junge, toughe Frau. Niemals würde sie vor ein bisschen Gebrüll einknicken. Plötzlich kam er sich lächerlich vor. Er stieß die Luft wieder aus.

„Komm schon", sagte er. „Jeder nimmt was und stellt es in die Spülmaschine."

Sara verzog angeekelt das Gesicht: „Deine widerliche Fleischsoße will ich nicht anfassen."

„Stell dich nicht so an." Er kippte das Wasser aus den Tellern, die in der Spüle gestapelt waren, und stellte sie in die Halterungen der Spülmaschine. Dann blieb er stehen und musterte Sara. Die sah so aus, als wollte sie den Rückzug in ihr Zimmer antreten. Wie Merle war sie zierlich, sie reichte ihm gerade bis zur Brust. Aber er konnte sie wohl kaum mit Gewalt zwingen. Wenn Sara ihre Hilfe verweigerte, war er hilflos.

„Wenn du bald in Freiburg studierst, wirst du vielleicht in eine WG ziehen", sagte er. „Da muss auch jeder seinen Teil machen und kann nicht einfach die eigene Sauerei den anderen überlassen."

„In einer Familie ist es anders", sagte Sara. „Du hast Mama ja auch immer die ganze Sauerei überlassen. Das Kochen, das Aufräumen, das Waschen, das Putzen, alles hat sie gemacht."

„Das war ein Fehler", gestand Kurt ein. „Von uns allen. Du siehst ja, wohin er geführt hat. Jetzt ist sie weg."

Sara nahm den Reistopf, kippte das Wasser heraus und räumte ihn in die Spülmaschine. „Ist Mama meinetwegen gegangen?", fragte sie. „Weil ich mich mit dir gestritten habe?" Plötzlich klang sie kleinlaut.

„Ich glaube wegen allem", sagte Kurt. Er dachte schon längere Zeit über diese Frage nach. „Ich glaube, sie hat eine ganze Weile Groll angesammelt."

„Vermisst du sie?", fragte Sara.

„Ja, sehr“, antwortete Kurt. „Und du?“

„Schon“, antwortete Sara. Sie dachte nach. „Ich gehe ja sowieso bald von zu Hause weg. Aber wenn ich in Freiburg bin, will ich, dass daheim alles in Ordnung ist. Dass Mama jetzt nicht da ist, macht mir weniger Angst, als dass die Familie zerfällt.“

„Keine Sorge.“ Kurt legte ihr die Hand auf die Schulter. „Mama kommt zurück.“

Sara lächelte schwach. „Hoffentlich.“

Kapitel 7

Die Mücke hatte seit gestern ihre sämtlichen Schwestern eingeladen und im Gästezimmer eine riesige Party steigen lassen. Sirrend und schwirrend hatten die kleinen Biester die ganze Nacht gefeiert und geschmaust. Merle hatten sie so gründlich ausgesaugt, dass jeder Arzt bei ihr wohl die Diagnose Blutarmut stellen würde. Die Quaddeln der Mückenstiche an Armen und Beinen allerdings waren rot und juckten sehr lebendig.

Folglich hatte sie in der Nacht kaum geschlafen. Am frühen Morgen war sie noch einmal eingedöst, und als sie aufwachte, hatte sie ganz lebhaft an das Salmon House gedacht. Es war ihr so deutlich vor Augen gestanden, als hätte sie davon geträumt. Vielleicht wegen der Mücken. Die Moskitos waren damals der einzige Wermutstropfen gewesen.

Vor beinahe schon drei Jahrzehnten war sie direkt nach dem Abitur als Backpackerin durch die USA gereist, mal mit dem Greyhound oder dem Bus, mal zu Fuß, anfangs mit ihrem damaligen Freund, später allein. Im Adirondack State Park in New York State hatte sie am Lake St. George in einer Pension übernachtet, um vor einer geplanten Zeltwanderung noch einmal die Annehmlichkeiten der Zivilisation zu genießen. Im Salmon House. Dort hatte es ihr dann so gut gefallen, dass sie ein paar Wochen geblieben war. Für ein paar Stunden Arbeit in Haus und Küche durfte sie im Schuppen schlafen und hatte freie Kost. Mit der Besitzerin, inzwischen eine siebzigjährige Lady, tauschte sie bis heute Weihnachtskarten aus.

Das Salmon House war eine Art Pension. In dem Haus, in dem die Betreiberin mit ihrer vierköpfigen Familie lebte, wurden außerdem vier Gästezimmer vermietet.

Das Frühstück im Salmon House war toll, ein liebevoll angerichteter Tisch, auf dem niemals verschiedene Sorten von selbst geräuchertem Lachs fehlten. Das wirklich Besondere jedoch war das Dinner. Alle Gäste des Hauses und die Familienmitglieder kamen zur gleichen Zeit zusammen und scharten sich um den großen Tisch: Menschen aus aller Herren Länder – Japaner, Brasilianer, Franzosen oder Australier, was auch immer – saßen zusammen, tauschten sich über ihre Erlebnisse im State Park aus oder erzählten von ihrem Leben. Merle hatte immer wieder Gesprächsfetzen aufgeschnappt, während sie das Essen auftrug und so der Chefin Gelegenheit gab, einmal in Ruhe mit ihren Gästen zusammenzusitzen. Serviert wurde stets nur ein Menü für alle, die Speisen waren vielfältig und reichten von amerikanischen Klassikern wie Cobb Salad, Turkey Joints und Apple Pie bis zu Spezialitäten aus Upstate New York wie Buffalo Wings und Spiedies.

Als Merle von ihrer Reise zurückgekehrt war, war das ihr Traum gewesen: ein Haus zu führen, in dem die unterschiedlichsten Menschen an einer großen Tafel zusammenkamen und in dem für einen Abend eine Gemeinschaft entstand. Ein Ort, wo Unbekannte Freundschaft schlossen und jeden Bissen genossen, während sie über Gott, das Essen und die Welt plauderten.

Dieser Traum hatte hinter ihrer Entscheidung gestanden, eine Ausbildung zur Hotelfachfrau zu machen. Die Freude daran, Gäste willkommen zu heißen und ihnen das Gefühl zu geben, in der Fremde zu Hause zu sein, hatte sie während all der Jahre im Hotel Sonne beflügelt. Doch den großen Traum, den Traum von der eigenen Tafel, an der sie Gäste bewirtete und für kurze Zeit zu einer Gemeinschaft verband, den hatte sie beinahe vergessen.

Eigenartig, dass sie heute wieder daran dachte, da sie sich dem Tiefpunkt ihrer Laufbahn genähert hatte. Statt Herrin einer Tafel zu sein, würde sie sich nun darum bewerben, das Mädchen für alles in einer kleinen Küche zu werden – das gesichtslose anonyme Geschöpf, das Lasagneplatten in Auflaufformen schichtete und Tomatensoße auf Spaghetti goss, während die Köchin Kalbshaxen für den Ossobuco anbriet, die Kellnerin fürs Wohlbefinden der Gäste sorgte und der Wirt die Planung machte und somit jeglicher Kreativität einen Riegel vorschob.

Merles Blick fiel auf eine Mücke, die schwarz und biestig auf der Wand saß. Sie schlich sich mit der ausgestreckten Hand an und schlug zu. Patsch. Auf der weißen Wand klebte das tote Insekt mitten in einem Blutfleck. Ups! Sie versuchte das Blut – bestimmt ihr eigenes - wegzuwischen, verschmierte es aber nur. Na gut. Bea würde es überleben. Jetzt stand jedenfalls erst einmal ein Gang zum Baumarkt an. Sie würde ein Mückengitter installieren, und heute Nacht würde sie endlich wieder ordentlich durchlüften.

Während sie ihre Jacke anzog, verharrte sie plötzlich, tief in Gedanken versunken.

Sie hatte Kurt verlassen, weil sie es sattgehabt hatte, sich wie ein Dienstmädchen zu fühlen, das für alle sorgte, dessen Leistungen aber keiner würdigte. Zu Hause hatte sie wenigstens über die Gerichte, die sie kochte, selbst bestimmen können. Würde sie nun aus dem Regen in die Traufe kommen?

Kapitel 8

Merle musterte sich im Schminkspiegel ihres Autos. Nun ja, Hakennase war Hakennase. Früher hatte sie ihre schwarzen Locken aufgehellt und geglättet. Als sie nur noch Stroh auf dem Kopf gehabt hatte, hatte sie damit aufgehört. Bea meinte, ihr mediterraner Typ sei anziehend. Ihr schwarzes Haar glänze so schön, die dunklen Augen seien mandelförmig und ihr goldbrauner Teint im Sommer besonders strahlend. Bea hatte leicht reden, sie war ja blond. Bei ihr käme keiner auf den Gedanken, sie zu fragen, wo sie denn nun wirklich, wo sie „richtig" herkomme. Noch ein prüfender Blick. Wie dem auch sei, jedenfalls hatte sie kein Grünzeug zwischen den Zähnen. Sie zog ihren Lippenstift nach. Auch wer sich als Küchenhilfe bewarb, musste nicht als Trutschel auftreten.

Sie stieg aus dem Auto und schaute hinauf zu den Bergen, die das *Wiesental* auf beiden Seiten immer höher aufsteigend einfassten, bis der Hochschwarzwald in der Ferne seine blauen Gipfel zum Himmel reckte. Vielleicht sollte sie lieber wandern gehen, statt sich um einen Sklavenjob zu bemühen.

Sie löste sich von dem herrlichen Panorama, seufzte und wandte sich dem Wirtshaus zu.

Es war ein ziemlich kleines Lokal, weiß verputzt und mit seinem braunen Fachwerk postkartenhübsch. Es stand ein wenig abseits der Stadt nahe der Uferböschung des Flüsschens *Wiese.* Über dem Eingang nahm ein breites, langes, weiß lackiertes Schild einen Teil der Fachwerkwand ein. Es wirkte neu, und die schwarzen Buchstaben hoben sich scharf vom strahlend weißen Grund ab. *Pizzeria am Fluss,* stand dort. Das war anscheinend der neue Name des Lokals.

Rechts der Eingangstür stand eine mit der Hand beschriftete Tafel.

Küchenhilfe gesucht. Ab sofort.

Sie trat in einen kleinen Flur mit einer Reihe von Garderobenhaken auf der rechten Seite. Linker Hand führte eine Tür in den Gastraum. Die schloss sie hinter sich und schaute sich um.

Gäste waren keine da, was sie jetzt um zehn Uhr vormittags nicht verwunderte. Einige große Holztische waren mit jeweils einem Ständer für Bierfilze gedeckt. Drei der Tische waren an einer Seite von einer Wandbank aus altem, dunklem Holz gesäumt, die Stühle dagegen waren aus hellerem Holz. Der Eichenboden wirkte solide, war aber glanzlos und abgetreten. An den weiß gestrichenen Wänden prangten zwei große Gemälde, die sonnendurchflutete Mittelmeerlandschaften mit Pinien, Meer und hellen, mit Terrakottaziegeln gedeckten Häusern zeigten. Sie bildeten einen sonderbaren Kontrast zu dem altmodisch deutschen Wirtshausambiente.

Allerdings kam viel Licht herein. Die drei Fenster schienen irgendwann einmal vergrößert worden zu sein, passten mit ihren Holzsprossen aber dennoch gut zum Rest des Hauses. Hinter dem südlichen Fenster legte sich ein seitlich einfallender goldener Sonnenstreifen über die Tische und den Eichenholzboden.

Obwohl die Einrichtung alt, ein wenig dunkel und schlicht war, fühlte Merle sich hier auf Anhieb wohl. Vielleicht lag es am abgenutzten Holzboden, denn er strahlte eine urige Gemütlichkeit aus, die durch die dicken Deckenbalken noch unterstrichen wurde. Vielleicht lag es auch am Licht, das durch die Fenster einfiel. Oder am Grundriss des Raums, der unter Einschluss des Schankbereichs hinter dem Tresen nahezu quadratisch war. Auf jeden Fall gefiel es ihr sehr gut, sich ganz allein in der Stille dieses Raums aufzuhalten. Sie fühlte sich kein bisschen als Eindringling oder beklommen.

Merle lauschte, ob jemand zu hören war. Aus einer Tür hinter dem Tresen, der die rechte Seite des Raums einnahm, drangen Geräusche. „Hallo?“ Sie lauschte erneut.

Gleich darauf kam ein Mann herein, der sich die Hände an einem Küchenhandtuch abtrocknete. Er legte das Handtuch auf dem Tresen ab und blieb dahinter stehen. „Ciao“, sagte er freundlich mit der professionellen Liebenswürdigkeit eines Restaurantbesitzers, der einen Gast empfängt.

„Ciao“, antwortete sie im selben Tonfall und grinste. Vor einigen Jahren hatten sie Urlaub in der Toskana gemacht. Am Ende der Ferien hatten sie den großen Wo-

chenmarkt in Grosseto besucht und von dort Spezialitäten mit nach Hause genommen: Honig von einem Im-
ker der Region, einen kleinen Laib Pecorino, eine ganze
Wildschweinsalami und eine große Konservendose
mit Sardellen. Sie hatte Brötchen mit Porchetta gegessen und sich lange von einem farbenfrohen Stand zum
nächsten treiben lassen. Sie hatte sich wohlgefühlt in
diesem Gewimmel, als gehörte sie dazu. Dabei hatte sie
ein bisschen Italienisch aufgeschnappt, aber *ciao* und
quanta costa, grazie und per favore waren die einzigen
Wörter, die ihr in Erinnerung geblieben waren.

Der Gastwirt ließ einen Wortschwall in Italienisch
auf sie los, und sie sah ihn verständnislos an.

„Oh, si-e ssinde ka-ine Itali-enerrin?“ Er sprach mit einem deutlich hörbaren Akzent.

Es passierte Merle schon mal, dass man sie für eine
Migrantin hielt. Einmal, als sie im Hotel Sonne mit dem
Putzwagen unterwegs gewesen war, hatte ein Mann sie
sogar in herablassendem Ausländerdeutsch angespro-
chen. „Du machen sauber dalli dalli.“

Dem hatte sie aber gehörig die Meinung gegeigt. „Du
lernen Deutsch dalli dalli“, hatte sie gesagt. Und als er
sich aufregen wollte: „Ich vertrete hier die Chefin. Haben Sie irgendwelche Beanstandungen?“

Aber diese Variante, dass ein Migrant sie für eine
Landsmännin hielt, hatte sie noch nicht erlebt. Aller-
dings – er hatte ja gar nicht so unrecht. In gewisser
Weise stammte sie ja zur Hälfte aus Italien.

„Was darrfe ische Ihnen brringen?“

„Ich bin wegen der Tafel hier“, sagte Merle.

Er begriff nicht gleich.

„Die Tafel neben der Tür?“, wiederholte Merle.

„Die Küchenhilfe? Heute muss mein Glückstag sein."
Seine Augenbrauen zuckten fröhlich, und er strahlte
sie an.

„Also so, wie Sie lächeln, suchen Sie die wirklich sehr
dringend."

Er bemühte sich, ernster zu schauen, aber seine
Mundwinkel zeigten nach oben. „Eine Frau wie Sie in
der Küche, das wäre wie ein Sechser im Lotto."

Da hat er wahrscheinlich recht, dachte Merle, denn
sie fühlte sich eigentlich zu gut für den Job. Küchenhilfe, puh! Dafür hatte sie nicht jahrelang Rezept um
Rezept ausprobiert. Andererseits konnte er das nicht
wissen. Worauf wollte er also hinaus? Flirtete er vielleicht mit ihr? Ihre Mutter hatte gern mal gesagt, lass
dich nur auf keinen Italiener ein. Die Italiener flirten,
wie sie atmen. Sie musste es wissen.

Plötzlich fiel Merle etwas auf. „Was ist mit Ihrem Akzent passiert?", fragte sie ihn verblüfft.

Er lachte. „Der ist nur für die Gäste."

„Wieso?", fragte Merle verwundert.

„Damit sie sich wie im Urlaub fühlen."

Er war etwa gleichaltrig oder allenfalls ein wenig jünger. Vielleicht Mitte vierzig. Ein mittelgroßer Mann mit
schwarzen Locken und Augen, die genauso dunkel-
braun waren wie ihre. Er überragte sie um einen halben Kopf, war schlank und beweglich und hatte denselben sonnigen Teint.

„Ich heiße Mario", sagte er. „Wollen wir nicht du sagen?"

„Merle." Sie gab ihm über die Theke hinweg die Hand.
Seine fühlte sich warm und trocken an.

An ihren nächsten Worten kaute sie herum. Es war die Frage, die sie aus dem Mund von anderen Deutschen immer auf die Palme brachte. Sie wollte sie sich verkneifen, dann fragte sie doch. Das hier war etwas anderes. „Wo kommst du her?"

In Merles Grundschulzeit in Heimlingen hatte es hauptsächlich eine einzige Sorte von Ausländern gegeben, wie man Migranten damals allgemein nannte: die Kinder italienischer Gastarbeiter. *Tschingge!*, riefen die deutschen Kinder ihnen nach. Und die italienischen Kinder riefen zurück: *Vaffanculo!* Leck mich am Arsch.

Zu diesen Kindern, die man *Tschingge* schimpfte und die *Vaffanculo* riefen, wollte Merle nicht gehören. Wenn jemand sie selbst einen *Tschingg* nannte, wurde sie stinksauer und zischte in gutem Deutsch zurück: *Halt die Klappe, du Arschloch.*

Zurückgeblieben aus dieser Zeit kindlicher Verletzungen war der Unwille, mit dem sie reagierte, wenn jemand sie nach ihrer Herkunft fragte. „Vom Südpol", sagte sie dann schon mal giftig.

Mario zog die Augenbrauen hoch. Ganz gelassen, aber wahrscheinlich fand er diese Art Frage genauso nervig wie sie. „Aus Freiburg."

„Ich komme aus Sizilien." Es war heraus, bevor Merle darüber nachgedacht hatte. Sie hatte immer geglaubt, ihr sizilianischer Anteil interessiere sie nicht, schließlich hatte sie als Kind einen liebevollen deutschen Papa gehabt, eine deutsche Mutter und war in einer deutschen Familie großgeworden. Sie hatte nie das Gefühl gehabt, dass ihr etwas fehlte. Jetzt aber sprudelten die Worte aus ihr heraus, als hätte sie seit Jahren darauf gewartet, sie auszusprechen.

Mario sah sie verwundert an. Gerade eben hatte sie ja bewiesen, dass sie kein Italienisch verstand.

„Also nicht wirklich. Aber mein leiblicher Vater kommt von da. Ich kenne ihn gar nicht." Diese Geschichte erzählte sie nie von sich aus und schon gar nicht einem Menschen, den sie gerade einmal seit fünf Minuten kannte. Sie wurde rot.

Mario legte den Kopf schief. Seine schwarzen Locken standen in alle Richtungen ab, als hielten sie neugierig nach etwas Ausschau. „So gesehen bin ich ebenfalls Sizilianer", sagte er. „Meine Eltern stammen aus der Umgebung von Cefalù. Das liegt in der Nähe von Palermo."

„Und warst du einmal da?", fragte sie gespannt.

„Natürlich." Er hielt ihren Blick einen Moment lang fest. „In den Herbstferien sind wir immer zu *nonna* und *nonno* auf den Bauernhof gefahren. Als ich klein war, fand ich es toll. Später musste ich bei der Olivenernte helfen. Das war langweilig."

„Ich wusste gar nicht, dass mein italienischer Vater mir fehlt, bis jetzt zumindest", sagte Merle nachdenklich. „Ich dachte, es ist mir egal, dass ich ihn nicht kenne."

„Aber das ist es nicht?"

„Ob er wohl auch so kochverrückt ist wie ich?" Merle wich Marios Frage aus. Sie kannte die Antwort ja selbst nicht. „Vielleicht habe ich es von ihm. Meine Mutter hat nicht gern gekocht. Sie kannte nur ein halbes Dutzend Gerichte, und alle paar Tage gab es wieder dasselbe. Pfannkuchen und Pellkartoffeln mit Quark sind ja lecker, aber doch nicht andauernd. Später, als meine Eltern zu zweit waren, hat sie nur noch Fertiggerichte aus der Tiefkühltruhe gemacht. Genau wie meine Schwester."

„Du bist kochverrückt?" Mario lächelte erfreut. „Das trifft sich gut. Dann bist du genau am richtigen Ort."

„Zeigst du mir die Küche?", fragte Merle. Auf sein Nicken hin ging sie an der Theke vorbei und folgte Mario in einen länglichen Küchenraum. Er war deutlich größer, als sie von der kleinen Gaststube her erwartet hätte. Sofort fiel ihr ein Ofen ins Auge, dessen Edelstahlgehäuse blinkte und blitzte, als wäre das Gerät neu. Das musste der Pizzaofen sein. Er hatte zwei Kammern und war viel tiefer und breiter als ein normaler Küchenofen. „Darin kann ich acht *Pizze* auf einmal backen", sagte Mario, der ihrem Blick folgte. Er deutete auf eine Teigknetmaschine, die in der hinteren Ecke der Küche auf der Arbeitsplatte stand. Sie sah aus wie eine riesige Küchenmaschine. „Und in der hier mache ich Teig für hundert *Pizze* und mehr."

Ansonsten wirkte die Einrichtung der Küche alt. An der Schmalwand standen zwei große Kühlschränke und um die Ecke eine Spülmaschine sowie eine Spüle, an die sich eine Arbeitsplatte anschloss. Den Rest der Längswand nahmen zwei ramponierte Gasherde mit je einem Backofen und drei nebeneinander angeordneten Brennern ein. An der Wand gegenüber erstreckte sich neben dem Pizzaofen eine tiefe Arbeitsplatte, auf deren hinterem Bereich Schüsseln mit Zutaten standen. Oliven, Anchovis, geriebener Käse, Salami, Paprika, Pilze und mehr. Auch ein großer Topf mit Tomatensoße stand dort. Weiter vorn auf der Arbeitsplatte lag ein Schneidebrett mit Zwiebelstreifen, einer angeschnittenen Zwiebel und einem Messer. Eine Schüssel

halb voll mit geschnittenen Zwiebeln stand daneben.
Jetzt wusste sie auch, wobei sie Mario eben gestört
hatte.

„Das hier", sagte Mario und wies auf die Schüsseln
mit Zutaten und das Schneidebrett, „wäre deine Aufgabe. Bist du gut im Schälen, Schneiden und Hacken?"

„Flink wie ein Specht", antwortete Merle. Tatsächlich
war sie mit dem Küchenmesser geschickt, aber sie
würde hier alles vermissen, was das Kochen für sie attraktiv machte. Die Kreativität, die eigenen Ideen, das
Selbstbestimmte. Trotzdem, ja, sie wollte die Arbeit. Zumindest erst einmal. Sie wollte beschäftigt sein, um gar
nicht auf die Idee zu kommen, ihr Zuhause zu vermissen, und sie würde wohl auch das Geld brauchen.

„Der Teig für eine Pizza wird nicht ausgerollt, sondern über der Hand gedreht", fuhr Mario fort. „Kannst
du das?"

Merle verneinte.

Mario nickte. Beim Lächeln zwinkerte er mit seinen
dunklen Augen. „Ein Specht kann eben nicht alles. Das
ist die Arbeit eines *pizzaiolo*, eines Pizzabäckers. Aber
wenn du geschickt bist, bringe ich es dir bei."

Merle horchte auf. Also würde sie hier doch etwas lernen. Darauf freute sie sich. „Ja, gern."

„Bis du es kannst, werde ich den Teig selbst drehen",
erklärte ihr Mario lächelnd. „Du wirst ihn dann belegen, in den Ofen schieben und rausnehmen."

Merle nickte.

„Du würdest um neun Uhr morgens hier anfangen
und alles vorbereiten. Von zwölf bis drei ist die Küche
für die Gäste geöffnet. Um sechzehn Uhr hättest du Feierabend."

„Servierst du die Pizzen, die ich backe?"

„Über Mittag ist eine Servicekraft da. Bisher habe ich die Küche allein gemacht, aber das wurde einfach zu viel. Sobald du da bist, werde ich in der Küche oder beim Servieren da anpacken, wo es nötig ist." Er sah sie freundlich an. „Keine Angst, erst einmal bekommst du alle Unterstützung, die du brauchst."

„Wie viele Pizzen verkaufst du denn am Tag?"

„Besonders viel Umsatz machen wir an schönen Tagen. Die Leute sitzen dann auf der Terrasse mit Blick auf den Fluss. Dort bedienen wir nicht, aber die Leute nehmen gern die kleine Pizza für auf die Hand und essen sie dort. Dann können hier schon mal mehr als hundert *Pizze* über den Tisch gehen. Unsere *Pizze* sind sehr lecker und sehr günstig, dafür machen wir aber keine anderen Gerichte."

„Keine Pasta, keine Salate?", fragte Merle überrascht. Das war ja ganz schön einseitig.

Mario spürte ihre Missbilligung und wehrte sie mit einer beschwichtigenden Handbewegung ab. *Immer mit der* Ruhe schien seine Geste zu sagen. „Ich bin in einer Pizzeria aufgewachsen", erzählte er. „Meine Eltern haben sich damit selbstständig gemacht. Ich wollte das Geschäft so wie meine Eltern aufziehen und schauen, ob man die Gäste wie damals mit der Kombination aus Qualität und niedrigen Preisen überzeugen kann, selbst wenn das Angebot etwas eingeschränkter ist."

Merle, die beim Italiener am liebsten Lasagne aß, schüttelte innerlich den Kopf, sagte aber nichts dazu.

Stattdessen fragte sie: „Laufkundschaft kannst du eigentlich kaum haben. Die Stadt ist hier ja zu Ende. Wer sind denn deine Gäste?"

„Wir leben von Mundpropaganda. Unsere Kundschaft sind vor allem Angestellte und Arbeiter aus dem Gewerbegebiet, die Mittagspause machen, Pächter aus der Schrebergartenkolonie und Schüler aus dem Gymnasium und der Berufsschule. In der Nähe ist ein Fitnesscenter, von da kommen auch schon mal Gäste vorbei. Die erkennt man an den Muskeln. Am Samstag sind wir bei Marktbesuchern beliebt. Daher öffnen wir werktags und haben an Sonntagen geschlossen."

„Und abends habt ihr nicht geöffnet?"

„Das habe ich anfangs versucht, aber es hat sich nicht rentiert. Ich habe kaum den Stundenlohn für die Kellnerin herausbekommen, von meinem eigenen ganz zu schweigen."

„Apropos Stundenlohn", sagte Merle. „Was zahlst du?"

Er sah sie ein wenig zerknirscht an. „Leider nur den Mindestlohn. Mehr ist nicht drin. Das musst du verstehen, denn der Gewinn ist minimal. Was ich dir bezahle, geht direkt von meinem eigenen Lohn ab."

Merle hatte so etwas schon befürchtet. Im Hotel war es auch nicht viel besser gewesen. Die Margen in kleinen Hotels und Gaststätten gaben keine großen Löhne her. Oder die Betreiber waren einfach nur großartig im Jammern. So oder so, einen hohen Stundenlohn hatte sie auch bisher nicht gesehen.

„Okay", sagte sie.

Er strahlte. „Dann sind wir uns einig?", fragte er.

Sie nickte.

Er ging ihr aus der Küche in die Gaststube voran, trat hinter die Theke und holte ein paar bedruckte Seiten aus einer Schublade bei der Kasse. „Hier ist der Arbeitsvertrag", sagte er. „Und außerdem der Personalfragebogen. Du kannst alles zu Hause durchlesen, den Bogen ausfüllen und den Vertrag unterschreiben. Wenn du willst, kannst du gleich morgen anfangen."

Kapitel 9

Merle kannte ihre Kontonummer auswendig, die Staatsangehörigkeit war kein Problem, die Adresse schon schwieriger. C/o sah blöd aus, also gab sie nicht Beas Anschrift, sondern die von Kurt und ihr selbst an. Kinder, für die sie Kindergeld bezog, hatte sie eines. Als sie sich bis zum Ende des Personalfragebogens durchgekämpft hatte, kam der Hammer. Die Sozialversicherungsnummer. Die hatte sie nun wirklich nicht im Kopf. Dasselbe galt für die Steuer-ID. Es blieb ihr nichts anderes übrig, sie musste einen Blick in die Unterlagen werfen. Und das ging nur bei ihr zu Hause.

Aber vorher wollte sie noch etwas erledigen. Sie würde einen kleinen Abstecher in die Buchhandlung machen. Vielleicht konnte sie Sara ja einen Schubs in die richtige Richtung geben.

Zu Hause angekommen, parkte sie ihren Wagen in der Einfahrt, nahm die Papiertüte der Buchhandlung aus dem Auto und klopfte an Saras Zimmertür. Keine Antwort. Bestimmt war Sara bei einer Freundin.

Sie nahm einen Zettel aus der Zettelbox in der Küche und schrieb eine Nachricht darauf:

Kochen ist einfacher als du denkst. Auf gutes Gelingen.

Den Zettel steckte sie in die Tüte und legte die Tüte vor Saras Zimmertür.

Wie sie ihre Tochter kannte, würde die erst einmal hochmütig das Gesicht verziehen. Einen Ratschlag ihrer Mutter annehmen? Ausgeschlossen. Aber wenn der Hunger größer wurde, würde sie vielleicht doch neugierig werden. Vielleicht konnte Merle ihre Tochter ja mit einem Hauch Exotik verführen.

Als Nächstes holte Merle die Kochbücher aus dem Regal, die sie für Beas Menü für Victor brauchte. Sie musste kurz suchen, bis sie die Rezepte für Vorspeise, Hauptgericht und Dessert fand. Die Bücher nahm sie mit in Kurts Arbeitszimmer. Nachher würde sie alles zum Auto tragen.

Im Arbeitszimmer zog sie die Tür hinter sich zu und machte sich auf die Suche nach ihrem persönlichen Ordner. Wo hatte sie den nur hingestellt? War er nicht grün gewesen? Schließlich entdeckte sie ihn am Rand des Regalfachs. Er war nicht grün, sondern gelb. Das hatte sie in die Irre geführt.

Als sie tief über die Papiere gebeugt dastand und in den Seiten blätterte, ging plötzlich die Tür auf. Sie schrak zusammen. Kurt stand im Türrahmen und starrte sie an. Dann beobachtete Merle, wie sich das Gesicht ihres Mannes verwandelte. Seit seiner Wahl zum Bürgermeister hatte sie ihn nicht mehr so glücklich gesehen. Seine blaugrauen Augen wurden ganz schmal, so strahlte er, und Lachfältchen traten in seine Augenwinkel. „Du bist zurück?", fragte er.

Das hatte sie nicht erwartet. Sie hätte nicht gedacht, dass er sich so freuen würde, sie zu sehen. Normalerweise war er geistesabwesend, wenn er nach Hause kam und nickte ihr gerade einmal zu.

Hätte er sie doch früher so herzlich begrüßt. Vielleicht wäre sie dann gar nicht weggegangen.

Doch wie die Dinge standen, musste Merle ihn jetzt enttäuschen. Plötzlich spürte sie einen Kloß in der Kehle. „Nein“, antwortete sie rau. Sie hatte den Impuls, Kurt tröstend zu umarmen, hielt sich aber zurück. Das wäre genau das Falsche. „Ich suche nur etwas in den Unterlagen. Ich gehe gleich wieder.“

Zum zweiten Mal verwandelte sich Kurts Gesicht. Es war, als fiele eine Tür zu. Plötzlich waren seine Züge wie eingefroren. Er sah sie kalt an. Aber wenigstens wurde er nicht mehr so wütend, dass sie Angst vor ihm bekam.

„Was suchst du?“, fragte er.

Die Verwandlung war so krass, dass Merle fröstelte. Typisch Kurt. Er konnte es nicht haben, wenn etwas nicht nach seinem Kopf ging.

„Ich finde meine Sozialversicherungsnummer nicht.“

„Du hast eine neue Stelle?“

Sie beugte sich wieder über den Ordner und blätterte darin.

„Wo fängst du an?“, fragte er.

Sie blickte auf. „In einem Restaurant. In der Küche.“

„In welchem?“

„Pizzeria am Fluss.“

Er stützte sich mit beiden Händen vorgebeugt auf den Schreibtisch und sah sie an. „Ein Italiener? Seit wann kochst du italienisch?" Neben seinen kräftigen Fingern lag ein blauer Kuli. Er wirkte winzig.

„Ich habe immer Rezepte aus aller Herren Länder ausprobiert."

„Du solltest lieber für die Familie kochen als für fremde Leute", sagte Kurt. „Wo die Pizza ist, da ist der Latin Lover nicht fern. Das fehlt gerade noch. Komm nach Hause, wo du hingehörst."

„Eifersüchtig?", fragte Merle. „Auf Signore Unbekannt?"

Kurt richtete sich auf. Seine breiten Schultern waren wie ein dunkler Fels. „Das also ist es? Das ist der Grund, aus dem du gegangen bist?"

Zu ihrer eigenen Überraschung genoss Merle es, ihn zappeln zu sehen. „Eifersucht steht dir gut", sagte sie. Es gefiel ihr, dass Kurt aus seiner Gleichgültigkeit ihr gegenüber aufgewacht war. „Hast du jetzt Grund dazu oder nicht? Das wüsstest du gern." Merle fragte sich plötzlich selbst, ob Kurt vielleicht Anlass zur Eifersucht hatte. Ja, sie hatte sofort einen Draht zu Mario gehabt. Aber Sympathie reichte nicht für eine Liebesgeschichte.

„Du bist meine Frau", sagte Kurt drohend. „Vergiss das nicht."

Merle nahm ihren Ordner und klemmte ihn unter den Arm. Sie wollte hier weg.

„Bleib", sagte Kurt spröde. Als sie sich an ihm vorbeidrängen wollte, fügte er etwas freundlicher hinzu. „Bitte."

Sie sah ihn an.

„Denk an Sara."

„Die ist so gut wie erwachsen."

„Ich mache mir Sorgen um sie.“

„Wieso?“, fragte Merle überrascht. Sie war fest davon überzeugt, dass ihre kratzbürstige Tochter keine mütterliche Unterstützung mehr brauchte.

„Sie isst nicht richtig.“

„Was isst sie denn?“, fragte Merle mit mehr Neugier, als sie wollte.

„Jeden Tag kocht sie sich einen großen Topf weißen Reis. Das ist alles. Sonst nichts. Nicht mal ein Butterbrot.“

Merle sah ihn geschockt an. „Ist sie plötzlich magersüchtig?“

Kurt schüttelte den Kopf. „Ich glaube nicht. Ich glaube eher, sie ist einfach nur zu faul, sich um ihre Ernährung zu kümmern.“

Das klang nicht nach großer Sorge. Kurt erzählte ihr das nur, um ihr ein schlechtes Gewissen zu machen.

„Ich hab etwas für Sara“, sagte Merle. „Moment mal.“ Sie lief zu Saras Zimmertür und kam mit der Tüte der Buchhandlung zurück. „Hier, schau mal.“ Sie zog ein großes Buch aus der Tüte, ein Buch voller prachtvoller Seiten mit Hochglanzfotos von Früchten, Gewürzen und Gerichten, die Appetit machten. Interessant, dass Sara ausgerechnet auf Reis als Grundnahrungsmittel verfallen war. Das passte perfekt zu Merles Einkauf. Irgendwie kannte sie ihre Tochter ja doch. „Hier“, sagte sie. „*Vegetarisch schlemmen wie in Indien.* Sie wird ja krank, wenn sie nichts als Reis isst.“

„Wie ein Hungerkind“, stimmte Kurt ihr zu.

Merle schlug eine Seite ganz vorn auf. „Indische Gewürze“, las sie vor. „Zimt, Kümmel, Muskatnuss, Nelken. Und so weiter. Da steht eine ganze Liste. Ganz viel davon hab ich in meinem Gewürzregal. Was noch fehlt, soll sie kaufen. Es gibt hier einen asiatischen Supermarkt. Und sie soll in meinem Kräutergarten schauen. Ich hab dieses Jahr Koriander gesät. Und falls sie Samstag auf den Markt geht, soll sie bei Wengers kaufen. Da gibt es Bio-Gemüse."

„Träum weiter", sagte Kurt. „Eher wird ein Fuchs Vegetarier, als dass Sara mit dem Kochen anfängt."

Nun, bald würde Sara ohnehin nicht mehr zu Hause wohnen, ob Merle nun in die Familie zurückkehrte oder nicht. Sie sah Kurt an. „Hatte Sara schon Erfolg bei der Zimmersuche?"

Ihr Mann schüttelte den Kopf. „Nichts Neues. Und von einem Platz im Studentenwohnheim hat sie auch noch nichts gehört."

„Wenn sie sich nicht ranhält, muss sie pendeln", sagte Merle. Freiburg war ein schwieriges Pflaster für Studienanfänger. Die südlichste Großstadt Deutschlands war bei Studenten begehrt, und entsprechend groß war die Nachfrage nach Studentenbuden und WG-Zimmern. Müsste Sara weiter zu Hause wohnen und mit dem Zug pendeln, wäre sie hin und zurück fast drei Stunden täglich unterwegs. Teuer wäre es außerdem.

„Sie hat ja noch eine Menge Zeit."

Kurt hatte recht. Das Wintersemester begann erst Anfang Oktober, aber die Sommermonate waren schnell herum. Ihr kam eine Idee.

„Kennst du nicht den Bürgermeister von Merzhausen?"

Kurt sah sie argwöhnisch an. „Ja und?"

„Merzhausen grenzt direkt an Freiburg. Da wohnen viele Studenten. Frag ihn doch mal, ob er von einem Zimmer weiß, das Sara mieten könnte."

„So was geht gar nicht", sagte Kurt. „Du weißt, wie die Leute hier seit der Sache mit Schätzle drauf sind."

Hubert Schätzle war der vorherige Bürgermeister von Heimlingen gewesen, Kurts Vorgänger. Es hatte Gerüchte gegeben, er habe beim Neubau der Stadthalle Angebote von Baufirmen an einen Vetter verraten, der die Konkurrenz daraufhin knapp unterbot. Man redete von Mauscheleien, von Eine-Hand-wäscht-die-andere-Geschäften und Vetternwirtschaft im wahrsten Sinne des Wortes. Das Ganze hatte sich hochgeschaukelt. Richtig aufgeklärt wurden die Vorwürfe nie, aber sie hatten gereicht, um Schätzle die Wiederwahl zu kosten.

„Du sollst ihn ja nicht bestechen", sagte Merle. „Den Bürgermeister von Merzhausen, meine ich. Einfach nur fragen."

Kurt brummelte etwas.

„Was?"

„So fängt es an", wiederholte Kurt.

Merle verstand, worum es ihm ging. Er war in Heimlingen als Kandidat angetreten, der anders war. Als Mann, den jeder kannte und dem jeder persönlich vertrauen konnte. Und in einem hatten die Leute recht. Kurt war wirklich ein Mann, der eine strahlend weiße Weste hatte.

Merle verdrehte die Augen. „Man kann es auch übertreiben mit der Korrektheit", sagte sie.

Kurt seufzte. „Vielleicht gefiele es mir ja, wenn Sara kein Zimmer fände. Wenn sie auch noch weg ist, bin ich hier ganz allein." Er sah Merle bittend an. „Ich kann mich ändern", sagte er. Er ließ ihren Blick nicht los.

Merle glaubte nicht daran. „Solange du jeden Abend das Rathaus im Kopf mit nach Hause trägst, wird alles beim Alten bleiben."

Sie wandte sich halb ab, spürte aber, dass er sie nicht aus den Augen ließ.

Als das Schweigen belastend wurde, hob sie den Kopf. „Du schaust wie die Schlange, die das Kaninchen verspeisen will."

„Oh", machte Kurt. Sie spürte, dass er eine gereizte Antwort herunterschluckte. „Das wollte ich nicht. Es sollte ein Blick voll Hoffnung sein. Wann kommst du zurück?"

„Du änderst dich ja doch nicht", sagte Merle. „Eher lernt ein Tiger Rollschuhlaufen. Alles würde weitergehen wie bisher: Gleichgültigkeit, Freudlosigkeit, keine Anerkennung, kein Genuss und Akten beim Essen."

„Ich finde, eine Frau sollte ihrem Mann in schwierigen Zeiten beistehen."

„Wieso schwierige Zeiten? Du wolltest zum Bürgermeister gewählt werden. Jetzt bist du es. Sei doch glücklich."

Kurt stöhnte. „Ich ackere und ackere, um die Stadt voranzubringen, aber ich komme nicht weiter. Solange der Rat sich gegen mich querstellt, strampele ich hilflos im Hamsterrad."

„Kannst du nicht einen Büroleiter einstellen, der dich entlastet?"

Kurt seufzte. „Ich habe ja zwei Dezernenten. Aber die Entscheidungen treffen, das muss am Ende doch ich.

Und die Unterstützung im Rat organisieren, das kann auch keiner außer mir."

„Apropos Entscheidungen: Wie ist die Entscheidung über die Ratsstube ausgegangen?"

Kurt zog resigniert die Lippen breit. Obwohl es eine Grimasse war und kein Lächeln, sah man seinen Goldzahn blitzen. „Sprich nicht davon. Ich bin mit fliegenden Fahnen untergegangen. Die Ratsstube bleibt im Besitz der Stadt. Jetzt sind wir wieder auf der Suche nach einem Pächter."

„Oder einer Pächterin", warf Merle ein.

„Natürlich", sagte Kurt, „oder einer Pächterin."

„Wer ist für die Vergabe zuständig?", fragte Merle.

„Wieso willst du das wissen?" Kurt klang misstrauisch.

„Ich frag ja nur."

„Frau Mbembe vom Fachbereich für Eigenbetriebe." Die Ratsstube war ein schönes Restaurant im Stadtzentrum. Sie bot Raum für drei oder vier Dutzend Gäste, dazu kamen Tische auf dem Rathausplatz. Zuletzt hatte ein Grieche sie gepachtet und das Lokal mit seiner schlechten Küche heruntergewirtschaftet. Jeder Idiot hätte es besser machen können. Mit seiner tollen Lage war das Lokal eine Lizenz zum Gelddrucken.

„Ein Restaurant betreiben", sagte Merle. „Das wäre schön. Statt für andere Leute zu arbeiten, lieber selbst die Chefin sein."

„Setz dir keine Rosinen in den Kopf", widersprach Kurt. „Nicht jede, die ein Gratin in den Ofen schieben kann, kann gleich ein Restaurant führen. Bleib mal auf dem Teppich."

Das zur Frage, ob Kurt sich ändern kann, dachte
Merle, *und ob er mich zur Abwechslung mal unter-*
stützt. Die Antwort hatte er gerade selbst gegeben.

Kapitel 10

„Guck mal, was ich für dich habe", sagte Mario.

Merle arbeitete inzwischen seit einer Woche bei ihm. Sie hatten gerade die Arbeitsplatten und den Pizzaofen in der Küche abgewaschen und den Boden gefegt. Jetzt räumte Merle die letzten Teller und Schüsseln aus der Spülmaschine, während Mario eine Porzellanschale aus dem Kühlschrank holte und ihr den Inhalt zeigte.

„Was siehst du?", fragte er.

„Ein paar kleine Bälle Pizzateig", antwortete Merle.

Mario drückte eine der Kugeln zwischen zwei Fingern. „Fühl mal, wie schön weich und geschmeidig sie sich anfühlen."

Merle strich über den Teig. Er war glatt wie ein Handschmeichler und gab auf leichten Druck nach. Die Delle, die ihre Fingerspitzen in der Kugel hinterlassen hatten, verharrte kurz und bildete sich dann zurück, als hätte sie nie existiert. „So ist der Teig genau richtig", sagte Mario. „Weich und dehnbar, perfekt zu verarbeiten, nicht klebrig und nicht zäh. Den idealen Pizzateig bekommt man, wenn man es sich nicht zu leicht macht. Man lässt ihn nicht einfach kurz in der Wärme gehen, sondern er bekommt stundenlang Zeit im Kühlschrank. Der Preis dafür ist, dass ich jeden Morgen um vier Uhr aufstehen muss."

„Du lieber Himmel. Noch vor den Hühnern?" Merle sah ihn bestürzt an.

„Das ist das Los des Bäckers."

Als er sie kurz an der Schulter berührte, spürte Merle plötzlich ein Flattern im Bauch. Was war das? Wieso reagierte sie mit einem Mal so heftig? Ihr Körper gab ihr Signale, aber sie wollte diese lieber nicht verstehen.

Mario nahm eine der gekühlten Kugeln heraus und warf sie von einer Hand in die andere. „Heute bekommst du deine erste Stunde im Pizzaboden-Drehen. Hast du Lust?"

„Kommt mir eher so vor, als sollte ich Jonglieren lernen."

„Stimmt." Es zuckte um Marios Mundwinkel. „Es ist ein bisschen wie Tellerjonglage. Zumindest sieht es so aus." Mit einer theatralischen Geste, als würde er einen Varietékünstler ankündigen, streute er Mehl auf die Arbeitsplatte. Dann drückte er das Teigstück mit ein paar flinken Handbewegungen zu einem flachen, runden Fladen. „Tataa!", rief er. Plötzlich schwebte der Fladen auf seinem senkrecht nach oben ausgestreckten Zeigefinger und wirbelte im Kreis. Es sah wirklich so aus, als würde ein Zirkuskünstler einen Teller auf einem Stab rotieren lassen. Dabei dehnte der Fladen sich in alle Richtungen kreisförmig, bis er zur perfekt runden Pizzaform gefunden hatte.

„So", sagte Mario, ließ den Pizzaboden auf seine flachen Hände gleiten und legte ihn vorsichtig auf die Arbeitsplatte. „Du bist so geschickt. Das wirst du bestimmt bald schaffen."

Sie spürte seine Nähe so stark, als flösse unausgesetzt etwas zwischen ihnen hin und her. Und zu ihrer eigenen Überraschung genoss sie es. Es war, als wäre die Luft zwischen ihnen elektrisch geladen. Und anscheinend spürte er es ebenfalls. Was auch immer dieses „es" war. Wieder fühlte sie dieses Kribbeln im Bauch. In den Ohren hörte sie ihr Herz pochen.

„Jetzt bist du dran", sagte er.

Herausforderungen hatte Merle in den letzten Tagen schon reichlich bestanden. Sie hatte wie eine Wilde geschuftet. Sie hatte geglaubt, dass sie Gemüse schälen und schneiden könnte wie keine zweite, aber tatsächlich war Mario schneller.

„Ich habe es als Kind gelernt", sagte er, als sie ihn verwundert fragte. „Schon mit zehn, elf, zwölf Jahren habe ich jede Woche viele Stunden in der Pizzeria meiner Eltern gearbeitet."

Richtig hektisch wurde es aber erst, wenn sie mit den Vorbereitungen fertig waren. Dann öffnete die Küche für die Gäste, und der Betrieb in der Gaststube ging los. Mit seinen zwei Kammern buk der Pizzaofen bis zu acht Pizzen gleichzeitig. Merles Aufgabe war es, ihn zu bestücken. Mario, der ihr in der Küche zur Hand ging, drehte blitzschnell Teigklumpen zu Pizzaböden, bis die ganze Arbeitsplatte damit ausgelegt war. Anfangs hatte sie ihren Augen kaum trauen können, welches Tempo er dabei vorlegte.

Die Kellnerin Lucia pinnte Zettel mit den bestellten Pizzen an das Zettelbrett. Pizza Margherita, die einfachste Pizza, nur mit Tomaten, Mozzarella und Oregano. Pizza Napoli mit Tomaten, Sardellen, Kapern und Oregano. Oder Pizza Cipolla mit Tomaten, Mozzarella,

Zwiebeln und Oregano. Und so weiter. Merle hatte gleich am ersten Tag die Speisekarte auf ein großes Plakat übertragen, das jede Pizza mit ihren Zutaten aufführte und es an die Wand gehängt. Aber inzwischen brauchte sie es nicht mehr.

Wenn sie die Pizzen aus dem Ofen zog, stand Lucia oft schon da und wartete. Merle hatte keine Ahnung, wie sie es schaffte, die Pizzen so schnell an den Gast zu bringen, den Gästen einen guten Appetit zu wünschen, neue Bestellungen aufzunehmen, zu kassieren, die Getränke zu servieren und trotzdem immer wieder ungeduldig bei ihr aufzutauchen. Es war, als würde sie mit vier Paar Händen arbeiten. Immer, wenn Lucia warten musste, machte sie ein unzufriedenes und verärgertes Gesicht, und manchmal hatte sie tatsächlich die Frechheit, demonstrativ mit den Fingern zu trommeln.

Der Ofen buk drei Minuten, und in dieser Zeit musste Merle acht neue Pizzen belegen, mal mit diesem, mal mit jenem Belag, den sie nicht verwechseln durfte. Hätte Mario ihr nicht geholfen, sie hätte es nicht geschafft.

Es war eine Arbeit, die eigentlich einfach, durch den Zeitdruck aber enorm anstrengend und stressig war. Mario wirkte zum Glück vollkommen cool und entspannt, er schien die Hektik gar nicht zu empfinden. Er arbeitete links von ihr, und es war, als wäre ihre linke Seite in kühlenden Schatten getaucht, während ihre rechte Körperhälfte schmorte, von der Hitze des Ofens und vom Druck, den Lucia aufbaute, wie in Schweiß gesotten.

Obwohl Merle selbst das Gefühl hatte, bei dem hohen Tempo nicht mithalten zu können und zu versagen, schien Mario ganz zufrieden mit ihr zu sein. Jeden Nachmittag nach der Arbeit sagte er ihr, sie bringe viel Talent mit und werde bald schneller werden. Und wenn erst einmal ein Regentag käme und der Betrieb ein wenig ruhiger liefe, werde er ihr das Drehen der Pizzaböden beibringen.

Heute war ein ruhiger Tag gewesen, weil mittags Schauer niedergegangen waren, teilweise sogar mit Blitz und Donner. Fast niemand war im Regen zur Pizzeria gestapft.

Mario hatte das vorhergeahnt und von vornherein weniger Teig zubereitet. Er musste einen siebten Sinn besitzen. Na ja, wahrscheinlich hatte er einfach nur den Wetterbericht geschaut.

Für Merle war der ruhige Tag ein guter Tag gewesen, aber ihr war klar, dass es für Mario anders aussah. Mit so wenigen Gästen bekam er nicht einmal die Unkosten herein. Aber so cool er in der Hektik des Hochbetriebs blieb, so ruhig und gelassen wirkte er auch jetzt. Als er ihr das Drehen des Pizzabodens demonstrierte, machte er sogar einen fröhlichen und ausgelassenen Eindruck. Jetzt war also sie dran.

Sie nahm sich eine Teigkugel und warf sie, wie eben Mario, von einer Hand in die andere. Obwohl der Teig so weich und geschmeidig war, klebte nichts davon an ihren Fingern. Vielmehr blieb der kleine Ball genauso glatt und rund, wie er es zuvor gewesen war. Sie legte ihn auf die Arbeitsplatte und drückte ihn nach unten. Er leistete federnden Widerstand, ließ sich aber zu einem handtellergroßen Fladen pressen, der in dieser Form verharrte.

„Jetzt die Ränder ein bisschen auseinanderdrücken. Mit Gefühl. Der Teig ist lebendig. Er mag es, wenn man liebevoll mit ihm umgeht. Er will eine starke Hand, die trotzdem sanft ist." Er streifte sie mit einem vielsagenden Blick. „So wie man sich seinen Partner wünscht. Oder seine Partnerin."

All diese Worte und Blicke. Hatten sie das zu bedeuten, was Merle glaubte? Oder war es so, wie ihre Mutter so oft gesagt hatte: Die Italiener flirten, wie sie atmen?

Aber Marios Signale waren so eindeutig. Und vor allem die Reaktion in ihrem eigenen Körper. Zwischen Mario und ihr sprühten die Funken, als hielte man zwei elektrische Drähte aneinander. Aber – sie war doch eine verheiratete Frau. Sie hatte sich nicht wirklich von Kurt getrennt. Und da war Sara. Ja, sie hatten Probleme in der Familie. Ja, Merle war aus Wut über all die Missachtung gegangen. Aber wollte sie wirklich das Ende ihrer Ehe? Was sollte nur aus alldem werden?

Sie drückte den Fladen mit den Fingerkuppen auseinander und achtete dabei darauf, dass er eine möglichst kreisrunde Form behielt. Keine Ahnung, ob sie es richtig machte. Mario sagte nichts.

„Und jetzt?", fragte sie, als sie das Gefühl hatte, dass der Fladen groß genug war.

„Du arbeitest erst mal nur mit der Faust", erklärte Mario. „So ist es einfacher. Schieb die rechte Faust unter den Teig und heb ihn hoch."

Sie tat wie geheißen. Der Teig baumelte auf allen Seiten herab, als hätte ihre Faust eine zu große Haube aufgezogen, eine altmodische Nachthaube, deren Zipfel nach unten hingen.

„Und jetzt die zweite Faust auch noch darunter", sagte Mario. „Die Fäuste ein bisschen drehen und so den Teig weiter auseinanderziehen. Achtung, er darf nicht reißen."

Das lief doch alles recht gut. Der Teig riss nicht und legte an Umfang zu. Vielleicht hatte sie den Dreh ja heraus. Allerdings sah er nicht kreisrund wie ein Pizzaboden aus.

„Und jetzt kommt das Schwierige", sagte Mario grinsend. „Dem Teig mit der linken Faust Schwung geben, dass er sich gegen den Uhrzeigersinn dreht, und mit dem rechten Zeigefinger auffangen und kreisen lassen."

Sie riss die linke Faust zurück, um dem Teigfladen das nötige Drehmoment zu verleihen. Tatsächlich hob er ab wie ein Frisbee. Juhu, er drehte sich! Sie streckte den Finger der Rechten danach aus, doch der Teig flog einfach weiter. Klatsch! Er landete an der Wand, blieb einen Moment haften und flutschte dann schlaff wie eine tote Flunder nach unten.

„Jesus Marria!", rief Mario. Diesmal war der Akzent nicht gespielt.

„Satz mit X", sagte Merle. Was erwartete er beim ersten Mal?

Sie arbeitete in der Küche immer mit bloßen Armen, denn der Pizzaofen sorgte für ordentliche Wärme. Jetzt machte Mario eine fragende Geste mit der Hand und berührte Merle am rechten Unterarm. Es war, als zöge von dort ein warmer Strom durch ihren ganzen Körper.

„Was ich dich schon länger fragen wollte“, sagte Mario und deutete auf ihren Arm. „Was hast du da eigentlich für eine Tätowierung?“

„Das ist der Name meiner Tochter Sara.“

„Fast wie ein Brandzeichen.“ Mario schaute kritisch. „Warum hast du das gemacht?“

„Mit einem Kind bleibt man für immer verbunden“, antwortete Merle. „Egal, was kommt. Auch wenn es aus dem Haus geht. Meine Tochter ist ein ziemlich unabhängiger Typ. Wer weiß, ob man viel von ihr hören wird, wenn sie mal studiert. Aber die Tätowierung bedeutet, dass sie immer zu mir gehören wird. Unauslöschlich.“

„Und dein Mann?“ Mario sah sie neugierig an. „Dessen Namen trägst du nicht auf dem Arm?“

„Das ist etwas anderes“, antwortete Merle.

Mario strich mit dem Finger über die Tätowierung und jedes Härchen an Merles Arm hob sich zu einer Gänsehaut. Ein warmer Schauer lief ihr über den Rücken. Die nächsten Worte waren heraus, bevor sie sich auf die Zunge beißen konnte. „Es stimmt, Kurt und ich haben Probleme. Aber er ist und bleibt trotzdem mein Mann.“

Fast trotzig bückte sie sich, hob den Teigfladen vom Boden auf und ließ ihn zwischen ihren Händen herabbaumeln. „Mein Leben lang habe ich Teig mit dem Wellholz ausgerollt“, sagte sie. Sie wollte unbedingt das Thema wechseln.

„Damit presst man die ganze Luft heraus.“ Mario war ein geduldiger Lehrer. „Wenn man den Pizzaboden dreht, bleibt er schön luftig.“

„Es wirkt so spielerisch." Merle war fasziniert. „Aber mit Essen spielt man nicht. Zumindest hat meine Mutter das immer gesagt."

„Warst du ein braves Kind?", fragte Mario.

„Meine Mutter war ziemlich streng. Hat oft geschimpft. Jedenfalls mit mir. Mit meiner kleinen Schwester Bea nicht. Zu ihr war sie anders. Liebevoller."

„Wieso denn das?" Mario sah sie verwundert an.

„Vielleicht hat meine Mutter es schlecht ertragen, dass ich sie immer an den Mann erinnert habe, der mich gezeugt hat. Schau mich doch an. Das schwarze Haar. Und der grässliche Zinken. Bestimmt sehe ich aus wie mein Vater."

Mario beugte sich vor und gab ihr einen Stups auf die Nasenspitze. Er lächelte. „Deine Nase ist genau richtig."

Merle war gleichzeitig überrumpelt und überwältigt von der Heftigkeit ihrer Reaktion. Es war nur eine spielerische Berührung gewesen, aber ihr ganzer Körper war im Aufruhr. Ihr Herz hämmerte, und eine Gänsehaut lief über ihre Oberarme. Gleichzeitig nahm sie es sich selbst übel, dass sie sich den Kopf verdrehen ließ. Sie war nicht von zu Hause ausgezogen, um eine Affäre zu beginnen. Aber ihr Körper verriet sie. Eine flammende Röte stieg ihr ins Gesicht, und ihre Knie zitterten. In ihrem Bauch balgte sich ein Schwarm von Schmetterlingen. Sie versuchte, so gut sie konnte, von ihrem aufgewühlten Zustand abzulenken: „Klar, das sagt ein Italiener. Natürlich gefällt dir meine römische Nase. Mir aber nicht. Ich wollte sie immer operieren lassen."

„Cristo Santo!", rief Mario entsetzt. „Tu das nicht. Das wäre schrecklich. So ein spitzes Mausenäschen in deinem Gesicht. Du hast einen starken Charakter, und dazu passt deine Nase."

„Ja, die Sizilianer. Immer mit einer Schmeichelei zur Stelle."

„Hat deine Mutter das auch gesagt?" Mario nahm Merle den Teigrest aus der Hand, hob den Fladen vom Boden auf und warf alles in den Mülleimer.

„So ungefähr", antwortete Merle. „Aber was willst du? Der Kerl hat sie einfach sitzen lassen, als sie schwanger war. Kein Wunder, dass sie sauer war."

„Ist sie das nicht mehr?"

„Meine Eltern sind vor vier Jahren bei einem Autounfall gestorben."

„Oh, das tut mir leid." Mario nahm eine weitere Kugel Teig aus der Schüssel, drückte ihn flach, warf ihn in die Luft und ließ ihn auf seinem Finger kreisen.

„Na ja, und jetzt habe ich keine Eltern mehr. Bea und ich sind die Einzigen, die von der Familie übrig sind."

„Und dein Vater", sagte Mario. „Dein leiblicher Vater. Der ist vielleicht auch noch da." Der Pizzaboden rotierte auf seinem Finger und wurde größer und größer. Bald hatte er fast den Umfang einer Tortenplatte. Er musste hauchdünn sein. Geschickt fing Mario ihn mit beiden Händen auf und breitete ihn auf der Arbeitsplatte aus.

„Dein Vater lebt vielleicht noch", sagte er. „Du kannst ihn kennenlernen."

„Meine Mutter hat immer nur auf ihn geschimpft. Den Schuft." Merle war überzeugt, dass ihr Vater ein übler Kerl gewesen war.

„Immerhin hat er dir seine Gene gegeben."

„Ja, leider."

„Er war daran beteiligt, dass es dich gibt. Du bist da, das ist die Hauptsache." Mario warf Merle eine neue Teigkugel zu. „Du bist dran."

Kapitel 11

„Ich brauche einen Reiskocher", sagte Sara.

Es war Abend, Kurt und sie hantierten beide in der Küche. Kurt schmierte sich gerade ein Brot mit Butter und belegte es mit Salami. Sara löffelte aus einem verschmierten Topf, der auf dem Herd stand, kalten Reis auf einen Teller.

„Du kannst nicht immer nur Reis essen", sagte Kurt.

„Mit einem Reiskocher wäre der Reis leckerer."

Kurt dachte an Merle. „Da hast du nun eine Mutter, die eine wahre Meisterköchin ist, aber du kannst noch nicht mal ein Spiegelei braten", sagte er.

„Eier esse ich nicht", entgegnete Sara empört. „Meinst du, ich will schuld an der Ermordung Tausender männlicher Küken sein?"

Kurt presste genervt die Lippen zusammen. „Du weißt schon, was ich meine. Deine Mutter hat dich total verzogen. Sie hätte dir etwas beibringen sollen."

„Mama ist nicht mehr für mich verantwortlich. Ich bin volljährig, schon vergessen."

„Es ist nie zu spät, um dazuzulernen", sagte Kurt. Dann fiel ihm etwas ein. „Oh, fast hätte ich es vergessen. Ich soll dir etwas geben. Von deiner Mutter." Kurt suchte einen Augenblick und zog das Buch dann aus dem Fach, in dem die Marmelade stand. Er aß jeden

Morgen ein Marmeladenbrot und hatte das Buch extra neben das Marmeladenglas gestellt, damit er es nicht vergaß. Was dann allerdings trotzdem passiert war.

„*Vegetarisch schlemmen wie in Indien*", las Sara. „Hm. Sieht Mama ähnlich, dieser Wink mit dem Zaunpfahl. Andauernd versucht sie, einen zu irgendwas zu bekehren."

„Genau mit solchem rotzfrechen Gemecker hast du sie vertrieben", schimpfte Kurt. Seine Geduld mit seiner Tochter musste auch mal ein Ende haben.

Sara sah ihn bestürzt an. „Meinst du?"

„Ja, das hat wohl eine große Rolle gespielt." Kurt blieb hart.

„Das wollte ich nicht." Sara wirkte verunsichert.

„Hast du den ewigen Reis nicht allmählich satt?", kam Kurt zum eigentlichen Thema zurück.

„Du isst ja auch ständig totes Schwein."

„Na ja, aber ich esse nicht jeden Abend das Gleiche. Mal tu ich mir Käse aufs Brot, mal Schinken, mal Wurst."

„Das nenn ich Abwechslung!"

Sara könnte mit ihren spitzen Bemerkungen ein Lochmuster stechen. „Gut, wir könnten beide etwas Abwechslung vertragen."

„Die Demo war super", sagte Sara. Sie setzten sich im Wohnzimmer einander gegenüber an den Tisch, sie mit ihrem Teller voll Reis und Kurt mit seinem Salamibrot. Kurt konnte allmählich kein Salamibrot mehr sehen. Er hatte überhaupt keine Lust abzubeißen. Sara schien es mit ihrem Reis ähnlich zu gehen. Sie nahm sich eine Gabel voll, führte sie aber nicht zum Mund, sondern kippte neben dem großen Reisberg ein kleines Reishäufchen auf ihren Teller.

„Waren viele Leute da?", fragte Kurt. Er tat so, als ginge ihn das Ganze nichts an. Als wäre die Demo nicht gegen seine Politik gerichtet gewesen. In gewisser Weise stimmte das sogar. Das Neubaugebiet hatte Schätzle initiiert, sein Vorgänger. Kurt führte das Projekt nur weiter.

„Eine Masse. Bestimmt zweihundert. Nicht schlecht für eine Kleinstadt."

Kurt hatte ganz andere Zahlen gehört. Stefan Nägele, der Leiter des Polizeireviers Heimlingen, hatte von knapp hundert Demonstranten berichtet. Immer noch zu viele. Auf einen, der demonstrierte, kamen zehn, die unzufrieden waren. Kurt wollte in Frieden mit den Bürgern seiner Stadt leben. Er seufzte. „Das müssen Leute sein, die keine Kinder haben. Wer Kinder hat, der will, dass sie in der Nähe bleiben, wenn sie einmal erwachsen sind. Und dafür braucht es bezahlbare Wohnungen."

„Aber ihr baut doch gar keine Wohnungen", fuhr Sara ihn giftig an. „Ihr setzt Einfamilienhäuser auf die grüne Wiese. Ihr baut die Natur zu und zerstört den Amphibienteich. Mit dem Stroh in euren Köpfen könnte man Häuser decken."

Merkwürdigerweise gelang es Kurt besser, bei Saras Grobheiten ruhig zu bleiben, wenn Merle nicht da war. Er hatte gespürt, wie genervt seine Frau auf die Unverschämtheiten ihrer Tochter reagierte. Das hatte ihn zusätzlich aufgebracht. Jetzt dagegen nahm er Saras Ausfälligkeiten sportlich.

„Und du würdest darunter einziehen", sagte er nur.

„In einem einzigen Hochhaus kann man hundert Familien unterbringen, und die grüne Natur rundum bleibt erhalten. Energiesparend ist es obendrein“, sagte Sara.

„Die Leute wollen aber nicht in Hochhäusern leben“, erklärte Kurt ihr zum tausendsten Mal. „Wir schaffen Raum für das, was die Leute wollen.“

„Wenn man alle Leute machen lässt, was sie wollen, ist der Planet bald vollständig ruiniert.“

Das Pingpong der abgedroschenen Argumente langweilte Kurt allmählich. Er machte keine Politik für die Bevölkerung der ganzen Welt, sondern für die Bürger seiner Stadt. Schuster, bleib bei deinen Leisten.

Plötzlich fiel ihm etwas Neues ein. „Erzähl mir nicht, dass die Leute gegen ein Hochhaus, das hier in Heimlingen hochgezogen würde, nicht noch viel wilder zu Felde ziehen würden“, sagte er. „Dann gäbe es hier nicht zweihundert, sondern zweitausend Demonstranten.“

„Hmpf“, machte Sara.

Er spürte, dass er sie überrumpelt hatte. Aber bestimmt überlegte sie sich bald etwas Neues. Spätestens morgen kam sie wohl mit einem neuen Argument, um ihm Paroli zu bieten. Notfalls würde sie gleich die Öko-Diktatur ausrufen.

Kurt konnte seinen kleinen Triumph nicht lange genießen. Sara wechselte das Thema.

„Mama ist gar nicht unseretwegen weggegangen. Sie war sauer, weil sie arbeitslos ist.“

Kurt hatte schon selbst darüber nachgedacht. Traf ihn die Schuld daran, dass Merle die Familie verlassen hatte? Hatte er sie vertrieben? Oder war sie derzeit einfach nur extrem dünnhäutig? „Sie war jedenfalls unzufrieden, weil ihr gekündigt worden ist."

Sara kippte eine weitere Gabel voll Reis auf das kleinere Häufchen. „Es ist ungerecht, dass sie das an uns auslässt. Jetzt sitzen wir hier, ohne etwas zu essen."

Sara war verwöhnt, das war Kurt vollkommen klar. Sie benahm sich wie ein Baby, das nicht gefüttert wird. Aber seit einigen Tagen war ihm bewusst geworden, wie sehr Merle auch ihn selbst umsorgt hatte. Unterschied er sich wirklich so sehr von seiner Tochter? Was Merle für ihn tat, hatte er immer für selbstverständlich gehalten. Erst jetzt, da sie weg war, begriff er, wie sehr er sich geirrt hatte.

Sein knurrender Magen sagte ihm, dass nichts mehr so war, wie es sein sollte. Aber dass Merle ihm fehlte, merkte er nicht nur an seiner Abscheu vor dem Salamibrot. Er fühlte sich entkräftet. Er fühlte sich, als wäre er nur halb da. Er fühlte sich, als wäre er in eine irreale Welt geraten, die nicht der Wirklichkeit entsprechen konnte, weil seine Frau darin fehlte. Er spürte eine nagende Trauer in der Brust, die darin scheuerte und ihm die Kehle zuschnürte.

„Dir muss man wirklich den Hintern nachtragen", sagte er. „Die Küche ist voll von Sachen, die man wegkochen müsste. Wenn wir sie nicht bald essen, müssen wir sie wegschmeißen."

Das Reishäuflein neben dem großen Haufen war inzwischen gewachsen. Sara schaufelte eifrig, ohne zu essen.

Kurt stand auf und holte das Buch, das Merle ihm für Sara ans Herz gelegt hatte, aus der Küche. Mit einem Räuspern legte er es auf den Tisch.

Das Cover zierte ein Potpourri aus Gemüse und Früchten, grünen Kräutern und exotischen Gewürzen in den unterschiedlichsten Formen und Farben. Kurt erkannte eine Paprika, eine angeschnittene Zitrone, einen Granatapfel und Zimtstangen. Am rechten Rand lagen kleine, runde, rote Früchte, die er nicht einordnen konnte.

Er schlug das Buch aufs Geradewohl irgendwo auf.

Das Bild, das das Rezept auf dieser Seite illustrierte, zeigte eine Gusseisenpfanne mit einer nahrhaft aussehenden gelben Soße, in der helle Brocken schwammen. Die Soße nahm nur die Hälfte der Pfanne ein. In der anderen Hälfte waren Reis, ein paar krause Kräuter, grüne Gurkenscheiben und kleine, brötchenähnliche Fladen appetitlich arrangiert.

„Tofu Tikka Masala", las er.

„Tofu?", fragte Sara. „Hat Mama so etwas gekauft?" Sie stand auf, ging in die Küche und kramte im Kühlschrank. „Kein Tofu da!", rief sie. „Dafür eine Mango. Paprika und noch ein paar Äpfel. Hast du die Uhrzeit?"

Kurt blickte auf seine Armbanduhr. „Fünf vor acht."

„Mist." Saras Stimme kam aus der Küche und klang ein wenig dumpf. „Der Edeka macht um acht Uhr zu. Das schaffen wir nicht. Mit Tofu ist heute Abend nichts."

Kurt hörte, wie sie in der Küche herumging und Deckel von Tonschüsseln hob. Immer wenn sie etwas entdeckte, gab sie einen Zwischenbericht durch. „Zwiebeln!", rief sie. „Kleine und extra große. Knoblauch. Tomaten. Kartoffeln." Sie klapperte noch eine Weile herum, doch anscheinend gab es nichts Neues mehr zu finden.

„Ich soll dir von Mama sagen, dass im Kräuterbeet Koriander wächst!", rief Kurt.

Als Sara zurückkam, deutete Kurt auf das Buch mit dem appetitanregenden Cover. „Darin gibt es bestimmt ein Rezept, das passt."

Sara blätterte lustlos in den Seiten. „Vegane Kalakand", las sie vor. „Pudla. Aloo Tikki." Sie blickte auf. „So wird das nichts."

Kurt sah unglücklich auf sein unberührtes Salamibrot. Sara betrachtete stirnrunzelnd die beiden Häuflein Reis. Sie schaufelte Reis auf ihre Gabel und führte sie energisch zum Mund, hielt aber mitten in der Bewegung inne. Behutsam legte sie die Gabel auf den Teller zurück. „Wer benutzt denn heute noch Kochbücher?", fragte sie. „Das ist was für Greise. Ich such uns ein Rezept im Internet. Ich geb einfach das an Zutaten ein, was wir da haben."

Sie blieb ziemlich lange weg, und unterdessen las Kurt mit knurrendem Magen in der *Badischen Zeitung*. Für den ursprünglichen Plan, sich ein paar Akten vorzunehmen, war er viel zu hungrig. Die dickste Schlagzeile des Heimlinger Lokalteils galt der Demonstration gegen das Neubaugebiet. Demonstranten und Polizisten wurden für ihre Besonnenheit gelobt. Der Bürgermeister kam weniger gut weg. Der Artikel warf ihm vor, die Stimmung in der Stadt falsch eingeschätzt zu haben. *Eine Demonstration von gerade einmal hundert Teilnehmern*, dachte Kurt verärgert. *Das spiegelt doch nicht die Stimmung in der gesamten Stadt. Es gibt auch viele Bürger, die für das Neubaugebiet sind. Und im Rat sind nur die Grünen dagegen.*

Als Kurt mit dem Artikel fertig war, war Sara immer noch nicht zurück. Kurts Magen knurrte lauter. Vielleicht sollte er doch einfach das Salamibrot verdrücken und gut. Musste Sara auch ausgerechnet um acht Uhr abends auf die Idee mit dem Kochen kommen? Na gut, er hatte ihr das Buch ja selbst in die Hand gedrückt.

Er ging zu Saras Zimmer und klopfte an. Als keine Antwort kam, trat er ein. „Dauert es noch lange?", fragte er.

Sara klebte fast mit der Nase an ihrem Bildschirm. „Das ist gar nicht so einfach", sagte sie. „Von den ganzen Zutaten schwirrt mir schon der Kopf. Für jedes Rezept fehlt uns irgendwas."

„Merle sagte, die meisten Gewürze hat sie in ihrem Regal", bemerkte Kurt hilfreich. „Und im Kräutergarten wächst Koriander."

„Koriander, ah gut", sagte Sara. Sie klickte etwas an und öffnete eine Seite. „Koriander. Da hab ich was. Vorausgesetzt, Mama hat rote Linsen."

„Linsen muss man doch ewig einweichen."

„Rote Linsen nicht. Die brauchen nur zwanzig Minuten Kochzeit. Steht alles im Internet."

„Tja", sagte Kurt. „Dann lass uns mal suchen."

Sara druckte die Seite aus. „Mut zur Lücke!", rief sie. „Wenn die Linsen da sind, nehmen wir einfach alles, was wir sonst noch haben, und den Rest lassen wir weg." Sie druckte noch eine Seite aus. „Und dazu machen wir noch ein Mango-Chutney."

Dafür, dass Sara noch nie gekocht hatte, klang sie wirklich ganz schön selbstbewusst, dachte Kurt. Aber vielleicht war es ja gut, dass sie glaubte, das alles bewältigen zu können. Jedenfalls war sie jetzt motiviert.

Kurt erwartete, in der Küche hinter einer Schranktür eine Versammlung wohlgeordneter Vorratsgläser vorzufinden, und genauso war es. Alle waren gleich groß und von gleicher Form. Außerdem waren sie nicht beschriftet.

„Sehen alle gleich aus", sagte er seufzend und drehte eines mit bunten Nudeln hin und her. „Wie soll man da was finden?"

Sara nahm ein Glas nach dem anderen aus dem Schrank und musterte den Inhalt. „Paniermehl", sagte sie. „Oder vielleicht Grieß. Und hier. Kleine runde Körner."

„Könnte Hirse sein", meinte Kurt.

„Hier ist Mehl. Und das sind Linsen, aber braune Linsen. Die können wir nicht gebrauchen." Allmählich stand die ganze Arbeitsplatte voller Gläser. „Noch mal Grieß oder so, aber die Farbe ist gelber. Keine Ahnung, wie Mama das alles auseinanderhält. Ein paar Schildchen würden nicht schaden." Sie nahm weitere Gläser aus dem Schrank. „Erbsen. Weiße Bohnen. Und noch einmal Linsen. Diese hier sind orangefarben und kleiner als die braunen." Sie sah Kurt an. „Ich glaube, das sind rote Linsen. Juhu."

„Das wäre also das", sagte Kurt.

„Geh mal zu Mamas Gewürzbeet und schneide ein ordentliches Büschel Koriander ab."

„He, kommandier mich mal nicht so herum."

„Wären der Herr so gütig, mir liebenswürdigerweise zur Hand zu gehen und ein Büschel Koriander zu schneiden? Der Herr kriegen dann auch was vom Essen ab."

„Keine Ahnung, wie der aussieht", brummte Kurt.

„Ich hab im Netz geguckt. Wie Petersilie würde ich sagen. Wenn es wie Petersilie aussieht, aber nicht so schmeckt, ist es Koriander."

Na toll, dachte Kurt und nahm die Küchenschere vom Haken. Von der Küche ging eine Tür auf die Terrasse, und ein Stück dahinter lag das Kräuterbeet. Ihm fiel auf, wie welk die Blumen aussahen. Alle ließen die Köpfe hängen, und einige Blüten waren braun und verdorrt.

Im Kräuterbeet stieß er sofort auf die Petersilie. Er wusste, dass es zwei Sorten gab, krause und breitblättrige, und dass Merle beide Sorten hegte. Wo war dann aber der Koriander? Er sah sich um. Da wuchs allerlei. Der Busch mit den pelzigen Blättern war Salbei. Davon briet Merle gern mal ein paar Blättchen an. Außerdem half das Zeug gegen Halsschmerzen. Ein Busch mit dunklen, nadelförmigen Blättern roch scharf. Da war ein großer Busch mit großen, petersilienähnlichen Blättern. Er zerrieb eines zwischen den Fingern. Roch wie Maggi. War es das?

Dann entdeckte er ein paar Blumentöpfe. Die Pflanzen darin sahen wirklich ein bisschen so aus wie breitblättrige Petersilie. Er riss ein Blatt ab und probierte es. Es schmeckte würzig, pfeffrig und ein bisschen exotisch. Er schnitt ein Büschel ab und trug es stolz in die Küche.

„Wir machen Linsen-Dal", empfing ihn Sara. Sie klopfte auf die ausgedruckte Seite. „Mit frischem Koriander. Und frischen Ingwer haben wir auch. Das ist dieses braune Knollenzeug. Hab ich in Mamas Kühlschrank gefunden."

Auf dem Herd brodelten die roten Linsen bereits in einem Topf mit Wasser. Sara stand vor der Arbeitsplatte und hatte eine riesige Versammlung von Gewürzgläschen vor sich aufgereiht. „Die sind zum Glück beschriftet", sagte sie. Sie deutete auf eine Gruppe von Gläschen, die sie an den Rand geschoben hatte. „Die hier brauchen wir. Chilipulver für das Linsen-Dal und Kreuzkümmel für das Tadka. Kurkuma ist nicht da, darauf verzichten wir eben." Mit einer Handbewegung umfing sie eine Gruppe weiterer Gläschen. „Und die sind alle für das Chutney."

„Ist das nicht ein bisschen übertrieben?", fragte Kurt. „Dal, Tadka und Chutney? Drei Gerichte? Ist das nicht ziemlich viel auf einmal?"

„Mit dem Chutney wird alles richtig fruchtig und lecker", sagte Sara. „Das lohnt die Mühe. Fade und langweilig hab ich inzwischen über. Und das Tadka wird unter das Dal gemischt. Das ist ein und dasselbe Rezept. Ohne Tadka ist es gar kein Gericht." Sie studierte die Seite. „Grüne Chilis fehlen uns. Stattdessen nehme ich einfach eine halbe Paprika und Chilipulver. Und Rohrzucker kann ich auch nicht finden. Den ersetze ich durch normalen. Man muss nehmen, was man hat."

„Hast du denn sonst alles?" Kurt staunte, dass es so einfach gehen sollte.

„Ja." Sara war guter Dinge. „Eine Gemüsezwiebel für
das Tadka. Frischen Ingwer. Und wir haben den frischen Koriander, das ist das Wichtigste. Tomaten habe
ich auch, die werden gehackt. Alles wird nach und nach
in der Pfanne geschmort. Das Dal ohne Tadka ist bestimmt langweilig, da kocht man einfach nur die Linsen mit ein bisschen Öl und Salz. Aber durch das Tadka
bekommt es den indischen Geschmack. Kannst du
schon mal den Koriander klein schneiden?"

Kurt suchte in allen Schränken, bis er ein Holzbrett
und ein Schneidemesser fand. Er war ein Handwerker,
rief er sich in Erinnerung. Als Installateur war er an
präzises Arbeiten gewöhnt. Gerade mit lecken alten
Wasserleitungen musste man manchmal sehr feinfühlig umgehen, um nicht weitere Schäden zu provozieren. Auch beim Koriander war Feinfühligkeit gefragt,
das merkte er gleich. Die nassen, frisch abgewaschenen
Büschel sträubten sich und wollten wegflutschen. Er
musste sie behutsam zusammendrücken, ohne sie zwischen seinen kräftigen Fingern zu zerquetschen.

Plötzlich roch er einen intensiven Kümmelgeruch,
der die ganze Küche erfüllte. Er blickte auf. Sara rührte
hektisch in der Pfanne.

„Der Witz bei der indischen Küche ist, dass man erst
die Gewürze anbrät. Vor allem anderen. Darum riecht
das so verdammt lecker, wenn die Inder kochen." Sie
wandte sich von der Pfanne ab und begann, eine Zwiebel zu schneiden.

Der zuvor würzige Kümmelgeruch wandelte sich mit
einem Mal zu einem stechenden Gestank. „Oh, verdammt, verdammte Scheiße!", schrie Sara und riss die
Pfanne von der Herdplatte.

„Puh“, sagte Kurt und machte die Terrassentür auf. Beißende Rauchschwaden zogen vom Herd zur Tür hinaus.

Sara hustete.

„Was hast du denn gemacht?“, fragte Kurt.

„Entweder zu heiß oder zu lange“, antwortete Sara. „Oder beides.“ Sie sah die Pfanne, in der schwärzliche Gewürzklümpchen in Öl trieben, entmutigt an.

„Am besten, du nimmst eine neue Pfanne und versuchst es noch einmal“, munterte Kurt sie auf. „Diesmal nicht so heiß und kürzer.“

„Ich glaube, ich schneide erst mal Zwiebeln und Paprika. Man kann nicht alles auf einmal machen: rühren, auf die Gewürze aufpassen und Gemüse schneiden.“

Kurt nickte und wandte sich wieder dem Koriander zu. Seine Gedanken waren bei Merle. Bei ihr hatte es nie Pannen gegeben. Ein geübter Handgriff folgte dem anderen, als liefe ein schnurrendes Uhrwerk ab. Da war eine Meisterin am Werk, und wie immer in solchen Fällen sah alles kinderleicht aus. Er hatte sie vor seinem inneren Auge, ihre zierliche Gestalt und ihre flinken, geschickten Bewegungen.

Seine Gedanken hatten ihn beim Schneiden abgelenkt, und das rächte sich sofort. „Au!“, schrie er. Es war ein kurzes, reißendes Gefühl in der Daumenkuppe, dem ein Moment lang nichts weiter folgte. Die Stelle, wo er sich geschnitten hatte, blieb im ersten Augenblick weißlich und bleich. Dann quoll in dicken Tropfen das Blut heraus, und der pochende Schmerz setzte ein. „Verdammt“, murmelte er. „Hast du vielleicht ein Pflaster?“

Aber Sara war inzwischen mit der neuen Pfanne beschäftigt und rührte eifrig in Öl und Gewürzen.

Er zog sein Taschentuch aus der Hosentasche und wickelte es um den blutenden Daumen. Pflaster gab es in der Hausapotheke, die im Arbeitszimmer stand. Eilig verließ er die Küche. Der Schnitt tat nicht besonders weh, blutete aber heftig, sodass er um ein Pflaster nicht herumkam.

Als er in die Küche zurückkehrte, schnitt Sara gerade den Koriander fertig. „Das reinste Blutbad", sagte sie und deutete auf ein paar rötliche Flecken auf dem Schneidebrett.

„Und jetzt schneidest du dort Kräuter", entgegnete Kurt. „Das Blut hättest du wirklich abwischen können."

„Hab ich es denn dahin getropft?", fragte Sara, nahm demonstrativ das Brett und ging damit zur Pfanne.

„Die Gläser müssen auch wieder eingeräumt werden", bemerkte Kurt, während Sara Koriander und klein geschnittene Tomaten in die Pfanne gab.

„Du siehst ja, ich hab zu tun."

Also stellte er bunte Nudeln, Linsen, Bohnen, Mehl, Grieß und alles, was sich sonst noch in den Vorratsgläsern befand, in den Küchenschrank zurück, wahrscheinlich in der vollkommen falschen Ordnung. Dann packte er die Gewürzgläschen ins Gewürzregal. Vermutlich wieder alles falsch. Tja.

Sara hatte inzwischen begonnen, die Mango zu schälen. Kurt sah es mit Entsetzen. „Nicht auf die Hand zu schälen", sagte er scharf. „Mit einem Messer immer von der Hand weg. Das weiß jeder Handwerker." Als Sara nicht reagierte und einfach auf ihre Art weiterschälte, mit dem heftig schnitzenden Messer immer auf die haltende Hand zu, wurde ihm fast schlecht. Sie musste nur ein einziges Mal ausrutschen.

Sara blickte kurz auf. „Wer hat sich eben in den Daumen geschnitten?", fragte sie. „Was weißt du denn schon vom Mango schälen?"

„Ich kann das nicht mit ansehen", sagte Kurt. „Ich geh in den Garten und gieße die Blumen."

„Gute Idee." Sara säbelte weiter an der Mango herum. „Wenn du willst, dass Mama zurückkommt, solltest du ihre Blumen besser nicht vertrocknen lassen. Wie sieht das sonst aus?"

Noch eine weitere Aufgabe, dachte Kurt unglücklich. Essen kochen, Kind erziehen, sich Sorgen wegen Verletzungen machen, Blumen und Kräuter gießen. Alles blieb an ihm hängen, während Merle sich bei Bea und in ihrem neuen Job vergnügte.

Ob Merle das vielleicht auch manchmal gedacht hatte? Dass alles an ihr hängen blieb?

Es gab aber noch einen weiteren Grund zur Beunruhigung. Er war gestern in die Pizzeria gegangen und hatte sich den Betreiber angeschaut. Ein bedenklich gut aussehender Mann.

Als er in die Küche zurückkehrte, war Sara nicht da. Das Linsenzeug blubberte wie wild auf dem Herd, rasch machte er die Herdplatte aus und zog den Topf mit den Linsen zur Seite. Die Zwiebeln in der Pfanne mit dem Koriander waren ziemlich braun. Um nicht zu sagen, sie waren angebrannt. Der Koriander ebenfalls. Er zog die Pfanne gleichfalls von der Platte. Wo war Sara?

Dann sah er die Blutstropfen. Ein großer Tropfen auf dem Küchenboden. Einen halben Meter weiter der nächste. Dann wieder einer. Er folgte ihnen in den Gang, die Treppe hinauf und ins Arbeitszimmer. Sara kramte mit ihrer blutigen Hand in der Verbandskiste nach Pflaster.

„Nimm das", sagte Kurt und reichte ihr sein Taschentuch. Er hatte eben sein rot Geflecktes in die Wäsche getan und sich ein frisches geholt.

Sara sah ganz okay aus. Nicht bleich oder so. „Zeig mal", sagte Kurt. Aus dem Schnitt an ihrem Daumenballen quoll Blut, doch er wirkte nicht besonders tief. Da hatte sie noch Glück gehabt.

„Die Mango war so glitschig", sagte Sara. Sie wirkte tatsächlich ein bisschen verlegen.

„Du hättest wirklich nicht alles mit Blut versauen müssen", sagte Kurt mit einem Blick auf die verschmierte Verbandskiste.

„Was soll ich machen?", fragte Sara. „Das Blut läuft einfach und gehorcht mir nicht. Ehrlich, ich hab mit ihm geschimpft. Wenn es auf mich hören würde, bräuchte ich ja kein Pflaster."

Kurt und Sara kehrten mit der Pflasterschachtel in die Küche zurück. Kurt schnitt mit der Küchenschere Pflaster ab und klebte es auf Saras Daumenballen.

„So", sagte er. „Mach mal das Linsenzeug fertig. Ich geh das Blut aufwischen."

Sara nickte. „Okay. Auf das Chutney verzichten wir heute. Das braucht ohnehin vierzig Minuten, bis es gar ist."

Als Kurt zurückkkam, hatte Sara schon Linsenbrei und Reis auf zwei Teller aufgegeben. Er setzte sich ihr gegenüber und kostete. Der Reis war kalt und klebrig. Es war der Rest aus Saras großem Topf. Die Linsen wirkten ziemlich matschig. Kein Wunder, nach all diesen Verletzungen waren sie wohl total verkocht. Er vermischte den Reis mit dem Linsenbrei, damit er nicht mehr so klebte. Das Essen schmeckte angebrannt. Die Zwiebeln, die in den Linsen schwammen, waren ehrlich gesagt, nicht braun, sondern schwarz. Deshalb sah man sie auch so gut. Den Koriander, den er so mühsam mit Gefahr für Leib und Leben klein geschnitten hatte, konnte er aus dem Angebrannten nicht recht herausschmecken.

Man soll seine Kinder nicht entmutigen, dachte er. Er räusperte sich. „Also", sagte er. „Das ist einmal ein Anfang. Immerhin haben wir beide vor einer Stunde noch nicht gewusst, wie man einen Kochlöffel hält. Aber bis wir so gut kochen wie deine Mutter, wird wohl noch eine Weile vergehen."

Kapitel 12

Es war der erste Sonntag, den Merle bei Bea verbrachte, und in der Wohnung war es totenstill. Bea machte einen Ausflug mit Victor.

So auf sich selbst zurückgeworfen hatte Merle sich schon lange nicht mehr gefühlt. Zu Hause gab es immer etwas zu tun. Aber hier? Ihre Freundinnen waren alle mit ihrer Familie zusammen, Besuche konnte sie also auch keine machen.

Dazu kam die innere Unruhe, die sie plagte, seit das Pizzadrehen mit Mario bei ihr mit Schmetterlingen im Bauch geendet hatte. Da war doch nur ein Stups auf die Nasenspitze, ein Nichts von einer Berührung, ermahnte sie sich. Erstens sollte sie das nicht überbewerten. Mario war Italiener. Italiener und Flirten hatte ihre Mutter immer gesagt, das passte zusammen wie Ciabatta und Parmaschinken. Zweitens hatte sie eine Familie, einen Mann und eine Tochter, auch wenn sie derzeit bei ihrer Schwester im Gästezimmer lebte. Und drittens kannte sie Enttäuschungen mit der Liebe, oh ja. Noch einmal ein Schiffbruch auf diesem Meer der Gefühle, darauf konnte sie getrost verzichten. Damals war sie aus den Trümmern an Land geschwommen. *Man muss in der Liebe nicht untergehen*, rief sie sich zur Ordnung. *Verlass dich auf deine eigene Kraft.*

Zum zweiten Mal innerhalb weniger Tage erinnerte sie sich an ihre Reise in die Vereinigten Staaten.

Sie war mit Pascal dorthin geflogen, ihrem damaligen Freund. Als das Flugzeug abhob, schwebte sie auf Wolke sieben. Im wahrsten Sinne des Wortes. Sie ergriff die Hand ihres abenteuerlustigen Liebsten, und er drückte sie. „Jetzt beginnt die Freiheit", sagte sie. Ihr Herz pochte vor Liebe, und als die Maschine abhob, schmiegte sie sich, in den Flugzeugsessel gedrückt, an ihn.

Aber angefangen hatte alles mit einem Riesenkrach. „Pascal ist kein Umgang", hatte die Mutter geschrien. „Er schwänzt die Schule. Er bringt dich in schlechte Gesellschaft."

„Er ist kein Langweiler wie die anderen alle!", schrie Merle zurück. „Er weiß, wie man Spaß hat. Das weiß hier keiner."

Merle erinnerte sich genau an die Situation. Sie saßen bei Tisch, auf den Tellern Pellkartoffeln mit Schnittlauchquark. Als der Streit sich zuspitzte, sprang Merle empört auf. Sie maß ihre Familie mit Blicken, einen nach dem anderen. Bea hielt den Kopf tief über ihren Teller gesenkt. Die blonden Locken verdeckten ihr Gesicht. Ihr Papa sah Merle an und nickte ernst. Er unterstützte die Mutter. Die Mutter ihrerseits funkelte Merle giftig an.

„Gut", sagte Merle zur Mutter. „Du wolltest mich doch immer schon los sein. Das Kind vom Sizilianer. Jetzt bist du mich los." Sie sagte es eiskalt und ganz ruhig, aber gleichzeitig raste ihr Herz. Ein merkwürdiger Kontrast. Ihr Gesicht fühlte sich an, als würden Nadeln darin prickeln. Bea hatte ihr später einmal erzählt, es sei weiß wie Schnee gewesen.

Merle packte ihren Ausweis und ein paar Sachen und zog zu Pascal. Der lebte mit seiner Mutter in einer kleinen Wohnung und teilte sein Zimmerchen mit Merle. Kein Wunder, dass sie sich nach Befreiung aus dieser Enge sehnten.

Sie beantragten Touristenvisa für die USA und flogen wenige Wochen später los. Ein bisschen Geld hatten sie im Jahr zuvor neben der Schule mit Jobs verdient. Es reichte gerade für die Flugtickets.

In New York lernten sie rasch Leute aus einer WG kennen und kampierten dort mit ihren Schlafsäcken in der Küche. Pascal war im Paradies. Den ganzen Tag ein Joint nach dem anderen, die Jungs und Mädels aus der WG versorgten ihn großzügig.

Merle vertrug das Zeug nicht. Ihr wurde schwindlig davon, ihr Herz raste, ihr ganzes Inneres flatterte vor Angst. Pascal dagegen schwelgte. Bekifft lag er den ganzen Tag wie eine Made auf seiner Matratze.

Jemand erzählt Merle vom Adirondack Park. Von Bibern, Elchen und Bären, Anglerglück, endlosen Wanderwegen zwischen Seen, Flüssen und Wäldern und zahlreichen Campgrounds.

Pascal döste ein, als sie ihm begeistert davon berichtete. Sie stieß ihn an, bis er die Augen aufschlug.

„Ich brauch das Zelt“, sagte sie zu ihm.

Er schaute verschlafen. „Wohin gehst du?“, fragte er.

„Wandern“, antwortete Merle.

„In New York?“, fragte er verwundert.

„Nein, im Nationalpark.“

„Bleib doch hier“, sagte er. Mit einer einladenden Handbewegung wies er auf die Gemeinschaft, die sich, von Rauchschwaden umwabert, in der Küche versammelt hatte. „Hier gibt es den besten Stoff.“

„Mach es gut“, sagte Merle. Sie war so verbittert, dass sie den Trennungsschmerz erst später fühlte. Erst als sie im Bus zum Lake St. George saß.

Damals war ich wirklich allein auf der Welt, dachte Merle, die sich in Beas Küche einen Kaffee machte. *Kaum Geld, ich kannte keinen, und mein Englisch war auch nur mittelprächtig. Trotzdem bin ich auf die Füße gefallen.*

Vom Salmon House am Lake St. George war sie einige Wochen später zum Adirondack Trail aufgebrochen, den Rucksack voller Räucherlachs, selbst gebackenem Zwieback und etwas Geld, das Herz voll guter Wünsche.

Und als wieder Wochen später ihr Touristenvisum ablief und sie nach Hause zurückkehrte, wurde sie von ihrer Familie glücklich und erleichtert empfangen. Ihre Mutter fuhr die Krallen ein, Merle machte Abitur, und der Traum, den sie aus dem Salmon House mitgebracht hatte, war noch immer in ihrem Kopf: die große Tafel mit Gästen, die zu Freunden wurden.

Gut, dass ich damals gegangen bin, dachte Merle. *Oder geflogen. Und gut, dass ich zurückgekommen bin.*

Es war ein großartiger Moment gewesen, der Moment, in dem sie ihrer Mutter die Wahrheit an den Kopf geschleudert hatte: *Du wolltest mich doch immer schon los sein. Das Kind vom Sizilianer.* Ein großartiger Moment, weil er den Schleier lüftete, der die Realität verhängte. Und ein schrecklicher Moment zugleich.

Vielleicht wäre es damals logischer gewesen, nach Sizilien zu reisen statt nach Amerika. Tatsächlich hatte sie manchmal Tagträume von Weinbergen gehabt, von Zitronenhainen und blauem Meer. Sie hatte den rauchenden Krater des Ätna vor ihrem inneren Auge gesehen und an all die Köstlichkeiten gedacht, die sie auf Sizilien kosten könnte. Aber das Bild, das sie sich von ihrem Erzeuger machte, hatte sie immer zurückgehalten. Sie hasste ihn, und folglich verabscheute etwas in ihr auch Sizilien. Bis zum Moment, da sie Mario kennenlernte.

Den Deutschen, der aus Sizilien stammte. Den Mann, der sie mit der Nase direkt auf die Lücke in ihrem Leben stieß. Auf die Person, die fehlte. Ihren leiblichen Vater.

Merle riss sich aus ihren Gedanken und ging in die Küche. Bea sollte ihr Lieblingsgericht bekommen, die gefüllten Paprika ihrer Oma. Bereits gestern hatte Merle dafür alle nötigen Zutaten besorgt.

Als Erstes setzte sie Beas Reiskocher in Gang. Sie hatte Bea gefragt, wie er funktionierte, aber keine Auskunft erhalten. Stattdessen hatte Bea nach der Bedienungsanleitung gekramt und sie ihr in die Hand gedrückt. Es war typisch für Merles Schwester, dass sie so ein Gerät besaß und nicht wusste, wie man es bediente. Nicht weil es schwierig zu handhaben gewesen wäre, sondern weil sie es nie benutzte. Es war nicht das einzige Helferlein in Beas Besitz, von dem die meisten gestandenen Hausfrauen und Köchinnen nicht einmal träumten. Küchenmaschine von Kenwood, Thermomix oder Sous-vide-Garer. Ein Herd mit allen Schikanen. Es war, als führte Bea in einer anderen Welt oder in den Tiefen ihrer Fantasien ein paralleles Leben, in dem sie jeden Tag delikate Mahlzeiten mit fünf Gängen zauberte. Vielleicht hatte sie ja eine geheime Sehnsucht danach, einmal so zu sein wie ihre große Schwester – immer in Kontakt mit den Düften, der Textur und dem Geschmack der Dinge, die sie kochte und aß. Und sie strebte dem auf ihre ganz persönliche, technikverliebte Art nach. Ähnlich wie Merle manchmal von einem Leben träumte, in dem sie sich beruflichen Herausforderungen stellte und Erfolg hatte wie Bea.

Nachdenklich schnitt sie von den Paprikaschoten jeweils die Kappe ab, löste vorsichtig die Kerne aus der Höhlung und wusch sie aus. Dabei grübelte sie über die Frage nach, die Kurt ihr stellte, wann immer sie miteinander telefonierten.

Wann würde sie nach Hause zurückkehren?

Sie schnitt die Zwiebeln und den Knoblauch klein.

Kurt hatte ja recht, natürlich konnte sie weiterhin bei Mario arbeiten und gleichzeitig zu Hause leben. Nichts sprach dagegen.

Nichts außer der Gefühlsverwirrung, die sie ergriffen hatte, seit sie Mario täglich sah. Sie konnte sich nicht vorstellen, dass sie neben Kurt im Bett – oder gar in seinen Armen – liegen und dabei an Mario denken würde. Das ging einfach nicht.

Der Reiskocher piepte. Mit dem dafür vorgesehen Schaber leerte sie den Reis in eine Schüssel. Der Boden des Reiskochertopfs war blitzblank, als hätte sie ihn kaum oder gar nicht benutzt. Das war schon sehr praktisch. Sie gab das Hackfleisch, Zwiebeln, Knoblauch, Salz, Pfeffer, Paprikapulver und ein Ei dazu und verknetete alles zu einem Teig. Es war ein einfaches Rezept ohne Kräuter oder besondere Gewürze, vielleicht so, wie man in den Fünfzigerjahren gekocht hatte.

Als die mit den Vorbereitungen fertig war, trat sie ans Fenster und schaute hinaus. Auf dem Grundstück gegenüber, einer der letzten Baulücken im Viertel, mähte ein alter Mann mit der Sense die Wiese. Schritt für Schritt ging er langsam vorwärts, streifte die lange Klinge in gleichmäßigen Schwüngen durchs hohe Gras und ließ dichte Schwaden hinter sich zurück.

Dann bog ein Auto auf den Parkplatz ein, Beas Wagen. Wenig später hörte sie, wie die Wohnungstür aufging. Bea kam von ihrem Ausflug mit Victor zurück.

Victor hatte die Absicht, sein Sortiment auf badische Weine auszuweiten, und knüpfte die ersten Kontakte zu Winzern der Umgebung.

Merle ging zu Bea ins Wohnzimmer. Die hatte sich in ihren Le-Corbusier-Sessel gesetzt und ruhte sich aus. Merle nahm sich einen Stuhl vom Esstisch und setzte sich zu ihr. „Na, wie war es am Kaiserstuhl?", fragte sie.

Bea fächelte sich symbolisch Luft zu: „Heiß", sagte sie lächelnd. „Man meint noch die Hitze des Vulkans zu spüren, obwohl der ja schon längst erloschen ist. Der dunkle Boden, du weißt ja. Der saugt die Sonne richtig auf."

„Und wie war die Weinprobe?"

„Puh. Hast du mal versucht, aus einem Schluck rotem Gesöff Erdbeere, Kirsche, Brombeere und schwarze Johannisbeere herauszuschmecken, alles auf einmal?"

Bea hatte bisher so viel Hang zur Feinschmeckerei gezeigt wie ein Auto, das mit seinem Diesel vollkommen zufrieden ist, Hauptsache, der Tank war voll.

„Die Weinprobe war also nicht so dein Ding?"

„Das würde ich gar nicht sagen. Es hat mir Spaß gemacht, weil es so neu für mich war. Und ich hab Victor immer schön nachgeahmt. Erst beguckt er sich den Wein im Glas, als würde er einen hochkarätigen Diamanten inspizieren. Es fehlt noch, dass er eine Lupe nimmt. Dabei gibt er tausend Kommentare über die Farbe ab. Dann steckt er die Nase ins Glas, so tief wie eine Fliege, die ihren Rüssel begeistert in einen Kackhaufen steckt." Sie stockte. „Ups, das war jetzt ein schlechter Vergleich."

Merle schmunzelte. „Jedem das seine", sagte sie. „Dem Weinkenner sein Glas und der Fliege ihr Haufen. Aber es klingt so, als hättest du die Düfte, die dir um die Nase geweht sind, nicht so richtig genossen."

Bea zuckte mit den Schultern. „Victor riecht da alles Mögliche heraus. *Ein volles Bouquet. Eine fruchtige Note von Apfel und Stachelbeere. Ein Hauch von Zitrusfrüchten.* Was weiß ich. Ich rieche einfach nur Wein."

„Dann war das Ganze vielleicht ein bisschen langweilig für dich?"

„Das Riechen ist nur der Anfang. Danach geht es erst richtig los. Man nimmt einen großen Schluck Wein und spült damit im Mund herum, als würde man die Zähne mit Mundwasser reinigen. Ehrlich, genau so. Es sieht ganz schön lächerlich aus. Und dann darf man das Zeug zum Glück ausspucken. Sonst würde man ja völlig besoffen. Trotzdem bin ich ein bisschen bedüdelt."

„Kein Wunder. Du trinkst ja normalerweise nichts. Du bist überhaupt nicht an Alkohol gewöhnt."

„Also, und dann wird über einen einzigen Wein eine halbe Stunde lang geredet. Du glaubst es nicht. Da fliegen dir nur so die Vokabeln um die Ohren. Vollmundig heißt es und samtig. Fruchtig mit Nuancen von Mandel im Abgang. Barriquewein mit Vanille-Zimt-Anklängen. Bei Weißwein reden sie dann von Zitrus- und Apfelaromen. Ich gebe zu, den Unterschied zwischen Weiß und Rot schmecke selbst ich."

„Und was magst du lieber?"

„Bei der Hitze, die auf dem Kaiserstuhl geherrscht hat, fand ich den kühlen Weißen besser. Riesling hieß einer. Victor hat etwas von elegant und erfrischend gesagt."

„Hat Victor dann Wein gekauft?"

„Zwei große Kisten. Er hätte gern noch mehr mitgenommen, aber er sagte, sein Lagerraum sei zu warm, um größere Mengen Wein länger aufzubewahren. Damit ist er sehr unzufrieden. Der Wein hat ihn begeistert, und er hätte günstiger kaufen können, wenn er dem Winzer eine größere Menge abgenommen hätte."

„Zeit fürs Abendessen", sagte Merle. „Ich hab gefüllte Paprikaschoten vorbereitet. Nach dem Rezept von Oma."

„Oh." Bea sah sie verlegen an. „Ich habe schon mit Victor gegessen. Das Weingut hatte eine Straußenwirtschaft."

„Ach", machte Merle enttäuscht. Das hätte sie sich auch denken können. „Schade", sagte sie. „Dann heb ich sie für morgen auf."

Merle dachte kurz nach und sprach dann ein wichtiges Thema an.

„Hör mal“, sagte sie zu Bea, „ich habe beschlossen, erst wieder zu Hause einzuziehen – oder eben nicht –, wenn ich meine Gefühle geklärt habe.“

„Du weißt, dass ich mich riesig freue, dich hier zu haben.“ Bea strahlte sie an. „Meinetwegen kannst du ewig bleiben.“

„Ich habe mich viel zu lang nur als Kurts bessere Hälfte verstanden – als eine Frau, die allein nicht vollständig ist. Damit muss Schluss sein.“ Merle nickte nachdrücklich.

„Das sehe ich genau wie du“, stimmte Bea ihr zu. „Wirklich entscheidend ist, dass du emotional auf den eigenen Beinen stehst. Aber nimm dir doch etwas zu essen. Ich schaue dir zu.“

Merle bediente sich mit einer Paprikaschote und setzte sich mit Bea an den Esstisch im Wohnzimmer. „Ich habe mich selbst und meinen Beruf immer hintangestellt, und wo stehe ich jetzt? Sara geht aus dem Haus, für Karriere bin ich zu alt und mein Mann ist ein arbeitswütiger Zombie.“

Bea berührte sie tröstend am Arm.

„Ich lasse mir oft zu viel gefallen.“ Merle stieß die Gabel in die Schote, verharrte dann aber. „Und ich kann mich schlecht wehren. Das habe ich meiner Kindheit zu verdanken, diesem Mangel an Liebe durch Mama.“

„Mama war nicht immer gerecht, das stimmt.“ Bea hob bedauernd die Hand. „Dahinter steckte der Zorn, den sie gegen deinen Erzeuger gehegt hat, genau wie du es immer sagst. Das siehst du schon richtig.“

Merle kaute nachdenklich und schluckte den Bissen herunter. Der Geschmack erinnerte sie an die Besuche bei ihrer geliebten Oma. „Komisch“, sagte sie leise. „Ich habe mir nie Gedanken darüber gemacht, wie mein leiblicher Vater wirklich war. Als realer Mensch meine ich, nicht nur als der Bösewicht, den Mama immer geschildert hat."

„Für uns trug er eine Maske des Bösen", stimmte Bea ihr zu.

„Aber er kann ja nicht nur schlecht gewesen sein, denn Mama muss ihn einmal geliebt haben." Dieser Widerspruch wollte Merle nicht aus dem Kopf. „Vielleicht ist das eine Frage, der ich nachgehen sollt. Was für ein Mensch war mein Vater eigentlich wirklich?"

Bea deutete auf Merles Paprikaschote. „Iss mal, die wird ja kalt."

Merle steckte einen weiteren Bissen in den Mund.

„Weißt du, ich habe Zweifel, ob es gut ist, so viel über die Vergangenheit und deinen Erzeuger nachzudenken. Vielleicht bleibst du besser in der Gegenwart", merkte Bea an.

„Oder noch besser, ich denke über meine Zukunft nach", sagte Merle mit vollem Mund.

„Das stimmt, denn da gibt es eine wichtige Frage", stimmte Bea ihr zu. „Was wünschst du dir vom Rest deines Lebens? Darüber musst du dir klar werden."

„Tja." Merle kaute nachdenklich und schluckte den Bissen herunter. „Ich koche so gern und kenne mich gut mit Essen aus. Am liebsten würde ich ein Restaurant führen."

„Das ist ein ziemlich ambitionierter Plan. Vielleicht versuchst du es einfach mit einem anderen Mann", schlug Bea vor.

„Neues Spiel, neues Glück?" Ohne es zu sagen, dachte sie an Mario. „Aber mich selbst, meine Unsicherheiten, meine stete Bereitschaft, hinter den Partner zurückzutreten, nehme ich doch immer mit. Einmal angenommen, es gäbe einen anderen Mann. Würde mit ihm alles anders werden?"

„Wahrscheinlich nicht." Bea musterte sie aufmerksam. „Gibt es denn einen?"

„Ich weiß nicht. Zwischen meinem neuen Chef und mir ... da ist so ein Prickeln. Oder mehr als das, ein richtiger Funkenflug. Aber das will ich gar nicht. Bevor ich mit einem neuen Mann anfange, muss ich erst mal wissen, wo ich mit meiner Ehe stehe. Ob sie zu Ende ist? Oder ob Kurt und ich auf einer neuen Basis noch einmal anfangen können."

„Ja, das verstehe ich." Bea nickte.

„Eines will ich jedenfalls nicht: Nur die Frau des Bürgermeisters sein, die ihren Mann umsorgt, obwohl dieser gar keinen Wert darauf legt, umsorgt zu werden."

Bea nickte erneut nachdrücklich. „Das sehe ich genau wie du." Dann sah sie Merle bittend an. „Liebe große Schwester", begann sie. „Tust du mir einen großen Gefallen? Kannst du mir nächsten Samstag beim Kochen helfen? Ich habe Victor eingeladen für das Menü, du weißt ja. Und du hast mir doch versprochen, dass du mir hilfst."

Am Samstag arbeitete Merle wie immer bis 16 Uhr. „Kann es nicht am Sonntag sein?", fragte sie. „Dann habe ich meinen freien Tag."

„Na ja, vielleicht will Victor bei mir übernachten. Und dann hätten er und ich den ganzen Sonntag für uns. Kannst du es nicht irgendwie am Samstag einrichten?"

„Wann kommt er denn?", fragte Merle.

„Um zwanzig Uhr."

„Na gut. Das geht. Dann müssen wir uns eben sputen. Vielleicht bereite ich den Nachtisch schon vorher zu.“

Einen Augenblick herrschte Schweigen. Merle lag eine Frage auf der Zunge. Oder vielleicht eher eine Bemerkung. Gewiss kannte Bea die Antwort auf die Frage genauso wenig wie sie. Es war eine Frage zu dem Mann, über den niemals geredet wurde. *Der Elefant im Raum*, dachte Merle plötzlich. Es war ja immer sonnenklar gewesen, dass sie nicht das leibliche Kind ihres Papas war. Jeder konnte es sehen. Sogar Merle selbst.

„Hast du eine Ahnung, wie Mama meinen Erzeuger damals kennengelernt hat? Hat sie dir irgendwann mal etwas erzählt? Ich meine, wieso hat sie sich überhaupt auf ihn eingelassen?“

Bea schüttelte den Kopf. Eher ablehnend als nur verneinend. „Ich weiß nicht, ob du dich mit Fragen nach dem Sizilianer herumquälen solltest. Deine wirkliche Familie, die Familie, die zählt, kennst du. Unser Papa war für uns beide da. Wie unsere Eltern sich kennengelernt haben, unsere gemeinsamen Eltern, wissen wir. Das genügt doch, oder?“

Ja, Merle kannte die Geschichte. Merles Mutter Ursula war mit einer Gruppe von Freundinnen ins Kino gegangen. Sie wollten *Love Story* schauen. Dasselbe hatte ihr Papa Wolfgang mit seinen Freunden gemacht. Zufällig hatten sie während des Films nebeneinandergesessen. Sie hatten an den gleichen Stellen gelacht oder geweint und einander zum Schluss mit verweinten Augen angesehen. Das war der Anfang eines Bands fürs Leben gewesen. Dass Ursula damals schon schwanger war, schien Wolfgang nicht gestört zu haben. Ob Angelo Didio wohl beim Gespräch über den

Film – ausgerechnet die Liebesgeschichte zwischen einem Sohn aus reichem Haus und einer italienischen Auswanderertochter –, eine Rolle gespielt hatte?

„Nein, Bea", sagte Merle. „Vielleicht genügt mir das nicht. Nicht mehr. Vielleicht würde ich gern mehr über meinen leiblichen Vater erfahren. Vielleicht möchte ich ja versuchen, ihn zu finden."

Nach dem Gespräch mit Bea ging Merle ins Gästezimmer.

„Ich suche meinen Vater in Italien", gab sie in die Suchmaske von Google ein.

Bea hatte ihr zwar nicht das Passwort des Laptops im Gästezimmer verraten, ihr aber ein Gastkonto eingerichtet. Das war sogar noch besser.

„Ich suche meinen Vater in Italien." Sie drückte auf Enter. In einem Italienforum stieß sie auf die Geschichte eines oder einer Maxi, der/die auf Vatersuche war. Viele gedrückte Daumen, sonst wenig Hilfreiches.

Sie versuchte es mit einer anderen Eingabe – „Personensuche in Italien" – und gelangte auf die Seite eines professionellen Personensuchdienstes. Immerhin fand sie hier ein paar Tipps. Zum Beispiel den Rat, es mit einer Personensuche in den sozialen Netzwerken zu versuchen.

Ihr Erzeuger musste siebzig sein, wahrscheinlich älter. Er trieb sich bestimmt nicht auf Facebook oder X herum.

Außerdem stieß sie auf zwei Links zu italienischen Online-Telefonbüchern. Der eine funktionierte nicht. Der andere führte zu paginebianche.it

Die Eingabemaske war allerdings italienisch. Sie verstand kein Wort.

Wie gut ihr Erzeuger wohl Deutsch gesprochen hatte? Ihre Mutter hatte nie freiwillig von dem Mann erzählt, aber einmal hatte Merle sie zur Rede gestellt und auf Antworten bestanden.

Ihr leiblicher Vater kam aus Palermo und hieß Angelo Didio. Als junger Mann war er als Gastarbeiter, wie das damals hieß, nach Deutschland gekommen und hatte in der Nachbarstadt von Heimlingen bei Dynamit Nobel gearbeitet. Die Fabrik existierte heute nicht mehr. Auch Merles Mutter lebte damals mit ihren Eltern in dieser Stadt. Früher hatte Merle dort ihre Großeltern besucht.

Statt sich mit dem italienischen Text der Eingabemaske abzumühen, orientierte sie sich an dem Lupe-Symbol neben dem breiten, weißen Feld am Kopfende der Seite. In dem Feld stand: „Nome, Cognome o Ragione sociale".

Nome hieß bestimmt *Name*.

Sie probierte es einfach aus und gab Angelo Didio ein. Das Ergebnis war ein einziger Treffer, ein Angelo Didio in 75024 Montescaglioso. Die Telefonnummer stand daneben. Sie könnte einfach ihr Handy nehmen, die Nummer wählen, und vielleicht wäre ihr Erzeuger am Apparat. Ob er wohl immer noch Deutsch verstand?

Unschlüssig starrte sie vor sich hin.

Kapitel 13

Seitdem Mario sie vor einigen Tagen im Pizzabodendrehen unterwiesen hatte, kam Merle eine Stunde früher. Sie schloss die Tür der *Pizzeria am Fluss* auf und trat ein. Das Restaurant empfing sie mit seinem vertrauten Geruch nach Gebackenem: Tomatensoße, Gemüse, Käse und Teig.

In der Küche herrschte eine angenehme Temperatur, nicht zu warm und nicht zu kalt. Gerade richtig. Mittags konnte man das nicht behaupten. Da verbreitete der Pizzaofen eine mörderische Hitze. Falls ihr aber gleich der Schweiß auf die Stirn treten würde, dann käme es vom Eifer des Übens.

Wie jeden Tag hatte Mario den Pizzateig um vier Uhr morgens geknetet und in den Kühlschrank gestellt. Danach war er noch einmal nach Hause gegangen, wahrscheinlich legte er sich noch einmal hin. Zum Glück wohnte er ganz in der Nähe der Pizzeria, vom Parkplatz aus konnte man sogar die Fenster seiner Wohnung sehen. Beim Blick dorthin spürte Merle, dass sich schon wieder ein Kribbeln wie von tausend Käferfüßen in ihrem Bauch regte. Seit Mario und sie zusammen Teig gedreht hatten, war ihr Inneres im Aufruhr. Sie versuchte, zur Ruhe zu kommen, aber es gelang ihr nicht. Ob sie es wollte oder nicht, wenn sie an den Deutsch-

Italiener mit den geschickten Händen dachte, geriet sie innerlich ins Flattern.

Mario hatte ihr in einer kleinen Schüssel Teig zum Üben bereitgestellt. Er stand nicht im Kühlschrank wie das Gros des Teigs, weil Merle ihn ja schon am Morgen brauchte. Durch das schnellere Gehen war der Teig weniger geschmeidig, was das ganze Unterfangen noch schwieriger machte.

Merle teilte den Teig in zehn Teile und formte daraus zehn kleine Kugeln. Zehn Versuche, aber tatsächlich mehr, weil sie den Teig meistens ein paar Mal verwenden konnte.

Sie wollte es lernen. Unbedingt. Sie wollte es schaffen, den Teigboden so zu drehen wie Mario. Einmal, weil es eine tolle Kunst war, um die sie ihn beneidete. Dann aber auch, weil sie hier in der Pizzeria wirklich nützlich sein wollte. Mario sollte sich vorn um die Gäste kümmern und nicht immer bei ihr in der Küche stehen müssen.

Sobald sie so wertvoll für ihn war, dass keine andere Kraft sie ersetzen könnte, wollte sie ihn um einen Gefallen bitten. Dann könnte sie ihre ganze Verhandlungsmasse in die Waagschale werfen, nämlich sich selbst.

Kein Wirt verleiht gern sein Restaurant. Kein Koch teilt gern seine Küche. Doch genau darum wollte sie Mario bitten: Überlass mir sonntags die Pizzeria. Nicht jeden Sonntag. Aber oft genug.

Eine Hand wäscht die andere.

Und dann könnte sie ihren Traum verwirklichen. Die große Tafel, an der Gäste aus der ganzen Stadt sich trafen und zu Freunden wurden. Und sie selbst als Köchin und Gastgeberin. Ein einziges Menü, für alle dieselbe Folge von Gängen. Aber eine fröhliche Runde und leckere Spezialitäten, bei denen allen das Wasser im Mund zusammenlief.

Eins nach dem anderen, sagte sie sich. Erst Pizzaböden drehen, den Laden schmeißen wie eine frisch aus Italien eingewanderte *pizzaiola*. Und dann die große Tafel. Sie streute etwas Mehl auf die Arbeitsplatte, legte den ersten Teigball darauf und drückte ihn zu einem runden Fladen flach.

Mario hatte das Pizzabodendrehen als Kind gelernt. Darum war er darin so gut. Das war wahrscheinlich so, wie man Fahrradfahren in jungen Jahren lernen sollte. Wer erst als Erwachsener damit anfing, blieb immer ein bisschen wackelig.

Mario hatte ihr beigebracht, den Pizzaboden auf der Faust zu drehen, aber das klappte nur mühselig. Ihre Faust war einfach zu dick und plump, als dass der Teig hätte schnell rotieren können. Solange sie den Teig nicht auf der Fingerspitze kreisen lassen konnte wie Mario, waren ihre Bemühungen vielleicht für den Hausgebrauch okay, aber in professioneller Hinsicht wertlos. Und so mühte sie sich seit Tagen mit diesem Schritt ab: Dem Teig mit einer schwungvollen Bewegung der linken Hand einen ordentlichen Drall zu versetzen und ihn gleichzeitig so auf die rechte Fingerspitze zu manövrieren, dass er weder kippte noch wegflog oder in sich zusammenfiel. Leider war ihr das bislang noch nie gelungen.

Es einer *pizzaiola* gleichtun, dachte sie grimmig. Übernimm dich mal nicht. Vielleicht schaffst du es nie, vielleicht bist du einfach schon zu alt.

Es gab Grenzen für das, was man lernen konnte. Mit siebenundvierzig wurde zum Beispiel niemand mehr zum Geigenvirtuosen, da könnte man jeden Tag stundenlang üben. Andererseits war Pizzabodendrehen vielleicht auch nicht so schwierig wie Geige spielen.

Teigfladen, linke Hand, rechte Hand, der Schwung, der Dreh. Diesmal bekam der Fladen das Übergewicht und kippte auf die Arbeitsplatte. Ein schlaffer Klumpen. Sie knetete ihn durch, formte ihn wieder zum Ball.

Mario hatte erzählt, dass er als Kind gern in der Pizzeria seiner Eltern mitgeholfen hatte. Seine Mutter war eine fröhliche, zupackende Frau, die mit einer Schürze um den Bauch und einem Kopftuch auf dem Kopf Berge von *pizze* gebacken und dabei ihre Helfer mit viel Schwung dirigiert hatte wie eine Konzertleiterin ihr Orchester. Sein Vater hatte beim Bedienen geholfen, mit den Gästen geplaudert, an der Kasse gesessen und die Abrechnungen und das Bestellwesen gemacht. Inzwischen hatten sich die beiden mit ihren Ersparnissen auf Sizilien zur Ruhe gesetzt, in derselben Gegend, in der Marios Bruder die *fattoria* – den Bauernhof – der Großeltern übernommen hatte.

Den Fladen drücken, der Drall mit der Linken, der Schwung und mit dem Finger fangen. Oder auch nicht. Verdammte Axt. Irgendwie hatte sie es geschafft, sich den Teig in die Haare zu werfen. Sie zupfte ihn herunter, friemelte ein Teigklümpchen heraus. Noch eines. Heute Abend war Haarewaschen angesagt.

Beim Teigdrehen war vielleicht die Koordination das Wichtigste. Das Timing von rechter und linker Hand. Beim richtigen Moment, den man genau erwischen musste, ging es buchstäblich um einen winzigen Sekundenbruchteil, in dem die Hand, die dem Teigfladen den Drall versetzte, und die Hand, deren Finger ihn auffing und kreisen ließ, aufs Engste aufeinander bezogen sein mussten und handelten, als wären sie eins. Und diesen Moment bekam Merle einfach nicht heraus.

Ein neuer Versuch. Und noch einer. Entnervt hob sie den Teigflatschen auf, der zum zweiten Mal auf den Boden gefallen war. Inzwischen war er so dreckig, dass sie ihn nicht mehr verwenden konnte. Verärgert drückte sie ihn zusammen und warf ihn in den Mülleimer.

Ja, ja, Mama, dachte sie ungehalten. *Sag's schon. Mit Essen spielt man nicht.*

Ob der kleine Mario, der Junge in der Pizzeria seiner Eltern, das Pizzabodendrehen wohl als Spiel empfunden hatte? Selbst der erwachsene Mann hatte bei dem, was er tat, oft etwas Spielerisches. Wenn er etwa Merle dabei half, die Teigböden zu belegen, legte er Paprikastreifen oder Pilzscheiben blitzschnell zu einem Muster. Von ihm oder von Merle belegte Pizzen konnte man auf den ersten Blick unterscheiden. Merles Sardellen, Pilze oder Salamischeiben lagen einfach irgendwie auf dem Boden drauf. Marios bildeten dagegen eine Rosette oder einen Stern, irgendeine dekorative Verzierung, die niemals genau gleich aussah. Als Pizzabäcker war er nicht nur viel schneller als sie, sondern vor allem ein Künstler. Bei diesem Gedanken schlug Merles Herz schneller. Ihre Bewunderung für Marios Geschick war wie Öl in den Flammen, die in ihrer Brust für ihn brannten. Die sie von innen heraus versengten, ob sie es wollte oder nicht.

Hier gab es nur ein einziges Gegenmittel. Arbeit! Mit einer neuen Teigkugel auf der Arbeitsfläche machte sie weiter. Flach drücken, mit beiden Händen aufnehmen.

Diesmal war sie beim Schwung besonders vorsichtig, versuchte, den Fladen mit dosierter Kraft zum Kreisen zu bringen.

Sie hatte ihn. Er drehte sich auf ihrem Finger. Juhu. Kaum hatte sie begonnen, sich zu freuen, hob der Teig wie ein Frisbee ab und landete – klatsch – an der Wand.

Trotzdem. Sie hatte es zum ersten Mal für ein oder zwei Sekunden geschafft. Ein Anfang war gemacht.

Das war etwas zum Freuen. Aber auch Freude konnte einen durcheinanderbringen.

Immer wieder hob sie selbst innerlich ab wie eben der Pizzaboden. Und immer wieder zwang sie sich zum Innehalten und landete, *klatsch*, an der Wand.

Sie war eine verheiratete Frau und hatte eine Tochter. Ihr Leben verlief in geregelten Bahnen. Eine siebenundvierzigjährige Frau im vierundzwanzigsten Ehejahr sollte sich hüten, ein paar Schmetterlingen in ihrem Bauch zu viel Beachtung zu schenken. Sie war nicht auf Abenteuer aus. Oder doch? Warum war sie denn von zu Hause aus- und bei Bea eingezogen? Sie wollte doch, dass sich etwas veränderte.

Wieder ein neuer Teigklumpen, wieder neuer Schwung und neuer Drall. Der Zeigefinger fing. Und der Teig drehte. Er drehte! Die Teigscheibe wurde größer und größer. Merle durfte im Drehen nicht innehalten, sonst würde alles zusammenfallen. Aber wie sollte sie den Teigboden auffangen und auf die Arbeitsfläche bugsieren? Jetzt war er schon viel zu groß. Viel zu dünn.

Er war inzwischen ein riesiges Rad. Sie breitete beide Hände unter ihm aus und fing. Er fiel auch richtig darauf. Aber die lappigen Teigränder klappten nach unten und klebten zusammen. Was schließlich auf der Arbeitsfläche ankam, sah aus wie eine Autokarosserie nach einem Auffahrunfall.

Kapitel 14

Als Mario in die Pizzeria trat, hatte Merle bereits Schüsseln voller Pilzscheiben, Mozzarellascheiben, Paprikastreifen, Spargelstücke und Brokkoliröschen geschnitten. Auf dem Herd blubberte die Tomatensoße. Dafür hatte sie riesige Konservendosen mit ganzen Tomaten in einen großen Topf gegeben, Knoblauchzehen hineingepresst und Salz und Oregano zugegeben. Das Ganze hatte sie mit einem extragroßen Stabmixer püriert.

Als Mario zu ihr trat, war sie gerade dabei, Zwiebeln in Ringe zu schneiden.

Einen Moment lang verschlug ihr seine Nähe den Atem. Ihr ganzer Körper reagierte umgehend auf ihn. Ihr Magen zog sich zusammen, als hätte sie Lampenfieber, ihre Haut prickelte, und schon tanzten wieder die Schmetterlinge in ihrem Bauch. Seit sie Mario kannte, herrschte in ihrem Bauch immer Sommer, das fühlte sich schön und schrecklich zugleich an. Schrecklich, weil ihre Gefühle für Mario auch ihre Liebe zu Kurt wieder weckten, als hätte sie nur geschlummert und riebe sich jetzt die Augen. Sie fühlte sich zerrissen, und gleichzeitig war dieses flammende Lodern in ihrer Brust. Da half nur eines: ablenken. So tun, als wäre gar nichts.

„Ich weiß, das kann keiner bezahlen“, sagte sie so unschuldig und beiläufig, als hörte sie nicht selbst, dass ihre Stimme bebte, „aber wenn man ein richtiger Feinschmecker wäre, müsste man die Tomatensoße mit frischen Tomaten kochen.“

Mario schüttelte den Kopf. Sie sah es aus dem Augenwinkel. „O nein“, widersprach er. „Selbst die bekanntesten Pizzabäcker der Welt, die *pizzaioli* von Neapel, bereiten ihre Tomatensoße mit Tomatenkonserven zu.“ Er ging zum Kühlschrank und holte die große Schüssel mit Pizzateig heraus. Dabei redete er weiter. Im Gegensatz zu Kurt war er multitaskingfähig.

„Die Tomaten sind hoch reif, wenn sie konserviert werden, und genau diese Reife braucht man für die optimale Tomatensoße. Gekocht wird die dann ja ohnehin, das Kochen verändert den Geschmack, ob die Tomate nun aus der Dose kam oder nicht.“

„Die Neapolitaner müssen es wissen“, bemerkte Merle. „Die Pizza aus Neapel ist doch sogar Weltkulturerbe, oder?“ Hatte sie nicht vor ein paar Jahren die Nachricht gelesen, dass die UNESCO die Pizza Napoletana aufgenommen hatte? Solche Nachrichten übers Essen interessierten sie, das blieb bei ihr hängen.

„Stimmt“, gab Mario zurück. Er schaufelte den Teig aus der Schüssel und knetete ihn noch einmal durch. Dann rollte er einen Teil davon zu einer dicken Wurst und zerschnitt sie in viele gleich große Stücke. „Sie ist die bekannteste Pizza der Welt. Und die *pizzaioli* von Neapel sind weltberühmt. Sie sind die Erfinder der modernen Pizza mit Tomatensoße. Aber mit Gemüse belegte Teigfladen aß man im Süden Italiens schon immer. Und die besten Pizzabäcker", Mario grinste, „sind natürlich die Sizilianer."

Aus den Teigstücken formte er Kugeln und legte los. Eine nach der anderen ließ er sie auf dem Finger kreisen und breitete den Pizzaboden anschließend auf der Arbeitsplatte aus.

„Apropos Sizilianer", sagte Merle. Sie holte eine Salami aus dem Kühlschrank und schnitt sie an der Aufschnittmaschine in Scheiben. „Ich habe im italienischen Telefonbuch nach meinem Vater gesucht. Er heißt Angelo Didio, und es gab tatsächlich einen Treffer. Ich hab dort aber noch nicht angerufen."

„Nur einen einzigen Treffer?", fragte Mario. Er sprach zu Merles Rücken. „In ganz Italien? Das wundert mich. Ich kenne selber einen Di Dio. Giuseppe heißt er. Di Dio ist kein sonderlich seltener Name, zumindest auf Sizilien nicht."

„Es war nur einer. Aber es stehen ja nicht alle Leute im Telefonbuch", antwortete Merle, ohne sich umzudrehen. Die Schneidemaschine surrte. „Viele Leute haben gar keinen Festnetzanschluss. Das Handy reicht ihnen."

„Trotzdem", sagte Mario. „Sag mal, wie schreibst du Di Dio denn?"

„Na ja, so, wie es sich spricht. Didio."

„In einem Wort?", fragte Mario.

„Ja, klar."

„Es sind aber zwei. Di Dio. Von Gott. Den Namen gab man im Mittelalter Findelkindern."

„Oh", sagte Merle. Jetzt ließ sie die Salami liegen und drehte sich um.

„Ja, ich weiß, das passt."

Merle sah ihn aufgebracht an. „Als hätte mein Erzeuger es in den Genen. Ich meine, eine Frau schwanger sitzen zu lassen. Im Mittelalter war das eine Katastrophe. Der Frau blieb vielleicht gar nichts anderes übrig, als das Kind auszusetzen. Aber Anfang der Siebzigerjahre war es sicher auch nicht leicht. Gut, dass mein Papa da war und sich um meine Mutter gekümmert hat."

„Es passt sogar noch besser, als du meinst. *Angelo* heißt Engel."

Merle lachte. „Das ist jetzt fast schon albern. Wer war der Übeltäter? Es war mal wieder der Engel Gottes."

„Mein Freund Giuseppe hatte einen Onkel, der tatsächlich Angelo hieß. Angelo Di Dio. Er kam aus einer frommen, streng katholischen Familie. Er selber war aber Kommunist und Atheist. Was meinst du, sagte Giuseppe mal, was meinst du, wie seine Genossen ihn wegen seines Namens aufgezogen haben?"

Merle legte fragend den Kopf schief. „Vielleicht war ja der Onkel von Giuseppe mein Vater."

„Dann müsste er wirklich ein Engel Gottes gewesen sein. Dieser Angelo Di Dio hat nie einen Fuß nach Deutschland gesetzt."

In diesem Moment hörten sie, wie es an der Tür der Pizzeria polterte. Jemand klopfte heftig an, verlor die Geduld und riss die Tür auf. „Hallo!", rief eine Männerstimme, die klang, als hätte der Sprecher Mühe mit dem Atmen.

„Das kann nur einer sein", sagte Mario. Er ging dem Neuankömmling in die Gaststube entgegen.

„Das Unkraut aufm Parkplatz müsst man mal wegmachen“, hörte Merle den Mann sagen. Er sprach mit starkem schwäbischem Akzent. Er kam wohl aus Württemberg. Von der Stimme her schätzte sie ihn auf mindestens sechzig.

„Ihnen auch einen guten Morgen“, antwortete Mario.

„Man muss einfach immer nach dem Rechten schauen …“, schnaufte die Stimme weiter.

„Und nach dem Linken natürlich auch“, warf Mario dazwischen.

„… sonst verkommt alles. Als wenn ich nicht schon genug zu tun hätt mit meim Oheim.“

„Wie geht es ihm denn?“, fragte Mario gelassen.

„Hat sein ganzes Leben gesoffe und geraucht, aber anscheinend will er hundert werden. Ich weiß net, wie lang er mir das Leben noch schwer machen will.“

Merle hätte gern gewusst, wie der schnaufende Schwabe mit dem unfreundlichen Benehmen aussah, wollte aber nicht neugierig wirken und blieb daher wohlverborgen hinter dem Türrahmen in der Küche. Wer dieser Kerl wohl war? Mario schien ihn zu kennen.

„Hier müsst mal gelüftet werden“, nörgelte der Mann weiter. „Es riecht, als hätten Sie seit einem Monat die Fenster net mehr aufgemacht.“

Merle ärgerte sich, denn sie hatte am Morgen ausgiebig für Durchzug gesorgt. Sie hatte nicht übel Lust, in die Gaststube zu gehen und dem Mann die Meinung zu sagen.

„Schaut man einmal weg, dann haben Sie Schimmel im Haus, und dann ist wieder der Vermieter schuld.“

Aha! Das war wohl der Mann, von dem Mario die *Pizzeria am Fluss* gepachtet hatte.

„Sie sind bestimmt hier, um zu hören, ob ich Mängel festgestellt habe“, sagte Mario übertrieben höflich. „Die Regenrinne tropft. Ich denke, Sie müssen den Dachdecker kommen lassen.“

„Es ist doch immer das Gleiche. Man tut, was man kann, aber die Pächter und Mieter danke es einem nie. Viel Pacht nehm ich hier ja net. Und das, wo das Pflegeheim für meinen Oheim so teuer ist.“

Der Onkel war bestimmt der Besitzer des Restaurants, dachte Merle. Der alte Wirt, der sie einmal so unwirsch bedient hatte. Der Neffe war seiner würdig.

„Tja, da ist das Erbe schnell verzehrt“, sagte Mario.

Merle meinte ein spöttisches Lächeln herauszuhören.

Der Pizzaofen piepte. Er hatte seine Vorwärmtemperatur erreicht. Bald würde der Mittagsbetrieb losgehen.

Sie bekam mit, dass die beiden sich der Küche näherten. Damit es nicht so wirkte, als ob sie gelauscht hätte, ging sie rasch zur Aufschnittmaschine und kümmerte sich um die Salami. Sie nahm sie aus der Auffangschale und legte sie locker auf einen Teller. Dann blickte sie zu den beiden Männern auf.

Der Neuankömmling war ein kleiner, rundlicher Herr. Sein schlammbraunes, fadenscheiniges Jackett glänzte speckig. Mit den nach unten gezogenen Mundwinkeln seiner leicht geöffneten, wulstigen Lippen, den glänzenden, feisten Wangen und den flachen, knopfartigen Augen sah er aus wie ein Karpfen. Zu allem Überfluss klappte er den Mund auf und zu, als wäre seine Empörung so groß, dass er keine Worte dafür fände. Dadurch wirkte er umso mehr wie der gewichtige Fisch, der in Teichen im Schlamm wühlt und auf Brotkrumen lauert.

„Machen Sie sich net über mich lustig, junger Mann“, sagte der Karpfen. „Es hat schon mancher gelacht, der am Ende geweint hat.“ Noch immer öffnete und schloss er den Mund, als müsste er Kiemen Sauerstoff zuführen. Es musste ein Tick sein.

„Und es hat schon mancher gedroht, der gar keinen Grund für Drohungen hatte. Bezahle ich etwa Ihrem Onkel die Pacht nicht regelmäßig?“

„Was hilft mir die Pacht, wenn das Restaurant am End so heruntergewirtschaftet ist, dass ich es net mehr verkaufen kann? Ich hätt es am liebsten gleich verkauft, aber mein Onkel wehrt sich mit Händ und Füß dagegen.“

Aha, dachte Merle. Und das ließ er jetzt an Mario aus.

In diesem Augenblick bemerkte der Karpfen sie und fixierte sie mit seinen runden, flachen Augen.

„Hoppla, der Familiennachzug? Ist das Ihre Schwester? Ich hab das Restaurant an Sie vermietet und net an eine ganze Sippe.“ Er schnappte mit den Lippen, als kaute er die Luft.

Mario lachte. „Darf ich vorstellen? Meine Schwester Emilia. Sie ist eine richtige italienische Mamma. Leider spricht sie kein Deutsch. Aber sie bäckt vorzügliche *pizze. Emilia, faresti una pizza, per favore!“*

Merle verstand kein Wort außer *pizza* und *per favore,* doch sie begriff, was Mario meinte. Sie entschied sich für eine Pizza Margherita, die einfachste aller Pizzen, gab Tomatensoße auf den Teigboden und belegte ihn mit Mozzarella. Im superheißen Pizzaofen würde die Pizza in drei Minuten fertig sein.

„Mein Oheim hat hier eine richtig gute deutsche Küche geführt“, grummelte der Karpfen, „Gute deutsche

Hausmannskost. Net dieses neumodische ausländische Zeug."

Doch Merle sah, dass er beschwichtigt war. Mario hatte den Karpfen durchschaut. Wenn ein Fisch viel Wirbel macht und ständig herumblubbert, muss man ihm das Maul stopfen. Und wie geht das besser, als wenn man etwas zu Essen hineinsteckt?

Kapitel 15

Als Merle am Samstagnachmittag von der Arbeit nach Hause gehetzt kam, öffnete Bea ihr die Tür mit einem Kochlöffel in der Hand. Sie hatte sich eine neue Schürze um den Bauch gebunden, wie ihrer beider Oma sie immer in der Küche getragen hatte. Und sie hatte sich tatsächlich eine strahlend weiße Kochmütze auf das stoppelkurze Haar gesetzt.

„Gott sei Dank bist du da", sagte Bea. „Ohne dich wäre ich verloren."

„Mit Sicherheit", antwortete Merle. „Aber was deine Garderobe angeht, ist der Abend ja schon mal gerettet."

„Was soll ich tun?", fragte Bea. Merle hatte noch kaum die Küche betreten, und Bea war schon so zappelig wie ein Schlittenhund, der vor dem Rennen im Geschirr tänzelt.

Merle überlegte. Einige Dinge mussten klein geschnitten werden, aber sie würde Bea heute kein Messer in die Hand geben. Mit einem Pflaster am Finger sähen ihre frisch manikürten Finger gleich viel weniger attraktiv aus.

„Du kannst erst einmal das Rezept durchlesen", sagte sie. „Das Wichtigste ist der strategische Überblick."

„Aber für den bist doch du da", maulte Bea.

Das konnte ja lustig werden, dachte Merle. Sie musste nicht nur vor Victors Ankunft alles fertig haben und es dann so aussehen lassen, als wäre es Beas Werk, sondern auch Bea dirigieren und anleiten. Bea zu beaufsichtigen machte mehr Mühe, als wenn sie gar keine Hilfe hätte.

Zum Glück hatte sie am Vorabend schon einiges vorbereitet.

Nicht nur die Einkäufe waren erledigt. Auch den Nachtisch, Mandelparfait, hatte sie bereits fertig. Es fehlte nur noch das Sauerkirschenkompott dafür. Und das würde Bea zubereiten. Dabei konnte sie sich nicht schneiden, aber sie würde sich vielleicht mit Kirschsaft bespritzen. Dann müsste sie sich umziehen, und Merle hätte eine Weile Ruhe.

Sie drückte Bea ein Glas Sauerkirschen und eine Packung Mondamin in die Hand. „Du nimmst einen Esslöffel Mondamin und verrührst ihn mit zwei Esslöffeln Kirschsaft. Dann kochst du die Kirschen mit dem Saft auf. Wenn sie kochen, nimmst du einen Quirl und rührst die Stärke unter. Noch einmal aufkochen, bis es dick ist und fertig. Alles klar?"

Bea schüttelte den Kopf. „Das waren ein halbes Dutzend Anweisungen, alle auf einmal. Ich muss ja auch schon mal Kunden eine Bedienungsanleitung erklären, aber das mach ich schön eins nach dem anderen. Sonst schnallen die ab."

Merle stöhnte. Das Kochen hatte noch nicht mal angefangen, und schon war ihr Geduldsfaden strapaziert. Sie nahm ein Schälchen aus dem Schrank. „Ein Esslöffel Mondamin und zwei Esslöffel Kirschsaft da rein, dann rühren. Okay?"

Bea machte sich an die Arbeit. Damit würde sie erst einmal zu tun haben.

Merle schlug im Kochbuch, das sie kürzlich von zu Hause mitgebracht hatte, das Rezept für Rindfleisch à la Provence auf. Zuerst würde sie den Grießflan zubereiten, der als Beilage vorgesehen war. Dafür rührte sie Grieß, Salz und einen Teelöffel getrockneten Thymian in kochendes Wasser. So, das musste jetzt erst mal zehn Minuten quellen.

Sie schaute nach Bea. Die quirlte inzwischen in ihrem Schälchen mit Mondamin und Kirschsaft herum.

„Sehr gut", sagte Merle. „Gut gerührt ist halb gekocht. Jetzt die Kirschen mitsamt Saft in einen Topf geben und zum Kochen bringen. Füg noch einen Esslöffel Zucker und eine Prise Zimt hinzu."

Bea blickte von ihrer Rührorgie auf. „Sag mal?", fragte sie. „Wie läuft es eigentlich mit dir und deinem Chef?"

„Seit wann manikürst du dir die Fingernägel?", fragte Merle zurück. „So etwas hab ich ja noch nie bei dir gesehen."

„Du sagtest doch, ich soll als Vorspeise Garnelen machen. Ich dachte, wenn ich die mit frisch manikürten, rot lackierten Fingernägeln serviere, macht es besonders viel Eindruck. Außerdem passt das Rot so schön zur Garnelenfarbe."

„Ui!", rief Merle. „Jetzt hätte ich doch fast die Garnelen vergessen." Sie holte die Packung aus dem Gefrierschrank, gab den Inhalt in ein Sieb und brauste die rosigen Krabben mit kaltem Wasser ab. „So", sagte sie. „Die stellen wir in den Kühlschrank. Dann sind sie heute Abend um acht genau richtig. Aufgetaut, aber noch frisch."

„Und jetzt heraus mit der Sprache. Wie läuft es mit deinem neuen Chef?", fragte Bea erneut.

„Offiziell läuft gar nichts. Aber er bringt mein Herz ganz schön zum Pochen, das ist leider so."

„Ich war gestern zum Essen in der Pizzeria, und er hat gerade Pizzen rausgebracht. Er sieht verdammt gut aus."

„Er hat eine Menge südländischen Charme", pflichtete Merle ihr bei.

„Er sieht genauso gut aus wie du", sagte Bea. „Der gleiche Typ. Ihr wäret das perfekte Paar."

„Ich sehe nicht gut aus", entgegnete Merle. Sie wandte sich von Bea ab und kümmerte sich lieber um den Grieß. „Bei ihm habe ich Schmetterlinge im Bauch, aber die sind luftige Gesellen. Sie kommen und gehen. Oder?"

„Ich glaube, dass es etwas sehr Ernstes werden könnte", widersprach Bea.

Sie rührte mit Olivenöl verschlagenes Eigelb unter den Grieß und strich den Brei auf einen feuerfesten Keramikteller. Den würde Bea nur noch kurz vor dem Servieren unter den Backofengrill schieben müssen. Allerdings wusste Bea bestimmt nicht, wie der Grill funktionierte. Zweifelnd betrachtete Merle das Bedienfeld des Displays mit seinem Menü von Schaltern und Reglern. „Hol mal die Bedienungsanleitung für den Herd heraus."

Bea fand das Heft sofort. Sie konnte nicht kochen, aber sie war gut organisiert.

„Natürlich siehst du gut aus", sagte sie, als sie Merle das Büchlein reichte. Ihre roten Fingernägel blitzten.

„Ich wünschte, ich wäre so schön knackig braun wie du.“

„Okay, aber dann kriegst du auch den grässlichen Zinken.“

„Deine Nase finde ich super. Davon nehme ich gern auch zwei. Und dein Mann ist ein kalter Fisch.“

„Ist er nicht“, sagte Merle.

„Ist er doch“, sagte Bea.

„Er hat einfach nur wenig Zeit. Wetten, Kurt vermisst mich?“

Das schien Bea nachdenklich zu machen. „Na ja, wahrscheinlich schon“, sagte sie. „Er wäre ja auch schön blöd.“

Merle blätterte durch den dicken Packen Papier zum deutschen Teil der Bedienungsanleitung. „Der Grieß muss nachher unter den Grill“, sagte sie. „Da, lies selbst.“ Sie schob Bea das Büchlein hin. „Schließlich bist du die Ingenieurin.“

Bea studierte die Anleitung. Unterdessen schnitt Merle alles klein, was sie für das *Rindfleisch à la Provence* brauchte: Möhren, Zwiebel, Lauch, Sellerie und Knoblauchzehen. Sie liebte es, wie das Messer mit einem leisen Reibegeräusch durch die Knollen und Stangen fuhr und wie von jedem Stück Suppengemüse der eigene, unverwechselbare, mal scharfe, mal würzige, mal zarte Duft aufstieg. Die Petersilie wusch sie ab und band sie zu einem kleinen Strauß zusammen.

Das Fleisch, ein Stück aus der Rinderkeule, hatte Metzger Hermann, der Schatz, bereits für sie in Würfel geschnitten.

„Okay“, sagte Bea. „Das fluppt. Den Herd bediene ich jetzt im Schlaf.“

„Auch den Grill?", fragte Merle.

„Natürlich auch den Grill."

„Victor muss ja nicht merken, dass du deine tausend Geräte nie benutzt."

„Es sind keine tausend", entgegnete Bea. „Nicht mal zehn. Und wenn ich mal ein bisschen mehr Zeit habe, werde ich sie pausenlos einsetzen. Ich werde mehr kochen als du in deinem ganzen Leben."

„Ja klar. Und ich werde Spezialistin für Rühr- und Mischwerke und steige zur Chefin eines hundertköpfigen Teams auf."

Merle briet das gewürfelte Rindfleisch in einem großen Eisenbräter an. Beas Auswahl an Töpfen war vom Feinsten. Neben ihr stellte Bea den Topf mit Kirschsaft und Kirschen aufs Ceranfeld. Sie beide standen dicht an dicht. Gut, dass die Person, die an ihrer Seite kochte, ihre Schwester war, dachte Merle. Tuchfühlung mit ihr kannte sie von Kindheit an. Aber die Enge vor dem Herd war gewöhnungsbedürftig.

Das lenkte ihre Gedanken auf eine andere Art von Enge, die viel schwerer zu ertragen wäre. Zwei Turteltauben und ein Zaungast. Nein, der wollte sie nicht sein.

„Wenn ich hier mit dem Kochen fertig bin, bin ich übrigens weg", sagte sie und rührte kräftig. Das Fleisch sollte bei guter Hitze schön braun werden, durfte aber auf keinen Fall anbrennen. Das heiße Öl zischte und brutzelte.

„Was meinst du mit weg?", fragte Bea.

„Ich übernachte heute anderswo."

„Kommt nicht infrage", sagte Bea. „Du bist mein Gast."

„Soll ich vielleicht bei eurem Tête-à-tête den An-
standswauwau spielen?“

„Hm.“ Bea geriet ins Grübeln. Ob sie wirklich noch
nicht über die Frage nachgedacht hatte? „Du könntest
mir mit dem Kochen und Servieren helfen. Die Garnelen, du weißt ja. Diese schönen, rosigen Garnelen, die
ich anbraten soll. Vielleicht machst ja besser du das.“

„Kriegst du kalte Füße? Du wolltest Victor doch mit
deinen Kochkünsten beeindrucken. Nicht mit meinen.
Schon vergessen?“

„Dann mach dir einen schönen Abend vor dem Fern-
seher. Nimm einfach die Kopfhörer.“

Das Fleisch war jetzt genau richtig braun. Vom Bra-
tenduft lief Merle das Wasser im Mund zusammen.
Fernsehen schauen, während die beiden das leckere
Menü verspeisten? Das ging gar nicht.

„Na klar“, spottete sie. „Und nachts begegne ich dem
nackten Victor im Flur.“

„Wo willst du denn übernachten?“, fragte Bea.

„Bei Petra“, log Merle. Petra war im Urlaub und würde
erst nächste Woche zurückkommen.

„Na gut“, sagte Bea.

Merle gewann den Eindruck, dass sie erleichtert war.
Wer will schon in einer heißen Nacht seine große
Schwester im Haus haben?

Alles, was sie klein geschnitten hatte, gab sie zum
Fleisch in den Topf und briet es kurz mit an. Dann re-
gelte sie die Hitze nach unten. Statt des lauten Pras-
selns stieg nur noch ein leises Zischen aus dem Topf
auf.

Neben ihr ertönte ein Schrei. Beim Rühren war ein großer Platsch Kirschsaft auf Beas Schürze geschwappt. Der Fleck breitete sich aus, und wahrscheinlich durchtränkte der Saft auch die Bluse darunter.

Bea eilte davon, um sich umzuziehen. Merle rührte Tomatenmark unter das Rindfleisch und löschte alles mit Rotwein ab. Dann noch den Fond hinzugeben. Jetzt musste das Ganze nur noch anderthalb Stunden auf dem Herd schmoren.

Schnell noch das Sauerkirschenkompott. Und hoppla hopp die Küche aufgeräumt. Alles, was schmutzig war, in die Spülmaschine geräumt und angestellt.

Alles erledigt. Victor konnte kommen.

Wenn er klingelte, wäre Merle schon weg.

Kapitel 16

Merle ging zu Fuß von Beas Wohnung zur *Wiese* und am Fluss entlang in Richtung Altstadt. Nicht weit der Kirche öffnete sich am Rand der Straße ein alter, mit Sandstein eingefasster Torbogen, der eine Abkürzung in ein Stadtviertel bot, das vor einigen Jahren neu erbaut worden war.

Sie ging an neu errichteten Wohnblocks vorbei in Richtung Fluss. Es war gegen neunzehn Uhr. Noch nicht zu spät für einen Besuch. Den hatte sie sich schon länger vorgenommen, und Zeit hatte sie an diesem Abend wirklich.

Frau Sutter, ihre ehemalige Chefin im Hotel Sonne, lebte jetzt in der Seniorenresidenz Johann Peter Hebel am Ufer der *Wiese*. Es war eine schöne Anlage mit einem kleinen Park und mehreren neuen Gebäuden. Merle klingelte an einer Tür mit einem guten Dutzend Klingelknöpfen und wartete an der Gegensprechanlage. Es dauerte ziemlich lange. Schließlich ertönte der Türsummer, ohne dass die Gegensprechanlage benutzt worden wäre.

Der Lift war geräumig und hatte chromglänzende Schaltknöpfe. Sie fuhr damit zum zweiten Stock hinauf und stieg aus. Eine der Türen im breiten Flur war geöffnet, und darin stand Frau Sutter und sah ihr entgegen.

„Die Ratten besuchen das sinkende Schiff", sagte sie.

Vielleicht hätte ich schon früher kommen sollen, dachte Merle. Aber ihr schlechtes Gewissen hielt sich in Grenzen.

Frau Sutter war eine hochgewachsene, hagere Frau mit gebeugtem Rücken, die sich das Haar immer noch blondierte. Sie hatte tiefe Furchen im Gesicht, doch ihre Wangen waren mit Rouge rosig gefärbt und ihre Augenbrauen gezupft. Sie war einundachtzig und zäh wie eine alte Katze. Solange sie ins Hotel humpeln konnte, hatte sie hinter der Rezeption gethront und ihr Zepter geschwungen. Dann aber wurden die drei Stufen vor der Eingangstür zum unüberwindlichen Hindernis.

„Sie haben mir gekündigt, nicht ich Ihnen", wehrte sich Merle.

Frau Sutter wendete ihren Rollator, dann tappte sie mit kleinen, vorsichtigen Schritten zu einem Tisch mit vier Stühlen und ließ sich auf einem davon nieder.

„Hätte ich Sie vielleicht als Gesellschafterin behalten sollen?"

„Vorlesen ist nicht so mein Ding. Ich hätte Ihnen etwas vorkochen können."

„Oder wir könnten von alten Zeiten schwärmen."

„Ja, natürlich."

„Dann könnten wir die Anekdoten aus dem Hotel bald durchnummerieren." Frau Sutter machte eine auffordernde Geste, und Merle setzte sich ebenfalls.

„Vermissen Sie das Hotel?", fragte sie.

„Erinnern Sie sich zum Beispiel an den nackten Gast?", fragte Frau Sutter.

Merle lachte.

„Sehen Sie", sagte Frau Sutter, „die Geschichte mit dem Nackten würde die Nummer eins bekommen. Wir hätten sie bald so oft erzählt, dass ich nur noch *Nummer eins* rufen müsste, und schon würden wir prusten."

„Aber damals waren Sie gar nicht amüsiert. Die Anrufe der Gäste an der Rezeption. *Tun Sie was, ein Flitzer im Hotel.* Oder: *Hilfe, ein Nackter im Korridor.* Wir dachten schon, wir müssten die Polizei rufen."

„Und, wie er dann die Treppe herunterstolziert ist. Pudelnudel. Aber ein König im Hermelinmantel hätte nicht vornehmer schreiten können. Hoch aufgerichtet quer durch den Speisesaal. Aber an der Rezeption, seinen Kopf, den hätten Sie sehen sollen. Knallrot wie eine überreife Tomate."

„Wo hat er noch mal übernachtet?"

„In der Putzkammer. Zwischen Staubsauger, Besen und Putzeimer. Splitterfasernackt. Natürlich konnte er zuerst nicht einschlafen. Aber am Morgen hat er dann tatsächlich verschlafen und ist zur besten Frühstückszeit aufgewacht."

„Dann hab ich ihm ein Handtuch gegeben und ihn mit dem Generalschlüssel in sein Zimmer gelassen. Er sagte, er habe Badezimmertür und Tür zum Korridor verwechselt."

„Wer weiß, vielleicht hat ihn auch seine Geliebte nackt rausgeschmissen."

Merle lachte.

„Sie können uns einen Kaffee kochen", sagte Frau Sutter. „Oder gehören Sie zu den Waschlappen, die abends keinen vertragen?"

„Lieber ein Wasser", sagte Merle. Sie ging in die Kochnische, fand Kaffee und Filter und setzte die Kaffeemaschine in Gang. Für sich selbst nahm sie ein Glas aus dem Schrank, füllte es mit Leitungswasser und trug es zum Tisch.

Frau Sutter sah sie nachdenklich an. „Ich erinnere mich gut, wie Sie bei mir aufgetaucht sind und sich um die Stelle im Hotel beworben haben", sagte sie. „Wie lange ist das her?"

„Fünfzehn Jahre?", antwortete Merle. „Oder sechzehn? Damals war Sara drei. Sie war gerade in den Kindergarten gekommen."

„Und schon in der ersten Woche war sie krank. Sie sind mit dem armen Mädel an der Hand und einer kleinen Matratze unter dem Arm angekommen und haben Sara im Raum hinter der Rezeption hingelegt. Ich dachte, das gibt nie was."

Merle erinnerte sich gut. Damals hätte sie nicht darauf gewettet, dass sie die Stelle lange behalten würde. Frau Sutter hatte nicht aufgehört, an ihr herumzumäkeln. Das Reservierungsbuch zu schlampig geführt. Die Schrift zu krakelig. Nein, vollkommen unlesbar. Eine Falte im Laken eines Gästebetts. Ein Handtuch hing schief auf dem Halter. Beim Frühstück war die Wurst nicht ordentlich ausgelegt. Die Scheiben klebten. Sie war sich vorgekommen wie bei ihrer Mutter.

„In der Probezeit war ich kurz davor, das Handtuch zu schmeißen", stimmte Merle ihr zu.

„Oh ja", sagte Frau Sutter. „Und ich hätte Sie ein paar Mal beinahe rausgeschmissen."

Dann war Frau Sutter krank geworden. Eine Grippe, die ungewöhnlich schwer verlief. Sie hatte eine Weile im Krankenhaus gelegen und Wochen gebraucht, um sich richtig zu erholen.

Das Personal der Zeitarbeitsfirma. Die neuen Leute anleiten und sich gleichzeitig ins Räderwerk des Hotels hineinfuchsen. Das alles ohne Hilfe. Das war nicht leicht gewesen. Aber Merle hatte es geschafft. Danach war ihre Chefin ihr ganz anders begegnet. Sie hatte ihren Respekt erworben.

„Gut, dass ich Sie damals behalten habe", sagte die alte Dame. „In den Jahren danach habe ich Sie dringend gebraucht. Ohne Sie hätte ich das Hotel niemals so lange führen können."

Das kam wohl einem Dank so nah, wie Merle ihn jemals bekommen würde.

Merle trank einen Schluck Wasser. Eine Kleinigkeit zu essen wäre jetzt nicht schlecht, dachte sie. Sie hatte bei Bea nicht zu Abend gegessen.

„Sie haben es hier gut getroffen", bemerkte sie, statt um ein Schinkenbrot zu bitten. „Draußen spielen sogar Kinder." Sie deutete durch die Balkontür nach unten auf zwei Mädchen, die in einer Spielstraße Rollschuh liefen. „Da haben Sie was zu gucken."

Frau Sutter seufzte. Mit einem Mal wirkte sie so alt, wie sie war. „Ich kann hier wohl nicht mehr lange bleiben", sagte sie.

„Hier ist es doch schön", sagte Merle. „Wieso sollten Sie wegziehen?"

Die Kaffeemaschine verkündete mit einem zischenden Gurgeln, dass sie fertig war. Merle schenkte Frau Sutter eine Tasse Kaffee ein und stellte sie vor ihr auf den Tisch.

„Mir geht das Geld aus", sagte Frau Sutter.

Merle sah sie sprachlos an. „Ich dachte, Sie haben das Hotel verkauft?“

„Das Hotel gehörte meinem Vetter. Und dann seinem Sohn. Ich hatte es nur gepachtet.“

„Und Ihre Rente?“, fragte Merle.

„Ich hatte erwartet, dass ich mein Haus bald verkaufen kann. Aber es liegt wie Blei. Obwohl ich mit dem Preis runtergegangen bin. Keiner will ein altes Haus kaufen, das er erst noch umbauen und renovieren muss.“

„Aber so läuft es doch immer“, sagte Merle. „Ständig werden alte Häuser gekauft.“

„Ihr Mann ist schuld“, sagte Frau Sutter.

„Mein Mann?“ Merle grübelte. „Der Bürgermeister? Meinen Sie den Bürgermeister?“

„Bald reicht es bei mir nur noch für ein Doppelzimmer im Altenheim. Und er ist schuld.“

„Was hat das mit Kurt zu tun?“

„Alle wissen, dass von der Stadt bald ein Neubaugebiet freigegeben wird. Da warten die Leute lieber auf ein frisch erschlossenes Grundstück und setzen ein Haus nach ihren eigenen Vorstellungen drauf.“

„Wer sagt das?“, fragte Merle.

„Die Logik.“

„Und wer noch?“, hakte Merle nach.

„Es stand in der Zeitung. Nach der Demonstration. Und mein Makler sagt es auch.“ Frau Sutter legte ihre Hand auf den Tisch, runzlig, von blauen Adern überzogen und von Leberflecken übersät. Sie ballte sie zur Faust und schlug auf den Tisch. Die Kaffeetasse klirrte

ganz leise auf dem Unterteller. „Das nächste Mal de-
monstriere ich mit, das sage ich Ihnen. Beim nächsten
Mal bin ich dabei."

Kapitel 17

Von Frau Sutter kehrte Merle auf demselben Weg zurück, den sie vorhin gekommen war, immer am Ufer der *Wiese* entlang. Irgendwann setzte sie sich auf die Uferböschung und telefonierte mit Sara.

„Habe ich dich vertrieben, Mama? War ich schuld, dass du gegangen bist?" Es war der zweite Samstag nach Merles Aufbruch, und seitdem hatte sie nicht mit ihrer Tochter geredet. Sara klang ungewöhnlich zerknirscht.

„Es war einfach zu viel." Merles Gesicht verfinsterte sich bei der Erinnerung. „Euer ewiger Streit. Dein Gedaddel mit dem Handy. Und es hat mich sehr getroffen, dass du mein Essen zurückgewiesen hast. Ich hatte mir mit dem Kochen so viel Mühe gegeben."

„Das tut mir leid, Mama. Aber ich bin jetzt wirklich Vegetarierin. Das ist mir wichtig. Das mache ich nicht, um dich zu ärgern."

„Du hättest vorher mit mir darüber sprechen sollen." Es fiel Merle endlich einmal leicht, energisch zu klingen.

„Das stimmt. Das habe ich versäumt. Es tut mir leid. Aber weißt du was, Mama? Ich habe angefangen, mit Papa zu kochen."

„Wirklich, das ist ja toll." Merle war begeistert. „Hat
Papa dir das Buch mit den vegetarischen indischen Gerichten gegeben, das ich vorbeigebracht hatte?"

„Ja, genau. Vielen Dank dafür. Und ich habe mir auch
Anregungen im Internet gesucht."

„Prima. Dann kannst du dir ja manchmal etwas kochen, wenn du bald in Freiburg wohnst, und musst
nicht immer in der Mensa essen." Merle staunte, wie
gewandelt ihre Tochter war. Wozu auch immer Merles
Auszug von zu Hause führen würde, wenigstens war es
ihr gelungen, mit diesem Paukenschlag die Beziehung
mit ihrer Tochter auf eine neue Grundlage zu stellen.

Sie redeten noch eine Weile über Saras Probleme bei
der Zimmersuche in Freiburg und legten dann auf.

Das Gespräch mit ihrer Tochter hatte Merle aufgemuntert, dennoch fühlte sie sich einsam, als sie weiterging.

Das Flüsschen rauschte plätschernd über Steine und
Sohlschwellen, das diesseitige Ufer war mit üppig grünem Gras und Gebüsch bewachsen, das jenseitige bestand aus rotem Sandsteinfels, über dem sich die steilen, bewaldeten Hänge des Entegast erhoben.

Sie würde heute in der Pizzeria übernachten. Der
Schlüssel klimperte in ihrer Tasche. Aber sie hatte es
nicht eilig, dorthin zu kommen.

Sie spürte ein Stechen am Arm und schaute hin. Eine
Mücke saß auf dem zweiten A von Sara und hatte den
Rüssel in Merles Haut versenkt. Sie schlug sie platt und
wischte sie weg. Die Dämmerung näherte sich. Zu ihrer
Rechten färbte sich hinter der Stadt der Himmel rot.

Sie war eine Frau, die alles hatte. Einen zuverlässigen Mann. Eine tüchtige Tochter. Ein Haus mit Garten. Einen Job. Sie war eine Frau, die jeder beneiden konnte.

Und statt zu Hause ihren Garten zu genießen, mit Sara eine Ausstattung für ein erstes WG-Zimmer zusammenzustellen oder mit Kurt über das Neubaugebiet zu sprechen, latschte sie in der Dämmerung die *Wiese* entlang wie eine Obdachlose auf der Suche nach einem Schlafplatz.

In der Pizzeria würde sie ein paar Stühle zusammenschieben, das wäre ihr Bett für die Nacht. Statt der komfortablen Sieben-Zonen-Matratze, die zu Hause vergebens auf sie wartete.

Was wollte sie denn, die Frau, die alles hatte? Wieso nahm sie all diese Unbequemlichkeiten auf sich? War es wegen Mario? Wegen ihrer inneren Unentschiedenheit und Zerrissenheit? Ja, das spielte eine Rolle. Doch wichtig war auch noch etwas ganz anderes.

Wer ein Talent hat, will es teilen. Doch sind andere Leute bereit, daran teilzunehmen? Wollte überhaupt jemand das, was sie zu bieten hatte?

So wie Geld erst in dem Moment seinen Wert bekommt, in dem man es für etwas ausgibt, ist der Prüfstein für das Talent, die Bereitschaft der anderen, es anzunehmen.

Im Austausch für Geld bekommt man Waren, im Austausch für sein Talent bekommt man Aufmerksamkeit, Lob, Kritik, die Zeit der anderen. Ihre Freude.

Oder eben nicht. Dann ist das Talent wie Falschgeld, das im eigenen Portemonnaie genauso aussieht wie echtes, das aber trotzdem nichts wert ist, weil keiner es will.

Ihr Talent bestand darin, Menschen an einen Tisch zu bitten und zu bewirten. Zumindest glaubte sie das, denn dafür war ihr die Zeit niemals zu schade. Doch ihre Familie hatte es wie Falschgeld behandelt. Merle hatte es satt, mit vollen Tellern zu kommen und dann doch mit leeren Händen dazustehen. Jetzt wollte sie etwas Neues probieren.

Sie wählte Kurts Handynummer. Seit sie vor zehn Tagen aufgebrochen war, hatten sie schon zweimal telefoniert. Bisher hatte er sie angerufen, doch jetzt hatte sie ein Anliegen.

„Wann kommst du zurück?" Das war immer seine erste Frage.

„Wenn ich so weit bin, Kurt. Das habe ich dir schon mehrmals gesagt. Aber mir geht etwas durch den Kopf. Ein Plan. Ich möchte dir davon erzählen."

„Schieß los." Er klang nicht gerade begeistert.

„Jeder Mensch braucht Anerkennung." Sie schaute auf den plätschernden Fluss. „Aber vielleicht war es ein Fehler von mir, dabei ganz allein auf euch zu setzen, meine Familie. Als ich im Hotel Sonne gearbeitet habe, hat mich das sehr befriedigt. Ich habe gerne Gäste umsorgt."

„Was hast du vor?" Kurt klang misstrauisch.

„Wer ein Talent hat, kann sich glücklich preisen. Das siehst du doch genauso, oder?" Die Sonne lugte blinzelnd über den Gipfel des Entegast und warf ihre letzten Strahlen auf das Wasser.

„Na ja, sicher. Noch einmal, worauf willst du hinaus?" Seine Stimme war abwehrend.

„Mein besonderes Talent ist das Kochen. Aber man kann nicht gerade behaupten, dass du es gewürdigt hättest."

„Das tut mir wirklich leid. Künftig will ich nicht mehr so rücksichtslos sein."

Es war immerhin eine Entschuldigung. Und das Versprechen, sich zu bessern.

„Jedenfalls will ich nicht mehr nur zu Hause kochen." Obwohl Kurt sie nicht sehen konnte, schüttelte Merle den Kopf. „Ich will die Anerkennung auch von anderen Menschen erhalten. Und ich will Geld damit verdienen. Ich denke an ein kleines Restaurant."

Genau genommen dachte sie an Marios Pizzeria. Dorthin könnte sie gelegentlich abends zahlende Gäste einladen. Wenn er es erlaubte.

„Oh nein. Das ist kein guter Gedanke. Ich werde künftig jedes deiner Steaks mit größter Andacht essen." War Kurt klar, wie sarkastisch das rüberkam? „Aber stürz dich bitte nicht in unternehmerische Abenteuer. Das ist einfach zu riskant. Ich will kein Fiasko erleben."

„Du traust mir wohl gar nichts zu."

„Doch, natürlich. Aber ich will dich vor übereilten Entscheidungen beschützten. Gerade erst vor Kurzem ist der Pächter der Ratsstube pleite gegangen, du weißt ja, sie gehört der Stadt. Die Restauration ist ein Geschäft voller Tücken und Fallen. Lass die Finger davon."

Bei so viel Ablehnung schluckte Merle den Rest ihres Plans lieber herunter. Sie verabschiedeten sich und legten auf.

Aber sie hatte einen. Einen Plan.

Erst musste sie Mario überreden, ihr demnächst einmal sonntags das Restaurant zu überlassen. Das wäre der richtige Ort, um zahlende Gäste an ihre Tafel zu bitten. Und dann würde sie weitersehen und wenn möglich eine dauerhafte Institution daraus machen.

Bea hatte sie gefragt, was sie sich vom Rest ihres Lebens wünschte. Glück in der Liebe? Ja, natürlich. Aber Erfolg im Beruf, Erfolg als Gastgeberin in einem Restaurant, das wäre für sie ein Traum. Das war ihr vielleicht genauso wichtig.

Als sie bei der Pizzeria ankam, war es fast schon dunkel. Sie schloss auf und machte das Licht an. Der Pizzageruch hing noch in der Luft, obwohl der Ofen seit dem Nachmittag aus war. Draußen hatte es ein wenig abgekühlt, vom Fluss wehte eine frische, kühle Brise heran. Drinnen hielt die Wärme des Sommertags sich gefangen.

Sie hatte Hunger. Bei Bea hatte sie nur ein wenig Möhren genascht, als sie die Zutaten für das Rindfleisch à la Provence klein schnitt. Weil sie zu Fuß von Bea aufgebrochen war, hatte sie keine Tasche mitgenommen und deshalb auch kein Geld dabei. Also würde sie diese Nacht wohl mit leerem Magen verbringen müssen.

Sie beschloss, auf einer der Wandbänke zu schlafen, statt Stühle zusammenzurücken. Ihr T-Shirt und die Jeans ließ sie an. Eine Decke hatte sie nicht.

Sie machte das Licht aus, und in der Hoffnung, dass die Mücken im Dunkeln nicht kommen würden, öffnete sie zwei Fenster, damit ein wenig Durchzug entstand.

Nach zwei Minuten merkte sie, dass die Holzbank verdammt hart war. Außerdem war sie zu schmal, um auf der Seite zu liegen. Wie eine Folterbank. Hart, schmal, zu kurz. Sollte sie sich auf einen Tisch legen?

Da könnte sie sich wenigstens auf der Seite zusammenrollen.

Während sie noch darüber nachdachte, hörte sie es im Holz knacken. Ein Knacken und Rascheln, als ob jemand über ihrem Kopf hin- und herginge. Das Haus war einsam, es lag abgelegen an der *Wiese*, aber nein, Gespenster gab es nicht. Trotzdem spürte sie, dass sie eine Gänsehaut überlief. Überall dunkle Schatten. Klobig wie die Rücken großer Tiere. Und dann ein anderes Geräusch.

Jemand stocherte von außen im Türschloss.

Kapitel 18

Kurt hatte sich eine Packung Würstchen besorgt. Vegetarisch war gut und schön, aber beim Grillen wollte er Fleisch zwischen den Zähnen haben.

„Musst du wirklich immer totes Tier essen?", fragte Sara. „Ich dachte, wir machen etwas gemeinsam. Das hast du so vorgeschlagen. Dann sollte man auch dasselbe essen."

„Du kannst gern ein paar Würstchen abhaben."

„Vielen Dank auch", murrte Sara.

„Na ja, das offene Feuer, die Holzkohle, der Rauch, das weckt den Steinzeitmenschen in mir. Da kriege ich Lust, über der Glut ein Wildschwein zu rösten."

Sara war später gekommen als erwartet und hatte anschließend eine Weile in der Küche gewerkelt. Jetzt stellte sie ein Tablett mit Zutaten auf dem Gartentisch ab. Zwei halbierte Avocados ohne Kern, eine Schüssel mit Tomatenwürfeln und Grünzeug, ein Fladenbrot, geviertelt und aufgeschnitten, eine Schüssel mit Spinat und ein Teller geschnittener Käseersatz, der fast so aussah wie das echte Zeug.

Kurt knurrte der Magen. Er hatte den Grill in Gang gesetzt, mit Buchenholzkohle, die besonders gut brannte. Die Anzündwürfel hatten inzwischen ihr Werk getan, aber das Feuer loderte noch mit zu hoher Flamme. Erst musste die Kohle richtig durchglühen. Das Grillfeuer war Männersache. Damit kannte er sich aus.

„Wir hätten schon längst einen Gasgrill kaufen sollen“, meckerte Sara, die anscheinend ebenfalls Hunger und keine Lust aufs Warten hatte.

„So ein Gasgrill kommt mir nicht ins Haus“, entgegnete Kurt. „Wo bleibt denn da der Spaß am Grillen? Ich will in die Glut schauen können. Die ist wie ein Lagerfeuer.“

Sara grinste. „Ja, ein Lagerfeuer für Terrassen-Neandertaler.“

Kurt betrachtete den Garten. Die Dämmerung setzte bereits ein. Die Kräuter und Blütenköpfe regten sich leise im Wind. Nein, das hier war mehr als eine Terrasse, viel mehr. Merle hatte hier alles, was sie sich wünschen konnte. Haus, Terrasse, Blumen, Kräuter. Einen Apfelbaum. Trotzdem war sie weggegangen. Und seine Einladung, heute mit ihm und Sara zu grillen, hatte sie ausgeschlagen. Lief das alles auf eine Scheidung hinaus? Bisher sagte Merle das nicht. Sie sagte bloß, sie brauche eine Pause und müsse sich über einiges klar werden.

Kurt brauchte keine Pause. Er musste sich über gar nichts klar werden. Was er wollte, war ihm sonnenklar. Er wollte mit seiner Frau zusammen sein. Und er zerbrach sich den Kopf darüber, wie er sie zur Rückkehr bewegen könnte. War er vorhin beim Telefonat mit Merle vielleicht zu abweisend gewesen? Aber wieso setzte sie sich immer solche Rosinen in den Kopf? In ihrem Alter noch einmal als Restaurantbesitzerin durchstarten? Nein, das war einfach zu gewagt.

Als das Feuer nur noch glühte, bestrich Sara die Schnittfläche von zwei Avocadohälften mit Öl und legte sie auf den Grill.

„Wieso grillst du die?", fragte Kurt, während er die Folienverpackung aufschnitt und zwei Würstchen neben die Avocado legte. Sie waren weiß und unter der Haut von Kräutern getüpfelt. „Die sind doch sowieso weich."

„Hab ich im Internet gefunden", antwortete Sara. „Gegrillt schmecken sie angeblich besonders lecker. Ich wollte es mal ausprobieren."

Nach ein paar Minuten nahm sie die Avocadohälften vom Rost und löffelte das Tomatenzeug aus einer der beiden Schüsseln in die Höhlung, die der Kern hinterlassen hatte.

„Was ist da drin?", fragte Kurt skeptisch. Er erkannte Tomatenwürfel und Petersilie. Oder Koriander. Den würde er seit dem Blutbad neulich nicht mehr vergessen.

„Eine Tomate, Koriander, eine Frühlingszwiebel, eine halbe Chilischote, Olivenöl und Limettensaft. Und natürlich Salz", rasselte Sara das Rezept herunter. „Möchtest du eine Hälfte probieren?"

Kurt drehte die beiden Würstchen mit der Grillzange um. Jetzt war die Haut auf der gegrillten Seite knackig braun.

„Ja, gern", sagte er.

Sara legte ihm eine grüne Hälfte auf den Teller, dann löffelte sie los. „Oh, ein bisschen bitter." Sie verzog den Mund. „Vielleicht hätte ich die Hälften besser mehr an den Rand des Rosts gelegt."

Kurt nahm sich ebenfalls einen Löffel und probierte. Die Füllung war fruchtig, leicht säuerlich und ziemlich scharf. Das Fleisch der Avocado dagegen warm und musartig, und das behagte ihm nicht. Er mochte es lieber, wenn die Avocado fester war. Dort, wo sie direkt auf dem Rost gelegen hatte, hatte seine Hälfte tiefbraune Streifen. Vielleicht kam die etwas bittere Note daher.

„Das Tomatenzeug in der Mitte ist lecker", sagte er. „Aber meinetwegen hättest du die Avocado nicht zu grillen brauchen."

„Nimm du lieber deine Würstchen vom Grill", erwiderte Sara. „Sonst werden sie schwarz."

Eine schlappe Retourkutsche. Aber sie hatte recht.

„Verflixt." Er schnappte sich die Dinger mit der Grillzange vom Rost und schabte mit dem Messer schwarze Kruste ab.

„Ich hab vorhin mit Mama telefoniert", erzählte Sara.

„Gibt es etwas Neues?", fragte Kurt. Er rief Merle gelegentlich an, aber die Gespräche waren immer sehr unergiebig. So wie vorhin. Es gelang ihm kaum je, sie länger als ein paar Minuten am Telefon zu halten.

„Sie hat heute Frau Sutter besucht, du weißt schon, ihre ehemalige Chefin."

„Natürlich", sagte Kurt.

Sara nahm zwei aufgeschnittene Fladenbrotviertel und legte sie kurz zum Rösten mit den Schnittflächen auf den Grill. Kurt biss in sein Würstchen. Auch hier schmeckte er Bitteres. Er hatte es nicht geschafft, die verbrannte Kruste ganz abzukriegen.

„Der alte Drache lebt jetzt im Betreuten Wohnen, aber Feuer speit er immer noch. Weißt du, was Frau Sutter machen wird?" Sara sah Kurt triumphierend an.

Kurt hatte das Gefühl, dass er das, was Sara sagen würde, gar nicht hören wollte. So, wie sie ihn anschaute, schwante ihm nichts Gutes. Also nickte er, als wüsste er schon Bescheid. Aber Sara ließ sich nicht abhalten. „Sie kann kaum noch humpeln, aber bei der nächsten Demonstration gegen das Neubaugebiet ist sie dabei."

„Wieso?", fragte Kurt entgeistert. „Ist sie jetzt auch unter die Umweltschützer gegangen?"

„Nein, aber sie möchte ihr Haus verkaufen."

„Dann soll sie das tun."

Sara nahm die beiden Fladenbrotviertel vom Rost, belegte sie mit Spinat und Ersatzkäse, klappte sie zu und legte sie wieder zum Grillen über die Glut. Kurt hatte das Gefühl, dass Sara mit dieser Kunstpause versuchte, auch ihn zu grillen. Sie wollte, dass er weiter nachfragte. Er schwieg.

„Das klappt nicht, und zwar wegen des Neubaugebiets", erklärte sie. „Keiner will ihr Haus. Die Leute wollen lieber ein neues Haus bauen, als ein altes zu kaufen und zu sanieren."

„Na ja", sagte Kurt. „So ist das in der Marktwirtschaft." Aber tatsächlich war ihm gar nicht wohl. Leute wie Frau Sutter, Menschen, die wie er selbst seit Generationen in Heimlingen wohnten, hatten ihn gewählt, weil sie ihm vertrauten. Plötzlich hatte er ein Gefühl, als hätte er Frau Sutter persönlich betrogen.

Sara spürte seine Verunsicherung und streute Salz in die Wunde. „Sie sagt, bald geht ihr das Geld fürs Betreute Wohnen aus, und du bist schuld."

Kurt betrachtete sein schwarzbraunes Würstchen. Sara nahm die Fladenbrotviertel vom Rost und legte ihm wortlos eins auf den Teller. Kurt musterte es. Der Ersatzkäse quoll an einer Seite heraus.

Seit Merle ihn verlassen hatte, lief alles schief. Er musste schreckliche Dinge essen. Und nicht nur sein Magen blieb leer, Merles Fehlen war wie ein Loch in seinem Innern. Nun wandten sich auch noch seine Wähler gegen ihn.

Er riss sich zusammen. „Frau Sutter wird nicht demonstrieren", sagte er.

„Doch", sagte Sara. „Wird sie."

„Das denkt sie, aber im entscheidenden Moment wird sie lieber ein Nickerchen machen. Demonstrieren nie und nimmer. Alte Leute demonstrieren nicht."

Kapitel 19

Erneut hörte Merle, wie jemand von außen im Schloss stocherte. Ein Schaben und Kratzen. Pause. Jemand murmelte etwas.

Das war real. Wegducken ging nicht. Sie musste nachsehen.

Sie stand auf und tappte barfuß durch die Gaststube und den Flur zur Eingangstür. Wieder das Stochern. Sie hatte hinter sich abgeschlossen und den Schlüssel von innen stecken lassen. Ihre Nackenhaare sträubten sich.

„Hallo?", fragte sie.

„Ja, hallo", erklang eine Stimme zurück.

„Wer ist da?", fragte sie.

„Ich bin's, Mario. Merle? Mach auf."

Sie wusste nicht, ob sie erleichtert sein sollte. Aufgewühlt schloss sie auf und ließ Mario herein. Vor lauter Entsetzen darüber, dass er sie in dieser peinlichen Lage erwischt hatte, blieb die übliche Reaktion ihres Körpers auf ihn aus. Diesmal flatterten keine Schmetterlinge in ihrem Bauch. Vor Verlegenheit war sie wie gelähmt.

Er schaltete das Licht ein, während sie wegen der Mücken rasch die Fenster schloss.

„Lernst du Pizzabacken für Blinde?", fragte er.

Sie erklärte ihm in wenigen Worten die Situation.

„Du wohnst bei deiner Schwester, die ihren Lover zu Besuch hat?" Marios neugieriger Blick war wie ein tastender Finger, der die feinsten Ritzen und Lücken erforscht.

„Ich wohne nur vorübergehend bei ihr", antwortete Merle hastig. „Danach kehre ich nach Hause zurück. Zu meiner Familie."

„Ah ja", sagte Mario nicht überzeugt. Er hätte auch sagen können: *Wieso weggehen, wenn du gleich zurückkehren willst? Und wieso zurückkehren, wenn du schon weggegangen bist?*

Mario sah sich in der Gaststube um. „Am besten, du schläfst heute Nacht bei mir auf der Couch", sagte er.

Marios Wohnung lag ganz in der Nähe. Von dort aus hatte er vorhin das Licht in der Pizzeria gesehen.

Zwischen dem Parkplatz und Marios Mietshaus lag eine Wiese, über die ein von Fußgängern ausgetretener Pfad führte. Mario leuchtete ihnen mit einer Taschenlampe. Auf dem Pfad ging Merle so dicht neben ihm, dass sie in der kühlen Nachtluft seinen warmen Körper spürte. Inzwischen hatte sich ihre Verlegenheit gelegt, und wider Willen genoss sie die Wärmestrahlen wie das Streicheln einer sanften Hand. Und ja, ihr Herz klopfte.

Marios Mietshaus hatte drei Geschosse und seine Wohnung lag im ersten Stock.

Aus dem Hausflur trat man direkt in eine große Wohnküche. Eine Diele gab es nicht. Ursprünglich war der Raum wohl als Wohnzimmer mit Kochnische gedacht gewesen, doch Mario hatte eine voll funktionsfähige Küche daraus gemacht: eine Spüle mit Spülmaschine und über Eck Herd, Arbeitsplatten und

Schränke eingebaut. Es war ein Minimalismus der umgekehrten Art. Statt die Küche zu schrumpfen, hatte er das Wohnzimmer eliminiert. Wer brauchte schon eine Polsterecke? Auch an einem Küchentisch konnte man gemütlich zusammensitzen, vor allem, wenn etwas Leckeres darauf stand.

Mario schien ihre Gedanken gelesen zu haben. „Möchtest du etwas essen?", fragte er.

Wie zur Antwort knurrte Merles Magen. Mario hörte es und lachte. „Das ist ein klares Ja." Er stand auf und machte sich an der Arbeitsplatte zu schaffen, holte Dinge aus dem Kühlschrank und aus den Küchenschränken. Merle schaute zu. Sein geschicktes Hantieren, seine flinken Hände, die Bewegungen seines drahtigen Körpers, all das genoss sie wie eine Theatervorstellung. Sie könnte ihm stundenlang fasziniert zuschauen und dabei dem Pochen ihres Herzens lauschen.

Mario schnitt Weißbrot in Scheiben und schob sie in den Backofen. „Die Ciabatta habe ich selbst gebacken", sagte er.

Er schnitt ein paar Tomaten kreuzweise ein und übergoss sie mit kochendem Wasser.

„Ich bin auch von zu Hause ausgezogen", erzählte er, während er die Tomaten aus dem heißen Wasser fischte und die Haut abzog. „Genau wie du. Oder nein, anders. Schlimmer."

„Schlimmer?", fragte Merle.

„Mein Zuhause gibt es nicht mehr." Er halbierte die Tomaten, drückte das Innere ein wenig heraus und schnitt den Rest in kleine Würfel. Anschließend hackte er eine Knoblauchzehe in schmale Streifen.

Bruschetta, dachte Merle. *Hm, lecker.* Dann erst fasste sie Marios Worte richtig auf. *Auch ein hungriger Magen kann ein guter Zuhörer sein*, ermahnte sie sich. „Was ist passiert?", fragte sie.

Mario zupfte Basilikumblätter von einer Topfpflanze, die auf dem Fensterbrett stand, und hackte sie klein. „Meine Frau hatte einen Geliebten. Ich habe sie vor die Alternative gestellt. Er oder ich. Sie hat sich für ihn entschieden."

„Ach", sagte Merle. „Das tut mir leid."

Mario mischte die Tomatenwürfel mit Olivenöl, dem Knoblauch und dem Basilikum und würzte alles mit Salz und Pfeffer. Er nahm die gerösteten Brotscheiben aus dem Ofen, gab die Tomatenmasse darauf und dekorierte sie mit ein paar Basilikumblättern. Dann deckte er den Tisch mit zwei Tellern und Weingläsern, stellte die Platte mit den Bruschette in die Mitte und öffnete eine Flasche Rotwein. „Danach ging alles kaputt."

Sie setzten sich, und Merle griff zu. Sie legte sich gleich drei Bruschette auf den Teller. Sie hatte einen Riesenhunger. Mario nahm sich eine.

„Wir hatten in Freiburg ein Haus gebaut, aber noch nicht abbezahlt", fuhr er fort. „Martina wollte es schnell loswerden, und wir haben unter Wert verkauft. Nachdem wir den Kredit abgelöst hatten, blieb nicht mehr viel Geld übrig."

„Ihr hättet euch mehr Zeit lassen sollen", sagte Merle.

„Da war ich schon krank", antwortete Mario. „Burnout. Ich hatte einfach keine Kraft mehr, mich gegen sie zu wehren. Mir war alles egal."

„Du bist doch so ein fröhlicher Mensch", meinte Merle verblüfft. „So gelassen. Immer gut drauf." Sie nahm die erste Bruschetta von ihrem Teller, biss hinein und kaute. Es schmeckte saftig und knusprig zugleich, und das würzige Basilikum kitzelte ihren Appetit noch mehr.

„Du machst mir gute Laune." Mario sah sie an und lächelte. Merle spürte, wie ihre Wangen heiß wurden. Sie senkte einen Moment den Blick, dann schaute sie wieder auf. Er stand über sie gebeugt und streichelte ihr sanft über die Wange. Sie konnte nicht anders, ihr Blick hakte sich in seinem fest. Ihre Gesichter näherten sich einander.

Er fuhr mit dem Finger ihren Wangenknochen nach, und alle Härchen auf ihren Oberarmen sträubten sich. Er küsste ihre Nasenspitze, ein winziger Hauch von Kuss. Dann strich er zart mit dem Zeigefinger über ihre Lippen. Unwillkürlich öffnete sie den Mund. In ihrem ganzen Körper stieg Wärme auf, als badete sie in der Sonne, gleichzeitig überlief sie ein Schauer. Es war, als würde ihr Herz in alle Richtungen gleichzeitig gewrungen.

Er legte die Lippen auf ihre, und sie fühlte ihre Wärme und ihr zartes Pulsieren. Sie spürte, wie ihre Herzen sich dort trafen. Als ihre Zungen sich begegneten, war es, als vereinigten sich zwei, die seit jeher zusammengehörten.

Merles Magen zog sich zusammen. Es war ein Erschrecken, wie es tiefer nicht hätte sein können. War das die Entscheidung für Mario? Nein, es war einfach nur ein Kuss. Nichts als ein Kuss. Es war nicht das Ende ihrer Ehe mit Kurt. So schnell würde sie ihre Ehe nicht preisgeben.

Sie bewegte den Kopf nach hinten, entzog ihm ihren Mund.

Beide schwiegen.

Als hätten sie unausgesprochen beschlossen, den Kuss als einen Solitär hinter sich zurückzulassen, nahmen sie das Gespräch wieder auf.

„Wenn man ganz am Ende war, ganz unten war, wie ich bei meinem Burn-out und sich wieder aufgerappelt hat, wachsen einem neue Kräfte", sagte Mario leise. „Plötzlich weiß man, dass im Leben nichts selbstverständlich ist. Alles ist ein Geschenk."

Einen Augenblick herrschte Schweigen. Merle dachte an Kurt. An ihr Leben zu Hause. War das ein Geschenk? Und Mario? War der auch ein Geschenk? Der Kuss brannte noch immer auf ihren Lippen. Als die Leidenschaft aus Kurts und ihrer Beziehung gewichen war, hatte sie geglaubt, Liebe nie wieder so intensiv empfinden zu können wie in jungen Jahren. Sie hatte geglaubt, mit dem Älterwerden stumpften die Gefühle zwangsläufig ab. Doch sie hatte sich geirrt. Mit ihren siebenundvierzig Jahren spürte sie das Beben ihres Herzens nicht weniger drängend denn als Zwanzigjährige.

Und doch zwang sie sich, beherrscht zu bleiben, und versuchte, sich ihren inneren Aufruhr nicht anmerken zu lassen. Sie suchte ein unverfängliches Thema. „Die Pizzeria, die du damals hattest, hast du die wegen des Burn-outs aufgegeben?", fragte sie.

Mario entkorkte den Wein und schenkte ein. „Ich hatte keine Pizzeria. Ich war Lehrer. Hauptschullehrer. Wenn man so eine Schulklasse vor sich hat, muss man mit seinem ganzen Herzen und seinem ganzen Verstand bei der Sache sein. Ein, zwei schwierige Schüler können dir den Unterricht völlig kaputtmachen. Da muss man spontan reagieren und genau das Richtige tun und sagen. Als Martina mich verlassen hat, konnte ich das nicht mehr."

„Arbeitslos sein ist nicht schön", sagte Merle. Nachdenklich strich sie über den Rand ihres Weinglases.

„Ich habe beschlossen, etwas zu tun, was ich wirklich kann", sagte Mario. „Etwas, was ich von klein auf gelernt habe. Um mich wieder aufzubauen." Er hob sein Weinglas, prostete Merle zu und trank einen Schluck. „Weil es ein Versuchsballon war, wollte ich wenig investieren, wenig Pacht zahlen", fuhr er fort. „Durch einen Freund habe ich vom Wirtshaus am Fluss erfahren."

„Es ist verdammt klein", sagte Merle. „Das ist ein ziemlicher Pferdefuß. Kein Wunder, dass die Pacht günstig ist."

Sie kostete den Wein. Ein einfacher italienischer Landwein, ein bisschen herb. Wahrscheinlich der gleiche, den Mario in der Pizzeria ausschenkte.

„Die Pizzeria hat noch einen zweiten Pferdefuß", sagte Mario.

Merle sah ihn fragend an.

„Meinen Vermieter hast du ja kennengelernt. Hattest du ihn nicht den *Karpfen* genannt? Aber tatsächlich ist er nur der Vertreter. Die Pizzeria gehört seinem Onkel, der einen Schlaganfall hatte", berichtete Mario.

Das musste der alte Wirt sein, der Merle bei ihrem einzigen Besuch im *Wirtshaus am Fluss* so unfreundlich bedient hatte.

„Der alte Mann ist jetzt im Pflegeheim", fuhr Mario
fort. „Aber wenn er stirbt, wird die Pizzeria verkauft.
Das hat der Karpfen mir gesagt."

„Und? Wirst du sie kaufen?"

Mario bewegte abwägend den Kopf. Ein kleines Stück
hin, ein kleines Stück her. „Ich müsste einen Kredit aufnehmen. Dabei weiß ich nicht einmal, ob die Pizzeria
übers Jahr gerechnet genug abwirft, um die Schulden
zu tilgen. Im Winter wird hier nicht viel los sein. Ich
muss sehen, wie es läuft."

Das war Merles Gelegenheit. „Ich habe eine Idee",
sagte sie.

Sie schaute auf ihre Bruschetta. Rot und Grün. Wie
eine Fußgängerampel. Gehen oder Stehen. *Schritt für
Schritt wird ein Weg daraus*, ermahnte sie sich. Sie biss
ab und kaute. Eine rhetorische Pause. Erst musste sie
ein bisschen Mut sammeln. „Ich habe einen Traum", erzählte sie dann weiter. „Schon seit vielen Jahren. Eine
Gaststube. Ein Tisch für zehn Personen. Vielleicht auch
zwölf. Alle essen ein und dasselbe Menü. Aber die Gerichte sind vom Feinsten."

„Träume tun nicht weh", sagte Mario.

„Ich möchte den Traum verwirklichen." Merle trank
einen Schluck Wein und stellte das Glas mit einer energischen Bewegung auf den Tisch zurück. Der Wein
schwappte darin hin und her. Sie spürte eine starke
Verbindung zu Mario, aber sie würde ihn gleich um etwas bitten, das ihm mit Sicherheit gegen den Strich
ging. Das mochte niemand gern. Und was war schon
zwischen ihnen gewesen? Vielleicht war da wirklich
nur der Aufstand ihrer Gefühle und mehr nicht. Hatte

es mehr als ein, zwei Berührungen und ihr heftig pochendes Herz gegeben? Ja, und eben den Kuss. Trotzdem fächelten die Schmetterlinge in ihrem Bauch nichts als heiße Luft.

So oder so, vielleicht konnte sie Mario dazu bewegen, sie und ihre Pläne zu unterstützen.

„Und wie?", fragte er.

Immerhin hörte er ihr zu. Beide aßen sie nicht mehr. Dafür war das Gespräch zu ernst. Die angebissenen Bruschette lagen vor ihnen auf den Tellern.

„Sonntags wird die Pizzeria nicht genutzt", erklärte Merle. „An den Sonntagen könnte ich Gäste einladen und bewirten. Meine eigenen Gäste. Mein eigenes Menü. Ich würde dich am Gewinn beteiligen."

„Falls es Gewinn gibt", murmelte er abweisend.

„Den Gewinn kann man sogar vorher ausrechnen. Es gibt eine Gästeliste. Man kennt die Zahl der Gäste, weiß, was sie für ein Menü zahlen, und man kann exakt die Menge an Zutaten einkaufen, die benötigt wird. Alles ist berechenbar."

„Und alles findet in meiner Küche statt."

„Ja", sagte Merle. „Wenn du es erlaubst."

„Pferde, Frauen und Küchen verleiht man nicht", sagte Mario.

Merle sah ihn aufgebracht an. „Sprach der alte Macho", sagte sie.

„Nein, ich meine es ernst. Eine Restaurantküche ist etwas Persönliches. Ich habe sie nach meinen Vorstellungen erweitert. Ich kümmere mich um sie, pflege sie, halte sie sauber und ordentlich."

„Ja", sagte Merle. „Das machst du. Das machen wir beide. Ich arbeite für dich, schon vergessen? Montagmorgens ist die Küche wieder picobello. Du wirst vom Boden essen können."

Mario schwieg. Merle sah ihm an, wie wenig ihm die Idee gefiel. Ja, so waren Männer. Sie waren so lange begeistert von einem, bis sie selbst etwas hergeben mussten.

„Muss es immer heißen meins, meins, meins?", fragte sie. „Kann man nicht auch einmal etwas gemeinsam nutzen?"

„Hör mal", sagte Mario. „Du stellst dir das vielleicht zu einfach vor. Ich will nicht, dass du enttäuscht wirst. Gäste gewinnt man nicht einfach so. Eine Idee ans Laufen zu bringen, ist schwierig."

„Ich brauche keinen Chef, der mir Steine in den Weg legt", sagte Merle böse.

Mario räusperte sich. Er fühlte wohl, dass Merle mit ihrer ganzen Persönlichkeit hinter der Idee stand. Dass sie als Mitarbeiterin innerlich oder tatsächlich kündigen würde, wenn er ihr ihre Bitte abschlug. Welche Gefühle auch immer eben zwischen ihnen geknistert hatten, wenn Merle keine Möglichkeit bekam, ihre Träume zu verwirklichen, wäre ihre Enttäuschung groß.

„Wenn ich die Küche jemandem gebe, dann dir", erklärte er. „Aber wo willst du die Gäste hernehmen?"

„Ich habe eine Idee", sagte Merle und sah ihn verhalten lächelnd an.

Mario stöhnte. „Noch eine?", fragte er.

„Ich mache etwas Leckeres."

„Das will ich hoffen", warf Mario ein.

„Nein, lass mich ausreden. Ich mache etwas Leckeres. Muffins zum Beispiel. Und in einen davon backe ich etwas ein. Das hier, schau!" Merle zog etwas aus ihrer Hosentasche. Es war ein Herz, vielleicht zwei Finger breit. Durchsichtig und aus Glas.

Mario nahm es in die Hand. „Jemand wird sich daran die Zähne ausbeißen", sagte er.

„Ach Quatsch", widersprach Merle. „Es wird ein kleines Event. Demnächst an einem Sonntagnachmittag. Die Freunde meiner Tochter bringen ihre Eltern mit. Meine Schwester lädt ihre Kollegen ein. Kurt kommt mit seinen Handwerkerfreunden oder ein paar Ratsherren. Und ein paar Leute, die an der *Wiese* spazieren gehen, bleiben stehen und probieren ebenfalls. Jeder kauft einen Muffin. So stelle ich mir das vor."

„Willst du jetzt Muffin-Verkäuferin werden?"

„Es geht um das Herz", sagte Merle. „Wer das Herz in seinem Muffin findet, der gewinnt etwas. Zum Beispiel einen Kuchen."

„Mir ist nicht klar, was das mit dem Ein-Menü-Abend zu tun hat."

„Wir nutzen das Ganze als Anlass zur Werbung", sagte Merle. „Während die Verlosung läuft, verteile ich Zettel, auf denen das Datum steht und das Menü, das es an dem bestimmten Sonntagabend geben wird. Und ich lege eine Gästeliste aus. Ich wette, dass sich zehn Leute eintragen werden."

„Kann sein", sagte Mario. „Oder auch nicht. Aber gut. Abgemacht. Wenn sich zehn Gäste eintragen, kannst du die Küche einen Sonntag lang haben."

Danach stand Mario auf und bezog sein Bett frisch. Nach diesem ernsten Gespräch war ihm die Lust am

Flirten und Küssen offensichtlich vergangen. Merle war das nur recht. Sie wollte Kurt nicht betrügen, und beim Übernachten in Marios Wohnung hätte mehr passieren können, als sie wollte. Schon beim Kuss hatte sie ja gemerkt, wie viel Leidenschaft im Verborgenen glühte, wie schnell eins zum anderen führte.

Eine Couch hatte Mario nicht. Merle schlief in seinem frisch bezogenen Bett. Darauf bestand er. „Sizilianische Gastfreundschaft", erklärte er. „Da bleibe ich eisern."

Er selbst schlief in einem Schlafsack am Boden.

Kapitel 20

Am Sonntagmorgen saß Kurt am Frühstückstisch, vor sich ein angebissenes Marmeladenbrot und in der Hand den aufgeschlagenen Heimlinger Lokalteil. Früher hatte er sich manchmal mit Merle gekabbelt, weil sie nicht wollte, dass er beim Frühstück Zeitung las. Unwillig hatte er dann die Seiten aus der Hand gelegt.

Jetzt wünschte er, er hätte jede Minute Frühstück mit ihr genossen. Die Zeitung bot einen armseligen Ersatz, wenn die Frau an seiner Seite fehlte.

Der Lokalteil berichtete über die Fertigstellung der neuen Stadthalle. Mit drei flexibel kombinierbaren, bestuhlbaren Sälen bot sie Raum für fast neunhundert Besucher. Theateraufführungen, Konzerte und Vereinsveranstaltungen – all das würde künftig dort stattfinden.

Gerade als er zum zweiten Mal in sein Marmeladenbrot biss, klingelte das Telefon. Er kaute hastig, schluckte und nahm beim vierten Klingeln ab.

„Einen schönen Sonntagmorgen, mein lieber Herr Nachfolger", begann Schätzle auf seine typische Art. *Wenn man an den Teufel denkt*, fuhr es Kurt durch den Kopf.

„Guten Tag, Herr Schätzle", gab er nüchtern zurück. „Was verschafft mir die Ehre?"

„Ich hoffe, ich störe nicht bei der Arbeit."

„Am Sonntagmorgen?", fragte Kurt.

„Man sagte mir, Sie seien ein sehr gewissenhafter Bürgermeister, der sich tapfer gegen seine Überforderung stemmt."

„Vor allem achte ich auf einen sauberen Ruf", ätzte Kurt zurück. Auf einen groben Klotz gehörte ein grober Keil.

Einen Moment herrschte Schweigen. Wahrscheinlich unterdrückte Schätzle ein Knurren. „Wie dem auch sei, jedenfalls wollte ich Sie nicht im Rathaus anrufen. Es handelt sich um eine Mitteilung rein privater Natur."

„Worum geht es?", fragte Kurt.

Als hätte Schätzle Kurt nicht gehört, wechselte er das Thema. „Übrigens, was halten Sie vom Namen der neuen Stadthalle?"

Zusammen mit dem Marmeladenbrot hatte Kurt an seinem Ärger gekaut. In dem Artikel des Lokalteils wurde der jetzige Bürgermeister mit keiner Silbe erwähnt. Dabei war ausdrücklich positiv vermerkt worden, dass Terminplan und Kostenrahmen der Halle eingehalten worden waren. An dieser Punktlandung war Kurt maßgeblich beteiligt, denn seit er im Amt war, hatte er sich von den Baugewerken keine Ausreden gefallen lassen. Er war selbst Handwerker und verstand mit Handwerkern umzugehen. „Ich hätte einen neutraleren Namen besser gefunden", antwortete er.

„Sie wird Hubert-Schätzle-Halle heißen", sagte Schätzle. „Eine wohlverdiente Ehre."

„Zuviel der Ehre", entgegnete Kurt. „Ich will mich nicht mit Ihnen streiten, aber die Hauptlast der Bauabwicklung lag bei mir."

Schätzle lachte. „Soll sie vielleicht Kurt-Spiegelhalder-Halle heißen?"

„Wie wäre es mit Wiesentalhalle? Wie ich es dem Rat vorgeschlagen hatte?" Kurt ballte die Faust, die nicht das Telefon hielt, doch das konnte Schätzle zum Glück nicht sehen.

„Und der Rat hat anders entschieden."

Kurt spürte einen sauren Geschmack im Mund. Die Erinnerung an diese Ratssitzung schlug ihm auf den Magen. Nicht einmal alle Ratsherren der Freien Wähler hatten für seinen Vorschlag gestimmt. Von der CDU ganz zu schweigen. Sie war im Rat die stärkste Fraktion mit Seilschaften, die der ehemalige Bürgermeister in den Jahren seiner Amtszeit aufgebaut und auf sich eingeschworen hatte.

„Hätte man die Bürger direkt abstimmen lassen, hätte das Ergebnis anders ausgesehen."

„Was wissen die Bürger von dem Aufwand, den es kostet, so ein Vorhaben in die Wege zu leiten? Der monatelange Planungsvorlauf, die Gespräche mit dem Architekten und den Gewerken. Und nicht zuletzt der Förderungsdschungel, durch den man sich hindurchbeißen muss, um das Maximum an Geldern für die Stadt herauszuholen."

In diesem Punkt musste Kurt Schätzle recht geben. Die Bürger betrachteten alles als Selbstverständlichkeit und sahen nicht die Arbeit und das Engagement, die dahintersteckten.

„Wie dem auch sei, mein lieber Herr Nachfolger", fuhr Schätzle fort. „Beim Neubaugebiet machen Sie Ihre Sache gut. Immer schön standhaft bleiben. Allerdings müssen Sie noch lernen, Ihre Absichten durchzusetzen, ohne den Zorn der Bürger zu reizen. ‚Fingerspitzengefühl‘, sage ich immer zu meiner Frau, ‚Fingerspitzengefühl ist das A und O der Verwaltungskunst.‘ Die Bürger so lenken, dass sie das wollen, was man selbst für richtig hält.“

Kurt hörte Schätzle am Telefon kichern. Es klang nicht freundlich.

„Aber wenn man nicht einmal seine eigene Tochter sanft lenken kann“, fuhr Schätzle fort, „wenn die eigene Tochter gegen einen demonstriert, dann wird man schnell zur Lachnummer.“

„War das die private Mitteilung, die Sie mir machen wollten?“, fragte Kurt.

„Oh nein“, sagte Schätzle. „Dabei geht es um etwas ganz anderes.“

Kapitel 21

Merle lag noch im Bett, als Mario an die Schlafzimmertür klopfte. In Shirt und Boxershorts tappte er zerzaust und verschlafen an ihr vorbei ins Bad und kam eine Weile später munter, geduscht, frisiert und rasiert zurück. „Gut geschlafen?", fragte er und zog ein paar Kleidungsstücke aus dem Schrank. „Gleich gibt's Frühstück." Offensichtlich war seine Verstimmung vom Vorabend verflogen.

Als Merle aus dem Bad kam, war Mario in der Küche zugange. Er stellte Ciabatta, zwei Schälchen mit Olivenöl, mehrere Käsesorten und Schinken auf den Tisch. Dazu geschnittene Tomaten und in Würfel geschnittene Honigmelone sowie Oliven. Kaum bemerkte er Merle, schaltete er die Espressomaschine ein.

„Ich dachte, die Italiener frühstücken nur Weißbrot mit Marmelade", sagte Merle. „Oder allenfalls ein süßes Hörnchen."

„Ein Cornetto", stimmte Mario ihr zu. „Aber du vergisst, dass ich Deutscher bin. Außerdem frühstücken auch die Italiener am Sonntag ausgiebig. Zumindest meine Familie auf Sizilien. Vor allem, wenn Freunde eingeladen sind. Dann zieht sich das Frühstück manchmal bis in den Nachmittag."

„Es sieht lecker aus", sagte Merle und setzte sich an den gedeckten Tisch.

Mario zapfte einen Espresso für sie und einen für sich selbst. Dann setzte er sich ihr gegenüber und schnitt Scheiben von der Ciabatta ab.

Merle nahm sich dankend eine. „Wie bekommst du den Teig so locker hin?", fragte sie mit einem Blick auf die großen Poren des Weißbrots.

Mario lächelte. „Die Verarbeitung macht den Unterschied. Die Zutaten sind nichts Besonderes. Mehl, Hefe, Salz, Olivenöl und Wasser. Ganz einfach. Man nimmt aber nur wenig Hefe und lässt den Teig lange im Kühlschrank gehen. Ganz ähnlich wie den Pizzateig. Dadurch kommt viel Luft hinein, manchmal schlägt er sogar Blasen. Anfangs ist er sehr feucht und klebrig. Dann drückt man ihn mehrmals flach und faltet ihn wieder. So wird er elastisch."

„Komisch", sagte Merle. „Um die italienische Küche habe ich immer einen Bogen gemacht. Sie hat mich wohl zu sehr an meinen Erzeuger erinnert.

„Dann sind dir viele leckere Gerichte entgangen", sagte Mario.

„Jetzt ist es anders", bemerkte Merle nachdenklich. „Ich habe meinen Vater gehasst, ihn praktisch für ein Monster gehalten. Das habe ich von meiner Mutter. Sie nannte ihn nur den Schuft. Von ihm konnte nichts Gutes kommen. Aber ich kam ja von ihm. Also war ich nichts Gutes."

„Das muss furchtbar gewesen sein." Mario sah sie mitfühlend an.

„Jetzt frage ich mich, ob nicht viel von dem, was ich an Unsicherheit mit mir herumschleppe, daher kommt, dass ich ihn nicht kenne.“

„Ich könnte mir nicht vorstellen, meinen Vater nicht zu kennen.“ Mario rührte Zucker in seinen Espresso.

„Im Grunde bin ich wild darauf, ihm in die Augen zu sehen. Ich habe ein Hühnchen mit ihm zu rupfen“, erwiderte Merle nachdenklich.

„Tja.“ Mario grinste. „Am Ende würden die Federn fliegen.“ Er legte sich ein paar Oliven auf den Teller.

„Und das ist das Problem. Ich streite mich nicht gern.“

„Vielleicht ist es ja produktiver Streit“, entgegnete Mario. „Streit, der einen Knoten im Inneren löst.“

Merle spürte, dass er ihr helfen wollte. „Ja, vielleicht hast du recht. Ich müsste mir meinen Vater mal richtig zur Brust nehmen. Wie konnte er meine Mutter einfach so sitzen lassen, sein eigenes Kind im Stich lassen? Das würde ich ihn wirklich gern fragen.“

„Du kannst ihm deine Meinung sagen, und dann hast du Ruhe.“ Er sah sie ermutigend an. „Solange du das nicht tust, nagt es immer an dir.“

Merle nickte. Mario hatte recht. Es nagte an ihr. „Das Schlimmste ist, dass ich ihm so ähnlich sehe“, sagte sie. „Oder dass ich zumindest ein südländischer Typ bin. Jeder konnte sehen, dass ich nicht das Kind meines deutschen Papas war. Und so fand auch meine Mutter, dass ich nicht in die Familie passte.“

Mario nickte mitfühlend. „Ja, dein schwarzes Haar und die dunklen Augen sehen nicht gerade deutsch aus, aber genau das gefällt mir an dir. Wie meiner Mutter sieht man dir an, dass die Araber zwei, drei Jahrhunderte lang die Herren von Sizilien waren. Mein Vater dagegen hat braune Haare und eine helle Haut. Vielleicht sind bei ihm die Normannen durchgeschlagen, die auch einmal Sizilien erobert haben. Wie so viele andere Völker."

Merle grinste schief. „Mein Vater hat sich genetisch auf ganzer Linie durchgesetzt. Und dann hat er sich vom Acker gemacht."

Merle und Mario beendeten das Frühstück in Ruhe, räumten gemeinsam die Küche auf und tranken noch einen weiteren Espresso. Dann sagte Merle: „Ich hatte ja nach Angelo Didio recherchiert. Wollen wir es noch einmal versuchen? Du sagtest ja, der richtige Name meines Erzeugers muss Angelo Di Dio lauten. Sollten wir nicht einmal das in die Suchmaske eingeben?"

„Klar", stimmte Mario ihr zu. Er holte einen Laptop aus der Regalwand, die eine Seite der Wohnküche einnahm, klappte ihn auf dem Tisch auf und gab das Passwort ein. Dann tippte er kurz auf seiner Tastatur und endete mit der Enter-Taste. „Hier", sagte er. „Die Pagine bianche. Auf Sizilien sind elf Angelo Di Dio eingetragen, in ganz Italien um die zwanzig."

Merle sah ihn aufgeregt an. Sie stand auf, ging um den Tisch herum und stellte sich hinter ihn. Sie betrachtete die Ergebnisliste. Ein Angelo Di Dio in Messina, einer in Enna, einer in Palermo. Und so weiter. Es war eigenartig, die Namen schwarz auf weiß auf dem Bildschirm zu sehen. So konkret mit Telefonnummern und Adressen. Das waren reale Menschen. Keine Phantome, wie ihr Erzeuger eines gewesen war. Ob er selbst tatsächlich auf dieser Liste stand?

„Man könnte sie anrufen", sagte Merle. „Aber ich kann kein Italienisch."

„Ich dagegen schon", ermutigte Mario sie. „Wenn du willst, fange ich mit denen auf Sizilien an." Er nahm sein Telefon in die Hand und sah sie an, als wartete er auf ihr Okay, die erste Nummer einzutippen.

Merle spürte, wie ihr Herz heftig klopfte. Und das war kein Klopfen der Verliebtheit in Mario. Diesmal ging es um ihren Vater. Sie war dabei, eine Entscheidung zu treffen, hinter die sie nicht mehr zurückkonnte. Wenn sie jetzt A sagte, musste sie später auch B sagen. Falls sich ihr Vater am Telefon meldete, würde sie ihn kennenlernen müssen.

„Wenn er der Schuft ist, als den ihn meine Mutter immer beschrieben hat, wäre es vielleicht besser, ihn nicht zu kennen", sagte sie plötzlich verzagt.

„Meinst du wirklich?", fragte Mario.

Merle schwieg und dachte nach. War ein Schuft schlimmer als ein Phantom? Nein, dachte sie, Phantomschmerz ist immer am schrecklichsten. Das weiß ich, weil ich mein ganzes Leben an einem gelitten habe.

Aber war Telefonieren der richtige Weg? Merle sah unschlüssig auf ihre Hände. Sie betrachtete die Tätowierung mit Saras Namen an ihrem Unterarm. Ein Kind ging einem unter die Haut, es veränderte das Leben. Aber sie selbst hatte das Leben ihres Erzeugers nicht verändert, für ihn war es, als gäbe es seine Tochter Merle gar nicht. Als existierte sie nicht. Und das sollte sich mit einem Telefongespräch ändern? Sie sollte aus der Ferne mit ihm plaudern, als hätte sie ihm längst verziehen? Das war doch absurd. Plötzlich stand ihre Entscheidung fest.

„Stopp", sagte sie. Sie streckte die Hand aus und nahm Mario das Telefon weg. „Nein", fügte sie hinzu und stellte es in die Ladeschale zurück.

„Nicht?", fragte Mario.

„So geht es nicht", erklärte Merle. „Ich habe meinem Vater noch nicht verziehen. Und wer weiß, ob ich das überhaupt kann. Soll ich ihn am Telefon anschreien?"

„Stimmt, am Telefon ist so etwas schwierig", gab Mario ihr recht.

Merle wusste, dass eine Entscheidung anstand, doch sie ließ es erst einmal so stehen. Wenn die Zeit reif war, sah sie oft deutlicher vor sich, wie sie handeln musste. Dann erledigten sich die Alternativen bis auf eine von selbst.

Statt weiter nachzugrübeln, schnitt sie ein Thema an, das ihr ganz konkret auf den Nägeln brannte.

„Für den ersten Ein-Menü-Abend in der Pizzeria brauche ich ein Motto. Vielleicht wäre es für den Einstand am besten, mit einem badischen Abend anzufangen. Die badische Küche ist eine der besten in Deutschland, mit der verbindet hier jeder etwas. Die Leute werden neugierig sein, was ich daraus mache."

Mario lächelte. „Gute Idee", sagte er. „Ein badischer Abend in Baden. Das hat seine Logik. Aber dann solltest du die Werbeaktion nicht mit Muffins machen. Du solltest das Glasherz in ein typisch badisches Gebäckstück einbacken."

Marios Lächeln war wie ein Sonnenstrahl, der sie streifte.

„Stimmt", sagte sie. Schon wieder pochte ihr Herz. Mario war ein so guter Ratgeber. Er unterstützte sie, wo und wie er konnte. Sie riss sich zusammen. Zum Glück klang ihre Stimme normal. Kein Beben. „Ich muss wohl ein Backbuch wälzen. Auf Anhieb fällt mir nichts ein. Apfelküchle, Kirschenplotzer, Wähe: Ein Glasherz kann man darin nicht verstecken.“

„Wie wär's denn mit einer Schwarzwälder Kirschtorte? Badischer geht's doch gar nicht.“

„Die ist doch viel zu groß.“ Merle schüttelte irritiert den Kopf.

„Wieso? Du musst eben ganz kleine Kirschtörtchen backen. Hundert Schwarzwälder Kirschtorten für Zwerge.“

„Hm.“ Merle dachte nach. „Die Idee ist eigentlich recht gut. Dann kämen die Muffinförmchen doch noch zum Einsatz. Damit könnte ich Biskuittörtchen backen, die ich dann aufschneide und fülle. Das ergäbe eine moderne Variante. Eine Art Schwarzwälder Kirschmuffin.“

„Und in der Füllung eines der Törtchen versteckst du das Glasherz.“

„Wer es in seinem Küchlein findet, gewinnt eine große Schwarzwälder Kirschtorte.“

„Dann ist ja alles klar“, sagte Mario.

Sie lächelten sich an.

„Wann willst du die Werbeaktion steigen lassen?“, fragte Mario.

„Sobald es geht“, antwortete Merle. Ihr konnte es gar nicht schnell genug gehen. Sie war so gespannt, ob sie mit ihrer Aktion Erfolg haben und genug Gäste für ihren Ein-Menü-Abend anlocken würde.

Kapitel 22

Kurt war mehr als irritiert. Schätzle störte ihn am Sonntagmorgen, angeblich, um ihm etwas Privates mitzuteilen. Und nutzte die Gelegenheit, um eine Spitze nach der anderen zu platzieren. Natürlich wusste Kurt, dass sein Vorgänger nicht gut auf ihn zu sprechen war, schließlich hatte Kurt ihn aus dem Amt gedrängt. Neid und Missgunst waren da zu erwarten, aber die Dreistigkeit, mit der Schätzle ihn belästigte, ging zu weit.

„Wenn ich jetzt bitten dürfte", sagte Kurt. „Ich sitze gerade beim Frühstück. Ich nehme an, Ihre Mitteilungen können warten."

„Wie geht es der werten Frau Gemahlin?", fragte Schätzle, als hätte er ihn nicht gehört.

„Danke der Nachfrage", antwortete Kurt knapp. Das hätte er selbst gern gewusst. Seine Telefonate mit Merle waren sehr unergiebig.

„Man hört so das eine oder andere", sagte Schätzle. „Zum Beispiel, dass sie nicht mehr zu Hause wohnt."

Kurt schwieg. Was sollte er sagen? Heimlingen war eine kleine Stadt. Natürlich ging es niemanden etwas an, wo Merle wohnte oder nicht wohnte. Aber die Leute waren, wie sie waren. Sie redeten. Sie zerrissen sich gern das Maul.

„*Mein lieber Scholli*, hab ich neulich zu einem alten Freund vom Stadtrat gesagt", fuhr Schätzle fort. „„Die Frau von meinem werten Nachfolger hat ihm wohl den Laufpass gegeben.'"

„Was schert Sie mein Privatleben?", fragte Kurt zunehmend genervt von Schätzles Fragen. „Mit meiner Frau bin ich verheiratet, nicht Sie."

„Na gut, dann reden wir erst mal von der Stadt. Ich bin gespannt, ob Sie es schaffen, auch nur die allerkleinste Neuerung durch den Stadtrat zu bekommen." Schätzle kicherte bedrohlich und böse.

Kurt hatte plötzlich eine schlimme Ahnung. „Sie intrigieren im Stadtrat gegen mich?", fragte er. Es fiel ihm wie Schuppen von den Augen. Das erklärte die Verweigerungshaltung, der er ständig bei den Räten begegnete.

„Das ist gar nicht nötig. Ein Stadtrat weiß, ob ein Bürgermeister die Verwaltung im Griff hat. Die Stadträte sehen, was sie sehen. Wenn einer schon an seiner Familie scheitert, wie soll er da eine Stadt führen?"

Allmählich sah Kurt rot. „Meine Tochter hat das Recht zu demonstrieren, ob ich nun Bürgermeister bin oder nicht. Was wäre das denn für eine Demokratie, wenn die Töchter von Bürgermeistern ihr Demonstrationsrecht nicht mehr ausüben dürften?"

„Ach, vergessen Sie doch Ihre Tochter", höhnte Schätzle. „Um die geht es hier gar nicht."

„Um wen dann?"

„Ich habe eine sehr aufschlussreiche Neuigkeit, die Sie gewiss interessieren wird."

„Das glaube ich eher nicht“, murmelte Kurt. Inzwischen bedauerte er es, das Gespräch angenommen zu haben.

„Wie Sie wissen, wohne ich in einem Haus am Fluss. Es liegt ganz in der Nähe der *Pizzeria am Fluss*, in der Ihre werte Frau Gemahlin ja seit ein paar Wochen als Küchenhilfe tätig ist.“

Das Wort *Küchenhilfe* sprach er so aus, als wäre es der verächtlichste Beruf der Welt.

„Ich lege keinen Wert darauf, dass Sie meine Frau für mich beobachten“, sagte Kurt. „Passen Sie lieber auf Ihre eigene Frau auf.“

„Gestern Abend schlenderte ich durch meinen Garten, der leider an ein Mietshaus grenzt ...“ Er machte eine Kunstpause.

Kurt wartete wider Willen gespannt auf das, was Schätzle ihm zu berichten hatte. Es herrschte eine ungute Spannung, eine unangenehme Enge legte sich auf seine Brust, als stünde ihm etwas Schlimmes bevor, das ihn eiskalt erwischen würde.

„Wie ich so im Dunkeln durch meinen Garten gehe und hier und da an einer Blume schnuppere, sehe ich, dass in der *Pizzeria am Fluss* das Licht angeht. Und wer kommt heraus? Die Frau des Bürgermeisters.“

„Ja und?“, fragte Kurt. „Die Pizzeria ist ihr Arbeitsplatz.“

„An einem Samstagabend?“, fragte Schätzle. „Und in Begleitung?“

„Wieso, wer war bei ihr?“, fragte Kurt wider Willen.

„Der italienische Wirt der Pizzeria.“ Schätzle stieß das so triumphierend heraus, als wäre damit alles gesagt.

„Ja und?“, fragte Kurt. „Er ist ihr Arbeitgeber.“

„Wissen Sie auch, wo die beiden hingegangen sind?“ Als Kurt schwieg, sprach er weiter. „In das Mietshaus. Dort wohnt der Italiener. Wenn Sie es klipp und klar hören wollen: Sie gingen zusammen in seine Wohnung.“

Kurt spürte, wie sich sein Herz zusammenkrampfte. Es lag schwer wie Blei in seiner Brust und hämmerte. Bei jedem Herzschlag fühlte er sich wie ein Fisch, der auf dem Trockenen nach Luft schnappt.

„Dafür kann es viele Gründe geben“, sagte er. Er hörte selbst, dass seine Stimme bebte.

„Richtig“, sagte Schätzle. „Dafür kann es viele Gründe geben. Aber gerade fällt mir nur ein einziger ein.“

Kapitel 23

Nachdem sie Merles Ein-Menü-Projekt besprochen hatten, buken sie *paste di mandorla*. Ein typisch sizilianisches Gebäck, erklärte Mario. Weiche Mandelkekse.

Er nahm eine volle Dose Mandeln aus dem Vorratsschrank. „Ganz frisch", sagte er. „Mein Bruder hat mir letzte Woche ein Paket von der *fattoria* geschickt, sie sind gerade erst geerntet und geschält. Probier mal." Er reichte Merle ein paar Mandeln, und sie kaute genüsslich. Sie schmeckten zart und sahnig.

Er wog ein halbes Pfund Mandeln ab. „So", sagte er, „die häuten und mahlen wir jetzt."

Mit weiteren Zutaten – Zitronenschale, Zucker, etwas Honig und Eiweiß – bereiteten sie einen Teig. Er wurde ein bisschen klebrig, aber Mario meinte, das müsse so sein. Er stellte ihn abgedeckt in den Kühlschrank.

Sie unterhielten sich eine Weile. Sie sprachen übers Kochen, über Wein, über seinen Bruder auf Sizilien. Das Gespräch floss mühelos hin und her, sie hatten immer ein Thema, weil sie so viele gemeinsame Interessen hatten. Merle konnte nicht anders, sie lächelte Mario immer wieder an. Ihr Herz klopfte. Mario zeigte Merle die Kräuter, die er statt Blumen vors Fenster gestellt hatte: Basilikum, Oregano, Petersilie und Thymian. Als der Teig lang genug geruht hatte, siebte Merle Puderzucker.

Mario stellte den Backofen an.

Sie formte kleine Kugeln und wälzte sie im Puderzucker. Behutsam legte sie ein Backblech mit Backpapier aus und setzte die Kugeln darauf.

„Das Wichtigste bei den *paste di mandorla* ist die Backzeit", erklärte Mario, als Merle das Backblech in den Ofen schob. „Auf keinen Fall zu lang backen. Hol sie in zehn Minuten raus, spätestens in elf oder zwölf. Sie sollen goldgelb sein, müssen aber noch ein bisschen weich bleiben. Sie werden später härter."

In diesem Moment klingelte es an der Tür. Mario sah Merle verwundert an und zuckte mit den Schultern. Er sprach in die Gegensprechanlage, drückte den Türsummer und erwartete den Besucher im Hausflur. Merle hörte gewichtige Schritte und ein Schnaufen. Ihr schwante Schlimmes. Ihr Verdacht erhärtete sich, als der Neuankömmling in die Wohnküche trat.

Die leicht geöffneten, wulstigen Lippen, die feisten Wangen und die knopfartigen Augen. Der Karpfen.

„Klein haben Sie es hier", erklang seine heisere, verschleimte Stimme. „Net mal ein Wohnzimmer." Sein Mund ging auf und zu, auf und zu. Der Besucher ließ sich schnaufend am Tisch nieder, ohne dass Mario ihn dazu aufgefordert hätte.

„Was kann ich am Sonntag für Sie tun?", fragte Mario.

„Ja, der Sonntag", sagte der Karpfen. „Entschuldigen Sie die Störung, aber bei Ihnen kommt man immer ungelegen. Dieser Rummel in der Pizzeria, das brauch ich net. Aber gut riecht es hier."

Merle fragte sich, ob das ein Wink war. Wollte der Karpfen wieder etwas zwischen die Kiemen?

Der Karpfen schnupperte und drehte sich zu Merle um. „Guten Tag, schöne Frau."

„Womit kann ich dienen?", fragte Mario erneut. Er blieb stehen, setzte sich nicht zu seinem Gast.

„Die Dachrinnen und die Regenrohre", sagte der Karpfen. „Haben Sie die einmal angeschaut? Hä? Haben Sie?"

„Ich habe Ihnen ja gesagt, dass die Regenrinne tropft."

„Und ich hab sie mir angeschaut. Ja, da hätten Sie eher was sagen müssen, net? Eine Katastrophe, sage ich Ihnen. Ein Loch am anderen. Die müssen ausgewechselt werden. Alle. Was das kostet! Eine Katastrophe."

„Ja, ein altes Haus ist teuer", sagte Mario. „Aber gut, dass sie erneuert werden."

„Ab Mittwoch sind die Handwerker da. Dann muss die Pizzeria eine Woche schließen", sagte der Karpfen. „Sonst können die Handwerker net arbeiten. Zu gefährlich, wenn die Leut' zur Tür rein- und rausgehen. Das ist so. Nicht schön. Aber so ist es."

„Was?", fragte Mario. „Sie können doch nicht einfach die Pizzeria schließen."

„Eine Woche", fuhr der Karpfen fort, als hätte er Marios Protest nicht gehört. „Was muss, das muss. Und die Kosten! Die Kosten wachsen mir über den Kopf. Aber bald ist es vorbei damit, das sage ich Ihnen. Bald ist das Gedöns mit dem Vermieten vorbei. Sobald mein Onkel einem Verkauf zustimmt, ist Schluss mit der Vermieterei."

„Das lass ich mir nicht gefallen." Mario sah ihn wütend an. „Die Pizzeria einfach eine Woche schließen?

Und wer ersetzt mir den Einnahmeausfall? Wissen Sie, was *mich* das kostet? Ich werde die Miete mindern. Jawohl!"

Der Karpfen hustete röchelnd. Dann sah Merle, wie er eine Zigarettenpackung hervorzog.

„Hier nicht", sagte Mario sofort. „Hier wohnt ein Nichtraucher." Gleich darauf zückte der Karpfen sein Feuerzeug, und Merle roch Zigarettenqualm.

„Sie wollen doch net einem alten Mann seine einzige Freude verbieten", sagte der Karpfen. Wieder hustete er. „Also", erneutes Husten und schleimiges Röcheln. „Ich muss Ihnen die Pacht leider um hundert Euro erhöhen. Sonst komm ich net hin. Sonst komm ich leider net hin."

„Wir haben einen Vertrag." Mario bestand auf seinem Recht. „Sie können nicht einfach so einseitig die Pacht erhöhen. Eher könnte ich die Miete mindern."

„Natürlich kann ich das", schnaufte der Karpfen. „Und ich rate Ihnen zu zahlen, sonst wird Ihnen gekündigt, blitzschnell." Er schob seinen Stuhl scharrend zurück und erhob sich umständlich.

Der Küchenwecker piepte. Merle vergaß einen Moment lang das Gespräch und kümmerte sich um das Gebäck. Die Kugeln waren auf dem Blech zu runden Hügeln auseinandergelaufen und goldgelb. Sie betastete einen der Kekse prüfend. Er war noch weich. Zu weich? Jetzt hätte sie gern Mario mit seiner Erfahrung gefragt. Doch der hatte mit dem Karpfen zu tun.

Noch einmal tasten. Der Teig war nachgiebig, aber ihr Finger ließ keine Delle zurück. Sie entschloss sich und zog das Blech heraus.

Der Karpfen war unterdessen zur Tür gestapft. „Sie kriegen es noch schriftlich", sagte er. „Ich rate Ihnen, zahlen Sie. Sonst flattert Ihnen die Kündigung ins Haus."

Mario schloss die Tür hinter ihm und trat zum Backblech. Er beugte sich über das Mandelgebäck, als wäre es das Wichtigste auf der Welt. „Genau richtig", sagte er. „Du hast genau den richtigen Moment erwischt."

„Kann er dir einfach so kündigen?", fragte Merle.

Mario richtete sich auf und sah sie an. „Kann er leider", antwortete er. „Es gilt die gesetzliche Kündigungsfrist, sechs Monate Laufzeit zum Ende des Pachtjahrs. Ich müsste dann", er rechnete kurz, „Ende August nächsten Jahres raus."

„Na ja", sagte Merle. „Bis dahin ist noch viel Zeit. Du solltest dich nicht erpressen lassen."

„Außerdem haben wir ein Sonderkündigungsrecht für den Fall vereinbart, dass er die Pizzeria verkauft", ergänzte Mario. „Aber nur dann. Zum Ausgleich dafür ist die Pacht besonders günstig."

„War", sagte Merle.

„Ist", antwortete Mario. „Wie du selbst gesagt hast, ich lasse mich nicht erpressen."

„Die Ratsstube ist zu verpachten", sagte Merle plötzlich. Der Gedanke kam ganz unvermittelt. „Sie gehört der Stadt, und die sucht einen Pächter."

„Die Ratsstube ist ein großes Restaurant", entgegnete Mario. „Dafür braucht man ein anderes Konzept als für die kleine *Pizzeria am Fluss*. Man muss viel mehr Pacht erwirtschaften."

„Da hat du wohl recht", sagte Merle. „Es ist mir einfach nur durch den Kopf gegangen. Als Alternative."

„Na ja", sagte Mario. „Ich würde lieber in der Pizzeria weitermachen. Jetzt, wo es so gut läuft." Er nahm eine *pasta di mandorla* vom Backblech und brach sie in zwei Teile. „Genau richtig", sagte er noch einmal. „Nicht zu weich und nicht zu hart." Er steckte eine Hälfte in den Mund und kaute. Dann schüttelte er den Kopf. „Es schmeckt, wie es soll. Aber leider ist mir der Appetit vergangen."

Merle hörte nur mit einem Ohr zu. Ihr gingen die Worte des Karpfens durch den Kopf: *Die Pizzeria muss ab Mittwoch eine Woche zumachen.* Eine Woche Zwangsurlaub, ob sie wollte oder nicht. Das war der Wink des Schicksals, auf den sie gewartet hatte. Wenn sie es schaffen wollte, sich selbst so anzunehmen, wie sie war, mit dunklem Teint, schwarzen Locken und dem Zinken, musste sie versuchen, ihren Vater zu finden. Ihren Erzeuger als Weg zu ihren Wurzeln. Und wenn sie ihn nicht fand? Vielleicht war ja schon die Reise das Ziel. Wenn sie Sizilien kennenlernte, würde sie mehr über sich selbst erfahren. Mit einem Mal war ihre Entscheidung klar. „Ich werde die Zeit nutzen", sagte sie. „Ich mache eine Woche Urlaub auf Sizilien."

Mario starrte sie mit offenem Mund an.

„Das Wichtigste ist erst einmal, dass ich Sizilien mit Haut und Haar erfahre. Dass ich seinen Wind spüre, seine Sonne mich wärmt und ich seine Speisen koste. Vielleicht fühle ich mich dort wohl und empfinde etwas Heimatliches. Die Stimme des Blutes sozusagen. Falls es so ist, werde ich versuchen, die Angelo Di Dios aus den Pagine bianche zu kontaktieren. Bei ihnen zu Hause anklopfen. So groß ist die Insel nicht. Ich werde zu ihnen fahren und mit ihnen reden. Mit dem Google-

Übersetzer im Handy bewaffnet. Falls ich auf den Richtigen stoße, muss er zumindest ein bisschen Deutsch können. Er hat ja in Deutschland gearbeitet und hatte eine Beziehung mit meiner Mutter. Ja, er spricht in jedem Fall etwas Deutsch. Und das heißt, wir können uns unterhalten."

„Du musst nicht allein reisen", sagte Mario und sah ihr in die Augen.

Sie spürte eine Wärme in seinem Blick, von der ihr das Herz schneller schlug. Sie war baff. Wollte er sie begleiten?

„Du kannst nicht mitkommen", erklärte sie leise. Fast verlegen. „Kurt würde das niemals zulassen."

Mario lächelte schief. „Ist Kurt so wichtig?"

Merle begriff, worauf Mario anspielte. Gestern wollte sie auf einem Tisch in der Pizzeria schlafen, weil ihre Schwester keinen Platz für sie hatte und sie nicht zu Kurt nach Hause gehen wollte. Kein Wunder, dass Mario ihrer Ehe nicht viel zutraute.

Stand es wirklich so schlimm, dass Kurt kein Mitspracherecht mehr hatte, wenn sie mit einem anderen Mann verreiste, fragte sich Merle. War ihre Ehe am Ende? Sie wusste es nicht. Aber sie brauchte diese Reise nach Sizilien, diese Reise ins Land ihres Vaters, mit Mario oder ohne. Und besser mit ihm. Er wäre eine große Hilfe.

Doch wie sehr Mario auch immer ihr Herz zum Klopfen brachte, sie war immer noch Kurts Frau. „Gut", sagte sie. „Wir fahren. Aber ich bin und bleibe eine verheiratete Frau. Wir schlafen in getrennten Hotelzimmern, darauf bestehe ich."

Kapitel 24

„Hat Victor das Essen geschmeckt?", fragte Merle. Sie saß mit Bea auf deren kleinem Balkon auf der Westseite der Wohnung, beide mit dem Rücken zur Balkontür und den Blick auf den Sonnenuntergang gerichtet, der den Himmel mit orangefarbenen und violetten Streifen überzog. Auf einem Tischchen vor ihnen hatte jede ein Weinglas mit Gewürztraminer stehen, den Victor vom Ausflug zum Kaiserstuhl mitgebracht hatte, in einer Schüssel lagen die am Vormittag bei Mario gebackenen *paste di mandorla*.

„Er war begeistert", antwortete Bea. „Ich sei eine fantastische Köchin, hat er gesagt. Das Rindfleisch à la Provence hat ihm besonders gut geschmeckt. Und wir sollen einmal zusammen kochen, findet er."

„Oje." Merle machte ein bedenkliches Gesicht. „Das wird schwierig."

„Keine Sorge! Das werde ich zu verhindern wissen", sagte Bea. „Irgendeine Ausrede fällt mir schon ein."

„Hat denn alles geklappt?", fragte Merle.

„Die Garnelen habe ich anstandslos hingekriegt", antwortete Bea. „Sie sind wunderschön rosa geworden. Gestaunt hat er nur, als ich nicht mehr wusste, wie der Grill in meinem Backofen funktioniert. Du weißt schon, für den Grieß."

„Ich dachte, den Herd bedienst du im Schlaf.“

„Dachte ich auch. Aber das Display hat mich wohl verwirrt. Außerdem hab ich das Mandelparfait nicht aus der Schüssel gekriegt. Bis Victor eine geniale Idee hatte.“

„Tut mir leid, ich hätte dir sagen sollen, dass du die Glasform kurz in heißes Wasser stellen und dann stürzen musst.“

„Ah ja“, sagte Bea. „Dann war seine Idee vielleicht doch nicht so genial. Wenn du sie auch kennst. Aber funktioniert hat sie jedenfalls. Übrigens, ich habe eine Bitte. Oder eigentlich hat Victor eine Bitte.“

Merle sah sie fragend an.

„Victor möchte einen Keller als Weinkeller anmieten. Am besten einen alten, gut erhaltenen Gewölbekeller. Vielleicht kannst du dich ja mal umhören. Du kennst doch Leute?“

„Wieso? Ist sein jetziger Keller denn so schlecht?“

„Na ja“, sagte Bea verlegen. „Er hat gar keinen. Nur einen Lagerraum.“

„Ach so? Er nennt sich Victors Weinkeller und hat keinen Keller?“

„Tja, so ist es“, antwortete Bea. „Er hatte von Anfang an vor, einen anzumieten.“

Merle versprach ihr, sich umzuhören.

Und wie war deine Nacht?“, fragte Bea.

„Na ja, wie soll sie gewesen sein?“

„Wie geht es Petra?“, hakte Bea nach.

„Ich war nicht bei ihr. Sie ist im Urlaub“, gestand Merle.

Bea wirkte erstaunt. „Dann warst du bei dir daheim?“, fragte sie. „Wie war es mit Kurt?“

Merle nahm ein Stück Mandelgebäck und biss nachdenklich hinein. Unter der Kruste war es zart und weich, das Aroma der Zitronenschale vermischte sich mit dem der frischen Mandeln. „Ich war nicht zu Hause“, antwortete sie. „Wir haben gestern nur kurz telefoniert.“

„Hat er gejammert?“, fragte Bea.

Merle nickte bedrückt. „Er fragt mich ständig, wann ich heimkomme.“

„Hast du gar keine Sehnsucht nach ihm?“

Merle seufzte. Warum war das Leben nicht so simpel wie die Farben dieses wunderschönen Abendhimmels, die einfach aus sich heraus leuchteten? „Ich sollte Sehnsucht haben, nicht wahr?“

„Das war eine neutrale Frage“, sagte Bea. „Ich finde nicht, dass du Sehnsucht nach ihm haben solltest.“

„Anfangs schon, aber in letzter Zeit kommt mir immer etwas in die Quere.“

„Dir?“, fragte Bea. „Oder der Sehnsucht?“

„Der Sehnsucht“, antwortete Merle. Sie trank einen Schluck Wein. Er schmeckte lieblich, fast wie süßer Rosenduft. Das Gespräch dagegen rührte etwas in ihr an, das wehtat.

„Niemand ist zu Sehnsucht verpflichtet“, sagte Bea.

„Ich finde, ich sollte Sehnsucht haben“, widersprach Merle. „Aber stattdessen denke ich an jemand anderen.“

„Natürlich“, sagte Bea. „An deinen Chef.“

„Eigentlich will ich das gar nicht. Solange die Frage nicht geklärt ist, ob meine Ehe noch eine Chance hat.“

„Er sieht gut aus.“ Bea nickte ermutigend.

„Aussehen ist nicht entscheidend. Kurt sieht auch gut aus.“

„Findest du.“

„Finde ich.“

„Aber Mario ist ein Pizzabäcker, und du kochst gern. Das habt ihr gemeinsam. Ihr teilt euer Interesse für das Kulinarische.“

„Sagt ausgerechnet die Frau, die möchte, dass ein neuer Mann ihr eine neue Welt erschließt.“ Merle schaute auf Beas Glas. „Übrigens, trinkst du deinen Wein nicht?“

„Den Gewürztraminer?“ Bea zog eine Schnute. „Ich hab ihn heute schon mit Victor probiert. Ist nicht so mein Ding. Eigentlich dachte ich, Gewürztraminer wäre so etwas wie Glühwein, nur in kalt. Aber da sind ja gar keine Gewürze drin.“

Merle lachte.

„Jetzt mal raus mit der Sprache.“ Bea bohrte weiter. „Bei wem hast du heute Nacht geschlafen, wenn nicht bei dir zu Hause?“

„Bei Mario“, antwortete Merle.

„Oha.“ Bea zog verwundert die Augenbrauen hoch. „So weit seid ihr schon?“

„Überhaupt nicht. Ich habe auf der Couch geschlafen. Das heißt eigentlich in seinem Bett und er im Schlafsack auf dem Boden.“

Bea sagte nichts, lächelte aber wissend.

„Nein, wirklich. Wo sollte ich denn hingehen? Zu Kurt wollte ich nicht. Und meine Freundinnen sind in Urlaub.“

„Du hättest hierbleiben können“, sagte Bea.

Merle stieß die Luft aus. „Eigentlich wollte ich in der Pizzeria schlafen. Auf der Wandbank."

Bea runzelte missbilligend die Stirn. „Wie eine Pennerin."

Merle konnte ihr die Bemerkung nicht übel nehmen. Sie hatte ja gestern Abend genau dasselbe gedacht.

„Ich habe mit Mario das Mandelgebäck gebacken, das du gerade isst", erzählte Merle. Sie berichtete Bea von ihrem Plan mit dem Badischen Abend und der Verlosung einer Schwarzwälder Kirschtorte als Werbeaktion.

Bea war begeistert und versprach, am betreffenden Sonntag zur vorgesehenen Zeit „mit versammelter Mannschaft" anzurücken. „Mit Kollegen samt Kind und Kegel", sagte sie.

Merle bedankte sich. Dann holte sie tief Luft und beschloss, ehrlich zu sein. „Ich habe vor, mit Mario eine Reise zu machen. Nach Sizilien."

Bea sah sie mit offenem Mund an. „Du machst ja schnell Nägel mit Köpfen", sagte sie.

„Überhaupt nicht", antwortete Merle. „Wir werden in getrennten Hotelzimmern schlafen."

„Kurt wird begeistert sein", bemerkte Bea ironisch.

Beim Gedanken an Kurt wurde Merle wieder schwer ums Herz. Je konkreter die Reise ihr vor Augen stand, desto stärker spürte sie, dass sie ihren Mann noch immer liebte.

„Wieso ausgerechnet jetzt?", fragte Bea. „Wieso ausgerechnet jetzt Sizilien? Steckt etwa die Sehnsucht nach deinem Erzeuger dahinter?" Bei dem Wort Erzeuger verzog sie die Lippen, als hätte es einen schlechten Geschmack.

„Vielleicht besuche ich seine Namensvettern“, sagte Merle. Das hatte sie sich inzwischen vorgenommen. „In den Pagine bianche stehen alle Angelo Di Dios Siziliens, die einen Festnetzanschluss haben. Ich habe vor, bei ihnen anzuklopfen. Wer weiß, vielleicht ist der richtige Angelo Di Dio darunter.“

„Dieser Schuft!“, rief Bea.

„Ja, so hat Mama ihn genannt.“ Merle tröstete sich mit einem Schluck Wein. Er rann ihr kühl die Kehle hinunter.

„War er das etwa nicht? Wie konnte er ihr ein Kind machen und sie dann sitzen lassen? Von so einem Menschen würde ich nichts wissen wollen.“

„Seit ich Mario kenne, denke ich mehr über mein sizilianisches Erbe nach.“ Merle stellte das Glas vor sich ab. „Vorher kam es mir vor wie ein Unfall, dass ich so bin, wie ich bin. Schwarzhaarig und braun gebrannt, sodass jeder sehen konnte, ich gehöre nicht wirklich zur Familie. Und dann noch der grässliche Zinken.“

„Und jetzt ist es anders?“, fragte Bea.

„Ja, das ist durch Mario gekommen. Weil er mir gefällt, gefalle plötzlich auch ich mir selbst besser. Mein dunkler Teint, die schwarzen Haare, das kommt mir jetzt viel stimmiger vor. Vielleicht wäre ich froh, wenn mein Erzeuger noch lebt und ich ihn kennenlernen könnte.“

„Mario empfindet wohl sehr viel für dich“, sagte Bea.

Merle senkte den Kopf. „Und ich auch für ihn“, antwortete sie leise. „Es ist so nett von ihm, dass er mich auf die Reise begleitet.“

„Wie weit seid ihr denn schon?“, fragte Bea. „Habt ihr miteinander geschlafen?“

Bea stellte ganz schön zudringliche Fragen, dachte Merle. Aber sie war schließlich ihre Schwester. Und wohl auch ihre beste Freundin. „Nein", antwortete sie daher. „Ich sagte doch, ich im Bett und er im Schlafsack auf dem Boden." Sie dachte an den Kuss, an seine unendliche Süße und das Erschrecken, das sie gleich darauf ergriffen hatte. Sie hatte Schuldgefühle gegenüber Kurt verspürt, als hätte sie tatsächlich mit Mario geschlafen. Dabei war es doch nur ein einziger Kuss gewesen.

Die Dämmerung hatte sich herabgesenkt, und der erste Stern tauchte auf. War das nicht Venus? Der erste und hellste Stern am Abendhimmel? Venus, die Göttin der Liebe? Sie war so wichtig, die Liebe. Und so kompliziert.

Natürlich liebte sie Kurt, aber lieber als mit Kurt war sie mit Mario zusammen. Sie mochten die gleichen Dinge, schwärmten für Kochen und gutes Essen. Es war leicht, stundenlang mit ihm zu reden. Dass er sie zudem nach Sizilien begleiten wollte, erfüllte sie mit Dankbarkeit. Gleichzeitig tat es ihr in der Seele weh, Kurt zu verletzen.

Kapitel 25

„Warum nimmst du nicht ab? Ich versuche schon den ganzen Tag, dich zu erreichen!"

Merle wunderte sich über Kurts gereizten Tonfall. Es war Sonntagabend, und nach ihrem Gespräch mit Bea saß sie jetzt allein im Dunkeln auf dem Balkon. Erst gestern hatte sie mit Kurt telefoniert, und es war nicht das erste Mal, dass sie ihr Telefon einen Tag lang stumm geschaltet hatte.

„Was ist los?", fragte sie. „Du klingst wie eine Hornisse auf dem Kriegspfad."

„Wo warst du gestern Nacht?" Wieder diese harte Stimme.

Die Frage überrumpelte Merle. „Ist das ein Verhör?"

„Ich habe dir eine einfache Frage gestellt? Würdest du mir bitte eine einfache Antwort darauf geben?"

„Ich bin nicht zu Bea gezogen, um mich von dir kontrollieren zu lassen."

„Es ist also wahr", sagte Kurt. Er klang noch immer böse, aber auch heiser. Als wäre er den Tränen nahe.

„Was ist wahr?"

„Du betrügst mich!"

Merle war sprachlos. Sicher, sie hatte bei Mario übernachtet. Aber wie konnte Kurt davon erfahren? „Wie kommst du denn auf die Idee?"

„Etwa nicht?“ Klang Kurts Stimme drohend? Oder eher hoffnungsvoll?

„Nein, definitiv nicht.“ Merle schaute in die Dunkelheit. Ein kleines Stück entfernt leuchtete eine Straßenlaterne.

„Du warst gestern Nacht nicht beim Pizzamann zu Hause?“

„Du meinst Mario?“

„Ja. Dein toller sizilianischer Chef mit den Mandelaugen.“

In den Lichtschein der Laterne trat ein Mann, der seinen Hund spazieren führte. Die letzte Gassirunde vor dem Schlafengehen. „Woher willst du wissen, dass er Mandelaugen hat? Kennst du ihn?“

„Weich mir nicht aus. Warst du bei ihm?“

Plötzlich fiel ihr auf, dass sie Mann und Hund vom Sehen kannte. In Heimlingen kannte sie so viele Leute. „Hast du Spione auf mich angesetzt? Werde ich auf Schritt und Tritt überwacht?“

„Heimlingen ist eine kleine Stadt“, antwortete Kurt.

„Ich hasse es“, sagte Merle. „Man fühlt sich wie in einem Schaukasten. Alle gucken, was man macht. Das ist zum Kotzen.“ So wie sie selbst jetzt schaute, was der Mann und der Hund machten.

„Nur, wenn man etwas zu verbergen hat.“

„Ich habe nichts zu verbergen“, schimpfte Merle. „Leute, die keine Ahnung von irgendwas haben, bauschen alles auf und machen aus einer Mücke einen Elefanten.“

„Ich möchte wissen, was gelaufen ist“, sagte Kurt. „Das ist mein Recht.“

Es gab einen Kuss, mehr nicht, dachte Merle. Aber dieses „mehr nicht" würde Kurt ihr nicht abnehmen.

„Wir haben sizilianische Kekse gebacken." Es war die Wahrheit, aber würde Kurt ihr glauben. „Ist das verboten?"

„In der Nacht?", fragte Kurt. „Die ganze Nacht?"

„Nein, heute Vormittag. Und in der Nacht hab ich auf seiner Couch geschlafen." Sinngemäß stimmte das, auch wenn sie in Marios Bett gelegen hatte.

„Du gehst also extra zu Mario, um bei ihm auf der Couch zu schlafen?"

An Kurts heftigem Atem hörte Merle, wie sehr er außer sich war.

„Bea hatte gestern Nacht Besuch von Victor", erklärte sie. „Du weißt ja, ihrer neuen Flamme. Ich wollte nicht stören und hab deshalb bei Mario übernachtet." Eine Weile kam nur ein leises Rauschen aus Merles Handy. „Hallo?", fragte sie. War die Verbindung abgebrochen? Oder hatte Kurt aufgelegt?

„Du hättest zu Hause schlafen können", sagte ihr Mann schließlich.

„Ach ja? Und du hättest nicht versucht, mich zum Bleiben zu überreden?"

Diesmal kam die Antwort wie aus der Pistole geschossen. „Doch, natürlich."

„Eben", sagte Merle.

„Ich muss dich sehen", sagte Kurt. „Komm nach Hause. Nur für eine Stunde. Damit ich dir beim Reden in die Augen sehen kann."

„Wozu soll das gut sein?", fragte Merle. Der Vorschlag widerstrebte ihr. „Das macht es uns nur schwerer."

„Komm in den Garten. Es ist jetzt dunkel, aber man riecht die Rosen", sagte Kurt. „Wie sie duften. Ich hab die Blumen jeden Abend gegossen."

Das haute Merle um. Es stellte alles, was bisher zwischen ihnen galt, auf den Kopf. In ihrer Ehe hatte es eine klare Aufgabenteilung gegeben. Kurt sorgte für den Großteil des Geldes. Und Merle schulterte zum Ausgleich all die lästigen Alltagsbürden, vom Putzen bis zum Papierkram. Doch sie hatte noch eine zweite Aufgabe übernommen, die Kurt ihr vollständig überlassen hatte. Sie war es, die im Haus für Lebendigkeit, Farbe, Genuss sorgte.

Seit der Bürgermeisterwahl hatte sie sich oft gefragt: Hatte Kurt überhaupt noch ein Gefühl für Schönheit? Schmeckte er, dass ein aufwendig zubereitetes Gericht leckerer war als ein einfaches?

Mit Grauen erinnerte Merle sich an das Essen vor ihrem Aufbruch, bei dem selbst ihr der Appetit vergangen war.

Die Frage lautet doch, konnte Kurt genießen?

Das war ein Knackpunkt ihrer Ehe, und vielleicht würde sich genau an dieser Frage entscheiden, ob sie noch eine gemeinsame Zukunft hatten.

Und jetzt pries Kurt den Duft der Rosen.

***

Merle stellte das Auto in die Einfahrt und öffnete die Tür, blieb aber noch einen Moment sitzen. Kurt hatte gesiegt. Oder besser, die Rosen. Sie hatte versprochen, nach Hause zu kommen, um mit ihm zu reden. Jetzt war sie da.

Und bereute es bereits. Musste sie ihm jetzt erzählen, dass sie mit Mario nach Sizilien reisen würde? Oder könnte sie es einfach verschweigen?

Die Haustür ging auf, und Kurt kam heraus. Er stieß noch immer fast mit dem Kopf gegen den Türrahmen, aber er sah dünner aus, beinahe hager. Und ihr fielen zum ersten Mal graue Fäden in seinem Haar auf.

Sie stieg aus und ging ihm entgegen. Einen Moment lang standen sie sich unbeholfen gegenüber. Dann nahm Kurt sie in den Arm und drückte sie an sich. Sie schmiegte sich nicht an ihn, sondern blieb steif stehen, sodass er sie losließ.

„Ich bin nicht so schön wie der Mandeläugige", sagte er bitter. „Sorry."

„Red keinen Unsinn. Mario ist mein Chef, mehr nicht." Nein, das stimmte nicht. Zwischen Mario und ihr war so viel mehr. Aber wie könnte sie Kurt von dem Chaos in ihrem Inneren erzählen? Nein, Kurt durfte von ihrem unentschlossenen Schwanken nichts erfahren, bis sie ihre Entscheidung getroffen hatte. Und sie sich dazu durchringen konnte, auf einen von ihnen zu verzichten.

Sie betrachtete das Haus, das im Licht der Türlampe still vor ihnen lag. Tausende von Malen war sie hier ein- und ausgegangen. Die Büsche im kleinen Vorgarten hatte sie selbst gepflanzt. Der Eibisch blühte wie ein einziger Blumenstrauß. Dann ging die Lampe mit einem Klacken des Bewegungsmelders aus, und sie sah nur noch die dunkle Masse der Zweige. „Du wolltest mich sehen", sagte sie.

„Komm bitte rein."

Er ging ihr in die erleuchtete Diele voran. Sie schob sich an ihm vorbei in die Küche und schaltete das Licht ein. Die Vertrautheit des Raums legte sich wie ein bequemes Kleidungsstück um sie. Die Arbeitsplatte war sauber, das Display der Spülmaschine zeigte „Fertig" an. Kein Schmutz, keine Berge von Unordnung, wie sie es halb und halb erwartet hatte. Alles lag so ordentlich unter dem Licht der Deckenlampen, wie sie es zurückgelassen hatte.

Lediglich im Gewürzregal nahm sie Veränderungen wahr. Neue Gläser mit exotischen Aufschriften. Auf der Fensterbank standen Pflanzen, die sie dort nicht hingestellt hatte.

„Wie läuft die WG Sara-Kurt?", fragte sie.

„Gut", antwortete Kurt. „Wir versuchen noch immer, so etwas wie eine Restfamilie zu sein. Aber das Zentrum dieser Familie bist und bleibst du."

„In einer Familie ist jeder entscheidend", entgegnete Merle. „Das Problem ist, dass du das nie gesehen hast."

Kurts Miene war bedrückt. „Erinnerst du dich noch, wie du damals die Küche geplant hast?", fragte er. „Du hattest genaue Vorstellungen, wohin der Herd muss, aus welchem Material die Arbeitsplatte gemacht werden soll, die Größe des Kühlschranks."

„Ja", sagte Merle. „Alles habe ich ausgewählt."

„Ich hab dir damals die Entscheidungen überlassen", sprach Kurt weiter. „Die Küche, die Armaturen im Bad, die Fliesen. Ich dachte, das Wichtigste ist, dass du hier glücklich wirst. Ich dachte, wenn du es bist, ist es auch die Familie."

Merle schaute sich in der Küche um. Ihr kleines Reich. Eingetauscht gegen ein winziges Gästezimmer bei Bea, wo sie bei Victors Besuchen störte.

Kurt ging durch die Küche zur Terrassentür und trat hinaus. Merle folgte ihm. Das Küchenlicht beleuchtete die Travertinfliesen und versickerte auf der Rasenfläche.

Kurt führte sie tiefer in den Garten. „Hier hab ich damals die Schaukel für Sara gebaut." Er deutete auf eine Stelle, wo jetzt ein Rosenstrauch wuchs. Der kleine Busch zeichnete sich in der Dunkelheit als ein kompakter Schatten ab, doch der verströmende Duft war zart wie ein Hauch von Seide.

„Wir hatten eine gute Ehe", sagte Kurt. Im Dunkeln konnte sie seine Augen nicht sehen. „Einkommen, Haus, ein Kind, alles stimmte. Und plötzlich gehst du weg."

„Der Mann, den ich zurückgelassen habe, ist ein anderer als der, den ich geheiratet habe", sagte Merle.

„Wir verändern uns alle", entgegnete Kurt.

„Aber du hast dich so verändert, dass ich nicht mehr da war. Ich war wie Luft. Du hast nur noch an die Stadt gedacht, ans Rathaus, die Verwaltung, den Rat."

„Es läuft nicht gut im Amt." Kurts Stimme klang rau. „Seit meiner Wahl läuft es nicht gut. Darüber habe ich mir den Kopf zerbrochen, aber jetzt weiß ich wieso."

„Nämlich?"

„Schätzle arbeitet gegen mich."

„Schätzle?" Merle sah überrascht auf. „Der ist doch Geschichte."

Im Dunkeln war Kurts Gesicht nur ein hellerer Fleck. „Nein. Er intrigiert im Rat. Und er hetzt die Verwaltung gegen mich auf."

„Woher weißt du das?"

„Er hat mich heute Morgen angerufen und hat es mir selbst gesagt."

Merle schaute in den hinteren Teil des Gartens. Im Schatten der Haselnussbüsche hatte Sara im Sandkasten gespielt. Als sie klein war, hatte Merle mitgespielt, mit ihr Sandkuchen gebacken und Sandberge gebaut.

Die Rosenbüsche, die im Dunkeln dufteten, das Staudenbeet und die Kräuter. Es war ein schöner Garten. Sie liebte ihn. Wäre Kurt doch niemals Bürgermeister geworden.

„Schätzle ruft dich am Sonntagmorgen an?", fragte sie. „Das hat er noch nie gemacht."

„Wo er Streit säen kann, nimmt er gleich die Sämaschine. Er hatte mir etwas Privates mitzuteilen."

„Schätzle?", fragte Merle. Sie dachte nach. „Wohnt er nicht am Rand der Stadt? In der Nähe der Pizzeria?

Kurt nickte.

„Dieses Schwein!", schimpfte Merle. „Da sieht der Drecksack mich am Abend mit Mario und hat nichts Besseres zu tun, als es dir gleich am Morgen brühwarm zu erzählen."

„Mir ist fast das Herz stehen geblieben", gestand Kurt. „Ich dachte, du verlässt mich."

Seine Stimme berührte etwas in Merles Herz. Den Mann, der vor ihr stand, hatte sie geheiratet, weil sie ihn innig liebte. Sie hatten gemeinsam ihr Kind großgezogen, hatten Haus und Bett geteilt. Und irgendwo in ihrem Inneren lag wie ein Bär, der sich zum Winterschlaf zusammengerollt hat, die alte Liebe und wartete darauf, neu zu erwachen. „Wir waren einmal anders", sagte sie. „Wir waren ein glückliches Paar."

„Erinnerst du dich, wie wir auf jedes Fest gegangen sind? Damals in der Zeit vor Sara?" Kurt strich ihr mit der Hand über die Wange. Es war eine Liebkosung, und sie fühlte sich gut an.

„Du warst ein toller Tänzer. Am liebsten mochte ich den Wiener Walzer. In deinen Armen habe ich mich gefühlt, als tanzte ich mit einem Prinzen auf dem großen Ball."

„Meine Freunde haben mich um dich beneidet." Kurts Stimme klang sanft. „Ich hatte die schönste Braut in der ganzen Stadt."

Merle lachte. Sie dachte an ihren Zinken, schluckte die Bemerkung aber herunter. Sie schwiegen eine Weile. Der Garten umschloss sie still und duftend, als würde seine Grenze sie sicher vor der Außenwelt beschützen. Einen Moment lang schien die Zeit aufgehoben, sie hätten auch wieder das junge Liebespaar von einst sein können. Merle wollte sich an Kurt schmiegen, um seinen Körper zu spüren und seinen Duft zu riechen.

Dann hörte sie auf der Straße ein Auto, aus dem Heavy metal dröhnte. Es hielt, Stimmen, das Auto fuhr mit hämmerndem Bass weiter. Noch immer Gelächter auf der Straße. Der Moment war vorbei.

„Komm zurück, Merle", sagte Kurt. „Wir brauchen dich. Du kannst doch nicht ewig in Beas Gästezimmer wohnen."

Eine Mücke landete auf Merles Arm. Sie spürte sie und schlug zu, hörte aber das Sirren, mit dem das Insekt davonflog. Plötzlich stand ihre Entscheidung fest. Kurt würde Gott weiß was denken, wenn sie ihm von der geplanten Reise mit Mario erzählte. Das, was in seinem Kopf ablaufen würde, wäre weiter von der Wahrheit entfernt, als wenn sie einfach nichts sagte. Nichts zu sagen war keine Lüge.

Einen Moment lang hatte sie den Faden verloren. Dann fand sie sich wieder im Gespräch mit Kurt. „Du wiederholst dich", sagte sie.

„Deine Tochter wird selbstständig. Und du hast deine Stelle verloren. Das wäre für jeden eine Krise", beharrte Kurt.

Merle stieß genervt die Luft aus. „Deutschland hat achtzig Millionen Hobbypsychologen", sagte sie. „Und der Achtzigmillioneneinste bist du."

„Ich mache mir eben Gedanken über dich."

„Mach dir lieber Gedanken über dich selbst. So wie es war zwischen uns, wird es nicht mehr werden. Das ist vorbei." Plötzlich dachte sie an Mario. An die angeregten Gespräche. Daran, was für ein gutes Team sie in der Küche waren.

Kurt machte ein geschocktes Gesicht. „Du wirst mich endgültig verlassen?"

„Ich hab dich immer unterstützt", sagte Merle. „Mich um Sara gekümmert, dir den Rücken freigehalten für deine Pläne. Aber ich habe auch eigene Wünsche und Träume. Wie wäre es, wenn zur Abwechslung einmal du mir beistehst?"

„Bei was?", fragte Kurt misstrauisch.

„Ich habe eine Idee. Die Pizzeria ist an Sonntagen und an den Abenden ungenutzt. Dort ist Platz für neue Projekte.“

„Was hast du vor?“ Kurt klang abwehrend.

„Eine einzige große Tafel“, sagte Merle. Im Dunkeln strahlte sie Kurt an und versuchte, ihm etwas von ihrer Begeisterung zu vermitteln. „Darum versammelt Gäste, die in einträchtiger Runde ein festliches Menü verspeisen.“

„Gäste kannst du bei uns zu Hause einladen“, antwortete Kurt. Sie wusste nicht, ob er sie absichtlich missverstand. „Dazu brauchst du die Pizzeria nicht.“

„Ich denke an zahlende Gäste“, erwiderte Merle.

„Du hast eine Geschäftsidee?“ Kurt schüttelte abweisend den Kopf. „Lass die Finger davon.“

Merle trat einen Schritt zurück. Kurts Gesicht war ein verschwommener Fleck im Dunkeln. „Wieso?“, fragte sie. „Ich glaube, dass es funktionieren könnte.“

„Das glaubst du? Woher willst du das wissen?“

Es irritierte sie, dass sie seine Mimik nicht erkennen konnte. Es war, als spräche jemand aus dem Off. „Du müsstest investieren. Neue Geräte anschaffen. Dich an der Pacht beteiligen. In Vorkasse gehen. Das ist viel zu riskant.“

„Wer nicht wagt, der nicht gewinnt.“

„Wir haben unser Auskommen. Als Bürgermeister verdiene ich genug für uns beide.“

„Darum geht es nicht.“ Merle spürte Ärger in sich aufsteigen.

„Worum dann?“

„Darum einen alten Traum zu verwirklichen. Ich will Menschen zusammenbringen. Und endlich einmal Anerkennung für meine Kochkunst bekommen."

Kurt stieß ärgerlich die Luft aus. „Träumen und Luftschlösser bauen, das ist etwas für junge Leute. Bleib du lieber mit beiden Beinen auf dem Boden."

Merle ballte die Fäuste. „Du hast auch davon geträumt, Bürgermeister zu werden. Und du hast es durchgezogen."

„Ja, und jetzt habe ich tausend Probleme an der Backe. Meine Probleme reichen für zwei. Da brauchst du dir nicht auch noch welche aufzuhalsen."

Kurt verhielt sich genauso, wie Merle es befürchtet hatte. Damals, als sie noch im Hotel Sonne arbeitete, hatte er ihre Berufstätigkeit nie ernst genommen und sie wie ein eigentümliches Hobby betrachtet. In seinem Weltbild war er der Familienernährer, und was Merle außerhalb des Hauses tat, war ohne Belang. Sie hatte dafür zu sorgen, dass es dem Kind gut ging und der Haushalt lief, alles andere war ihm egal. *Schau doch, wohin du damit kommst,* dachte Merle. *Jetzt stehst du allein da.*

„Sonntag in zwei Wochen mache ich eine Werbeaktion", erzählte sie weiter, als hätte sie seine Einwände nicht gehört. „Man kann einen Kuchen gewinnen. Für das Einstandsmenü ist ein Badischer Abend geplant, und für den kann man sich am Sonntag eintragen."

„Du willst mich zu einem Werbenachmittag einladen?", fragte Kurt. „Das soll wohl ein Witz sein."

„Wieso? Das ist ernst gemeint. Bring ein paar Freunde mit und deren Familien. Es soll ein kleines Event am Ufer der Wiese werden, da müssen Leute kommen."

„Du hörst nicht auf mich, wenn ich dir abrate, und jetzt soll ich dir auch noch Schützenhilfe leisten? Ist das nicht ein bisschen viel verlangt?"

„Hab ich dir etwa geraten, Bürgermeister zu werden?"

„Nein, hast du nicht. Und du lässt mich ja auch im Regen stehen. Wieso sollte dann ich dich unterstützen?"

Beide schwiegen. Es war, als wäre die Dunkelheit dichter geworden. Kurts schwarze Silhouette kam ihr fremd vor, als stünde dort gar nicht ihr Mann.

Sie drehte sich um und ging zur Terrasse. Im Licht, das aus der Küche nach draußen fiel, zögerte sie. Sollte sie weitergehen und das Haus verlassen? War's das dann mit ihrer Ehe? Sie blieb stehen und wandte sich Kurt zu.

„So kommen wir nicht weiter", sagte sie.

Kurts Haare standen ab, als hätte er eine Rauferei hinter sich. Nun fuhr er sich erneut mit den Händen zum Kopf. „Ich will dich nur vor einer Niederlage bewahren", sagte er.

„Du traust mir wohl gar nichts zu."

Kurt schwieg. Merle auch. Dann räusperte sich Kurt. „Ich wollte dich eigentlich zum Ausgehen einladen", sagte er. „Ein Abend mit Sekt und leckeren Häppchen. Vielleicht wird auch getanzt."

Merle lachte bitter. „Du glaubst, dass ich jetzt noch Lust habe, mit dir auszugehen?"

„Nicht heute", brummte Kurt. Im Lichtschein, der aus der Küche fiel, sah sie, dass er den Kopf senkte.

War er verlegen? Ihr kam ein Verdacht. „Es ist ein offizieller Anlass, stimmt's?"

„Ende nächster Woche ist die Einweihungsfeier der neuen Stadthalle."

„Große Gala“, sagte Merle.

Kurt machte ein bittendes Gesicht. „Kannst du mich nicht begleiten?“, fragte er. „Alle kommen mit ihrer Partnerin. Oder ihrem Partner.“

„Damit ganz Heimlingen sieht, dass wir noch ein Paar sind?“

„Zum Beispiel. Und damit ich nicht als Einziger allein bin. Ich kann mir schlecht eine Begleiterin im Internet bestellen.“

„Dann machen wir einen Deal“, sagte Merle.

Kurt nickte.

„Du kommst mit deinen Freunden und deren Familien zu meiner Werbeaktion.“

Kurt zuckte hilflos die Schultern. „Ja, mach ich. Und du begleitest mich zur Einweihungsfeier der Stadthalle.“

„Top“, sagte Merle.

Kapitel 26

„Prepare for landing", ertönte es leise aus dem Bordlautsprecher. Wenig später kam die Durchsage für die Passagiere. In wenigen Minuten Landung. Nicht mehr aufstehen. Anschnallen.

Merle war aufgeregt. Sie hatten kurz entschlossen einen Linienflug nach Palermo gebucht und würden eine Woche auf Sizilien bleiben. Ihre sonstigen Pläne hatte sie so lange aufgeschoben. Wenn sie zurückkamen, war noch genug Zeit für die Werbeaktion mit Schwarzwälder Kirschtorte und den Badischen Abend. Jetzt aber hieß es erst einmal Eintauchen in das Land, aus dem ihr unbekannter Vater vor vielen Jahren nach Deutschland ausgezogen war.

Wenig später fuhren sie im Mietwagen und waren auf dem Weg zur *fattoria*. Mario saß am Steuer. Die Autobahn war sechsspurig, und sie sah kaum etwas außer niedrigen Gebäuden, die an Fabrikhallen erinnerten, und der nackten Erde der Straßenböschung, die mit trockenem Gras bewachsen war. Das war kein schöner Empfang, aber die Aussicht von Autobahnen war wohl nie schön. Einmal blitzte jedoch das blaue Meer auf. Und in der Ferne erkannte sie eine grüne Bergkette.

Als die Autobahn durch Palermo führte, wurde der Verkehr dichter und die Häuser höher. Draußen brannte die Sonne, doch im Wagen lief die Klimaanlage. Bald ließen sie Palermo hinter sich zurück und kamen nun wieder zügig voran. Merle sah vor sich das Grün von Bergen und plötzlich wurde ihr leicht ums Herz. Es würde ein wunderbarer Urlaub werden.

Durch einen glücklichen Zufall gab es auf der *fattoria* Platz für sie. Marios Bruder Tommaso bewirtschaftete den Bauernhof, auf dem Marios Familie immer die Großeltern besucht hatte, und Marios Schwägerin unterhielt mehrere Fremdenzimmer für Touristen. Zwei von ihnen waren wegen einer Stornierung kurzfristig frei, so konnten Merle und Mario dort einziehen, statt ins Hotel zu gehen.

Die *fattoria* lag fünfzig Kilometer östlich von Palermo in der Nähe der Kleinstadt Cefalù. So viel hatte Mario ihr erzählt. Es sei eine der schönsten Gegenden Siziliens. Die *fattoria* liege zwischen dem Meer und der Gebirgskette *Le Madonie*.

Tatsächlich erhoben sich die *Monti Madonie* nun auf der rechten Seite der Autobahn, während links das blaue Meer schimmerte. Die Berge waren erstaunlich grün, dort schien richtiger Wald zu wachsen. Die Landschaft berührte Merles Herz, als wäre es ein Heimkommen. Als spräche ihr Vater aus ihr. Der Oleander am Straßenrand und das Meer, in dem sich der blaue Himmel spiegelte, leuchteten in einer sommerlichen Farbpalette. Die kargen Grasbüschel der sonnentrockenen Böschung kontrastierten mit der Verheißung der bewaldeten Berge in der Ferne. Das alles sauste am Autofenster vorbei, und sie wünschte, sie könnte aussteigen, den Duft Siziliens riechen und die Sonne auf ihrer Haut spüren.

„Wir sind bald da", sagte Mario. Vor ihnen lag eine Stadt, aus der ein hoher, schroffer Felsenberg mit steil abstürzenden Wänden aufragte. „Das dort, die Stadt ist Cefalù." Mario zeigte nach links. Er nahm die nächste Ausfahrt, bog aber nicht zur Stadt hin ab, sondern fuhr von ihr weg auf die Bergkette zu.

Merle fühlte sich wohl an Marios Seite. Es war richtig, dass sie mit ihm zusammen reiste. Ihre Begegnung mit Kurt, die Nähe zu ihrem Mann, die sie im Garten empfunden hatte, wich allmählich hinter Marios Präsenz zurück. Im klimatisierten Wagen meinte sie die Wärme wahrzunehmen, die sein Körper ausstrahlte.

Auf Hügeln am Fuß der *Monti Madonie* – deren Zehen gewissermaßen – wuchsen Oliven- und Zitronenhaine, Weinreben und Gemüsefelder. Es war eine fruchtbare Landschaft, die an leckere Mahlzeiten denken ließ, bei denen einem das Wasser im Mund zusammenlief. Auf einer schmalen, gewundenen Straße fuhren sie zwischen Tomatenfeldern und Obstplantagen hindurch.

Eine Gruppe schöner alter Gebäude, die mit ihrem grauen Naturstein fast mittelalterlich anmuteten, schmiegten sich in eine Mulde der sanft geschwungenen Hügel. Umringt von knorrigen, uralt wirkenden Olivenbäumen. Sie fuhren auf einen gepflasterten Hof und hielten vor dem Haupthaus.

„Das ist das Landgut meines Bruders", sagte Mario. Die *fattoria.*

Als sie ausstiegen, öffnete sich die Tür, und eine Frau trat heraus. Groß gewachsen und mit hellbraunem Haar hatte sie so gar keine Ähnlichkeit mit dem Bild, das Merle sich von einer Sizilianerin machte, aber Mario stellte sie als seine Schwägerin Giovanna vor. Wenn sie lächelte, hatte sie Grübchen in den Wangen, und sie lächelte strahlend zu Marios Begrüßung. „Che bello che siete qui“, sagte sie zu Mario, umarmte ihn und küsste ihn fest auf die Wangen. Dann begrüßte sie auch Merle. „Bello vederti“, sagte sie, doch sie schaffte es, dass sie sich beim Wangenkuss nicht berührten. Sie küsste praktisch die Luft.

Merle verstand das gut. Sie hatte nicht erwartet, wie ein Familienmitglied empfangen zu werden. Sie hatte von Anfang an darauf bestanden, dass Mario und sie getrennte Zimmer bekamen, obgleich das hieß, dass sie tiefer in ihren Geldbeutel greifen musste. Doch alles andere wäre ihr Kurt gegenüber falsch vorgekommen, auch wenn er nichts von dieser Reise wusste. Dass sie ihren Aufbruch nicht an die große Glocke gehängt hatte, bedeutete nicht, dass sie mit Mario ins Bett hüpfen würde. Ganz im Gegenteil verpflichtete es sie dazu, sich korrekt zu verhalten – nämlich als Kurts Ehefrau, die sie immer noch war.

„Entra, entra!“, rief Giovanna und zog Mario mit sich.

Als sie eintraten, empfing sie ein würziger Duft von gebratenen Zwiebeln und Knoblauch. Das niedrige Wohnzimmer hatte einen Holzfußboden, und über die Decke zogen sich dunkle Balken. Die Fenster waren klein. Obwohl die Sonne draußen so heiß brannte, empfand Merle das dunkle Innere als angenehm kühl. Die dicken Steinwände hielten eine Menge Wärme ab.

Giovanna sagte etwas auf Italienisch und ging in die Küche. Wenig später kam sie mit einem Krug und vier Gläsern aus der Küche zurück. Sie stellte die Gläser auf den Couchtisch und schenkte für Mario, Merle und sich selbst ein perlendes gelbes Getränk ein.

„Was ist das?", fragte Merle neugierig.

Giovanna musterte sie überrascht und wechselte ein paar Sätze auf Italienisch mit Mario. Dann sagte sie in akzentfreiem Deutsch: „Entschuldigung, ich dachte, du wärest Sizilianerin. Deutsch-Sizilianerin, das hat Mario erzählt. Und du siehst ja auch so aus." Sie deutete auf das Getränk: „Das hier ist frisch gemachte Zitronenlimonade. Koste einmal."

Der Zitronenduft war überwältigend, als Merle das Getränk an die Lippen setzte. Dazu kam ein Hauch von würziger Minze. Sie kostete. Das leicht bittere Aroma von Zitronenschale vermischte sich mit der Säure des Fruchtsafts und der Süße des Zuckers. Die kühle Limonade floss mit einem perlenden Prickeln über die Zunge. „Hmm. Köstlich."

Giovanna wandte sich an Mario. „Ich freue mich schrecklich, dass du da bist", sagte sie. „Du warst so lange nicht mehr hier. Wie kommt es, dass du dich plötzlich zur Reise entschlossen hast? Tommaso hält es am Telefon ja immer so kurz, er konnte mir gar nichts berichten."

Mario wechselte einen Blick mit Merle. Sie nickte ihm zu. Dann ergriff er das Wort. „Du hast ja selbst gesagt, dass Merle wie eine Sizilianerin aussieht. Keiner wurde sie für eine Deutsche halten."

Giovanna lachte. „Wenn man zwischen uns wählen müsste, würde jeder eher sagen, ich sei die Deutsche."

„Das kommt daher, dass ihr Vater ein Sizilianer ist", erklärte Mario.

Giovanna sah Merle verwundert an. „Und wieso sprichst du dann kein Italienisch? Hat dein Vater es dir nicht beigebracht?"

„Das ist es ja gerade", fuhr Mario fort. „Merle kennt ihren Vater nicht."

„Er ist verschwunden", murmelte Merle verdrossen. Der Gedanke daran, wie schamlos ihr Erzeuger sich vom Acker gemacht hatte, machte ihr immer schlechte Laune.

„Oh", sagte Giovanna.

Bevor sie noch etwas hinzufügen konnte, ging die Tür auf, und ein Mann trat ein. Er war ein wenig größer als Mario, hatte aber wie er schwarzes Haar und einen dunklen Teint. Auch seine Gesichtszüge waren ähnlich. Man sah sofort, dass die beiden Brüder waren.

Mario stand auf, und die Männer umarmten sich und klopften sich auf den Rücken. Sie redeten auf Italienisch aufeinander ein, beide gestikulierend und mit fröhlich erhobenen Stimmen. Tommaso wandte sich Merle zu: „Willkommen auf unserer *fattoria*", sagte er. Auch er sprach akzentfreies Deutsch. „Du bist also auf der Suche nach deinem leiblichen Vater?", fragte er.

„Ich kenne nur seinen Namen. Ob das wohl reicht" Merle trank einen Schluck Limonade.

„Ich drücke dir die Daumen."

„So oder so", warf Mario ein. „Wenigstens lernt sie Sizilien kennen."

Sie war froh, dass er verstand, worum es ihr ging. Er hatte ein feines Gespür für das, was ihr wichtig war.

Tommaso grinste. „Du bist hier auf der schönsten Insel Italiens, in der schönsten Region Siziliens und auf der schönsten *fattoria* von Cefalù. Also hast du alles genau richtig gemacht."

Merle lächelte. Die Landschaft, durch die sie auf dem Weg zur *fattoria* gefahren waren, war wirklich außergewöhnlich schön. Vor ihrem inneren Auge sah sie wieder die Natursteinmauern des Gehöfts, das sich, umgeben von einem Olivenhain, an den Fuß der *Monti Madonie* schmiegte. Es war wirklich ein Privileg, hier ein paar Tage verleben zu dürfen.

Mario redete eine Weile auf Italienisch mit seinen Verwandten. Im Gespräch mit seinem Bruder und seiner Schwägerin wirkte er ausgesprochen locker und gelöst. Er sprach lauter als sonst, gestikulierte mehr und lachte öfter. Es war schade, dass sie nichts verstehen konnte. Sie hatte das Gefühl, als musterten Tommaso und Giovanna sie aus den Augenwinkeln. Sprach man über sie? Als Mario ihren Blick auffing, kehrte er zu Deutsch zurück.

„Tommaso möchte, dass ich für ihn ins Marketing einsteige. Ich habe ihm gesagt, dass ich mich nicht einmal selbst gut vermarkten kann. Sonst hätte ich bei einer gewissen Frau mehr Erfolg."

Was sollte sie darauf antworten? Mario hatte vollen Erfolg bei ihr, die Heftigkeit ihrer Gefühle für ihn hatte sie ja selbst überrumpelt. Er hatte längst ihr Herz erobert, aber in diesem Herzen war auch noch Platz für Kurt. Zwei Männer in einem Herzen, das konnte auf Dauer nicht gut gehen. Sie würde sich entscheiden müssen. *Wenn ich aus Sizilien zurückkomme,* dachte sie. *Aber nicht jetzt sofort. Nur noch ein bisschen Aufschub. Wenn ich zurückkomme, ist die Entscheidung fällig.*

Merle tat so, als würde sie den letzten Satz nicht auf sich beziehen. Ihn überhören. „Marketing?", fragte sie. „Für was denn?"

Doch Mario hatte sich schon wieder seinem Bruder zugewandt. Hatte er beschlossen, sie seinerseits zu ignorieren, weil sie seinem Annäherungsversuch auswich?

Streifte sie ein Blick Giovannas? Ja, eindeutig. Wahrscheinlich überlegte sie, wie sie Marios und Merles Beziehung einordnen sollte, und fragte sich vermutlich, ob die beiden wirklich einfach nur Freunde waren. Ob nicht mehr hinter der Beziehung steckte als Sympathie. Sie hatte ja so recht. Wahrscheinlich spürte die Sizilianerin ganz genau, was in Merles Innerem los war. Mario wirkte hier lebhaft und gleichzeitig entspannt. Das machte ihn noch attraktiver. Dabei hatte sie bereits in Deutschland seine enorme Anziehungskraft gespürt.

Giovanna ging in die Küche, und weil Mario und Tommaso sich weiter auf Italienisch unterhielten, stand Merle auf und folgte ihr. Die Sizilianerin war gerade dabei, eine große Auflaufform in den Ofen zu schieben. Merle sah, dass der Auflauf mit Parmesan bestreut war, der auf der roten Tomatensoße hell schimmerte. „Was ist das?", fragte sie. In der Luft hing noch der Duft von gebratenen Zwiebeln, den sie gleich beim Eintreten ins Wohnzimmer wahrgenommen hatte. Außerdem roch sie nun Tomaten und Basilikum. Und ein Brataroma, das sie nicht gleich einordnen konnte. Fleisch war es nicht.

„Parmigiana di Melanzane", sagte Giovanna und fügte auf Deutsch hinzu: „Ein leckerer Auberginenauflauf."

Natürlich, Merle roch die in heißem Öl gebratenen Auberginen. Ihr lief das Wasser im Mund zusammen. Sie liebte es, wenn das feste Fleisch der lilafarbenen Früchte durch die Hitze eine weiche, fast cremige Konsistenz bekam.

Giovanna setzte Wasser für Pasta auf und wandte sich dann wieder Merle zu. „Möchtest du den Tisch decken?", fragte sie. Sie stellte einen Stapel mit vier Tellern auf den langen Holztisch, der im Wohnzimmer stand. Hier konnten mindestens zwölf Personen sitzen, und zu viert brauchten sie nur einen kleinen Teil des Tischs.

„Was für hübsche Teller", sagte Merle nicht nur, um ein Kompliment zu machen. Die Teller waren tatsächlich außergewöhnlich reizvoll. Über den weißen Untergrund rankte sich der Zweig eines Zitronenbaums mit grünen Blättern und saftigen gelben Früchten.

„Ich habe sie in Santo Stefano gekauft", erzählte Giovanna. „Nicht weit von hier. Es ist seit Jahrhunderten eine Stadt der Keramikproduktion, und ich kenne dort eine kleine Töpferwerkstatt, die ihre Ware noch von Hand fertigt. Jeder Teller wird auf einer Drehscheibe gedreht und von Hand bemalt."

„Man sieht, dass viel Liebe und Sorgfalt darin steckt", sagte Merle und strich behutsam über das traditionelle Motiv.

Giovanna stellte noch einen Stapel kleinerer Teller für die Antipasti bereit. Merle deckte alles, dazu die Weingläser und das Besteck, das Giovanna bereitlegte. Unterdessen trug Giovanna einen großen Servierteller auf. Darauf lagen in vier Reihen dicht an dicht mindestens zwanzig Sardellen. Die kleinen Fischlein schwammen in einer Marinade mit grüner Petersilie, darauf waren wie kleine Ornamente ein paar Schnipsel roter Chilis verstreut.

Giovanna schenkte Weißwein ein, und sein fruchtigklarer Duft stieg aus den Gläsern auf. Wie die anderen nahm Merle sich eine Sardelle und kostete. Das frische Zitronen-Olivenölaroma der leicht salzigen Marinade mischte sich mit dem Fischgeschmack der Sardellen und verband sich zu etwas ihr Neuem, das sie so nicht kannte. Natürlich hatte sie gelegentlich marinierte Sardellen gegessen, aber die hier schmeckten deutlich besser. Lag es an der Frische der Zutaten oder an den Sardellen und Zitronen, der Petersilie und dem Olivenöl Siziliens, dass diese besondere Note entstanden war? Lag es einfach daran, dass sie Hunger hatte? Oder dass sie sich hier bei der herzlichen Giovanna, Mario und seinem Bruder wohlfühlte? Jedenfalls schmeckten ihr diese Sardellen mit ihrem frischen, leichten Fischaroma besser als alle, die sie bisher gekostet hatte.

Tommaso hob sein Glas, und alle vier stießen miteinander an. „Ich wünsche dir, dass du deinen Vater findest."

„Und dass er ein netter Mann ist", fügte Giovanna hinzu.

„Er muss inzwischen siebzig oder achtzig Jahre alt sein", sagte Merle. „Vielleicht lebt er gar nicht mehr."

„Falls er noch lebt, wird er sich freuen, dich zu sehen", sagte Giovanna.

„Ich weiß nicht", erwiderte Merle. „Wenn er jemand wäre, der sich freut, mich zu sehen, hätte er ja meine

Geburt abwarten können. Statt sich einfach davonzumachen, als meine Mutter schwanger war."

„Seitdem sind so viele Jahre vergangen", sagte Giovanna. „Vielleicht bereut er es, dass er dich im Stich gelassen hat."

„Oder er hat mich vergessen", entgegnete Merle. „Ja, ich glaube, dass er uns vollkommen vergessen hat, meine Mutter und mich. Er wird Bauklötze staunen, wenn ich auftauche."

Als Nächstes servierte Giovanna die Pasta mit einem Pesto, dass sie nur mit Knoblauch, Olivenöl und gehacktem Basilikum zubereitet hatte, wie Merle zu schmecken meinte. Es war ein einfaches, aber köstliches Rezept. Alles duftete und schmeckte intensiv. Merle beschloss, dass Spaghetti mit Knoblauch-Basilikum-Pesto ihr absolutes Lieblingsgericht waren. „Kommen die Petersilie eben und das Basilikum aus deinem eigenen Garten?", fragte sie Giovanna.

„Ich habe mehrere große Beete mit verschiedenen Kräutern, die ich samstags auf dem Wochenmarkt in Cefalù verkaufe", erklärte Marios Schwägerin. „Unser Marktstand bringt gutes Geld. Von einer Landwirtschaft zu leben ist nicht einfach, und wir versuchen, auf so vielen Beinen wie möglich zu stehen. Die Fremdenzimmer helfen uns ebenfalls sehr."

„Etwas anderes wäre es, wenn wir unsere Produkte direkt in Deutschland vermarkten könnten", sagte Tommaso.

Mario stöhnte. „Jetzt fang nicht wieder damit an", wehrte er ab.

Tommaso wandte sich an Merle. „Ich brauche Mario für das Marketing in Deutschland. Er könnte uns Wege eröffnen, um verschiedene Restaurants und kleine Obst- und Gemüseläden direkt zu beliefern. Wir würden den doppelten oder dreifachen Preis für unsere Produkte bekommen, und trotzdem wäre es ein Schnäppchen für die Kunden. Er ist in Deutschland vor Ort und könnte die Kontakte knüpfen. Aber er hat ja nur seine Pizzeria im Kopf."

„Niemand kann auf mehreren Hochzeiten gleichzeitig tanzen", entgegnete Mario. „Frag Merle, dann weißt du, wie viel Arbeit wir in der Pizzeria haben."

„O ja", sagte Merle. „Es ist schweißtreibend."

„Schweiß vergieße ich hier auch genug", sagte Tommaso. „Aber wenn wir unsere Produkte an die Konservenfabrik verkaufen, bekommen wir einen Hungerlohn für unsere Arbeit. Wir müssten unsere Ware frisch zum Kunden bringen. Nur so könnten wir wirklich gutes Geld damit verdienen."

„Überleg es dir, Mario", sagte Giovanna bittend.

„Um die Kunden zu bezirzen, müsste ich deinen Charme haben, Giovanna", sagte er. „Oder deinen, Merle." Seine braunen Augen leuchteten. Unwillkürlich blieb sie an ihrem Glanz hängen. Sie schimmerten so liebevoll. Dann löste sie sich von ihm und sah, dass Tommaso und Giovanna erneut einen Blick wechselten. Sie begriffen wohl inzwischen, dass Mario und Merle unterschiedliche Ziele hatten. Mario wünschte sich eine Vertiefung der Beziehung, eine Liebesgeschichte und mehr. Merle dagegen kämpfte gegen das Brodeln und Beben in ihrem Inneren und wollte, dass alles so blieb, wie es war. Wenn Mario und sie sich allzu nahe kämen, müsste sie eine Entscheidung treffen. Dann müsste sie sich vielleicht gegen Kurt entscheiden.

Sobald diese Vorstellung in ihr aufstieg, spürte sie jedes Mal tief im Herzen, wie sehr sie Kurt immer noch liebte. Kurt mit all seinen Fehlern, seiner Zerstreutheit, seiner Abgelenktheit, Kurt, der mit seinen Gedanken immer halb in seinem Bürgermeisteramt war. Trotz alldem liebte sie ihn. Sie hatten eine so tiefe, weit zurückreichende Geschichte. Da war Sara. Und Kurt hatte den Warnschuss gehört und begonnen, sich zu ändern.

Sie merkte plötzlich, dass Tommaso sie etwas gefragt hatte. In Gedanken versunken, schaute sie verlegen auf. Sie hatte keine Ahnung, was er gesagt hatte. „Entschuldigung.?“

„Beginnt ihr gleich morgen mit der Suche nach deinem Vater?“, wiederholte Tommaso.

„Wir haben die Adressen hier auf dieser Liste“, sagte Merle und zog ein zusammengefaltetes Blatt, das sie seit Beginn der Reise mit sich herumtrug, aus ihrer hinteren Hosentasche. „Wir haben sie aus den Pagine bianche ausgedruckt. Enna“, las sie laut vor. „Catania. Santo Stefano di Camastra. Palermo. Und so weiter. Insgesamt sind es elf Angelo Di Dios. In all diesen Städten lebt mindestens einer von ihnen.“

„Es könnte auch Angelo Di Dios geben, die nur ein Handy angemeldet haben und nicht in den Pagine bianche stehen“, warf Giovanna ein.

Merle nickte. „Das stimmt, aber mein Vater ist mindestens siebzig. Er hat wahrscheinlich einen Festnetzanschluss.“

„Andererseits könnte dein Vater auch überall in Italien wohnen“, bemerkte Tommaso. „Nicht nur hier auf Sizilien.“

„Richtig", sagte Merle. „Aber jetzt bin ich ja nun einmal hier."

„Wir werden versuchen, ihn zu finden", erklärte Mario. „Aber was auch immer dabei herauskommt – wenigstens weiß Merle dann, wie schön Sizilien ist. Und was ihr entgangen ist, weil sie es nicht kannte."

„Du hast recht", sagte Merle. „Sizilien ist eine wunderschöne Insel. Ich bin dir sehr dankbar, dass du sie mir zeigst. Und dass ich deine Familie kennenlernen darf. Ich bin so froh, dass du mich hierher begleitet hast."

„Für dich würde ich alles tun", erwiderte Mario inbrünstig.

Merles Herz schlug schneller. Nun warb Mario ganz offen um sie, und das vor seinem Bruder. Nicht nur mit einem Kuss wie vor wenigen Tagen in seiner Wohnung in Heimlingen, sondern mit Worten. Die sizilianische Luft hatte ihn anscheinend beflügelt. Und ihr Körper reagierte darauf, ob sie wollte oder nicht. Ihr Herz pochte, ihr Inneres bebte, obwohl sie sich energisch zur Vernunft mahnte. Die ganze Situation machte sie auch ein wenig verlegen. Wahrscheinlich konnte jeder sehen, was mit ihr los war, aber sie wollte nicht auf Marios leidenschaftliche Bekundung reagieren, ihn nicht ermutigen.

„Sag das nicht. Sonst musst du am Ende noch für mich durchs Feuer gehen", rutschte ihr heraus.

Marios tiefbraune Augen glänzten. Giovanna stand unvermittelt auf. Gewiss spürte sie das erotische Prickeln, das sich am Tisch aufbaute, unter ihrer eigenen Haut. „Ich hole den *secondo piatto*", sagte sie.

Kurz darauf kam sie mit dem Hauptgericht, der Parmigiana di Melanzane zurück. Sie stellte die Auflaufform auf den Tisch und gab jedem etwas von dem brutzelnden Auberginengericht auf den Teller. Außerdem setzte sie eine große Schale mit Weißbrot zwischen die Speisenden.

„Greift zu", sagte sie. „Die Ciabatta habe ich heute frisch gebacken." Lächelnd schenkte sie einen Rotwein ein, so intensiv gefärbt, als leuchtete die Sonne aus ihm heraus.

Nach den Sardellen und der Pasta hatte Merle gedacht, bald satt zu sein, doch jetzt erwachte ihr Appetit von Neuem. Der warme, volle Duft von Tomaten, Basilikum und gebackenen Auberginen, vermischt mit geschmolzenem Parmesan stieg ihr verführerisch in die Nase.

„Du bist eine Königin der Küche", sagte sie zu Giovanna. Dann zuckte sie zusammen. Klang das übertrieben? Mario mit seinen Schmeicheleien hatte wohl auf sie abgefärbt.

Doch Giovanna schien sich über das Kompliment zu freuen. Sie hatte bestimmt Stunden in der Küche gestanden, um dieses Festessen vorzubereiten. „Lasst es euch schmecken", sagte sie. „Die Auberginen kommen frisch aus meinem Garten."

Merle langte zu und staunte selbst, dass sie immer noch mit Appetit aß. Es war wirklich ein kulinarisches Erlebnis.

„Es schmeckt alles viel intensiver als zu Hause", sagte sie. „Kommen die Tomaten auch aus deinem eigenen Garten?"

„Vom Feld", mischte Tommaso sich ein. „Ich habe sie mitgebracht. Hier auf dem Tisch machen sie mehr Freude als in der Konservenfabrik."

„Und das Öl stammt von unseren eigenen Oliven", setzte Giovanna hinzu. „Du hast ja bei der Ankunft unseren Olivenhain rund um die *fattoria* gesehen."

„Und den Wein habt ihr auch selbst angebaut?" Merle war neugierig.

„Nein." Giovanna schüttelte den Kopf. „Wir haben ihn in unserem Lieblingsweingut in Castelbuono gekauft. Es liegt nur zehn Kilometer von hier entfernt."

Merle wischte sich den Mund ab und prostete Giovanna mit dem erhobenen Weinglas zu. „Auf die großartige Köchin."

Alle stießen miteinander an, und Merle trank einen Schluck. Der Wein perlte ihr kühl die Kehle hinunter, wärmte sie dann aber von innen, als hätte er Sonnenstrahlen gespeichert.

„Und der Parmesan kommt auch aus einer Käserei hier in der Nähe?", fragte Merle.

„Parmesan?", fragte Giovanna.

„Ist das keiner?" Merle deutete auf die goldbraune Kruste des Auberginenauflaufs.

„Es ist Pecorino", antwortete Giovanna. „Auch ein Hartkäse, aber aus Schafsmilch."

„Natürlich", murmelte Merle. Da hatte sie sich ja gründlich vergriffen. Wie konnte man Kuhmilchkäse mit Schafsmilchkäse verwechseln?

„Aber du hast recht", antwortete Giovanna. „Der Pecorino stammt aus einer Käsemanufaktur in einem Bergdorf hier in der Nähe. Sie gehört einer Freundin von mir und ihrem Mann, und wenn sie mich besucht, schenkt sie mir immer ein großes Stück. Ihr habt Glück. Vor ein paar Tagen war sie da. Den Mozzarella habe ich allerdings im Supermarkt gekauft. Dort ist er zwar nicht so gut, aber einfach viel billiger."

Giovanna hatte ja erzählt, dass sie alles Mögliche unternahmen, um Geld zu verdienen. Da war es kein Wunder, dass sie versuchte, hier und da zu sparen.

„Auch wenn ihr euer Programm habt – die Vatersuche – müsst ihr euch unbedingt Cefalù anschauen", sagte Tommaso. „Es kann nicht sein, dass Merle praktisch in Cefalù war und die Stadt nicht gesehen hat."

„Morgen fahren wir zum Frühstück dorthin", antwortete Mario.

„Und vergiss nicht, ihr den Dom zu zeigen", fügte Tommaso hinzu.

„Oh, ich dachte, ihr frühstückt hier", sagte Giovanna enttäuscht. „Zusammen mit unseren Feriengästen."

„Ja, ab übermorgen", antwortete Mario. „Wir werden uns doch deine Cornetti nicht entgehen lassen."

Bei der Parmigiana di Melanzane hatte Merle sich bescheiden bedient, obwohl sie so lecker war. Ihr Hunger reichte einfach nicht für all die Köstlichkeiten aus, die Giovanna zubereitet hatte.

Jetzt stand Giovanna auf und räumte den Tisch ab. Gleich darauf kam sie mit vier Kelchgläsern zurück, in denen sich eine weiße, cremige Masse befand.

„Oje", sagte Merle. „Ich bin pappsatt."

„Eine kleine Granita al Limone passt immer rein", gab Giovanna zurück. „Das ist ja eigentlich nur Zitronensaft und Luft."

„Und Zucker", setzte Tommaso mit einem Augenzwinkern hinzu. „Sonst wäre sie nicht so lecker."

„Hast du sie mit einer Eismaschine gerührt?“, fragte Merle.

Giovanna lachte. „Nein, ich selbst war die Eismaschine. Ich habe die Schüssel alle 45 Minuten aus dem Eisfach genommen und die Granita mit dem Zauberstab püriert. Das funktioniert genauso gut.“

Merle kostete das im Mund zerschmelzende Eis und stieß einen begeisterten Seufzer aus. „Einfach köstlich“, sagte sie. Ihr Mund und ihre Nase waren gefüllt mit einer schaumigen Wolke von süßem, eiskaltem Zitronenduft. Und Giovanna hatte recht. Auch das passte noch bis zum letzten Löffelchen in ihren Bauch.

„So lecker“, sagte sie schließlich. „Giovanna, wir fühlen uns extrem geehrt. Vielen Dank für dieses köstliche Mahl. All diese frischen, sonnensatten Zutaten. Dagegen kann jedes Restaurant einpacken.“

„Trotzdem wollen wir euch morgen Abend ins Restaurant einladen“, fügte Mario hinzu. „Gibt es dieses Fischlokal beim Hafen von Cefalù noch?“

„Sí“, antwortete Tommaso. „Es ist immer noch eines der besten Lokale der Stadt.“

„Dann also morgen dort“, sagte Mario.

Kapitel 27

Am nächsten Morgen saßen sie in Cefalù vor einem Café und genossen die Aussicht auf den Platz und die wuchtige Kathedrale. Merle biss in ihr Cornetto, und ihr Mund füllte sich mit köstlicher Vanillecreme.

Das Cornetto duftete nach Butter und Vanille. Der feinblättrige Teig erinnerte an ein Croissant, schmeckte aber süßer. Die Vanillecremefüllung gab dem Frühstücksgenuss den letzten Kick.

Die Sonne schien, doch jetzt, am frühen Vormittag, war die Temperatur noch angenehm mild. Auch der Platz lag ruhig und beschaulich da. Ein älteres Paar bestieg gerade die Treppe zum Dom, zwei Freundinnen schlenderten plaudernd zum Einkaufen und einige weitere Passanten waren unterwegs, doch das Auge konnte überall verweilen, ohne von einem Menschengewimmel abgelenkt zu werden.

Die ockergelb verputzten, traditionsreichen Häuser mit den schmiedeeisernen Balkonen vor den bodentiefen Fenstern und das graue Steinpflaster des Platzes ergänzten einander perfekt. Es war einer der schönen alten Plätze, wie sie für Italien so typisch sind. Vor dem Dom wehten die Wedel einiger Palmen im leichten Wind.

Eine Katze mit rötlichem Fell tigerte an den Frühstückstischen vorbei. Sie sah gesund und gut genährt aus, war gewiss keine Streunerkatze. Nicht weit von Merle blieb sie sitzen und putzte sich.

Der Betrieb im Café war ruhig, sodass sie sofort bedient wurden. Merle nippte am Schaum ihres Cappuccinos und ließ sich ihr Cornetto erneut schmecken.

„Der Dom sieht aus wie eine kleine Festung", sagte sie mit vollem Mund zu Mario, der ihr an dem runden Tischchen gegenübersaß. „Vor allem die Türme. Als hätte man sie als Bergfried nutzen wollen."

„Da ist was dran", antwortete Mario. „Die Normannen waren ziemlich wehrhaft. Die Kirche wurde im 12. Jahrhundert erbaut, und sie hatten Sizilien erst eine Generation zuvor von den Arabern erobert." Er sah Merle in die Augen. „Dich würde ich auch gern erobern", sagte er. „Wie ein sizilianischer Normanne."

Merle grinste. Marios Worte wirkten ein wenig lächerlich, aber sie wusste, wie ernst es ihm damit war. Sie streckte behutsam die Hand aus und strich über Marios Finger. Es war die erste körperliche Annäherung, die von ihr ausging, aber die entspannte italienische Atmosphäre machte sie lockerer. „Du hast mich schon erobert", sagte sie. „Im Herzen." Sie legte ihre Hand auf den Tisch und deutete auf ihren Ehering. „Du weißt, dass ich verheiratet bin. So ein Ehegelübde gibt man für sein ganzes Leben ab."

Er verzog das Gesicht zu einem gequälten Lächeln. „Im Moment ist meine Aufgabe einfach nur, dich mit Sizilien bekannt zu machen. Aber man darf ja noch träumen, oder?"

„Wir sollten überlegen, wie wir heute vorgehen“, wechselte Merle das Thema. „Wir haben eine lange Liste abzuarbeiten.“

„Ich habe einen Vorschlag“, gab Mario zurück. „Was hältst du davon, dass ich die Angelo Di Dios einfach anrufe? Ich kann ihnen die entscheidenden Fragen stellen, und wenn einer sich als der Richtige erweist, können wir sofort hinfahren.“

„Nein“, widersprach Merle. „So möchte ich es nicht machen. Ich möchte die Männer vor Ort aufsuchen. Dabei sein, wenn du mit ihnen sprichst. Mir ein Bild von allem machen. Es ist auch eine gute Möglichkeit, Sizilien kennenzulernen.“

„Indem wir kreuz und quer von Nord nach Süd und von West nach Ost fahren? Gibt es nicht schönere Arten, ein Inselparadies zu erfahren? Eine Wanderung in den Bergen, ein Tag am Strand, die Besichtigung dieser Kathedrale hier?“ Er zeigte auf den Dom. „Drinnen sind spektakuläre Mosaike. Oder wir könnten auf La Rocca steigen. Den großen Felsenberg von Cefalù hast du ja aus der Ferne gesehen. Oben befinden sich eine Festung und ein antiker Tempel. Und man hat eine wunderbare Aussicht auf die Stadt und das Meer.“

„Wir sollten lieber einen Plan machen, wie wir mit möglichst kurzen Strecken von einem Angelo Di Dio zum nächsten kommen.“ Merle zog das Blatt mit dem Ausdruck aus den Pagine bianche aus der Hosentasche. Dort waren die elf sizilianischen Angelo Di Dios mit ihren Adressen versammelt. Sie holte ihr Handy hervor und begann, die Städte in den Adressen mit Google Maps abzugleichen. Bald geriet sie ins Schwitzen, weil

ihr auf dem kleinen Handy-Display die Übersicht verloren ging.

„Vielleicht werden wir viele Angelos auch gar nicht
antreffen. Die meisten Männer sind tagsüber bei der
Arbeit. Dann kurven wir umsonst in der Gegend
herum“, wandte Mario erneut ein.

„Der Mann, den ich suche, wird zu Hause sein“, entgegnete Merle. „Er ist schließlich über siebzig und sollte
längst seine Rente genießen.“

„Na gut“, sagte Mario. Er streifte ihre Hand, als er
nach dem Ausdruck griff und die Adressen studierte.

Sie spürte die Wärme seiner Finger wie ein absichts-
volles Liebkosen.

„Hier fangen wir an“, sagte er und deutete auf eine
Zeile. „Palermo.“ Er fuhr mit dem Finger über weitere
Adressen. „Dann Santo Stefano di Camastra. Und dann
Randazzo. Alles befindet sich innerhalb eines Radius
von weniger als hundert Kilometern um Cefalù. Palermo liegt im Westen, die anderen beiden Städtchen
im Osten.“

Kapitel 28

Sie hatten den Mietwagen in einem Parkhaus abgestellt und gingen nun durch enge Altstadtgassen. Manche Häuser wirkten baufällig, andere waren vor Kurzem renoviert worden, und ihre Fassaden leuchteten fröhlich in der Sonne. Am Straßenrand parkten Autos und sorgten für schmale Bürgersteige, wo Bürgersteige nicht ganz fehlten. Doch die engsten Gassen waren für den Verkehr gesperrt.

Merle ging neben Mario her. Muntere Menschen kamen ihnen entgegen, als sie einen Platz betraten, und aus einer ockergelb verputzten Osteria mit hölzernen Fensterläden schallte ein italienischer Schlager. Es roch nach gebratenem Fleisch und Kräutern. An den Tischen saßen Einheimische, die beim Reden lebhaft gestikulierten, leger, aber schick gekleidet – und Touristen mit Baseballkappen und T-Shirts.

„Hier in La Kalsa gab es einmal ein Ghetto für die Ärmsten der Armen", erzählte Mario, während sie durch die Straßen und Gassen weitergingen. „Die Häuser in dem Altstadtviertel waren vollkommen heruntergekommen, teilweise sogar noch Kriegsruinen, also der ideale Nährboden für Verbrechen und die Mafia. Abends wagte sich hier keiner auf die Straße. Doch diese Zeiten sind vorbei. Die Mafia ist nicht besiegt, aber doch zurückgestutzt worden. Die Straßen sind heutzutage sicher. Damit erlebt La Kalsa eine Renaissance."

Merle deutete auf die Tische eines Restaurants, die den Rand eines kleinen Platzes einnahmen. Sie waren nur teilweise besetzt. „Jetzt ist nicht so viel los, aber abends ist das hier ein Flanierviertel, oder?"

„O ja, da drängen sich schon mal die Passanten. Vor allem junge Leute."

„Piazza S. Francesco 3", las Merle von ihrem Ausdruck der Pagine bianche ab. „Ist es noch weit?"

Mario konsultierte Google Maps und bog in eine Gasse ein, die zu schmal für Autoverkehr war. Dort kamen sie gleich an zwei Weinhandlungen vorbei. *Etna bianco* las Merle in Kreide auf einer Schiefertafel und darunter: *Etna rosso.* „Ist das Wein vom Ätna?", fragte sie Mario.

„Genau. Im Lavaboden am Fuß des Ätna gedeiht großartiger Wein, vollmundig und aromatisch. Wir kommen dort vorbei, wenn wir den Angelo Di Dio in Randazzo aufsuchen. Dann wirst du es selbst sehen. Und vielleicht auch kosten."

Sie gelangten zu einem kleinen Platz, an dessen Kopfende die Fassade einer mittelalterlichen Kirche aufragte, die nicht groß, aber mit einem reich verzierten Portal geschmückt war. Rund um den gepflasterten Vorplatz standen dreigeschossige alte Stadtgebäude mit schönen Holztüren, die meisten Häuser renoviert und ockergelb verputzt. Alle hatten schmiedeeiserne Balkone, auf die Oleander, Bougainvilleas und andere Sträucher leuchtende Farben zauberten.

„Jetzt sind wir gleich da“, sagte Mario und wandte sich ihr zu. „Das ist unser erster Versuch. Bestimmt klappt es nicht gleich beim ersten Mal, aber ich wünsche dir, dass du Erfolg hast. Vor allem, dass dein Vater ein Mann ist, den zu suchen sich lohnt.“

„Ja“, sagte Merle. „Das wünsche ich mir auch.“ Ihr Herz klopfte, aber sie wusste nicht, ob wegen Marios Nähe oder der Begegnung, die ihr vielleicht bevorstand.

Mario ergriff ihre Hand und drückte sie. Sie hielt die seine einen Moment lang umfangen, fühlte ihre Festigkeit und Wärme. Sie konnte Ermutigung gebrauchen. So vieles geschah hier. Die stetig wachsende Nähe zu Mario. Die Suche nach ihrem Vater. Der herzliche Empfang durchs Marios Verwandte und Merles heftig erwachte Liebe zu Sizilien. Das alles versetzte sie in einen inneren Aufruhr, der süß und köstlich war, aber doch auch fordernd und anstrengend. Kein Wunder, dass sie nachts schlecht schlief.

Mario trat zu einer großen, hohen Haustür direkt neben einem Ristorante und klingelte. Sie warteten. Waren sie umsonst hierhergekommen, dachte Merle. Oder würde gleich ein alter Mann öffnen? Es war unwahrscheinlich, dass ihre Suche so schnell Erfolg hatte. Trotzdem wartete sie gespannt.

Beide Alternativen erwiesen sich als falsch. Die Tür ging auf, und ein junger Kerl, der sein weißes Hemd offen trug, sah ihnen neugierig entgegen.

„Ciao“, sagte der braun gebrannte Mann, auf dessen Brust sich ein dichter Busch schwarzes Haar kräuselte.

„Mi scusi.“ Mario fuhr dann in einem Wortschwall fort, den Merle nicht verstand. Nur den Namen Angelo Di Dio hörte sie heraus.

„Sì, sono io." Der junge Mann nickte. Merle sah ihn enttäuscht an.

„Che peccato", sagte Mario. Wieder wechselten sie mehrere Sätze auf Italienisch.

„Oh", sagte der junge Angelo dann. Er musterte Merle von oben bis unten. Dann lächelte er freundlich. „Du biste mein deutsch Schwestere? Vielleischt?"

Merle blieb fast der Mund offenstehen. Hatte sie tatsächlich gleich beim ersten Versuch Glück? „Dein Vater heißt ebenfalls Angelo Di Dio?", fragte sie.

„Ja, auche Angelo Di Dio. Wie ische."

Der junge Mann hatte einen so starken Akzent, dass Merle sich Mühe geben musste, ihn zu verstehen. „Ist er hier?", fragte sie.

„Nischte hiere. Milano. In Ma-iland."

„Hat er vielleicht einmal in Deutschland gearbeitet?"

„Sí, in Deutschlande. In ..." Er stockte. „Habe ische Name vergesse."

Merle schwieg. Mussten sie jetzt nach Mailand fahren? Ganz in den Norden Italiens? Nicht kreuz und quer durch Sizilien, sondern der Länge nach vom Absatz des Stiefels bis zu seinem nördlichen Abschluss?

„Ische telefoniere. Jetzte gleische. Komme mite."

Er hielt ihnen die Tür weit auf, und sie folgten ihm durch einen engen, dunklen Flur und eine Holztreppe hinauf.

„Deutsche große Schwester iste super. Hoffentlische du biste."

Sie traten durch eine Wohnungstür in einen kleinen Flur, von dem mehrere Zimmer abgingen. Sie kamen an einer Küche vorbei, in der zwei junge Männer kochten, während aus einer dieser kleinen elektronischen Krachboxen Hip-Hop schmetterte.

Angelo führte sie in ein hohes Altbauzimmer, in dessen Ecke er ein Hochbett aufgebaut hatte, unter dem ein halb geöffneter Vorhang die Sicht auf eine Kleiderstange und ein paar Kleiderfächer freigab.

Mitten auf dem Couchtisch stand tatsächlich ein Festnetztelefon. In dieser Wohnung eines jungen Mannes kam es Merle altertümlich vor.

„Haben die jungen Leute heutzutage nicht alle nur noch Handys?", fragte sie Mario erstaunt.

Angelo schnappte die Bemerkung anscheinend auf. Er verstand Deutsch vielleicht besser, als er es sprach. „Mobilfunk Empfange hier iste Scheise", sagte er. Er grinste verlegen. „Iste schleschte, meine ich", fügte er hinzu. Er setzte sich aufs Sofa und tippte eine Kurzwahl an. Merle hörte das Tuten des Freizeichens. Dann eine männliche Stimme. Die beiden redeten eine Weile auf Italienisch. Merle vernahm mehrfach ein energisches „non, non" aus dem Hörer, dann schließlich ein verlegenes Lachen. Bekannte sich Angelos Vater jetzt zu Sex in Deutschland?

„Iste möglische", sagte Angelo augenzwinkernd zu Merle gewandt.

„Wo hat er gelebt?", fragte Merle.

Wieder ein kurzer Wortwechsel auf Italienisch. „Tübingen", sagte der junge Angelo dann.

Von Heimlingen aus nicht gerade um die Ecke. Aber doch möglich. Ihr Herz schlug bis zum Hals. War er das? Würde dieser Mann, falls er wirklich ihr Vater war, sie sehen wollen? Und sie selbst? Könnte sie ihm verzeihen? Wäre dann alles gut?

„Wann?", fragte sie. „Wann war er da?"

Wieder ein kleiner Austausch auf Italienisch. Dann: „Anfange Jahre neunzige."

Merles hoch geschraubte Erwartungen stürzten ab und hinterließen in ihrem Inneren ein flatteriges Gefühl, das sie nicht recht fassen konnte. War es Enttäuschung? Oder eher Erleichterung? „Zu spät", sagte sie. „Dafür bin ich zu alt."

Angelo wechselte noch ein paar Worte mit seinem Vater und legte dann auf. „Schade", sagte er. „Doch nischte große deutsche Schwester."

„Komm, wir laden dich unten auf eine Pizza ein", sagte Mario.

„Danke, gern. Unten iste nischte Pizza-Ristorante, aber iste Ristorante."

Sie setzten sich an den letzten freien Tisch, der draußen vor der Osteria stand, und bestellten. Merle fragte sich, ob die Mahlzeit so gut sein würde, wie der Platz stimmungsvoll war. Die hoch aufragende Kirche mit ihrem mittelalterlichen Portal, die großen Torbögen der Häuser, die blühenden Sträucher auf den Balkonen, die liebevoll gestaltete Front des Restaurants, all das stimmte sie froh. Falls das Essen zum Ambiente passte, hatten sie einen großartigen Lunch vor sich.

Als Antipasto wählte sie Tintenfischsalat, und als sie in das feste Fleisch biss, war sie von ihrer Wahl überzeugt. Dann aber dachte sie, dass die Karotten und der Sellerie, die zum Gericht gehörten, kaum Geschmack hatten, als hätten sie eine Woche in der Küche gelegen und vor sich hin geschrumpelt. Gewürze schienen völlig zu fehlen. Vielleicht war es so wie fast immer. Dort, wo man am spektakulärsten saß, war das Essen oft am schlechtesten. Die Wirte schöpften die Laufkundschaft ab, und die Touristen, die nur ein einziges Mal kamen, brachten so viel Geld ein, dass der Koch sich nicht mehr ins Zeug legen musste. Anscheinend war Angelo kein Restaurantkenner.

„Woher kannst du Deutsch?", fragte Mario, nachdem er ein paar Bissen gegessen und Wein getrunken hatte. „Hast du es in der Schule gelernt?"

„Nischte Schule", antwortete Angelo. „Goethe-Institut. Ische studiere, äh, Ingegneria in Università. Ingengeria?" Er sah Mario hilfesuchend an.

„Ingenieurwissenschaften", übersetzte der.

„Nach Master vielleischte ische gehe nach Deutschlande. Gute Arbeite, gute Gelde."

Als secondo piatto hatten sie alle drei Pasta ch'i Sardi bestellt. Sie warteten zehn Minuten, bis der Kellner servierte. Als er die Teller vor ihnen auf den Tisch geknallt hatte und Merle kostete, hätte sie beinahe ausgespuckt. Die Nudeln konnte man nicht al dente nennen, sie waren einfach nur hart. Schlimmer aber, die Sardinen schmeckten so tranig, als hätten sie seit Tagen in der Sonne vor sich hingegammelt. Da halfen auch der Fenchel, die Pinienkerne, die Rosinen und die orientalischen Gewürze nichts mehr. Das Gericht war einfach nur schlecht. Merle legte ihre Gabel weg. Sie und Mario wechselten einen Blick.

„Das müssen wir uns nicht gefallen lassen", sagte Merle. Angelo machte ein verlegenes Gesicht, nickte aber. „Entschuldigunge“, sagte er. „Ische nischte gegesse in Ristorante. Ische keine Gelde für Ristorante.“

Mario rief den Kellner, und eine längere lautstarke Diskussion auf Italienisch folgte. Schließlich legte Mario einen Schein auf den Tisch, gerade genug, um die Antipasti und den Wein zu bezahlen. Dann standen sie auf.

„Ische kenne gute Focacceria“, sagte Angelo. „Iste wirkliche gute. Ische esse ofte da.“

Sie gingen ein Stück durch die engen Gassen, bis sie zu einem Straßenverkauf kamen. Davor herrschte ein richtiges Gewimmel. Merle hatte den Eindruck, dass die Kundschaft vor allem aus jungen Sizilianern bestand. Das hier war keine Touristen-Neppbude.

„Nehmt Focaccia con milza e polmone“, sagte Angelo. „Iste gute.“

Mario besorgte für jeden eine belegte Foccacia, und bald zeigte sich, dass Angelos Empfehlung passte. Das Fladenbrot mit den würzigen Innereien unter geschmolzenem Käse war saftig und lecker. Zwar nur Streetfood, aber um Längen besser als so manches Essen, das im Ristorante teuer serviert wurde.

Wenig später verabschiedeten sie sich von Angelo, und Merle gab ihm ihre Kontaktdaten für den Fall, dass er irgendwann tatsächlich nach Deutschland kam. Dieser junge Mann wäre schließlich fast ihr Bruder geworden.

Kapitel 29

In Santo Stefano di Camastra fuhren sie direkt in die Via Vittoria ein – sie war ein Abschnitt der Hauptstraße. Links und rechts sah man die bunten Auslagen von Keramikgeschäften, deren Waren an den Hauswänden hingen und in und vor den Schaufenstern aufgebaut waren. Als das Navi die Ankunft meldete, fanden sie einen Parkplatz direkt vor dem Haus. Die Hausnummer, die Merle aus den Pagine bianche kannte, prangte auf einer bemalten Keramikkachel neben der großen gläsernen Tür, und hinter Tür und Schaufenster wetteiferten bunte Keramikobjekte miteinander um die Aufmerksamkeit der Passanten.

Dicht an dicht sah Merle große Dekoteller, bunt bemalte Schalen, reich verzierte Vasen und übergroße, farbenfroh und prachtvoll bemalte Keramikköpfe mit einer Krone darauf. Zwei dieser Köpfe trugen unter der Krone eine orientalische Kopfbedeckung, ein weiterer hatte ein braunes Gesicht.

Auf dem Bürgersteig vor dem Fenster stand außerdem ein runder Tisch mit Stahlgestell und einer darauf ruhenden, mit bunten Ornamenten bemalten Keramikplatte, deren reich verschnörkeltes Muster fast orientalisch wirkte. Merle fand es hinreißend. So einen

Tisch hätte sie gern für ihren Garten in Heimlingen. Ob sie ihn schicken lassen könnte?

Dann fiel ihr ein, dass sie derzeit bei Bea wohnte und ihrem Haus und Garten den Rücken gekehrt hatte. Alles war so unsicher. Würde sie wieder zu Kurt in ihr altes Heim zurückkehren? Oder hatte sie eine Zukunft mit Mario vor sich? Sie wusste es nicht. Sie konnte sich nicht entscheiden, und solange das so war, wäre so ein Tisch, und sei er noch so schön, überflüssiger Ballast. Sie verbannte alle Gedanken an Kurt aus ihrem Kopf und beschloss, für die nächsten Tage ganz in Sizilien zu sein und nicht an ihr kompliziertes Zuhause zu denken.

„Dieser Angelo Di Dio verkauft wohl Töpferware“, sagte sie zu Mario.

„Wie die anderen Läden hier“, antwortete er und wies auf die Geschäfte gegenüber.

Sie betraten einen kleinen Verkaufsraum, dessen Regale über und über mit leuchtend bunter Ware gefüllt waren. Merle drückte ihre Handtasche an sich, um in der Enge nicht mit einer unvorsichtigen Bewegung eine Vase von einem Regal zu fegen. Die leuchtend bunt bemalten Teller, Vasen und Schüsseln und die lustigen Köpfe machten gute Laune. Vielleicht war dieser Angelo Di Dio ja ein fröhlicher Mensch.

Mario fragte eine Verkäuferin nach ihrem Chef und redete eine Weile mit ihr. Merle war froh, dass er all diese Gespräche für sie übernahm. Wäre sie allein hier, nur mit dem Google-Translator im Handy bewaffnet, wäre alles viel schwieriger. Neben den Gefühlen, die sie für Mario hegte, teilten sie eine Kameradschaftlichkeit und ein müheloses Einverständnis, die die Reise an sich schon zu einem glücklichen Unternehmen machten.

Egal, was dabei herauskam. Seine Hilfsbereitschaft war ein Segen, und sie würde sie niemals vergessen.

Die Verkäuferin schaute erst zögernd, nickte aber schließlich und führte sie in die Töpferei, die hinter der Verkaufsfläche lag. Sie kamen in einen Raum, der ebenfalls mit Keramik gefüllt war, doch diese Ware war frisch gebrannt und noch nicht glasiert. Das gleichförmige gelbliche Grau des Tons ließ die Objekte trotz ihrer unterschiedlichen Formen ähnlich wirken. Sie standen auf mehreren Tischen, die um einen großen Brennofen gruppiert waren.

Die Verkäuferin führte sie weiter, und sie gelangten in eine Werkstatt, in der ein grauhaariger Mann saß. Aus weichem Ton baute er einen fast schon fertigen Keramikkopf auf, der vor ihm auf einem Schemel stand. Die Verkäuferin redete kurz mit dem Mann. Anscheinend war er ihr Chef, also wohl Angelo Di Dio.

An einem Tisch saß eine zweite Künstlerin, die weitere bereits weiß glasierte Keramikköpfe vor sich stehen hatte und mit einer neuen Schicht Glasur bemalte.

Mario sprach Angelo Di Dio an, und der schaute kurz zu ihm auf, setzte seine Arbeit aber fort. Mario erklärte ihm die Lage, und der Töpfer schüttelte den Kopf.

Di Dio erzählte etwas, und Mario hörte zu und übersetzte. „Er macht gerade eine testa di moro: Den Kopf des Mauren. Er hat jung geheiratet und möchte dir jetzt eine alte Volkssage erzählen, um zu erklären, warum er als Mann aus Santo Stefano seiner Ehefrau immer treu war.“

Der Mann hielt noch immer den Kopf gesenkt und arbeitete an dem Keramikkopf. Der Kopf war hohl und oben offen, eigentlich eine Vase. Angelo Di Dio schloss jetzt den oberen Rand ab, während er erzählte. Seine Stimme klang freundlich und leise. Er hielt nach einigen Sätzen inne, damit Mario übersetzen konnte.

„Die Sage geht so: Die Mauren hatten Sizilien erobert und herrschten dort bis ins elfte Jahrhundert. In dieser Zeit lebte in Santo Stefano eine junge Frau mit einer Haut so zart wie Pfirsichblüten und Augen so blau, als spiegelte sich das Meer darin. Das Mädchen liebte die Pflanzen auf seinem Balkon und verbrachte viel Zeit mit ihrer Pflege. Einmal kam ein junger Maure vorbei und verliebte sich in die Schöne. Er war so leidenschaftlich entbrannt, dass sie bald seine Liebe erwiderte. Doch dann gestand er ihr, dass er aufs Festland zurückkehren müsse, weil er dort eine Frau und Kinder habe.“

Der Töpfer hatte das Gefäß fast abgeschlossen und arbeitete inzwischen an der Krone, während Mario weiter übersetzte. Noch immer mit dem Keramikkopf beschäftigt, fuhr Angelo Di Dio ohne aufzublicken fort: „Das Mädchen wartete die Nacht ab, und als der Maure schlief, schlug sie ihm den Kopf ab. Sie machte daraus einen Topf, pflanzte Basilikum hinein und stellte ihn auf den Balkon. So musste der Maure nun für immer bei ihr bleiben.“

Di Dio war fertig und strich mit nassen Händen über sein Werk, um es zu glätten. Dann schaute er auf. „Und darum“, sagte er, „würde ich meine Frau niemals betrügen.“ Er grinste. „Diese Geschichte ist mir eine Warnung.“ Er stand auf und wusch sich die Hände an einem großen Waschbecken.

„Ich würde meine Frau auch niemals betrügen, wenn ich eine hätte“, sagte Mario zu Merle. Im Gegensatz zu

Di Dio lachte er nicht. Er sah sie mit seinen dunklen Augen ernst an und hielt ihren Blick fest. „Niemals", wiederholte er.

Merle durchlief ein Schauer. Betrog sie selbst Kurt mit Mario? Oder vielleicht umgekehrt Mario mit Kurt? Welchem Mann fühlte sie sich stärker verbunden? Welcher von beiden musste die Existenz des anderen stärker als Verrat empfinden? Die Geschichte vom geköpften Mauren holte ihre unbewussten Schuldgefühle an die Oberfläche. Ihr bebendes, schwankendes Herz kostete sie so viel Kraft. Und gleichzeitig tat ihr Marios Nähe so gut, dass sie nicht darauf verzichten wollte. Dennoch – eine Entscheidung musste folgen. Sobald die Sizilienreise vorbei war, gelobte sie sich, würde sie diese treffen.

Di Dio trocknete sich die Hände ab und begrüßte Merle und Mario mit Handschlag. Wieder erklärte er Mario etwas, und der übersetzte: „Die Nachbarinnen des Mädchens beneideten sie um ihr üppig wachsendes Basilikum und wollten auch solche Töpfe haben. Darum ließen sie Maurenköpfe aus Keramik herstellen und säten ihre Pflanzen hinein. So ist Sizilien zu seinen Maurenköpfen gekommen und ich zu meinem Beruf."

Er zwinkerte ihr zu, und Merle dachte an den Spruch ihrer Mutter: Die Italiener flirten, wie sie atmen. Sie war nicht überzeugt, dass das Ehetreugelübde dieses Di Dios aufrichtig war. Es spielte jedoch keine Rolle, weil er trotz seiner grauen Haare kaum älter aussah, als sie es war. Er konnte unmöglich ihr Vater sein.

Kapitel 30

Sie waren auf dem Weg zum dritten Angelo Di Dio des Tages, und das Navi geleitete sie über den rissigen Asphalt der Hauptstraße von Randazzo. Gesäumt von älteren zweigeschossigen Gebäuden ohne besonderen Charme, wirkte die Stadt ärmlich. Merle war froh, als sie sie hinter sich zurückließen.

Nach einer Strecke, die zwischen Feldern und vereinzelten Ansiedlungen verlief, bogen sie auf eine Nebenstraße ab, die schnurgerade über eine Ebene auf eine Bergkette zuführte. In der Ferne ragte ein hoher Berggipfel zwischen niedrigeren Berggraten empor. War der Nebel, der darüber schwebte, eine Wolke oder sah sie wirklich Rauch? „Ist das da vorn der Ätna?", fragte sie Mario.

„Ja", antwortete der. „Ist er nicht eindrucksvoll?"

Das fand Merle eigentlich nicht. „Aus der Ferne wirkt er eher klein", entgegnete sie.

Mario lachte. „Er ist über dreitausend Meter hoch. Der höchste Vulkan Europas."

„Na ja", sagte Merle, „wir sind einfach noch zu weit weg, als dass er wirklich majestätisch wirken könnte. Ist das, was ich über dem Gipfel sehe, Rauch?"

Mario nahm kurz den Blick von der Straße und schaute hin. „Ich denke schon", sagte er. „Oder ist es eine Wolke? Aus der Ferne kann man es nicht genau erkennen."

„Fahren wir noch dichter an den Gipfel heran?", fragte Merle. Sie hatte große Lust, den mächtigen Vulkan aus der Nähe zu sehen. Doch bevor Mario auf ihre Frage eingehen konnte, schaute Merle aufs Navi. „Ach nein. In weniger als einem Kilometer sind wir da."

Die Landschaft hatte sich geändert. Zu beiden Seiten der Straße sah man nun Geröllfelder und Geröllhaufen, die fast so wirkten, als wären Gebäude in Schutt und Asche gelegt worden und nur noch Trümmer zurückgeblieben. Die Steine waren groß, so groß wie Leichtbausteine, aus denen man Häuser errichtet und viele auch noch viel größer. Sie waren zackig und scharfkantig und lagen wild durcheinander. Geröll war nicht das richtige Wort dafür. Über ein Geröllfeld könnte man gehen. Dieser Steinschutt dagegen sah so aus, als könnte man ihn unmöglich betreten, ohne sich die Knöchel zu brechen.

Wo keine Steine lagen, wuchsen vereinzelte, braun verdorrte Pflanzen. Alles sah sehr trocken aus. Links der Straße zog sich in einiger Entfernung ein struppiges Wäldchen entlang, schüttere Bäumchen und Gestrüpp, das die Wasserknappheit vertrug. Macchia.

Hier und da standen einzelne Häuschen, und schließlich gelangten sie zu einem kleinen, in einem schönen Rot-Ton gestrichenen Landgut. Hier meldete das Navi, dass das Ziel erreicht sei. Sie fuhren unter einem hölzernen Torbogen hindurch, auf dem in großer weißer Schrift „Tenuta di Dio" stand, und hielten auf der Stellfläche vor dem Haupthaus. Ein Kleinbus parkte ebenfalls dort, und gerade stiegen die Passagiere aus. Es war eine Gruppe von acht Touristen, die laut miteinander schwatzten. Merle erkannte die Sprachmelodie sofort, auch wenn sie keine Worte verstehen konnte. Sie redeten alemannisch. Das hier waren Leute aus Südbaden. So weit weg von zu Hause fühlte es sich heimatlich an.

„Bestimmt machen die eine Weinprobe", sagte Merle. „Lass uns fragen, ob wir uns ihnen anschließen können. Wir sagen erst einmal nicht, was wir wollen. Wir sollten das Geschäft der Di Dios nicht stören."

Aus dem Haupthaus kam ein älterer Herr mit grauem Haar und dunklem, von der Sonne verbranntem Teint und stellte sich in fast perfektem Deutsch als der Senior des Weinguts vor, Angelo Di Dio. Als Merle ihn bat, an der Führung teilnehmen zu dürfen, nannte er den Preis und willigte freundlich ein.

Könnte dieser Mann ihr Vater sein? Das Alter würde passen. Auch dass er so gut deutsch sprach, ließ es möglich erscheinen. Er musste sich eine Weile in Deutschland aufgehalten haben.

Die Südbadener standen erwartungsvoll herum. Sie warteten auf den Beginn der Führung.

Angelo Di Dio begann seinen Vortrag. „Unsere Tenuta ist ein hundertsechzig Jahre alter Familienbetrieb. Das Anwesen wurde immer wieder vom Vater auf den Sohn vererbt. Diese lange Tradition erkennen Sie in unseren alten Rebstöcken, in jedem Stein unserer Mauern und jeder Lavakrume des Bodens. Kommen Sie mit." Er führte die Gruppe ein Stück die Straße entlang bis zu einer Rebfläche. Dies hier war keine Hanglage des Ätna, sie lag vielmehr in der Ebene am Fuß des mächtigen Bergmassivs. Dicke, knorrige Rebstöcke zogen sich in langen Spalieren Reihe für Reihe über das Feld. Die großen, lappigen, mehrfach gezipfelten Weinblätter sorgten für üppiges Grün, und dazwischen hingen rötliche Beeren in dichten Trauben, noch nicht erntereif und klein. Um das Feld war ein Mäuerchen aus Lavasteinen aufgeschichtet.

„Diese Rebstöcke sind fast hundert Jahre alt", erzählte Angelo Di Dio. „Mein Großvater, auch er schon in der dritten Generation, hat diesen Weinberg angelegt, in harter Knochenarbeit die Steine vom Feld gesammelt und diese kleine Mauer Stein für Stein zusammengetragen. Er hat Rebstöcke gepflanzt und gepflegt, die nach ihm mein Vater übernommen hat und nach meinem Vater ich. Wir sind stolz auf unsere Familientradition und führen sie in die nächste Generation fort."

Das klang nicht so, als würde dieser Mann sich freuen, sein Kuckuckskind zu treffen, das er in einem Nest in Deutschland zurückgelassen hatte. Bei seiner stolzen Reihung von Vätern und Söhnen und seiner heiligen Familientradition. Merle schluckte. Sollte sie ihre Suche wirklich durchziehen? Sollte sie sich diesem familienstolzen Mann als mögliche verschollene Tochter vorstellen?

Angelo Di Dio bückte sich und hob eine Handvoll Erde vom Boden auf. „Diese Erde ist der Schatz unserer Tenuta", fuhr er fort. „Die Lavaerde des Ätna lässt mit ihren Mineralien die Kraft des Vulkans in unsere Weine fließen. Sie speichert das Wasser und gibt es langsam ab, sodass unsere Rebstöcke nie zu feucht und nie zu trocken stehen. Die Sonne verleiht dem Traubensaft seine Süße, aber die kühle Luft, die vom Ätna herabstreicht, sorgt für ein ganz besonderes Mikroklima, das man nur hier findet. All das verleiht unserem Wein ein unverwechselbares Aroma."

Er führte sie zu einem kleinen alten, aus Naturstein errichteten Nebengebäude. Sie traten ein. „Hier zeige ich Ihnen den ganzen Stolz unserer Tenuta", fuhr Angelo Di Dio fort. „Wir haben die alte Weinpresse meiner Vorfahren liebevoll restauriert und wieder in Betrieb genommen. Noch heute keltern wir Wein darin."

Die Gruppe versammelte sich um eine Vorrichtung aus mächtigen Holzbalken, in der mittels eines Gewindes und eines steinernen Gewichts der Saft aus den Trauben gepresst wurde. Ein leeres Fass stand unter der Presse und wartete darauf, die Beeren aufzunehmen.

„Die Trauben für Weißwein werden gleich nach der Ernte gepresst. Die Rotweintrauben machen dagegen vorher eine mehrtägige Gärung durch."

Ob die Di Dios wirklich ihren ganzen Wein in diesem altertümlichen Fass pressten? Merle konnte es kaum glauben. Bestimmt hatten sie noch eine andere, eine moderne Presse.

Sie kehrten ins Haupthaus zurück und stiegen eine tiefe Treppe in einen großen Gewölbekeller hinab. Links und rechts eines langen Gangs standen große Holzfässer. In der Luft lag ein Geruch von Wein, von Holz und von Stein. Ein Geruch, als wäre er aus dem Mittelalter aufgestiegen, um die Besucher an verflossene Epochen zu erinnern.

„Auch dieser Keller stammt noch aus der Zeit meines Urgroßvaters", erzählte Angelo Di Dio. „Durch seine tiefe Lage und die Natursteinwände sind Temperatur und Raumfeuchtigkeit genau richtig. Die Holzfässer entsprechen unserer Tradition und verleihen unseren Weinen ihre eigene Note. Hier reifen sie zu ihrer vollen Güte."

Sie stiegen die Treppe nach oben, und alle setzten sich um einen großen, runden Tisch. Angelo Di Dio rief einem Mädchen, das sich im Raum befand, etwas zu. Sie war vielleicht siebzehn oder achtzehn und hatte langes schwarzes Haar und dunkle Augen. Die Stimme Angelo Di Dios, die beim Vortrag eben noch so freundlich und geschmeidig geklungen hatte, war jetzt befehlend und herrisch. Merle dachte plötzlich, dass sie nicht die Tochter dieses Mannes sein wollte – ein eindeutiges und überwältigendes Gefühl. Angelo Di Dio mit seiner direkten Erblinie vom Vater zum Sohn konnte ihr gestohlen bleiben. Wer es nicht schaffte, höflich mit seiner Angestellten umzugehen, sollte nicht Teil von Merles Familie werden.

Das Mädchen stellte eilig ein kleines Glas vor jeden Gast, öffnete die erste Flasche und schenkte ein. Der helle Weißwein floss gluckernd in die kleinen Trinkgefäße und erfüllte die Luft mit seinem Duft. Merle nahm einen Schluck des kühlen Getränks mit einem frischen, doch kräftigen Aroma. Was auch immer gegen Angelo Di Dio sprach, das hier war zweifellos ein guter Wein. Sie würde ein paar Flaschen davon kaufen. Zur Erinnerung an ihren Beinah-Vater.

Die Weinprobe ging weiter. Merle trank die Gläschen aus, während Mario, der noch fahren musste, den Wein in ein bereitstehendes Gefäß spuckte. Wie er aß auch Merle zwischendurch immer ein Stück Weißbrot, doch sie merkte zunehmend, dass ihr der Wein zu Kopfe stieg. Es war ein angenehmes Gefühl. Sie fühlt sich beschwingt und heiter. Auch die anderen Gäste tranken ihren Wein aus, und in der Runde wurde erzählt und gelacht.

„Woher kannst du so gut Deutsch?", fragte einer der Südbadener Angelo Di Dio.

„Ich habe in den Siebzigerjahren in Freiburg Önologie studiert, am Staatlichen Weinbauinstitut", erzählte er stolz.

Hatte Merle sich verhört? Nein, es war klar und deutlich in ihr Ohr gedrungen.

„Damals habe ich den modernen Weinanbau gelernt, aber seitdem bilden mein Sohn und ich uns ständig fort. Wir sind immer auf dem neuesten Stand."

Etwas in Merle rastete ein. Angelo Di Dio hatte sich also nicht weit von der Gegend aufgehalten, in der ihre Mutter gelebt hatte, und zwar zur einschlägigen Zeit. In den Siebzigerjahren. Er war wahrscheinlich ihr Vater. Als sie das dachte, kochte eine plötzliche, sie selbst überrumpelnde Wut in ihr hoch. Ja, er war der Mann, der ihre Mutter verführt hatte. Der Mann, der dafür gesorgt hatte, dass ihre Kindheit so unglücklich war. Der Mann, dessentwegen ihre Mutter sie nicht geliebt hatte. Er war der Schuft. Und auch wenn seine Nase nicht an ihre erinnerte, er war letztlich der Mann, der ihr den Zinken vererbt hatte. Sie knallte ihr Weinglas auf den Tisch.

„Du Mistkerl!", schrie sie plötzlich. „Du hast meine Mutter geschwängert und sitzen lassen." Gut, immerhin sprach sie noch nicht lallend. Stockbetrunken war sie also nicht. „Du hast mich gezeugt und bist einfach

abgehauen. Gib es zu. Du warst Anfang der Siebzigerjahre in Deutschland und hast mit meiner Mutter gevö-
gelt."

Die Südbadener starrten sie verständnislos an. Angelo Di Dio jedoch reagierte gar nicht verblüfft. Er
schaute so, als verstünde er nur zu gut. Sein Gesicht
verzerrte sich vor Wut. Er lief puterrot an. „Wage es!",
schrie er. „Wage es nur, von mir die Vaterschaft einzu-
klagen!" Er schlug mit der Faust auf den Tisch und
sprang auf. „Ich will keine Erben aus Deutschland.
Keine Erben und keine Erbinnen. Ich kann mich wehren. Ich habe mich gewehrt und werde mich wieder
wehren. Glaub mir, du geldgierige Schlampe! Aus dir
wird keine Erbin. Verschwinde aus meinem Haus. Verschwinde von meinem Anwesen. Verzieh dich. Hau
ab."

Auch Merle sprang auf. „Ich scheiße auf dein Erbe.
Ich wünschte, es hätte dich nie gegeben. Ich wünschte,
ich hätte dich nie gesehen. Ich wünschte, du wärest in
deinem Sizilien verreckt, bevor du meine Mutter mit
deinen dreckigen Pfoten angefasst hast."

Sie wollte weiterschimpfen, doch Mario packte sie
am Arm und zog sie hinter sich her. Erst als sie bei ihrem Mietwagen angelangt waren, blieb er mit ihr stehen. Er sah sie bestürzt an. „Was war das?"

„Das war die Wut", antwortete Merle. Sie zitterte am
ganzen Körper. „Er hat meine Familie kaputtgemacht.
Er hat meine Kindheit kaputtgemacht. Ich hasse ihn."

Mario fasste sie mit beiden Händen an den Schultern.
„Beruhige dich", sagte er.

Sie schluchzte vor Wut und Erregung. Ihr Herz hämmerte in den Ohren, und sie bekam kaum Luft. „Er ist

schuld", stieß sie hervor. „Hätte er meine Mutter und mich nicht im Stich gelassen, wären wir eine glückliche Familie gewesen. Meine Mutter hätte mich geliebt. Ich wäre nicht das schmutzige, kleine Geheimnis gewesen, von dem jeder wusste und von dem keiner sprach."

Mario strich ihr sanft übers Haar, und sie drückte das tränennasse Gesicht an seine Brust. Er legte die Arme um sie, zog sie an sich und wiegte sie. „Alles ist gut", sagte er. „Du bist eine wunderbare Frau, egal wie deine Kindheit war. Sei froh, dass dieser Mistkerl dich nicht großgezogen hat."

Merle blickte auf. Er hatte recht. Sie hatte ihren lieben deutschen Papa gehabt. Diesen Drecksack hatte sie gewiss nicht vermisst.

Er wischte ihr die Tränen von den Wangen und umfing ihr Gesicht mit den Händen. „Ich bin so froh, dass er dich gezeugt hat", sagte er und sah sie liebevoll an. „Sonst gäbe es dich nicht. Und ohne es zu wissen, würde ich dich furchtbar vermissen."

Wie gut, dass Mario dabei war. Dass sie nach dieser schrecklichen Begegnung nicht allein auf dem Parkplatz stand, nur sie, ihr Handy und die Tränen in ihren Augen. Es war ein Segen, dass Mario ihr zur Seite stand und ihr Trost spendete.

Er legte die Lippen auf ihre, und Merle fand einen Moment lang Zuflucht vor ihrer Enttäuschung. Seine Lippen waren so zart und voll, seine warme Zunge bildete eine Einheit mit ihrer. Wie zwei Ranken, die aus demselben Boden wachsen und sich verschlingen, dachte Merle. Hier wurzelten sie gemeinsam. Im sizilianischen Boden, trotz allem.

In diesem Moment hörte sie, wie sich hinter ihr etwas bewegte. Eilige Schritte kamen heran. Sie lösten sich voneinander und sahen, dass das Mädchen mit den langen schwarzen Haaren aus dem Hauptgebäude stürzte. Atemlos blieb sie vor Merle stehen.

„Du biste nischte erste", sagte sie. „Mann ware da. Letzte Jahre. Alt wie du. Sagt Babbo iste vielleischte sein Vater."

Babbo? Hieß Babbo Papa? Das Mädchen war also keine Angestellte? Konnte Angelo Di Dio der Vater dieser Achtzehnjährigen sein?

„Babbo sagt zu Mann, hau ab. Mann klagt jetze vor Gerichte. Wille Gentest mache."

Das Mädchen schüttelte den Kopf. „Ich finde nischte richtige, dass babbo nischte ja sagt zu Gentest." Sie zupfte einige ihrer schwarzen Haare aus der Kopfhaut. „Ische gebe dir Haare. Bin ische Tochter von Babbo. Vielleischte bin ische deine Schwester. Mach du selber Gentest. Babbo iste alte Mann. Iste alt und denkte wie alte Mann. Ische will junge leben. Ische wille studiere, nischte heirate. Babbo nischte gut."

Sie wollte Merle die Haare reichen, doch die wehrte ab. Da streckte Mario die Hand aus und nahm sie entgegen. „Vielen Dank dir", sagte er. „Danke für deine Hilfe."

Und schließlich riss auch Merle sich zusammen und fand die richtigen Worte: „Danke für deinen Mut."

Kapitel 31

Auf der Rückfahrt sprachen sie nicht viel. Mario trat aufs Gas, denn sie waren bald mit Tommaso und Giovanna in dem kleinen Fischrestaurant in Cefalù verabredet. Merle kaute wütend auf ihrem Abscheu herum. Das also war ihr Vater. Er lehnte sie noch mehr ab als sie ihn. Falls das überhaupt möglich war. Diesem Mann traute sie ohne Weiteres zu, dass er ihre Mutter schwanger im Stich gelassen hatte. Einen schrecklicheren Vater hatte sie sich in ihren schlimmsten Albträumen nicht ausgemalt. Wer weiß, mit wie vielen Frauen dieser Angelo geschlafen hatte. Vielleicht lauter One-Night-Stands. Mehr als seine Gene hatte er nicht hinterlassen. Und mit Glück wusste die Frau, die er flachgelegt hatte, vielleicht seinen Namen. So wie Merles Mutter und die Mutter des Mannes, der jetzt gegen Di Dio prozessierte, um wenigstens seine Abstammung zu klären.

Mario und sie schwiegen fast während der gesamten Fahrt. Sie waren beide damit beschäftigt, das Geschehene zu verdauen. Schließlich fing Mario aber doch an zu reden. „Trotz allem stammst du zur Hälfte aus Sizilien", sagte er. „Auch wenn dein Erzeuger sich nicht zu dir bekennt. Aber was ist er schon? Er war nur ein Bote, der dir deine Gene überbracht hat. Ein *Angelo Di Dio.*

Diese Gene kommen letztlich nicht von ihm. Sie stammen aus diesem Land mit seinem wunderbaren Gemisch aus vielen Völkern, mit seiner heißen Sonne und dem Feuer, das unter der Erde lodert. Sie sind dein Erbe, egal wie gemein dein Erzeuger sich verhält."

Merle nickte. Es war so lieb von Mario, dass er versuchte, sie zu trösten. Und vielleicht hatte er ja recht. *Ein Engel Gottes hat mir meine Gene gebracht*, dachte sie. *Meine sizilianischen Gene.*

Sie kamen zur gleichen Zeit wie Tommaso und Giovanna auf dem Parkplatz des Fischrestaurants an und begrüßten sich mit Küssen. Dabei hatten sie eine Viertelstunde Verspätung. Vielleicht kannten sich die Brüder aus Kinderzeiten so gut, dass sie instinktiv wussten, wann der andere eintreffen würde.

Das Fischrestaurant lag an der Strandpromenade von Cefalù, eine kleine Terrasse bot Aussicht aufs Meer. Es war acht Uhr, die beliebteste Zeit fürs Abendessen. Die Tische waren alle besetzt, bis auf einen, zu dem der Kellner sie führte. Zum Glück hatte Mario am Morgen telefonisch reserviert.

Das Restaurant war ein liebevoll restauriertes, zweigeschossiges Natursteingebäude mit hölzernen Fensterläden, auf dessen Terrasse weit aufgespannte quadratische Schirme die Gäste vor der Sonne schützten. Mit einem großen, wie ein Fisch geformten Schild aus Eisenblech warb es für seine Menüs. Stimmigerweise hieß es Ristorante al pescatore.

Ihr Tisch stand direkt an der Steinbrüstung der Strandpromenade, und Merle ließ den Blick aufs Meer hinausschweifen. Eine leichte Brise kräuselte die Wellen und strich ihr sanft übers Gesicht. Der Wind raschelte in den Wedeln der beiden Palmen, die am Rand der Terrasse standen. Nach diesem aufregenden und am Ende auch verstörenden Tag empfand sie es als Wohltat, hier ruhig und freundschaftlich in dieser friedlichen Abendatmosphäre zu sitzen.

Sie bestellten eine Flasche Weißwein und jeder ein Menü. Merle spürte, wie sie sich langsam entspannte. Dass dieser alte Winzer ihr Vater war, kam ihr schon nicht mehr so schlimm vor. Er mochte sein, wer er war, aber sie war trotzdem sie selbst. Sie hatte fast fünfzig Jahre ohne ihren Erzeuger überstanden, und so würde es für den Rest ihres Lebens bleiben. Ja, und?

Sie und Mario erzählten von dem anstrengenden Tag, und Tommaso und Giovanna hörten aufmerksam zu.

„Bist du sicher, dass dieser Mann dein Vater ist?", fragte Giovanna. „Er mag ja Kinder gezeugt haben, aber es ist nicht gesagt, dass du dazugehörst."

„Es ist sehr wahrscheinlich", antwortete Merle. In diesem Moment kam der Kellner und servierte die Antipasti. Neugierig kostete sie ihr Vitello Tonnato. Das Kalbfleisch war hauchdünn geschnitten, und sie schmeckte die sanfte Würze der Kapern und des Zitronensafts in der Thunfischsoße. Nicht zu viel und nicht zu wenig. Alles harmonierte. Das Restaurant hier war ein kulinarischer Tempel und kein Neppladen wie der von heute Mittag.

„Es ist sogar sehr wahrscheinlich, dass er mein Vater ist", griff sie den Faden wieder auf. „Er hat so reagiert, als hätte er in Deutschland eine ganze illegitime Brut hinterlassen. Heimlingen ist nicht so weit von Freiburg entfernt. Vielleicht war meine Mutter für einen Einkaufsbummel in Freiburg und hat ihn dort kennengelernt."

„Und ist dann gleich mit ihm ins Bett gehüpft?", fragte Mario. „Mit diesem Widerling? Ist das wahrscheinlich?"

„Sie war ja fast noch ein Kind", antwortete Merle. „Und er muss Charme haben. Sonst hätte er sich keine Ehefrau angeln können, die so viel jünger ist als er, dass er jetzt eine siebzehnjährige Tochter hat."

„Vielleicht ist das Mädchen schon zwanzig", entgegnete Mario. „Und sieht nur jünger aus."

„Siebzehn Jahre, zwanzig Jahre. Wo ist da der Unterschied?" Merle schnaubte. „So oder so, er ist ein Charmeur."

Mario sah sie liebevoll an. „Charme hast du auch", sagte er. „Ob ihr nun verwandt seid oder nicht, das hast du mit ihm gemeinsam."

„Er kann mir gestohlen bleiben mit seinem Charme", schimpfte Merle.

Sie aßen eine kurze Weile schweigend, und Merle ließ sich das zarte Kalbfleisch auf der Zunge zergehen. Sie schmeckte unter der Soße hindurch, dass es in einem leckeren Sud aus Weißwein und Suppengrün gekocht worden war, mit einem Hauch von Lorbeer und Nelken. Wie schlecht auch immer dieser Tag gelaufen war, der Abend versprach den perfekten Abschluss und machte manches wieder gut.

„Vielleicht solltet ihr trotzdem noch die anderen Angelo Di Dios aufsuchen", regte Tommaso an. „Du kannst es nicht wissen. Vielleicht ist ein wirklich netter Mann darunter, der dein Vater ist."

„Ich glaube nicht recht daran“, sagte Merle. „Wahrscheinlich ist es nicht.“ Sie sah Mario kurz an und nickte. „Kannst du vielleicht mit den anderen Angelo Di Dios telefonieren? Dann könnten wir noch ein paar Tage richtig Urlaub machen.“

Mario nickte. „Natürlich. Das hatte ich ja heute Morgen schon vorgeschlagen.“

Als der secondo piatto kam, machte Merle sich über ihren Schwertfisch her. Mit seinen Oliven, Zwiebeln und Kapern war er das perfekte Gericht aus Sizilien.

„Weißt du“, sagte Merle, „die nächsten Tage nutzen wir, um uns wirklich zu erholen. Sonne, Meer und Dolce vita. Was meinst du?“ Sie fühlte, wie sie sich unter diesen netten Menschen mit leckerem Essen und Abendsonne über dem Meer immer mehr entspannte.

Mario nickte. „Das sind die Worte einer klugen Frau.“

Kapitel 32

Sie hielten sich an Merles Vorschlag und genossen die nächsten Tage. Auf dem goldenen Sandstrand tankten sie Sonnenstrahlen, schwammen dann im Meer und kühlten sich ab.

Am nächsten Tag rafften sie sich trotz des heißen Sommerwetters auf und fuhren zum Ätna.

Dort nahmen sie an einer geführten Wanderung zum Gipfel teil, und beim Aufstieg genossen sie die Aussicht auf die schwarzen Lavahänge, und auf Wälder, Weinberge, Städte und Felder, die der majestätische Dreitausender ihnen bot.

Oben angekommen, marschierten sie am Rand eines qualmenden Kraters entlang. Beim schwindelerregenden Blick in die Glut dachte Merle an das Glosen und Glimmen in ihrem eigenen aufgewühlten Inneren. Auch dort loderte eine Kraft, die hervorbrechen und ihr altes Leben mit Kurt endgültig zerstören konnte. Die Liebe war eine gewaltige Kraft, doch auch gefährlich. Manchmal hinterließ sie auf ihrem Weg nichts als schwarze Schlacke, auf der nie wieder etwas gedieh.

Auf eigene Faust wanderten sie an einem anderen Tag im Naturschutzgebiet der *Monti Madonie*, und Mario zeigte Merle eine der seltenen Nebrodi-Tannen, die

zwischen steinigen Gipfeln und Macchia mit ihren tief-
grünen Nadeln hoch zum Himmel aufragte. Sie sam-
melten wilden Fenchel, wildes Basilikum, wilden Thymian, Kapern und andere Kräuter und Gewürze, wie
Mario es schon in seiner Kindheit getan hatte. Damit
verfeinerten sie leckere Gerichte, die Tommaso und
Giovanna genüsslich mit ihnen verspeisten. Giovanna
überließ ihnen großzügig ihre Küche und ließ gerne zu,
dass Merle und Mario gemeinsam darin kochten. Zu
diesen Essen luden sie auch mehrmals Marios Eltern
ein, die in Cefalù ihren Altersruhesitz hatten und Merle
mit großer Herzlichkeit begegneten.

Manchmal küssten Merle und Mario einander,
manchmal war die Anziehung einfach zu stark, aber
weiter gingen sie nicht. Es half, dass sie in verschiedenen Zimmern schliefen, und sie ließen es dabei. Still-
schweigend hatten sie sich darauf geeinigt, diesen Urlaub einfach zu genießen, ohne irgendeine Entscheidung herbeizuzwingen.

Sie hätten noch Wochen auf diese Weise Urlaub machen können, doch der Tag des Abflugs kam viel zu
schnell.

Als sie in zehntausend Metern Höhe über den Wolken
flogen, sie ihr nach Pappe schmeckendes Bordmenü gegessen und den säuerlichen Bordkaffee getrunken hatten, die Wolken den Blick auf die Erde verhüllten und
es wirklich nichts mehr zu tun gab, stellte Merle Mario
eine Frage, obwohl sie die Antwort schon kannte, denn
sonst hätte Mario ihr längst eine freudige Botschaft
überbracht. „Hast du sie angerufen?“, fragte sie.

Mario wusste sofort, wovon sie sprach. „Die Angelo Di Dios meinst du?", fragte er. „Ja." Er zuckte mit den Schultern.

„Ich hatte also recht", sagte Merle. „Auf Sizilien gibt es keinen anderen Angelo Di Dio, der mein Vater sein könnte."

„Zumindest keinen, der in den Pagine bianche steht. Es leben auch noch einige Angelo Di Dio im restlichen Italien. Mit denen habe ich ebenfalls telefoniert."

„Ich wusste es ja", sagte Merle. „Dieser alte, böse Sack mit dem Weingut, der ist mein Erzeuger."

Mario legte den Kopf schief. „Das hätte ich fast vergessen", sagte er. Er klopfte sich auf die Brusttasche seiner Jacke. „Ich habe noch die Haare des schwarzhaarigen Mädchens. Du weißt schon, der Tochter des Winzers."

„Hm", machte Merle. Dann schwieg sie. Sie könnte Gewissheit erlangen. Ja, das wäre eine gute Lösung. „Man könnte einen Gentest machen", sagte sie.

„Prepare for Landing", ertönte eine leise Stimme aus dem Bordlautsprecher.

Kapitel 33

Am Abend nach dem Rückflug saß Merle mit Bea auf dem Balkon. Merle hatte jedem ein Glas menthe à l'eau gemacht, und das Getränk leuchtete sattgrün in den Gläsern. Sie erzählte von der Reise, bis sie zu der Begegnung mit dem Winzer kam.

„Er war schlimmer, als ich mir meinen Erzeuger jemals vorgestellt hatte. Ein arroganter Patriarch, der seine Tochter wie eine Billiglohnkraft herumgescheucht hat. Ohne ein bitte oder danke. So was kann ich gar nicht haben. Ich selbst habe in meiner Familie viel zu wenig Anerkennung bekommen. Deshalb bin ich ja gegangen. Ich weiß, wie das ist."

Bea nickte. „Ein Arbeitnehmer würde kündigen, wenn er so behandelt würde."

„Aber sie hat sich gerächt." Merle schaute auf das Abendrot. Es erinnerte sie an die Sonnenuntergänge im Urlaub. „Sie hat mir ein Haar von sich gegeben."

„Ja und?" Bea war verblüfft.

„Damit kann ich einen Test machen, einen Gentest. Und dann habe ich Gewissheit."

„Und was, wenn sie wirklich deine Halbschwester ist?" Bea sah sie besorgt an.

„Dann hake ich meinen Erzeuger ab und denke nur noch an die Schönheit Siziliens. Zu dieser Insel habe ich ein Band geknüpft, ganz unabhängig von ihm."

„Du empfindest die Insel als einen Ort, wo du Wurzeln hast?"

„Genau. Und mit Menschen wie Mario fühle ich mich verwandt. Mario hat etwas sehr Kluges gesagt: Mein Erzeuger war nur der Bote, der meine Gene überbracht hat. Die Gene meiner sizilianischen Abstammung. Der Bote ist nicht wirklich wichtig."

Bea hob lächelnd ihr Glas. „Trotzdem bin ich sehr gespannt auf das Ergebnis des Gentests."

Dann hatte der Arbeitsalltag Merle wieder fest im Griff. Erneut hieß es Pizzen backen und belegen, bis der Schweiß troff. Als sie erschöpft von dem anstrengenden Tag aus der Pizzeria trat und auf ihr Handy schaute, sah sie, dass Frau Sutter sie angerufen hatte. Sie rief zurück.

„Ach, meine liebe Merle", begrüßte Frau Sutter sie am Telefon. Das machte Merle gleich misstrauisch. Seit wann war Frau Sutter so honigsüß? Die nächsten Worte bestätigten ihren Verdacht.

„Seien Sie mir nicht böse. Ich habe einen Anschlag auf Sie vor."

„Ja?", fragte Merle vorsichtig.

„Wissen Sie, ich habe mit Ihrer Tochter geredet, der Sara. Ihre Tochter sagte, Sie würden das bestimmt für mich tun."

„Mit Sara?", fragte Merle. „Wieso reden Sie mit Sara?" Die Sonne brannte noch immer heiß herab, und Merle ging zum Fluss, um ein bisschen Kühle zu tanken.

„Für fünfzig alte Leute wird ein Abholservice organisiert. Ist das nicht großartig? Das hätte ich den jungen Leuten niemals zugetraut. Die lassen uns nicht im Stich.“

Merle schlüpfte aus den Sandalen und setzte sich ans Flussufer. „Ein Abholservice? Für was?“, fragte sie.

„Ihre Tochter ist wirklich eine energische junge Frau. Die weiß, was sie will. Sie ist bei dieser Initiative und organisiert alles.“

„Die Bürgerinitiative?“, fragte Merle. „Gegen das Neubaugebiet?“

„Wir alten Leute werden praktisch enteignet“, sagte Frau Sutter. „Unsere Lebensleistung ist nichts mehr wert. Das hat Sara gesagt.“

Hetzte Sara jetzt die Seniorinnen auf? „Wohin soll ich Sie fahren?“, fragte Merle. Sie konnte nur vermuten, was Frau Sutter im Sinn hatte. Sie telefonierte schon eine Weile mit ihrer ehemaligen Chefin und war noch immer so schlau wie zuvor.

„Ich will nächste Woche zur Demonstration“, sagte Frau Sutter. „Zur Demonstration gegen das Neubaugebiet. Und jemand muss mich fahren.“

„Dann soll Sara Sie doch fahren“, sagte Merle. „Wenn sie ohnehin alles organisiert.“

„Aber da sind doch noch die fünfzig anderen. Oder dreiundfünfzig. Oder sechzig. Meine Freundinnen. Deren Freundinnen. Meine neuen Freundinnen aus der Seniorenresidenz. Deren Freundinnen. Und alle meine Bekannten, die in Heimlingen alte Häuser besitzen. Die vor allem.“

Merle staunte. Konnte Sara das wirklich organisiert haben? Wahrscheinlich hatte Frau Sutter in den letzten

Tagen pausenlos telefoniert. Merle konnte sich lebhaft vorstellen, wie sie ihre Freundinnen mit ihrer diktatorischen Art aufstachelte und auf Trab brachte.

„Findet die Demonstration nicht vor dem Rathaus statt?“, fragte Merle.

„Ah, Sie sind informiert!“

„Von der Seniorenresidenz bis zum Rathaus sind es doch höchstens fünfhundert Meter.“

„Meine liebe Merle“, sagte Frau Sutter. „Wissen Sie, wie weit fünfhundert Meter im Alter sind?“

Merle dachte daran, wie mühselig Frau Sutter gegangen war, und gab ihr recht. „Halten Sie so eine Demonstration überhaupt durch?“, fragte sie.

„Ich brauche meinen Rollator. Mein Rollator muss mit. Auf den kann ich mich setzen.“

Merle zog ihre Schuhe aus und tauchte die Füße ins kalte Bergwasser. Es war ein eisiger Schock, von dem ihr fast das Herz stehen blieb. Gleich darauf stieg eine himmlische Kühle von ihren Füßen auf und wanderte durch ihren Körper.

„Sie wissen ja, dass ich die Frau des Bürgermeisters bin“, sagte Merle. „Ich kann nicht einfach bei einer Demonstration gegen die Stadt mitmarschieren.“

„Wieso?“, fragte Frau Sutter. „Sind Sie kein freier Bürger?“

Merle dachte an Kurt. An seine und Saras endlose Streitereien wegen des Neubaugebiets. An ihren eigenen Wunsch, dass sie damit aufhören sollten. Sie wollte mit Kurt nicht über Politik streiten. Sie hatten genug eigene Probleme.

„Ich kann Sie hinbringen“, sagte Merle. „Aber vor Ort müssen Sie ohne mich klarkommen.“ Ihre Ansage war klipp und klar.

Frau Sutter schwieg einen Moment pikiert. „Gut“, sagte sie dann. „Einer von den jungen Leuten wird mich nach Hause fahren. Hauptsache, ich bin erst einmal da.“

Kapitel 34

Wenige Tage nach ihrer Rückkehr von Sizilien trug Merle ein weinrotes Cocktailkleid im Lagenlook und Ballerinas. Sie hatte ihre Perlenkette angelegt und kleine Diamantstecker glitzerten an ihren Ohren.

Kurt und sie standen mit anderen Gästen, die ebenfalls festlich gekleidet zur Einweihungsfeier erschienen waren, in der neuen Heimlinger Stadthalle. Ratsherren und –frauen, die Vorsitzenden der Heimlinger Vereine, Vertreter der Heimlinger Geschäftswelt, der Architekt der Stadthalle sowie die Handwerksmeister, deren Betriebe daran mitgebaut hatten. Fast alle hatten ihre Ehe- oder Lebenspartner an der Seite.

Ein Sektempfang erwartete sie. Merle hatte es immer genossen, mit Kurt an festlichen Anlässen teilzunehmen. Ihr, die Tag für Tag im Hotel Sonne Gäste empfangen und umsorgt hatte, gefiel es, einmal selbst umsorgt zu werden. Andererseits konnte nichts sie mehr erzürnen als schlampiger Service, denn sie selbst tat alles für ihre Gäste und erwartete, wenn sie selbst der Gast war, umgekehrt ebenso viel Sorgfalt.

Merle schaute sich in der neuen Halle um. Der Empfangsbereich war hoch und weit und bot durch große, getönte Scheiben einen Ausblick auf den Platz vor der

Halle. Nach innen wurde das Entree von einer Holzwand abgeschlossen, und dahinter lagen die als Wunder an Flexibilität gepriesenen Säle. Nachher würde man sie bei einem Gang durchs neue Haus besichtigen.

Neben Tabletts mit Gläsern mit Sekt oder Sekt Orange wurden kleine Teller mit Fingerfood gereicht, und Merle ließ sich ein paar Häppchen geben. Zusätzlich zu einer panierten Riesengarnele und einer kleinen Frikadelle suchte sie ein Crêpe-Röllchen mit einer appetitlich bunten Füllung aus, Lachs und Dill, wie sie in Erfahrung brachte.

Kurt nahm nur ein Glas Orangensaft.

Merle knabberte an der Gamba. Die Panade war würzig und scharf, sie schmeckte asiatisch. Nicht schlecht. „Probier mal", sagte sie und schob Kurt die Gamba zwischen die Lippen. Plötzlich kam ihr der Gedanke, wie vertraut sie miteinander umgingen. Wer sie beobachtete, würde nicht denken, dass Merle bei ihrer Schwester wohnte, weil ihre Ehe in der Krise war. Er würde eine liebevolle Ehefrau sehen, die einen Leckerbissen mit ihrem Mann teilte. Sobald sie zusammen waren, erwies sich die Gewohnheit der jahrzehntelangen Ehe als stärker als die paar Wochen der Trennung.

Kurt deutete mit einer Kopfbewegung auf Schätzle, der in der Saalmitte stand, umringt von einem halben Dutzend Herren. Es sah aus, als ob er Hof hielte.

„Schätzle und seine Getreuen", sagte Kurt. „Der Kern des Widerstands."

„Gegen was?", fragte Merle.

„Gegen alles, was ich tue. Wenn ich im Rat etwas vorschlage, kann ich mir sicher sein, dass seine Spezis dagegen opponieren."

„Dann musst du eben die anderen Ratsherren hinter dich bringen."

„Die Männer dort drüben geben in der CDU den Ton an. Und die stellt im Rat die Mehrheit."

Schätzle, der sie entdeckt hatte, löste sich aus dem Kreis seiner Anhänger und steuerte direkt auf Kurt und Merle zu.

„Guten Tag, liebe Frau Spiegelhalder", sagte er leutselig.

Die Liebenswürdigkeit konnte nur gespielt sein. Merle wusste, dass er dachte, er hätte sie kürzlich mit Mario ertappt, und dass er sie bei Kurt angeschwärzt hatte.

Trotzdem beschloss sie, die Gelegenheit zu nutzen, ihn zu ihrer Werbeaktion einzuladen, denn er war ein Mann, an dem sich andere orientierten. Also berichtete sie ihm vom geplanten Badischen Abend und von der Verlosung, die am nächsten Sonntag stattfinden sollte. „Man kann etwas gewinnen. Eine Schwarzwälder Kirschtorte. Bringen Sie Ihre Familie mit. Oder Ihre Freunde."

Als Schätzle antwortete, sah er nicht Merle an. Lag es an seinem aggressiv auf Kurt gerichteten Blick, dass seine Worte trotz ihres freundlichen Inhalts fast wie eine Drohung wirkten?

„Vielleicht komme ich mit meinen beiden Enkeltöchtern. Sie können an keiner Losbude vorbeigehen."

Merle bemerkte aus dem Augenwinkel, dass sich jemand näherte. Es war Frau Schätzle, die ihren Mann im Gespräch mit Kurt und ihr entdeckt hatte.

„Schön, dass du auch einmal ein paar Schritte ohne deine Gang machst, Hubert", sagte sie.

Merle wunderte sich über den giftigen Tonfall von Frau Schätzle. Beim Ex-Bürgermeister hing offensichtlich ebenfalls der Haussegen schief.

Als Frau Schätzle Merle und Kurt begrüßte, klang sie freundlich: „Als mein Mann die Wahl verloren hat, habe ich mich ehrlich gesagt gefreut. Ich dachte, endlich hätte er einmal mehr Zeit. Tatsächlich verreist er nun aber fast jedes Wochenende im Auftrag der Partei. Und bei jeder Veranstaltung umgibt er sich mit seiner Gang von Parteifreunden."

„Sie verreisen im Auftrag der CDU?", fragte Kurt den ehemaligen Bürgermeister verwundert. „Ich dachte, die Heimlinger CDU kümmert sich um Heimlingen?"

Schätzle wirkte überrumpelt. Merle merkte trotz des Lichts, das durch die getönten Scheiben einfiel, dass Schätzles Gesicht sich rot färbte.

Ein paar Sekunden peinliches Schweigen verstrichen. Dann fand er seine Stimme wieder. „Ich rede mit diesem und jenem. Bin Vertreter hier, Vertreter da. Es geht um Informationen und Kontakte. Die Diplomatie des Elder Statesman, verstehen Sie."

Kurt lachte. „Eher schon die Diplomatie des geschassten Townhall-Mans. Was erzählt Ihr Mann denn Schönes von seinen Reisen, Frau Schätzle?"

Frau Schätzle winkte genervt ab. „Er erzählt nichts. Gar nichts."

„Frauen interessieren sich nicht für Politik", warf Schätzle ein. „Sobald es um Belange der Stadt geht, bekommt Herta einen Gähnkrampf. Nicht wahr, Liebling?"

Merle wurde das Gefühl nicht los, dass Schätzle krampfhaft versuchte, von diesem Thema abzulenken.

Frau Schätzle winkte eine Servicekraft herbei und nahm sich ein Glas Sekt vom Tablett. „Frauen interessieren sich sehr wohl für Politik", entgegnete sie und hob ihr Glas, als stieße sie auf diese Frauen an. „Wenn sie dabei etwas zu sagen haben."

„Die CDU ist immer noch eine reine Männerpartei", bemerkte Kurt. „Wenn ich mir die Runde so ansehe." Er deutete auf Schätzles Gruppe, die weiterhin beieinanderstand. „Eine einzige Stadträtin haben Sie in Ihren Reihen, oder irre ich mich, Herr Schätzle?"

Sein Vorgänger sah ihn bissig an. „Jede Frau, die bei meiner Partei anklopft, ist uns willkommen. Denken Sie doch an Frau Mbembe. Wir freuen uns über alle Frauen und insbesondere über die jungen."

Merle zupfte ein Stück von dem Crêpe-Röllchen mit Lachs und steckte es in den Mund. So schön es aussah, so durchweicht und fad schmeckte es. Ebenso wirkte Schätzles Willkommensgetue. Wo waren denn die jungen Frauen, wenn sie so freudig aufgenommen wurden? „Ich kenne einige Frauen, die sehr gern Politik machen würden", sagte sie. „Junge und alte. Einige sind sogar sehr betagt."

Schätzle lachte. „Alte Damen lassen die Kirche im Dorf und überlassen die Politik denen, die sich darauf verstehen."

Merle übergab ihren leeren Teller einer Servicekraft und nahm ebenfalls ein Glas Sekt. Dann stieß sie mit Frau Schätzle an. Es fühlte sich beinahe so an, als würden sie sich beide gegen deren Mann verbünden. „Sie werden sich wundern", sagte Merle. „Nächste Woche werden wieder viele Bürger gegen das Neubaugebiet demonstrieren. Und unter ihnen Dutzende hochbetagte Seniorinnen.“

Schätzle schüttelte den Kopf. „Wollen Sie mir mit einem Rollatorgeschwader Angst machen?“

Eine Weile später stand Merle mit Kurt allein zusammen, sie mit einem Glas Sekt in der Hand, er mit einem kleinen Teller voller Delikatessen.

„Vor den Crêpe-Röllchen habe ich dich gewarnt“, sagte Merle und deutete auf den farbenfrohen Snack. „Sie sehen besser aus, als sie schmecken.“

Kurt kostete und verzog das Gesicht. „Stimmt.“ Er sah Merle unfreundlich an. „Musstest du Schätzle unbedingt zu deiner Werbeaktion am Sonntag einladen? Er wird wieder seine Gang mitbringen. Seine Ratsherrenkumpel.“

„Genau deswegen habe ich ihn ja eingeladen“, erwiderte Merle. „Damit er noch mehr Leute mitbringt.“

„Schätzle ist ein Mistkerl. Je weniger ich von ihm sehe, desto besser.“

„Es kommt mir eher so vor, als solltest du ihn dir einmal sehr gründlich anschauen. Und ganz grundsätzlich über ihn nachdenken“, wandte Merle ein.

Kurt musterte sie überrascht. „Wie meinst du das?“

„Ist dir aufgefallen, wie verlegen er wurde, als seine Frau seine Wochenendreisen erwähnte? Er wollte nicht, dass du davon erfährst.“

„Ja“, antwortete Kurt. „Das habe ich bemerkt.“

„Ich bin mir fast sicher, dass er seine Frau betrügt“, überlegte Merle laut. „Sonst wäre er nicht so verlegen gewesen. Und ich frage mich, ob nicht noch mehr dahintersteckt. So, wie er reagiert hat, war da etwas, was gerade du nicht wissen solltest.“

„Den Eindruck hatte ich auch", sagte Kurt. „Aber was kann das gewesen sein?"

„Woher nimmt er das Geld für seine Wochenendreisen?", überlegte Merle laut. „Du kennst doch das Motto, das für alle Verdachtsfälle gilt. *Folge der Spur des Geldes.*"

„Wenn ich nur irgendetwas Konkretes in der Hand hätte", sagte Kurt. „Irgendeinen Anhaltspunkt. Dann könnte ich mich umhören. Ich könnte Frau Mbeme darauf ansprechen, ob er das Geld heimlich aus der Parteikasse der CDU nimmt. Ob er vielleicht deren Parteigelder veruntreut. Das würden ihm seine Spezis sehr verübeln. Ja, ich könnte mit der Schatzmeisterin der Partei reden. Mit Frau Mbembe."

Kapitel 35

Für den heutigen Sonntag war schönes Wetter angesagt. Perfekt. So konnte die Werbeaktion draußen
stattfinden, auf der Terrasse der Pizzeria, von der man
auf den Fluss *Wiese* schaute.

Es war so früh am Morgen, dass die Bäume lange
Schatten über den Parkplatz und auf das Restaurantge-
bäude warfen. In der Kühle lag die Frische von Morgen-
tau, und Tauperlen glitzerten in den Grashalmen.

Merle hatte beschlossen, sechsundneunzig Schwarzwälder Kirschtörtchen zu backen. Sechsundneunzig
Törtchen, weil sie vierundzwanzig Silikonförmchen
für Muffins besaß. Wenn sie Umluft verwendete, wäre
sie in vier Partien fertig.

In der Füllung eines der Törtchen würde sie das Glasherz verstecken.

Mario hatte ihr erlaubt, die Küche der Pizzeria zu be-
nutzen. Somit standen ihr zwei Backöfen zur Verfügung. Die Pizzaöfen buken zu heiß. Doch die Küche war
mit zwei weiteren Herden samt Öfen ausgestattet, alt
und ramponiert zwar, aber robust.

Zum Glück gab es für Marios riesige Teigknetmaschine auch Rührzubehör. So konnte sie den ganzen

Biskuitteig auf einmal rühren. Die Zutaten hatte sie bereits am Vortag nach der Arbeit besorgt und in der Pizzeriaküche für heute bereitgestellt.

Als sie begann, die Eier zu trennen, merkte sie gleich, dass es etwas ganz anderes war, Teig für nur ein Rezept oder für viermal vierundzwanzig Förmchen und eine Torte herzustellen. Sechs Eier trennen oder vierundfünfzig, das machte einen Unterschied. Sie sammelte die Eigelbe in einer Schüssel, gab die Eiweiße aber vorsichtshalber erst in eine Tasse, bevor sie sie von dort einzeln in die große Rührschüssel kippte. Es durfte auf keinen Fall Eigelb ins Eiweiß geraten, sonst wurde es nicht schaumig.

Den Eischnee schlug sie zuerst, obwohl sie ihn erst später benötigen würde. Aber noch war die Rührschüssel so sauber, wie es für den Eischnee nötig war. Als alle vierundfünfzig Eiweiße in der Rührschüssel versammelt waren, stellte sie das Rührwerk an. Die glibberige Pfütze verwandelte sich innerhalb von Minuten in ein schaumiges Meer aus strahlend weißem Schnee, auf dem sich wirbelförmige Wellen kräuselten. Als der Schnee steif geschlagen war, ließ Merle ihn aus der Rührschüssel in eine andere große Schüssel gleiten und stellte ihn in den Kühlschrank. Die Rührschüssel brauchte sie jetzt für den Teig.

Merle versuchte sich vorzustellen, welche Arbeit ein einfacher Biskuitteig vor der Erfindung von elektrischen Rührgeräten gemacht haben musste, als die muskulösen Arme von Hausfrauen, Küchenhilfen oder Köchinnen scheinbar endlos mit dem Schneebesen im Kreis gehen mussten.

Da hatte sie es deutlich einfacher und ließ das Rührwerk durch Butter und Zucker kreisen, bis das Ganze so steif war, dass die Quirle Spuren hineinzeichneten. Anschließend gab sie die Eier hinzu und rührte weiter. Sie mischte Mehl, Speisestärke und Backpulver, zog sie behutsam unter die Masse und riss Packungen voll Mandelmehl auf.

Für das Schokoladige der Schwarzwälder Kirschtorte gab es verschiedene Möglichkeiten, und Merle zog für sich persönlich die Variante mit geraspelter Blockschokolade vor. Die war zwar am aufwendigsten, schmeckte aber wegen der kleinen Schokostückchen am intensivsten. Die Schokolade hatte sie schon am Vortag mit Beas Küchenmaschine geraspelt.

Beim Einrühren gab sie nur wenig auf einmal hinein und ließ das Rührwerk immer nur kurz und mit Stopps laufen, um die Luft nicht aus dem Teig zu schlagen. Den Eischnee hob sie sogar von Hand unter. Sie zerlegte das riesige Schneegebirge in kleine Portionen und vergrub die strahlend weißen Schneebäusche behutsam in dem weichen braunen Teig.

Als Merle gerade die zweite Partie Törtchen im Ofen hatte, kam ihre Schwester in die Pizzeriaküche.

„Ich dachte, ich schau mal, ob ich helfen kann“, sagte Bea und schnupperte. „Hm, hier riecht es köstlich.“ Schon schnappte sie sich einen fertig gebackenen Mini-Biskuitboden und biss hinein. „Schmeckt gut“, sagte sie mit vollem Mund.

„He!“, rief Merle. „Jetzt sind es nur noch fünfundneunzig.“ Dass Bea hier herumwuselte, passte ihr gar nicht. „Du denkst wohl, eine Managerin für Rühr- und Mischwerke versteht sich von ganz allein auf alles Gerührte?“

„Ja klar, vor allem, wenn es ums Essen geht. Aber Scherz beiseite, ich wollte dir helfen, die Teigböden aufzuschneiden und zu füllen." Sie schnappte sich ein Messer und ein Törtchen, hielt es in der Hand und säbelte daran herum.

„Vorsicht!", rief Merle. Zu spät. Das Törtchen zerbröselte in Beas Händen zu dicken, flockigen Brocken.

„Vierundneunzig", sagte Merle. „Wenn du in dem Tempo weitermachst, ist bald nichts mehr übrig."

„Ich wollte doch nur helfen", sagte Bea.

Ein Geruch von Verbranntem traf Merles Nase. „Verdammt!", schrie sie und riss die Türen der Herde auf. Hastig holte sie die Förmchen heraus. Waren die Törtchen hinüber? Oben wirkten sie sehr dunkel. Tiefbraun, wenn nicht sogar schwarz. Vorsichtig löste Merle mit einem Küchenmesser den Rand der Mini-Tortenböden ab und stürzte sie. Unten waren sie ebenfalls schwarz. Sie zerbrach ein Törtchen und kostete. Die Kruste war dick und hart und schmeckte verbrannt. Da war nichts zu machen.

„Solche Törtchen wären keine Werbung für mich. Die müssen alle in den Müll", sagte sie. „Alle vierundzwanzig. Bleiben siebzig."

„Guck mich nicht so böse an", sagte Bea. „Ich kann doch nichts dafür."

Merle stieß genervt die Luft aus. „Geh raus. Geh an der *Wiese* spazieren oder schau dich in der Pizzeria um. Was auch immer, aber komm mir hier nicht mehr in die Quere."

„Uiuiui", sagte Bea, verließ aber tatsächlich die Küche.

Merle schob den Zwischenfall mit Bea energisch aus ihren Gedanken. In einem großen Topf dickte sie Sauerkirschsaft mit Speisestärke an und gab Schattenmorellen darunter. Die Kirschen anschließend mit dem Stabmixer zu pürieren, war ihre eigene Erfindung. So würde die Füllung besser auf den kleinen Tortenböden haften und nicht herausquellen.

Sie tränkte die aufgeschnittenen Böden mit Schwarzwälder Kirsch. Diesem Obstschnaps verdankte die Torte ihren Namen. Sein fruchtiger Duft kitzelte ihre Nase.

Gerade war sie dabei, die Törtchen mit Kirschenmus und steif geschlagener Sahne zu bestreichen – viele leere Päckchen Sahnesteif lagen im Altpapier –, da kam ihre Schwester wieder herein. Sie strahlte vor Begeisterung.

„Ihr habt ihn!", rief Bea. „Juhu, ihr habt ihn."

„Was haben wir?", fragte Merle. Das erinnerte sie an etwas. Es durchlief sie eiskalt. „Hab ich es?"

Sie tastete in ihren Hosentaschen, nahm dann ihre Handtasche und kramte darin herum.

„Was suchst du?", fragte Bea.

Merle sah sie geschockt an. „Das Glasherz ist weg."

„Das Glasherz ist weg?", fragte Bea. „Was für ein Glasherz?"

„Ich wollte es in der Füllung eines der Törtchen verstecken. Dort sollte es warten, bis einer es beim Essen findet. Erst das Glasherz macht die Törtchen zu Losen. Ohne das Herz hat die Aktion überhaupt keinen Sinn."

„Und du hast es zu Hause vergessen?", fragte Bea. „Soll ich es holen?"

„Ich weiß nicht, wo es ist", antwortete Merle kleinlaut. „Ich hab es wohl verloren. Was mach ich jetzt
nur?"

„Du kannst vielleicht etwas anderes nehmen", schlug
Bea vor. „Es muss ja kein Herz sein."

Merle nickte. „Dann muss ich zu mir nach Hause, in
Kurts und mein Zuhause meine ich. Um etwas auszusuchen. Aber ich hab keine Zeit. Ich muss noch die restlichen Törtchen und die große Torte füllen und verzie-
ren."

Bea zog sich einen Ring vom Finger und reichte ihn
Merle. Ein schlichtes, glänzend blaues Fingerband,
etwa vier Millimeter breit. „Ein Keramikring. Nicht
sehr wertvoll, aber schön. Nimm den."

Merle seufzte erleichtert auf. „Bist du dir sicher, dass
er nicht zu wertvoll ist?"

„Ganz sicher", antwortete Bea. Sie trat zur Spüle,
wusch ihn mit Spülmittel ab und rieb ihn mit einem Ge-
schirrhandtuch trocken. Dann beugte sie sich über ein
paar Kuchenplatten, auf denen bereits mit Kirschenmus und Sahne bestrichene Törtchenböden lagen, und
versenkte den Ring in der Füllung.

„Wo ist er?", fragte Merle erschreckt. Sie deutete auf
die Kuchenplatten.

„Keine Ahnung", antwortete Bea.

„Ich wollte das Gewinnertörtchen im Auge behalten",
sagte Merle. „Kennzeichnen. Für alle Fälle. Damit es
auch sicher weggeht."

„Tja", sagte Bea. „Dafür ist es jetzt zu spät. Und es wäre
auch keine richtige Verlosung, wenn du wüsstest, wo
das Los mit dem Hauptgewinn liegt. So etwas geht gar
nicht."

Merle konnte nur hoffen, dass alle Törtchen verkauft würden. Sonst bliebe sie zum Schluss noch auf dem Törtchen mit dem Ring sitzen und damit auch auf dem Losgewinn – der Schwarzwälder Kirschtorte.

„Was meintest du eigentlich eben mit ‚Juhu, ihr habt ihn?‘ Wieso hast du das gerufen?"

„Ich bin vorhin durch die Pizzeria gegangen", begann Bea. „Ich hab die Tür zum Keller gesucht und gefunden. Und da hab ich gesehen, dass ihr ihn habt."

„Was haben wir?", fragte Merle.

„Also, Mario hat ihn. Den idealen Weinkeller. Einen alten, kühlen Gewölbekeller. Genau das, was Victor sucht."

„Stimmt", sagte Merle. „Ich sollte mich nach Kellern umhören. Leider hab ich gar nicht mehr daran gedacht."

„Marios Keller ist ideal", fuhr Bea fort. „Das würde Victors Probleme mit einem einzigen Schlag lösen. Er ist furchtbar unzufrieden mit der derzeitigen Situation. Der Weinhandel wirft nicht genug ab, wenn er keine Großhandelsmengen abnehmen kann, aber in einem ganz normalen Lagerraum hält sich der Wein nicht länger."

„Ja, das sehe ich ein", sagte Merle.

„Vielleicht kann Mario Victor den Keller ja unterverpachten", sagte Bea.

„Ich weiß nicht", antwortete Merle. „Es gibt Schwierigkeiten mit dem Verpächter der Pizzeria. Aber du kannst mit Mario über deine Idee reden. Er verkauft nachher die Getränke."

„Wie läuft es denn mit Mario?", fragte Bea. „Seid ihr euch auf der Reise nähergekommen?"

„Na ja." Merle lächelte bei der Erinnerung. „Es war wundervoll. Aber es ist nichts passiert. Ich meine nichts, was über ein paar Küsse hinausgeht." Wieder lächelte sie, machte dann aber ein ernstes Gesicht. „Ich wollte Kurt nicht betrügen."

„Kriegst du immer noch Herzklopfen, wenn du in Marios Nähe bist?"

Merle hielt inne, einen Törtchendeckel in der Hand. „Ja." Bea war ihre Schwester und ihre Freundin. Mit ihr konnte sie offen reden. „Mein Herz hämmert so heftig, dass es wehtut. Und ich bekomme weiche Knie. Mein Körper macht einfach, was er will, wenn Mario auftaucht. Die Situation ist völlig unmöglich."

„Eigentlich nicht", widersprach Bea. „Genau genommen ist es die normalste Sache der Welt."

„Nicht, wenn man eine Familie hat und verheiratet ist", entgegnete Merle. „Ich könnte zu Kurt zurückkehren, aber ich kann mich nicht dazu durchringen. Wieder mein Schlafzimmer mit Kurt zu teilen, wäre eine glasklare Entscheidung, aber ich glaube, dann müsste ich meine Stelle in der Pizzeria aufgeben."

„Wieso?", fragte Bea. „Würde Kurt das verlangen?"

„Nein, wohl nicht, er kann mir ja nichts befehlen. Aber so oder so, die Situation wäre einfach unhaltbar. Mit Kurt im Bett liegen und an Mario denken, das kriege ich nicht hin. Das macht mich kaputt." Merle spürte, dass sie einen roten Kopf bekam. Sie beugte sich angelegentlich über die Törtchen und verzierte jedes von ihnen mit einem großen Klecks Sahne aus dem Spritzbeutel. In den Sahnegipfel steckte sie eine frische Kirsche mit Stiel.

Die Schwarzwälder Kirschtörtchen sahen aus wie ein zu kulinarischem Leben erwachter Kuss. So hübsch und lecker, dass einem das Wasser im Mund zusammenlief und man doch zögerte hineinzubeißen, um die niedlichen Kunstwerke nicht zu zerstören.

Merle und Bea horchten auf. Beide hörten, wie Merles Magen laut und vernehmlich knurrte.

„Ich habe heute das Mittagessen übergangen", entschuldigte sich Merle.

Bea sah sie an wie früher als Kind, wenn sie zum Naschen in die Speisekammer geschlichen waren. „Jede nur eins", sagte sie.

Merle betrachtete die Kuchenplatten. Ein Arbeitstisch voller Schwarzwälder Kirschtörtchen, flockige Sahnegipfel, dicht gedrängt wie eine Schafherde. „Na gut. Achtundsechzig müssen reichen."

Jede nahm sich ein Törtchen. Merle aß zuerst die Kirsche. Wie ausgedörrt ihr Mund war, merkte sie erst, als ihr die saftige Frucht wie ein Glas voll Kirschsaft vorkam.

Dann begann das Dilemma. Das Törtchen war zu dick, um einfach abzubeißen. Dazu kam der Sahneberg obendrauf. Den leckte sie ganz unfeierlich erst mal ab. Bea und sie sahen einander an. Auf Beas Nase saß ein Klecks Sahne, und an ihren Wangen glänzte roter Saft. Auf ihrem T-Shirt prangte ein großer Fleck Kirschmus. Danach zu urteilen, wie Bea kicherte, sah Merle nicht anders aus.

„Das kann ja heiter werden", sagte Merle schließlich.

„Teller", kommentierte Bea. „Und Gabeln. Das sind Törtchen für Leute mit Manieren."

Kapitel 36

Auf der Terrasse der Pizzeria standen bei strahlendem Sonnenschein achtundsechzig kleine Schwarzwälder Kirschtörtchen im Schatten der Esche auf sechs runden Kuchenplatten und warteten darauf, dass es losging.

Der Hauptgewinn war nur als Foto zu sehen. Eine üppige Schwarzwälder Kirschtorte wartete im Kühlschrank auf den Sieger.

Sara stand hinter dem Tresen. Sie hatte sich bereit erklärt, die Törtchen zu verkaufen, damit ihre Mutter sich um die Gäste kümmern und Werbung für ihren Badischen Abend machen konnte.

Sara hatte ihre Freundinnen mitgebracht, die in einer Gruppe beieinanderstanden. Deren Eltern und jüngere Geschwister waren ebenfalls da und mischten sich unter die übrigen Gäste.

Kurt war mit ein paar Parteifreunden von den Freien Wählern gekommen, die ihre Frauen und Kinder mitgebracht hatten. Und da waren außerdem vier uralte Freunde Kurts – vier Handwerkermeister – und deren Frauen.

Bea hatte Victor sowie ein paar Kollegen und deren Familien mitgebracht.

Merles beste Freundin Petra war mit ihrem Mann da, außerdem zwei weitere Freundinnen mit ihren Familien.

Schätzle war gekommen, mit Frau und beiden Enkeltöchtern. Hinter der Pizzeria begrüßte er dieselben sechs Ratsherren wie bei der Einweihungsfeier. Bald bildeten sich zwei Gruppen, der Kreis von Schätzle und seinen Parteifreunden und der ihrer Ehefrauen.

Schätzles Enkeltöchter, beide im Grundschulalter, standen mit einigen anderen Kindern wach und gespannt vor dem Kuchentresen, je einen Euro in der Hand, und warteten darauf, dass man die Törtchen kaufen konnte.

Merle hatte in der Pizzeria mit einem Aushang für die Verlosungsaktion geworben. Sogar einige Stammgäste, junge und alte, waren gekommen. Spaziergänger, die am Ufer der *Wiese* unterwegs waren, sahen den Auftrieb und kamen schauen, was los war. Auch sie schlossen sich den Wartenden an.

Die Gäste nahmen an Biertischen Platz, die auf einer Kiesfläche hinter der Pizzeria standen. Mario ging zwischen ihnen hindurch und servierte Kaffee und kalte Getränke.

Als Merle den Eindruck hatte, dass genug Leute da waren, um mit der Verlosung zu beginnen, setzte sie ein Megafon an den Mund und begrüßte die Gäste. „Heute machen wir Werbung für ein neues Angebot unseres kleinen Restaurants", fuhr sie nach den einleitenden Worten fort. „Für eine begrenzte Personenzahl werden wir künftig in regelmäßigen Abständen sonntagabends ein besonderes Menü anbieten. Es liegt eine

Liste aus, in die Sie sich bei Interesse eintragen können. Zögern Sie nicht, die Liste soll heute noch voll werden.

Nun aber kommen wir zum Höhepunkt des Nachmittags, der Verlosung. Mit einem Euro sind Sie dabei. Einen Euro für ein Schwarzwälder Kirschtörtchen, das gleichzeitig ein Los ist. In einem der Törtchen ist ein Ring versteckt. Wer ihn findet, bekommt diesen Gewinn." Sie hob ein großes Foto der Schwarzwälder Kirschtorte hoch.

Die Kinder, die bereits an der Kuchentheke warteten, kauften jeder ein Kirschtörtchen und setzten sich mit ihren Tellern am Ufer der *Wiese* ins Gras. Mario nahm Bestellungen entgegen und brachte die Törtchen zu den Gästen an den Biertischen.

Merle ging zwischen den Gästen herum und verteilte Handzettel. Darauf standen das Datum und das viergängige Menü für den Badischen Abend: frisch geräuchertes Forellenfilet mit Petersilien-Salsa, Rahmkäse mit eingelegtem Lauch und Bauernbrot, Senfbraten mit Schupfnudeln und zum Nachtisch Apfelknöpfle. „Ich möchte Sie auf meinen Badischen Abend aufmerksam machen", sagte sie. „In vier Wochen findet hier ein kulinarischer Abend mit badischen Spezialitäten statt. Vier Gänge zum günstigen Einführungspreis. Hier drüben an der Kuchentheke wartet eine Gästeliste, die gerne voll werden möchte, auf Sie."

Als Merle auf ihrer Runde bei Kurt vorbeikam, sah sie, dass er Mario mit einem misstrauischen Blick beobachtete. Sie legte ihm die Hand auf die Schulter, und da erst bemerkte er sie. „Und du?", fragte sie. „Kommst du auch zu meinem Badischen Abend?"

„Als zahlender Gast?", fragte Kurt.

Merle lachte. „Das wäre komisch", sagte sie.

„Du brauchst Gäste, die zahlen", sagte Kurt. „Ehepaare. Und nicht deine verlorene bessere Hälfte."

„Nicht verloren", sagte Merle spontan. Einen Moment lang stieg ein heißes Gefühl für Kurt in ihr auf. Es war da, rumorte in ihrer Brust. „Wenn wir uns verloren haben, finden wir uns wieder", sagte sie leise.

Kurts Blick suchte ihren, hielt ihn fest. Er griff nach seiner linken Hand, hob sie hoch und drehte den Ehering zwischen Daumen und Zeigefinger hin und her. „Das ist der einzige Ring, der mir etwas bedeutet", sagte er.

Als Merle weiterging, warf sie einen Blick auf die Törtchen. Sie schwanden rasch dahin. Ob sie reichen würden? Oder ob vielmehr welche übrig bleiben würden? Vielleicht gerade das Törtchen mit dem Ring?

Die Liste für den Badischen Abend, in die die Leute sich eintragen sollten, war leider noch immer fast leer. Nur ganz oben standen Petras Name und der ihres Mannes. Am Ende war es vielleicht so, dass es mit den Törtchen wie am Schnürchen klappte, der Sinn des Ganzen, die Werbung für den Abend, aber verpuffte.

„Guten Tag, Herr Schätzle", sagte sie, als sie beim ehemaligen Bürgermeister angekommen war. „Darf ich Sie zu meinem Badischen Abend einladen?" Sie legte einen Handzettel vor ihn auf den Tisch.

„Ich hoffe, Sie haben das Gewinnerlos für mich reserviert", grinste er. „Meine Enkeltöchter streiten schon, wer das größere Stück Kuchen bekommt."

„Ich bin gespannt, wer den Ring findet", sagte Merle und schaute sich unter den Gästen um. Einige Törtchen waren bereits vollständig verzehrt.

„Nicht, dass ihn jemand herunterschluckt“, sagte
Schätzle.

„Malen Sie den Teufel nicht an die Wand“, gab Merle
zurück. „Wie steht es mit dem Badischen Abend? Lust
auf Senfbraten?“

Schätzle stieß die Gabel in sein Törtchen, brach ein
großes Stück heraus, steckte es in den Mund, leckte
sich Sahne von den Lippen und lachte. „Wenn ich das
Gewinnerlos ziehe, trage ich mich ein.“

Merle reckte sich und schaute zur Kuchentheke. Alle
Törtchen waren weggegangen. Die Liste dagegen sah
noch immer leer aus.

Überall saßen noch Leute, die nur ein Getränk und
ansonsten die leere Tischplatte vor sich hatten. *Zu wenig Törtchen*, durchfuhr es Merle siedend heiß.

„Wo ist der Nachschub?“, fragte jemand laut.

Merle griff zum Megafon. „Leider sind die Törtchen
ausgegangen“, entschuldigte sie sich. „Ich hatte nicht
erwartet, dass so viele Leute kommen.“

„Dann sind wir ja umsonst hier!“, rief der Mann von
eben.

„Kommen Sie zum Badischen Abend“, sprach Merle
ins Megafon. „Jeder, der sich heute einträgt, bekommt
zum Ausgleich ein Glas Wein auf Kosten des Hauses.“

„Wo ist der Ring?“, fragte jemand.

Fast alle Törtchen waren inzwischen aufgegessen,
und noch immer meldete sich niemand. Die ersten
Leute fingen an zu lachen. Andere murrten.

„Der Ring“, sagte Merle ins Megafon. „Hat niemand
den Ring gefunden?“

Schweigen. Lauter werdendes Gelächter. Merle
spürte, dass sie knallrot wurde. „Der Ring“, wiederholte

sie. „Wer hat die Schwarzwälder Kirschtorte gewonnen?“

In das Gelächter und Getuschel, das sich ausbreitete, mischte sich das Geschrei streitender Kinder. Zwei Mädchen kamen vom Fluss zu den Tischen gerannt.

„Ich hab ihn gefunden!“, rief das Größere. Das ganze Gesicht war mit Sahne verschmiert, und auf Nase und Stirn prangten rote Kleckse. Nur die Lippen waren sauber geleckt.

Hinter ihr her lief ein kleineres Mädchen. Sein Gesicht glänzte ebenfalls weiß von Sahne. „Er war in meinem Törtchen!“, rief sie.

„Aber du hast es nicht aufgegessen!“, schrie das ältere Mädchen.

„Er war trotzdem in meinem Törtchen.“ Sie hob die Hand und schlug das ältere Mädchen unbeholfen auf den Rücken. Das größere Kind drehte sich um und schubste zurück.

Merle griff ein und zog die beiden Streitküken auseinander.

„Ihr habt beide gewonnen“, sagte sie salomonisch. Und dann mit strenger Stimme: „Wo ist der Ring?“

Das ältere Mädchen hielt ihn hoch. „Den schenkt ihr eurer Mama“, sagte Merle.

„Nein, der Oma!“, riefen die Mädchen wie aus einem Mund.

„Und morgen kommt ihr bei mir in der Pizzeria vorbei. Da bekommt jede von euch eine schöne große Perle. Ein Tigerauge.“

„Ein Tigerauge?“, fragte das kleinere Mädchen bestürzt. „Ich will kein ekliges Tigerauge.“

„Einen Halbedelstein“, erklärte Merle. „Den willst du doch, oder?“

Die Kleine nickte.

Merle holte die Torte aus dem Kühlschrank in der Küche und brachte sie den Mädchen. „Hier sind die beiden Siegerinnen!“, rief sie ins Megafon. „Sie haben den Ring gefunden. Und diese wunderschöne Torte haben sie gewonnen.“ Sie hob die Torte hoch, damit jeder sie sehen konnte.

Überall wurde geklatscht. Schätzle, schob sich hinter seinem Biertisch hervor, trat zu Merle und nahm ihr die Torte aus der Hand. „Meine Enkeltöchter haben die Verlosung gewonnen“, sagte er.

Merle sah ihn staunend an. „Sie, Herr Schätzle, haben gewonnen?“

„Meine Enkeltöchter.“

Merle lachte. „Nichts da. Sie kriegen ja was von der Torte ab. Sie haben gewonnen. Dann müssen Sie sich jetzt für den Badischen Abend eintragen. Versprochen ist versprochen.“

„Versprochen ist versprochen, Opa“, echoten die Mädchen.

„Na gut.“ Schätzle stapfte gewichtig zur Kuchentheke, von seinen Enkeltöchtern gefolgt. Er stellte die Torte ab, griff nach dem Stift und notierte etwas in dicken, schwarzen Blockbuchstaben. Merle sah zwei Namen. Vermutlich seiner und der seiner Frau.

Es war, als hätte Schätzle den Bann gebrochen. Petra hatte sich zwar schon eingetragen, aber an ihr orientierte sich allenfalls ihr Mann. Dass Schätzle sich nun tief über die Liste beugte, war dagegen wie ein Startschuss.

Ein Ratsherr stellte sich hinter ihm an, dann einer von Kurts Freien Wählern. Schon bildete sich eine kleine Schlange.

Schätzle war noch immer ein Leithammel, dem die anderen nachliefen.

Als die Liste mit zwölf Namen und Telefonnummern voll war, legte Merle rasch die nächste hin. Auch die war bald zur Hälfte gefüllt. Der Grundstock für einen weiteren Abend.

Merle warf einen Blick auf Kurt. Der war blass geworden. Ganz anschaulich konnte er verfolgen, welchen Einfluss Schätzle noch immer hatte.

Merle bekam plötzlich ein schlechtes Gewissen. Es kam ihr so vor, als hätte sie ihren Mann vorgeführt. Als hätte sie persönlich dafür gesorgt, dass er neben Schätzle so aussah wie ein Niemand neben dem Star der Stadt.

Eigentlich ganz gut, dass ich zurzeit bei Bea wohne, dachte sie. *Sonst gäbe es heute Abend vielleicht einen Ehekrach.*

Kapitel 37

Nach der Losaktion räumte Merle die Küche auf, putzte sie und schloss die Pizzeria hinter sich ab. Den Korb mit Backzutaten in der Hand, ging sie zu ihrem Auto, erfüllt von einem herrlichen Gefühl der Erleichterung.

Die Sonne war bereits hinter dem Entegast verschwunden, und der Parkplatz und die angrenzenden Häuser lagen im Schatten. Es war angenehm mild, nach dem heißen Tag war die Kühle der Nacht noch nicht aus dem Schwarzwald herabgeweht. Sie sah hinauf zum *Wiesental.* Die Südwesthänge der Berge leuchteten wie mit goldenem Licht übergossen.

Vor Merles inneres Auge trat ein neues Bild. Sie sah Mario vor sich, wie er mit einem Tablett voller Gläser zwischen den Tischen hindurchging. Sie hatte ihn noch nie beim Bedienen beobachtet, da sie normalerweise in der Küche arbeitete, wenn Gäste da waren. Seine Eleganz war bewundernswert, die Präzision, mit der er Gläser und Flaschen auf den Tisch stellte, und sie staunte, wie gewandt er durchs dichteste Gedränge glitt, als wäre er ein Fisch im Wasser.

Kurt hatte es ebenfalls gesehen, überlegte Merle, die an seinen misstrauischen Blick dachte, mit dem er Mario gemustert hatte. Er hatte gesehen, dass Mario ein

Mann war, dessen Anblick das Herz einer Frau zum Pochen bringen konnte. Nannte er ihn nicht den Mandeläugigen?

Er hatte recht damit.

Merle dachte daran, wie Bea manchmal ihre, Merles, Mandelaugen pries. Immer wenn Merle auf ihren grässlichen Zinken schimpfte, sagte Bea: „Gib mir deine Mandelaugen, dann nehm ich deine Nase zum Spaß noch dazu."

Nicht nur den Augenschnitt hatte Merle mit Mario gemein. Auch den bronzefarbenen Teint und das schwarze Haar. Den schlanken Körperbau. Wären sie ein Paar, würde man sie als schönes Paar bezeichnen. Stimmig. Einer unterstrich wie eine Variation das Äußere des anderen.

Als sie in Beas Wohnung eintraf, kam ihre Schwester ihr zur Tür entgegen. „Du hast Post", sagte sie und reichte ihr einen Umschlag. „Ich hab Samstag nicht mehr in den Briefkasten geschaut, sondern erst heute Abend. Mach auf. Ich bin total gespannt."

Merle erstarrte. Es war der erwartete Brief vom Genlabor. War sie die Tochter des Winzers aus Randazzo? War sie es nicht? In den letzten Tagen hatte sie vor dem Einschlafen oft lange wach gelegen und sich diese Frage gestellt. Jetzt würde sie Gewissheit erhalten.

Hastig ging sie in die Küche, wo Licht brannte, riss den Umschlag mit den Fingern auf und zog den Laborbericht heraus. Sie überflog ihn, ohne ein Wort zu begreifen. Die Buchstaben verschwammen ihr vor den Augen, so nervös war sie.

Bea sah ihr über die Schulter. „Und?", fragte sie.

Merle riss sich zusammen. Als sie das Schreiben endlich richtig las und verstand, wurden ihr die Knie
weich. „Jetzt muss ich mich erst einmal hinsetzen“,
sagte sie und ließ sich auf den Hocker in der Küche fallen. Ihr war schwindelig vor Erleichterung. „Ich habe
ihn so gehasst“, sagte sie. „Dieser Mensch war mir so
zuwider. Ich konnte den Gedanken an ihn nicht ertragen.“

„Ist er es, ja oder nein?“, fragte Bea angespannt.

„Nein“, antwortete Merle. „Die Tochter dieses Winzers und ich sind keine Halbschwestern. Der Angelo Di
Dio aus Randazzo ist nicht mein Vater.“

„Das ist ja großartig.“ Bea strahlte sie an.

„Ja, wohl schon.“ Nachdem die erste Erleichterung
verflogen war, wunderte Merle sich, dass sie sich nicht
richtig freute. Sie verspürte eine sonderbare Leere, fast
eine Sehnsucht. Wer war der geheimnisvolle Mann, der
ihr nichts hinterlassen hatte als seine Gene? „Aber es ist
schade, dass ich meinen Vater nun nie kennenlernen
werde.“

Bea zog sie vom Hocker hoch und umarmte sie tröstend. „Ach was, so wichtig ist das doch gar nicht. Es
stimmt, unsere Eltern sind tot, aber wenigstens haben
wir Schwestern noch uns.“

Merle drückte Bea an sich. „Ja, dass ich dich habe, bedeutet mir viel. Aber in mir ist genau da, wo mein inneres Fundament sein sollte, eine Leerstelle. Was mir immer gefehlt hat, ist die Liebe meiner Mutter und meines
abwesenden leiblichen Vaters. Mir fehlt der Schwer-
punkt.“

„Du glaubst wirklich, du könntest dir jetzt etwas zu-
rückholen, was du als Kind vermisst hast?“

Merle trat einen Schritt nach hinten und lehnte sich gegen die Küchentheke. „Wenn ich doch nur meinem leiblichen Vater begegnen könnte. Wenn ich ihm ins Gesicht sehen, ihm in die Augen schauen, eine Erklärung dafür verlangen könnte, dass er mich verlassen hat."

Bea sah sie mit schief gelegtem Kopf an. „Du glaubst, das würde etwas ändern?"

„Ja, wenn es mir gelänge, mich mit ihm auszusöhnen. Vielleicht kann ich ihm verzeihen. Die Wut auf ihn macht mich schwach. Ich dränge sie immer zurück und damit auch meine anderen Gefühle. Das blockiert mich im Umgang mit meinen Liebsten. Es hindert mich daran, energisch aufzutreten und energisch zu entscheiden."

„Du meinst, dich zwischen Mario und Kurt zu entscheiden?"

„Genau. Was ist wichtiger? Die Ähnlichkeit mit Mario? Die Harmonie des Äußeren und der Interessen? Oder die Vertrautheit mit Kurt, mein Gefühl der Zugehörigkeit?"

„Vielleicht kannst du dich in deinem Innern mit deinem leiblichen Vater aussöhnen, auch ohne ihn zu treffen", schlug Bea vor.

Merle nickte. Das war wohl die einzige Möglichkeit, die ihr blieb. Sie seufzte. Bea und sie sahen sich an. Wie gut, dass ihre Schwester immer zu ihr hielt. Ihre einzige Verwandte ...

Ihre einzige Verwandte? Plötzlich, wie aus dem Nichts, kam Merle eine Idee.

Sie eilte aus der Küche ins Gästezimmer und klappte das Notebook auf. Als sie in ihr Gastkonto eingeloggt war, googelte sie *Telefonbuch* und gelangte auf die Seite von *Das Örtliche*. Dort gab sie *Angelo Di Dio* in das Suchfeld des Namens ein. Und da war er. Ein Angelo Di Dio in Karlsruhe.

Bea war hinter sie getreten.

„Das muss er sein". Merle sah zu ihrer Schwester. „Er ist wieder nach Deutschland zurückgekehrt. Oder nie von dort weggegangen. Wenn einer mein leiblicher Vater ist, dann er. "

„Bist du sicher?" Bea blieb skeptisch.

„Nein, natürlich nicht. Aber er *könnte* es sein. Es wäre sehr gut möglich."

„Das stimmt. Unwahrscheinlich ist es nicht." Bea legte ihr die Hände auf die Schultern. „Ich muss dir etwas erzählen", begann sie zögernd. „Es gibt da etwas, was du nicht weißt."

Draußen senkte sich die Dämmerung herab. Im schummrigen Zimmer drehte Merle sich im Sitzen um und schaute zu Bea auf. Beas Augen glänzten vom Widerschein des Bildschirms, Stirn und Wangen waren in seinen kühlen Schimmer getaucht.

„Du weißt nicht, wie die Geschichte wirklich war", sagte Bea.

Merle lauschte. Draußen sirrte eine Mücke. Das Fenster stand offen, doch das Fliegengitter hielt sie zurück.

„Wie meinst du das?", fragte Merle.

„Mama hat es mir erzählt. Wie es damals war."

„Wie denn?", fragte Merle ohne Neugier. Sie kannte die Geschichte doch auch.

„Sie war mit Papa zusammen“, erzählte Bea. „Sie waren bereits verlobt, wollten bald heiraten. Da kam Angelo Di Dio und hat Mama verführt. Sie hat Papa den Laufpass gegeben.“

„Nein“, entgegnete Merle voller Überzeugung. „Erst war sie mit Angelo Di Dio zusammen. Der hat sie sitzen lassen, und dann hat sie Papa kennengelernt. Im Kino.“

„Richtig. Als *Love Story* lief. Beide haben wie die Schlosshunde geheult, als Jenny in Olivers Armen starb. Das haben sie oft erzählt. Aber das war vor deinem Erzeuger. Vor Angelo Di Dio.“

Merle sah sie ungläubig an. „Angelo Di Dio kam danach? Als sie schon ein Paar waren? Erst dann?“

„Genau. Er hat unsere Mutter verführt, und als sie mit dir schwanger war, ist er abgehauen. Wir hatten das Glück, dass Papa sie immer noch haben wollte.“

Wie gekränkt ihr armer, geliebter Papa gewesen sein musste, dachte Merle voll Zorn. Abserviert für einen anderen, um dann in der Not doch noch gut genug zu sein. Zweite Wahl.

„Woher weißt du das alles?“, fragte Merle. „Und wieso weiß ich es nicht?“

„Mama hat es mir erzählt“, antwortete Bea. „Ich denke, sie hat sich vor dir geschämt. Es war eine Geschichte, auf die sie wahrhaftig nicht stolz war.“

Kapitel 38

Wenige Tage später saß Merle nach der Arbeit am Ufer der *Wiese* und ließ die Füße ins Wasser baumeln. Nach den anstrengenden Stunden am Pizzaofen tat ihr die Kühle gut. Sie schaute in die Wellen, in den weißen Schaum, wo sich das Wasser an ein paar großen Steinen brach, und versuchte, einen Fisch zu entdecken.

Plötzlich bemerkte sie jemanden aus dem Augenwinkel. Eine Person kam von hinten und ließ sich neben ihr nieder. Zu ihrer Verblüffung erkannte Merle Frau Schätzle. Die sagte zunächst nichts, sondern zog sich umständlich ihre Schuhe mit Blockabsatz und die Seidenstrümpfe aus, krempelte die Stoffhose hoch und streckte ihre Füße neben denen von Merle ins Wasser. „Das tut gut", seufzte sie.

Merle war völlig verblüfft von diesem Verhalten. Frau Schätzle war mindestens zehn Jahre älter als sie. Sie kannte die Frau des ehemaligen Bürgermeisters als distinguierte Dame, die ihren Mann zu Veranstaltungen begleitete und dort zurückhaltend mit anderen grauhaarigen Damen plauderte. Merle und sie waren keine Freundinnen, nicht einmal gute Bekannte. Es gab nichts in ihrem Verhältnis, das Frau Schätzle veranlassen könnte, sich so vertraulich neben sie zu setzen.

„Er wird bluten", sagte Frau Schätzle plötzlich. Dann schwieg sie.

Merle erstarrte. Böse Worte, mit böser Stimme gesprochen. War Kurt gemeint? „Ist das eine Drohung?", fragte sie vorsichtig.

„Und ob." Frau Schätzle schlug mit der Faust auf die Uferbank. „Wenn ich mit ihm fertig bin, wird er nicht mehr derselbe sein."

„Lassen Sie meinen Mann in Ruhe!", rief Merle scharf. Sie wunderte sich selbst, wie stark ihr Impuls war, Kurt zu beschützen.

„Wieso Ihren Mann?", fragte Frau Schätzle verwundert. Sie sah Merle mit hochgezogenen Augenbrauen an. Ihr Lippenstift war verrutscht. Er lief in Schmierern über den Rand der Lippen hinaus.

Merle roch Alkohol in ihrem Atem. „Wer wird bluten?", fragte sie und sah Frau Schätzle eindringlich an.

„Nicht Ihr Mann, Sie Dummchen." Frau Schätzle lachte. Ein hohes, hysterisch wirkendes Lachen, das klang, als könnte es jederzeit in ein Schluchzen umschlagen. Sie nahm ihre Handtasche auf den Schoß, nestelte den Reißverschluss mit zitternden Fingern auf und holte etwas heraus. „Da", sagte sie. „Die sind für Sie. Nein. Für Ihren Mann."

Es war ein kleiner Stapel Fotos. Bunte Fotos von glücklichen Menschen. Merle sah ein Paar – eine schöne Frau mit langem, blondem Haar und einen Mann, die vor einem Hotel in den Bergen standen. *Hotel Edelweiß* prangte in dicken, weißen Buchstaben über dem Eingang. Schneebedeckte Alpengipfel glänzten in der Ferne. Der Mann schmiegte sein Gesicht an das der Blonden, nur die Wange war zu sehen und der graue Haarschopf. Auf dem nächsten Foto die beiden aus der Nähe, vielleicht herangezoomt. Mund an Mund, ein selbstvergessener, seliger Kuss.

Erst auf dem dritten Foto erkannte sie ihn. Da war die schöne Frau. Und der Mann mit dem innigen, liebevollen Blick war Hubert Schätzle. Plötzlich erinnerte sie sich an das, was sie bei der Einweihung der Stadthalle zu Kurt gesagt hatte: *Ich bin mir fast sicher, dass er seine Frau betrügt.* Sie hatte nicht erwartet, dass sie so schnell recht bekommen würde.

Merle hob den Kopf und sah Frau Schätzle bestürzt an.

„Er hintergeht mich." Ein Schluchzen erstickte die Worte der verzweifelten Frau. Dann sprach sie hastig weiter. „Ich wusste es. Ich ahnte es zumindest, aber jetzt weiß ich es wirklich. Die Fotos bestätigen es."

„Sie sind ihm nachgefahren?" Merle hatte Mühe, es sich vorzustellen.

Frau Schätzle schüttelte den Kopf. „Ein Privatdetektiv", sagte sie matt.

Merle versuchte, Frau Schätzle zu trösten. Unbeholfen legte sie ihr die Hand auf die Schulter. „Sie müssen jetzt stark sein", begann sie.

Frau Schätzle lachte zornig auf. „Ich bin stark", stieß sie heraus und holte tief Luft. Die Worte, die als Nächstes aus ihrem Mund kamen, schrie sie fast. „Ich bin stark, und ich werde mich rächen! Die Fotos da, die sind für Ihren Mann. Er wird wissen, was er damit anfangen muss."

Merle sah sie verwirrt an. Dann fielen ihr ihre eigenen Worte ein. *Folge der Spur des Geldes*, hatte sie zu Kurt gesagt.

„Sie begreifen es nicht?“, fragte Frau Schätzle höhnisch. „Dann will ich es Ihnen erklären: Seit Monaten macht mein Mann diese Wochenendreisen. Er bucht Hotels. Er zahlt Essen in Restaurants. Er zahlt und zahlt. Aber woher nimmt er das Geld? Ja, woher? Eines kann ich Ihnen versichern: Vom Konto der Schätzles, das lassen Sie sich gesagt sein, vom Konto der Schätzles kommt es nicht.“

Kapitel 39

Ein langer Arbeitstag lag hinter ihnen. Trotzdem hatten Merle und Mario sich in der Pizzeriaküche verabredet, um *puppetti di mulinciani* zuzubereiten, sizilianische Auberginenbällchen. Mario hatte die Zutaten besorgt.

„Aus der Peperoni entfernst du die Kerne und die weißen Scheidewände", sagte Mario. „Die haben besonders viel Schärfe. Und teste auf jeden Fall ein kleines Stück. Wenn es zu scharf ist, nimmst du nicht die ganze Frucht."

Merle freute sich, dass sie heute wie auf Sizilien mit Mario kochte. Sie dachte in den letzten Tagen viel darüber nach, wie es gewesen wäre, hätte ihr leiblicher Vater sich nicht einfach in Luft aufgelöst. Wäre er geblieben. Dann wäre sie vielleicht mit italienischen Gerichten aufgewachsen, mit Pasta und Pesto, Knoblauch und Peperoni, hätte von Kindheit an Konkurrenz zu den Mehlschwitzen ihrer Oma kennengelernt. Und die Ferien hätte sie wie Mario auf Sizilien verbracht.

„Hör mal, ich muss dir was erzählen", begann sie, als sie die Peperoni in Empfang nahm. „Ich habe doch noch einen Angelo Di Dio gefunden. Mir war plötzlich eine Idee gekommen und ich habe im Internet geschaut, in den deutschen Telefonbuchseiten. Und einen

Mann in Karlsruhe gefunden. Mit Telefonnummer und Adresse."

„Gute Idee, im deutschen Telefonbuch zu schauen", sagte Mario. Er nahm zwei längliche Auberginen und wusch sie unter dem Wasserhahn ab. „Soll ich ihn für dich anrufen?"

Merles Magen krampfte sich vor Aufregung zusammen. Sie war sich fast sicher, dass der Mann in Karlsruhe ihr Vater war. Der Mann, der sie von Anfang an im Stich gelassen hatte. Bea hatte ihr einen guten Grund genannt, ihn noch mehr zu verabscheuen, als sie es ohnehin schon tat. Sollte sie jetzt an seine Tür klopfen wie eine Bittstellerin? „Auf keinen Fall."

„Wann fährst du hin?"

„Vielleicht gar nicht", sagte Merle. „Ich weiß es nicht. Ich weiß nicht, wann ich so weit bin." Sie beobachtete, wie Mario eine glänzende Aubergine hielt und über die Reibe führte. Er war so sicher in allem, was er tat. Bei ihm saß jeder Handgriff. Es macht sie glücklich, ihm beim konzentrierten Hantieren zuzuschauen, die glänzende, tiefviolette Frucht in seiner Hand zu sehen und zu verfolgen, wie er geschickt umgriff, als er sich ihrem Ende näherte.

Sie berührte ihn sanft am Arm und wunderte sich nicht, als sie spürte, wie es sie dabei glühend heiß durchlief. „Es ist eine Freude, dich mit der Reibe zu sehen."

Er wandte sich ihr zu. Sein Gesichtsausdruck war ernst. „Ich wollte auf Sizilien nicht darüber reden", sagte er. „Ich wollte einfach nur den Urlaub mit dir genießen." Er legte die Reibe weg und ergriff ihre Hand.

Sie spürte die Wärme seiner Berührung und hatte ein Geräusch in den Ohren, als hörte sie sein Herz pochen. Oder war es ihr eigenes?

„Aber ich frage mich, ob uns nicht sehr viel verbindet. Sehr viel Gemeinsames. Und ob es nicht noch mehr werden könnte."

„Du denkst an die Zukunft?"

„Ja, an eine gemeinsame Zukunft."

Ein Schweigen entstand und dehnte sich aus, wurde spannungsgeladen. „Ich bin verheiratet", sagte sie schließlich und entzog ihm ihre Hand.

„Du wohnst bei deiner Schwester", entgegnete er. „Im Herzen bist du schon längst nicht mehr richtig verheiratet." Er beugte sich zu ihr vor und drückte sanft die Lippen auf ihre. Sie waren zart wie Samt, kraftvoll und warm und schmeckten ganz leicht nach Salz. Es war nicht ihr erster Kuss. Aber noch immer reagierte ihr Herz auf Marios Berührungen wie etwas Lebendiges, ein eigenständiges Lebewesen in ihrem Körper, das in der Brust hämmerte, das zur Kehle hinauswollte. Sie legte die Arme um ihn. Ihre Zungen berührten sich, scheu noch, wie zwei Tauben, die einen Tanz der Werbung beginnen.

Dann erhob etwas in ihrem Inneren Einspruch. Sie trat zurück.

Sie dachte an Kurt. Wie sehr er sich gewandelt hatte. Er war aufmerksam. Er hörte ihr zu. Er nahm sich Zeit für sie. Als sie ihm gestern die Fotos übergab, die sie von Frau Schätzle bekommen hatte, war es ihm wichtiger, ihre Hand zu halten, als sich die Fotos anzuschauen.

Stumm teilte sie die Peperoni in zwei Hälften, säuberte sie unter dem Wasserhahn, bugsierte die Kerne hinaus und schnitt das Fruchtfleisch in Würfel. Anschließend wusch sie sich gründlich die Hände. Zu schnell rieb man sich die Schärfe in die Augen, und dann kamen einem die Tränen.

Mario bestreute die Auberginenraspeln schweigend mit Salz. Unterdessen nahm Merle sich die Petersilie und den Knoblauch vor. Sie spürte, dass nun Mario sie dabei beobachtete, während sie alles auf dem Holzbrett klein schnitt. Sie empfand seinen Blick wie eine einzige Frage. *Wird etwas aus uns beiden?* Fast meinte sie die Worte zu hören. *Werden wir ein Paar?*

Sie schwieg. Alles zog sie zu Mario hin, doch gleichzeitig dachte sie an Kurt. Wie nah sie sich ihm fühlte, wenn sie bei ihm war. Es war ihr, als würde eine Entscheidung für einen der Männer sie in zwei Teile zerreißen.

„Ich gebe dir so viel Zeit, wie du brauchst", sagte Mario schließlich. „Ich bedränge dich nicht. Du weißt selbst, dass uns etwas Besonderes verbindet. Etwas Ungewöhnliches. Eine seltene Harmonie. Etwas, wofür ich keine Worte finde."

Ich schon, dachte Merle. *Liebe. Ich bin bis über beide Ohren in dich verliebt.* Aber das sagte sie nicht. Lieber ließ sie schweigend das Messer durch die grünen Büschel der Petersilie gleiten. Sie waren wehrlos und zerfielen unter der scharfen Klinge in kleine, krause Streusel.

„Du wirst erkennen, wer dir mehr bedeutet", fuhr Mario fort. „Aber du sollst wissen, dass ich für dich bereit bin. Das wollte ich dir schon lange sagen. Ich bin fähig und willens, mich ganz auf dich einzulassen."

Inzwischen hatte das Salz das Wasser aus den Auberginenraspeln gezogen, und Mario goss es ab. Dann drückte er mit beiden Händen den letzten Rest Flüssigkeit heraus.

Merle rieb ein Stück Pecorino in die Auberginenmasse. Was unausgesprochen zwischen ihnen vibriert hatte, war nun in Worte gekleidet. Mario spürte genauso gut wie sie, dass die jetzige Lage unhaltbar war. Eine Entscheidung musste fallen, sie wurde dringend, forderte laut ihr Recht. Und Merle hatte es sich auf Sizilien so fest vorgenommen. Trotzdem schaffte sie es nicht, zwischen den beiden Männern zu wählen.

Sie verknetete alle Zutaten mit Semmelbröseln, Mehl und Ei zu einem festen Teig und formte daraus kleine Bällchen.

Wie lange konnte sie noch so tun, als würden die kleinen Freuden des Alltags genügen und dieser Zustand, ihr Schwanken zwischen zwei Männern, stünde nicht vor seinem Ende?

Doch erst einmal wusch sie sich einfach die Hände. Ja, sie versuchte, das Unvermeidliche hinauszuzögern. Aber was war unvermeidlich? Der eine Mann oder der andere? Welcher nur?

Unterdessen buk Mario die Auberginenmasse in Fett schwimmend aus. *Die kleinen Freuden des Alltags*, dachte Merle. *Wenigstens noch für einige Tage.* Ein warmer Duft von sommerlicher, sonniger Köstlichkeit erfüllte die Küche.

„So viel Sizilien, wie man hier bekommen kann“, sagte Mario, der sich wieder gefasst hatte, als sie sich auf der Terrasse an einen Tisch in der Sonne setzten und er in ein knuspriges Bällchen biss. Er verhielt sich, als wäre ein neuer Kuss jederzeit möglich, als hätte er keine Zurückweisung erfahren. Sie hörte, wie das krosse Äußere des Bällchens mit einem appetitlichen Geräusch zwischen seinen Zähnen zerbrach.

Sie nahm sich ein Bällchen und sog das warme Brataroma ein. Von dem Duft lief ihr das Wasser im Mund zusammen.

Sie waren so ein gutes Team, fuhr es ihr durch den Kopf, während sie den Mund zum Zubeißen öffnete. Was sie anpackten, gelang. Ihre Pizzen verkauften sich wie geschnitten Brot. Mario überließ ihr seine Pizzeria für den Badischen Abend, einfach so. Und wenn sie zusammen ein Gericht zubereiteten, geriet es und wurde köstlich. Alles erschien ihr wie eine Kette von Vorzeichen, die ihr zusammen mit Mario ein anderes, ein besseres Leben versprachen.

In diesem Moment hörte sie ein Schnaufen und ein schleimiges Räuspern. „Oh nein", dachte sie. Dieses Räuspern kannte sie. Sie wusste, wer da kam.

Kies knirschte unter schlurfenden Schritten. Die Person schob sich hinter der Hausecke hervor. „Hallo?", fragte sie krächzend. „Da sind Sie ja!"

Merle und Mario sahen sich unwillig um. Eine Person trat zu ihnen an den Tisch. Es war der Karpfen.

„Hier find ich sie endlich", schnaufte er. „Ich war schon bei Ihnen zu Hause. Und vorn in der leeren Pizzeria. Ich lauf mir die Hacken nach Ihnen ab."

„Diesmal sogar nach dem Feierabend", sagte Mario.

„Sie können mir gratulieren." Der Karpfen verzog seine dicken, feucht glänzenden Lippen zu einem Lächeln. „Ich hab meinen Oheim überzeugt. Oder net ich hab ihn überzeugt, aber die Lage. Die Pflege macht ihn arm. Neues Geld muss her. Er hat endlich eingewilligt. Die Pizzeria wird verkauft."

Merle krümmte sich innerlich vor Schreck. War jetzt alles vorbei?

„Erst brauchen Sie einen Käufer, dann können Sie kündigen", sagte Mario.

„Keine Sorge, den Käufer find ich schon. Sie hören von mir. Bald steht die erste Besichtigung an."

Als er gegangen war, schaute Mario trübselig auf sein Auberginenbällchen. „Er hat ein Talent, mir den Appetit zu verderben."

„Das lass ich mir nicht gefallen", sagte Merle und biss ab. Sie kaute mit vollen Backen. Als sie schluckte, spürte sie, wie sich die Nahrung zusammenballte, wie sie ihr schwer im Magen lag. Trotzdem schob sie noch einmal nach.

„Wir pachten die Ratsstube", sagte sie mit vollem Mund. „Die Ratsstube ist ein Restaurant, das läuft, wenn man es richtig anpackt. Was hältst du davon?"

Mario sah sie mit großen Augen an. „Gemeinsam?", fragte er.

„Ja."

„Als Paar?"

„Ist das eine Bedingung?"

Mario musterte sie mit schief gelegtem Kopf.

Musste man ein Paar sein, um ein Restaurant zu führen? „Wie auch immer", antwortete sie schließlich. Sie schob noch ein Stück Auberginenbällchen in den Mund und zerkaute es knackend. „Das werden wir sehen."

Mario schwieg.

„Gleich morgen erkundige ich mich bei der Stadt nach den Konditionen“, sagte Merle. „Fragen kostet nichts. Dann können wir weitersehen.“

Kapitel 40

Am Freitagnachmittag war Kurt auf dem Weg durch die Flure des Rathauses, eine Mappe mit Fotos fest in der Hand. Er wollte nicht, dass jemand anderes die Bilder sah, er würde sie jedoch Frau Mbembe übergeben.

Frau Mbembe war die Leiterin des Fachbereichs für Eigenbetriebe und das Kind von Eltern, die schon vor ihrer Geburt aus Kamerun geflohen waren und Asyl erhalten hatten. Die junge, tüchtige Frau hatte in der Stadtverwaltung von Heimlingen Karriere gemacht und war die Leiterin des Fachbereichs für Eigenbetriebe.

Gleichzeitig war sie in der CDU aktiv. Unter den anderen Mitgliedern wirkte die junge Deutschafrikanerin wie ein Paradiesvogel. Und als hätte die Partei beschlossen, sich mit einer einmaligen Aktion einen Modernisierungsschub zu verleihen, hatte man sie zur Schatzmeisterin gewählt.

Sie gehörte mit Sicherheit nicht zu Schätzles Seilschaft. Vermutlich eher das Gegenteil.

Kurt schätzte sie als fähige, kompetente Mitarbeiterin und er hoffte, dass sie ihn ihrerseits als guten Chef schätzte.

Heute stand wieder eine neue Demonstration der Gegner des Neubaugebietes bevor, die ersten Leute versammelten sich bereits. Doch er hatte beschlossen, sich dadurch nicht von seiner Arbeit abhalten zu lassen. Er sah keinen Sinn darin, hinauszugehen und mit den Leuten zu reden. Sie würden ihn einfach nur ausbuhen.

Stattdessen ging er mit den Bildern zu Frau Mbembe. Die Fotos hatte Merle ihm gestern von Frau Schätzle überbracht. Sie zeigten Hubert Schätzle zusammen mit einer Geliebten vor einem gewissen Hotel Edelweiß im Hochgebirge, wahrscheinlich in den Alpen.

Es war Schätzles gutes Recht, eine Geliebte zu haben. Das ging weder die Stadt noch die CDU noch Kurt etwas an, sondern nur seine Frau. Mit welchem Geld Schätzle seine Geliebte ausführte, war jedoch möglicherweise eine interessante Frage für jedermann.

Eine Frage, deren Antwort Kurts Problem mit dem ehemaligen Bürgermeister vielleicht ein für alle Mal lösen würde. Das Geld fürs Hotel stammte nicht von Schätzles Privatkonto, das hatte seine Frau versichert. Woher aber dann? Vielleicht könnte er die Schatzmeisterin der CDU dazu bewegen, dieser Frage nachzugehen. Aus der Parteikasse konnte Schätzle das Geld kaum genommen haben, das wäre aufgefallen. Aber gab es vielleicht eine schwarze Kasse, auf die nur der Ex-Bürgermeister Zugriff hatte?

Während Kurt noch über diese Fragen nachdachte, entdeckte er weiter vorn im Korridor eine vertraute Gestalt, die aus Frau Mbembes Amtszimmer kam.

Es war Merle.

„Was machst du denn hier?", fragte er verblüfft.

Sie schien sich nicht zu freuen, ihn zu sehen. Fast kam es ihm so vor, als fühlte sie sich ertappt.

„Und du?“, fragte sie.

Er lachte. „Ich bin der Bürgermeister. Schon vergessen? Und das hier ist das Rathaus.“

„Und ich bin Bürgerin dieser Stadt“, antwortete Merle nun doch auf seine Frage. Falls man das eine Antwort nennen konnte. „Natürlich habe ich schon mal was auf dem Rathaus zu erledigen.“

„Bei Frau Mbembe?“, fragte Kurt.

„Richtig.“ Merle sah ihn herausfordernd an.

„Du bist meine Frau. Es geht mich durchaus etwas an, was du beim Fachbereich für Eigenbetriebe machst.“

„Ach ja?“

„Langsam kommt mir ein Verdacht.“

„Und der wäre?“, fragte Merle.

„Denkst du wirklich, Frau Mbembe würde mir so etwas nicht erzählen?“

„Was denn?“, gab Merle gereizt zurück.

„Dass meine Frau die Ratsstube pachten will.“ Es war nicht so schwer, eins und eins zusammenzuzählen.

Er sah, dass er richtig lag. Merle verkniff den Mund. Er hatte den Nagel auf den Kopf getroffen.

„Ich habe mich nur nach den Bedingungen erkundigt“, sagte sie. „Mehr nicht. Das ist mein gutes Recht.“

„Niemand erkundigt sich nach so was, der nicht auch Absichten hat.“

„Ja und? Darüber hast du nicht zu entscheiden. Das ist meine Sache.“

„Du willst ein Restaurant führen?“, fragte Kurt. „Und redest nicht einmal mit mir darüber?“

„Nicht allein", entgegnete Merle. Sie machte ein starres Gesicht, als wappnete sie sich gegen einen Sturm von Widerstand.

Kurt fühlte sich, als hinge ein Hammer über seinem Kopf, der gleich herunterkrachen würde. „Mit wem?", fragte er.

„Mit wem wohl?"

Es kam Kurt so vor, als hätte sein Herz sich aus seiner Brust gelöst und schwebte haltlos im luftleeren Raum. Da, wo sein Herz schlagen sollte, fühlte er eine dumpfe Leere. „Nicht mit Mario."

„Wieso nicht?", fragte Merle. Sie schaute verbissen. „Du hast doch auch Mitarbeiterinnen. Eine Sekretärin. Verbiete ich dir deswegen, ins Büro zu gehen?"

„Wie sieht das aus, wenn meine Ehefrau ein Restaurant pachtet, das der Stadt gehört? Ich sage Nein."

„Nein als Ehemann?"

„Nein als Bürgermeister." Kurt würde keinen Millimeter zurückweichen.

„Das kannst du nicht machen. Du nutzt ..."

Die Tür von Frau Mbembes Zimmer ging auf. Die junge Frau kam heraus und schaute sich um.

Kurt merkte plötzlich, dass sie laut geworden waren. „Wir reden später darüber", sagte er zu Merle.

Sie maß ihn mit einem aufgebrachten Blick.

„Heute Abend", sagte Kurt. „Komm heute Abend zu mir."

„Allerdings." Merle schien vor Zorn zu beben. „So bleibt das nicht stehen."

Kapitel 41

Gerade noch hatte Merle mit Kurt gestritten. Jetzt hatte sie es eilig. Sie musste los und Frau Sutter zur Demonstration fahren. Das hatte sie der ehemaligen Chefin versprochen.

Sie parkte vor der Johann-Peter-Hebel-Seniorenresidenz, ging zu Frau Sutters Gebäude und drückte auf die Klingel. Ihr Herz hämmerte vor Zorn. Sie wusste nicht, wie sie sich soweit zusammenreißen sollte, dass sie mit Frau Sutter ein paar normale Worte wechseln konnte.

Wie beim ersten Mal ertönte der Türsummer, ohne dass Frau Sutters Stimme aus der Gegensprechanlage gekommen wäre. Merle stieg die Treppe hinauf, und auch diesmal stand Frau Sutter, auf ihren Rollator gestützt, in der Wohnungstür.

Sie trug Straßenschuhe und eine leichte Sommerjacke. Ihre große, hagere Gestalt war über den Rollator gebeugt. Der Riemen ihrer Handtasche baumelte aus seinem Korb.

„Ich dachte schon, Sie kommen gar nicht mehr", sagte Frau Sutter statt einer Begrüßung. „Sie müssen noch mein Plakat holen." Sie deutete hinter sich in die Wohnung.

„Sie könnten auch mal Danke sagen", knurrte Merle verärgert. An einer Höflichkeit wäre sie jetzt erstickt.

Sie ging an Frau Sutter vorbei ins Wohnzimmer. Dort lagen ein paar große Bögen weißen Plakatkartons auf dem Tisch, daneben ein dicker Filzstift. Die Sachen hatte wohl Sara oder eine ihrer Freundinnen aus der Bürgerinitiative gebracht.

Auf dem obersten Karton stand in großen, zittrigen Buchstaben: „Jung und Alt, Zusammenhalt."

Als Frau des Bürgermeisters hatte Merle nicht an der Demonstration gegen das Neubaugebiet teilnehmen wollen, doch jetzt war alles anders. Sie schnappte sich den Filzstift und einen weißen Karton und malte in dicker, schwarzer Schrift: „Gleiches Recht für alle." Das würde niemand verstehen, doch es würde auch keinen stören. Falls Kurt es aber sah, wüsste er Bescheid.

Vor dem Rathaus wurden sie von einer Gruppe junger Leute in Empfang genommen. Zwei Mädchen bugsierten Frau Sutter behutsam aus dem Auto, luden den Rollator aus und zogen mit der alten Dame davon. Anscheinend hatten Sara und ihre Mitstreiterinnen nicht nur einen Abholservice, sondern auch einen Empfangsservice organisiert, damit angesichts der wenigen Haltemöglichkeiten für Autos kein Chaos entstand.

Merle fuhr ein Stück weiter, parkte und ging mit den beiden Plakaten zum Rathausplatz zurück.

Frau Sutter saß zwischen einer Handvoll alter Damen und einigen alten Herren auf ihrem Rollator, krumm und knorrig wie ein alter, blattloser Baum. Merle stellte ihr den Plakatkarton mit dem Spruch auf den Schoß – *Jung und Alt, Zusammenhalt.* Frau Sutter griff mit ihren knotigen Fingern zu und hielt ihn fest gepackt.

Merle schaute sich um. Neben Frau Sutter saß ein alter Herr im Rollstuhl, in dessen Nase der Schlauch eines Sauerstoffgeräts steckte. Bei jedem Atemzug wackelte er leicht mit dem Kopf. Auch er hielt einen Karton mit einem Spruch auf dem Schoß – *Nicht abreißen. Einziehen.* Ein Stück hinter ihm stand eine rüstige Dame mit weißen Locken, auf einen Stock gestützt. Sie hatte sich ihren Karton um den Hals gehängt – *Umbauen statt neu bauen.* Die freie Hand hatte sie auf den Griff eines Rollators gelegt, auf dem ein sehr kleines, in sich zusammengesunkenes Weiblein mit tiefen Falten hockte. *Alte Häuser für junge Familien*, lautete der mit krakeliger Schrift geschriebene Spruch auf dem Plakat.

All diese Senioren hatten ihre Kraft zusammengerafft und sich hierher begeben, weil das, was hier geschah, ihnen wichtig war. Ständig kamen weitere Autos an, denen noch mehr betagte Herrschaften mit ihren Rollatoren und Plakaten entstiegen. Auch sie wurden von den jungen Leuten in Empfang genommen und auf die Mitte des Rathausplatzes geleitet.

Schließlich waren etwa zweihundert Menschen versammelt. Die Jugendlichen und die jüngeren Männer und Frauen stellten sich im Halbkreis hinter den Senioren auf, die Gesichter zum Rathaus gewandt. Auch sie hielten Transparente, Kartons und Holzschilder mit Sprüchen. *Bauen heißt Umwelt versauen. – Neubau ist Naturklau. – Moosweiher für die Reiher.*

Eine blecherne Lautsprecherstimme ertönte. Merle suchte das Megafon. Sie erkannte die zierliche Gestalt und die pechschwarzen Locken sofort. Sara sprach in die Flüstertüte. Na, da würde Kurt sich freuen.

„Moosweiher bleibt“, intonierte sie. Die Versammelten schrien es ebenfalls. Dann wieder Sara, wieder die Menge. Ein Wechselgesang.

Sara trat zu der Gruppe der sitzenden Senioren und drückte einer alten Dame das Megafon in die Hand. Es war Frau Sutter. Die sah Sara verblüfft an. Sara redete leise mit ihr, und plötzlich rief Frau Sutter mit ihrer zitternden, krächzenden Stimme ins Megafon, was auf ihrem Plakatkarton stand: „Jung und Alt, Zusammenhalt.“

Während der Wechselgesang weiterging, spähte Merle zu den Fenstern des Rathauses hinauf, um zu sehen, ob Kurt irgendwo auftauchte. Die Demonstration der alten Leute würde ihn treffen, da war sie sich sicher. Sie gönnte es ihm. Er nutzte seine Stellung als Bürgermeister aus, um sie, seine Ehefrau, an der Verwirklichung ihrer Pläne zu hindern. Als hätte sie nicht die gleichen Rechte wie alle anderen Bürger. Auch sie hielt ihr Schild fest gepackt. Sie hatte ihre eigene Agenda.

Dann sah sie ihn. Er stand im ersten Stock an einem Fenster des Rathauses und schaute hinunter. Auch die anderen Demonstrierenden hatten ihn entdeckt. Pfiffe und Buhrufe ertönten. *Immer feste druff,* dachte sie. Sie schaute wütend hoch und schwenkte ihr Plakat.

Ob er sie in der Menge entdecken würde? Ob er sehen würde, dass er sie so weit getrieben hatte, dass sie ihn verriet? Nicht nur seine Tochter demonstrierte gegen ihn, sondern nun auch seine Frau? Das würde überall die Runde machen.

Sie heftete den Blick in sein Gesicht. Sie sah, wie er zusammenzuckte. Ja, er hatte sie entdeckt.

Kapitel 42

„Setz dich doch, bitte", sagte Bea zu Merle. „Du tigerst hier auf und ab, als wäre meine Wohnung ein Käfig."

„Dass Kurt mich so ausmanövriert, macht mich total fuchtig. Es ist eine Riesensauerei, wie er sein Amt ausnutzt. Ich hab es satt, die Frau des Bürgermeisters zu sein. Es steht mir bis hier." Sie machte eine entsprechende Geste.

„Dann sind die Würfel also gefallen?", fragte Bea. „Du trennst dich von Kurt?"

„Ich muss mit ihm reden", sagte Merle. „Und ich werde noch heute Abend mit ihm reden. Mal sehen, was passiert. Ob wir uns die Köpfe einschlagen. Ich garantiere für nichts."

„Iss erst mal was", sagte Bea. „Geh nicht mit leerem Magen hin."

Merle beobachtete im Hin- und Hermarschieren, wie Bea sich in der Küche zu schaffen machte. Ein ganz neuer Anblick. Bea nahm einen Rest Salzkartoffeln aus dem Kühlschrank, schnitt sie in Scheiben und gab sie mit Öl in eine Pfanne. Wie sie mit einer Schürze am Herd stand, sah sie wie ein Hausmütterchen aus und nicht wie die Frau, die täglich ein Dutzend Männer herumscheuchte.

„Die Pizzeria lief perfekt“, sagte Merle. „Und dann ist Marios Pacht gekündigt worden. Es ist zum Kotzen.“

„Wieso kauft ihr sie nicht?“, fragte Bea. „Du und Mario?“

Sie schlug Eier auf und ließ sie neben den Bratkartoffeln in die Pfanne gleiten. Merle sah, wie Stückchen von Eierschale ins Gebrutzel fielen und die Eigelbe zerliefen.

„Vergiss das Salz nicht“, riet sie Bea, bevor sie sich auf die Zunge beißen konnte. Jetzt hatte sie doch ihren Senf dazugegeben und würde etwas essen müssen. Das kam davon.

„Ihr wäret ein gutes Team“, fuhr Bea ungerührt fort. „Mario und du. Als Restaurantbesitzer.“

Merle betrachtete nachdenklich Beas Profil. Ihr Mund bildete einen energischen Strich.

„Wenn Kurt schon einschreitet, obwohl wir nur pachten wollen, wie würde er sich erst querstellen, wenn ich mit Mario etwas kaufen wollte?“, wandte Merle ein.

„Musst du dich darum scheren?“, fragte Bea. „Heißt es nicht, selbst ist die Frau?“

„Kurt und ich haben uns nie um Geld gestritten“, sagte Merle. „Sollen wir jetzt damit anfangen?“

„Wenn es um die Wurst geht, schon“, antwortete Bea. „Oder besser gesagt, um die Pizza.“

Merle sah am Rauch, der aus der Pfanne aufstieg, dass die Kartoffeln ansetzten, ließ Bea aber machen. Sie war zu sehr mit ihren eigenen Gedanken beschäftigt. „Lösungen gibt es immer“, sagte sie. „Es gibt auch noch andere Restaurants. Aber darum geht es nicht unbedingt. Ich kann es nicht fassen, dass Kurt mich austrickst. Das hätte ich ihm niemals zugetraut.“

„Kurt weiß, was auf dem Spiel steht", sagte Bea. „Er spürt, dass ihr, Mario und du, dass ihr das bessere Paar wärt."

„Ist das so?", fragte Merle. „Muss ich mich wirklich zwischen Kurt und Mario entscheiden? Kann ich nicht beides haben, ein Restaurant mit Mario und meine Ehe mit Kurt?"

„Sei ehrlich mit dir", sagte Bea. Sie stellte zwei Teller auf den Tisch und lud auf jeden einen Berg Bratkartoffeln mit Rührei.

Merle musterte ihr Essen lustlos. Mit der Gabel fischte sie ein paar Eierschalenstücke aus dem Gericht und schob sie an den Tellerrand.

„Das lässt sich leicht analysieren", sagte Bea. Sie schaufelte Rührei in sich hinein und sprach mit vollem Mund. „Es gibt drei Akteure. Wenn auch nur einer von ihnen mit einer Dreiecksbeziehung nicht einverstanden ist, kann es nicht funktionieren."

„Wer redet denn von einer Dreiecksbeziehung?", fragte Merle.

„Ich", antwortete Bea. „Mario bedeutet dir viel, das hast du selbst gesagt. Wenn du ihn siehst, hast du Schmetterlinge im Bauch."

Um nicht antworten zu müssen, schob Merle sich eine Kartoffel in den Mund und kaute. Dann beschäftigte sie sich angelegentlich mit der nächsten Gabel voll Omelett und tat so, als wäre sie ins Essen vertieft.

„Kurt wird das nicht hinnehmen", sagte Bea. „Darauf kannst du Gift nehmen. Da kannst du auch gleich Nägel mit Köpfen machen und die Würfel rollen lassen. Wie lange beschwerst du dich schon über Kurt? Von zwei Männern in deinem Leben ist einer zu viel. Und der heißt nicht Mario."

Merle ärgerte sich, obwohl Bea nichts sagte, was sie nicht schon selbst gedacht hatte. Nämlich dass sie zwischen den beiden Männern entscheiden musste. Sie schob den Teller weg. „Zumindest hat Mario den Vorteil, dass ich ihn nicht vor Wut umbringen könnte", sagte sie und stand auf. „Kurt könnte ich erwürgen. Ich hasse es, wenn jemand seine Macht ausnutzt. Das lasse ich mir nicht bieten."

Sie ging in die Diele, zog eine Sommerjacke an und warf sich ihre Handtasche über. Mit finster gerunzelter Stirn sah sie Bea an. Die machte ein erschrecktes Gesicht, begriff dann aber, dass der Blick eigentlich Kurt galt. „Das lasse ich ihm nicht durchgehen", sagte Merle. „Warte nur ab. Du wirst schon sehen."

Kapitel 43

„Versuch doch, mich zu verstehen", sagte Kurt. Sie standen einander im Wohnzimmer ihres Hauses gegenüber. Merle hatte sich geweigert, sich zu setzen. „Du bist meine Frau. Ich bin der Bürgermeister. Wenn du die Ratsstube von der Stadt pachtest, werden alle von Vetternwirtschaft reden."

„Wieso? Jeder könnte sie pachten. Warum nicht ich?"

„Du hast keine Erfahrung als Restaurantbetreiberin. Die Stadt achtet auf so etwas."

„Mario hat genug Erfahrung, und Frau Mbembe wirkte interessiert. Sie hat nichts von Vetternwirtschaft erwähnt."

„Falls die Ratsstube mit euch den Bach runtergeht, wird jeder mit dem Finger auf mich zeigen. Dann heißt es, ich hätte der Stadt finanziellen Schaden zugefügt. Du weißt, wie die Leute sind." Kurt machte eine Pause. Sie schwiegen. „Merle", sagte er und streckte ihr beide Hände hin.

Merle ergriff sie nicht. Kurt trat einen Schritt auf sie zu, und Merle wich einen Schritt zurück.

„Du willst es nicht, weil Mario mein Partner wäre", spie sie Kurt entgegen.

„Ich will jeden Anschein von Mauschelei vermeiden."

„Du glaubst es sogar selbst", schimpfte Merle. Sie sah ihn verächtlich an. „Deine eigenen Ausreden glaubst du."

„Ich habe gesehen, wie du ihn anschaust", presste Kurt zwischen zusammengebissenen Zähnen hervor. „Mit welchem verliebten Blick, voller Bewunderung."

Merle erschrak. So offensichtlich war es gewesen? Einen Moment lang hatte er ihr den Wind aus den Segeln genommen. Dann fing sie sich wieder. Grollend sah sie Kurt an. „Du nutzt deine Position aus", sagte sie. „Du kannst mir Steine in den Weg legen, weil du der Bürgermeister bist, und du tust es."

„Während du dich an Schätzle ranschmeißt", sagte Kurt. „Ausgerechnet seiner Enkeltochter hast du das Los zugeschanzt. Was für ein billiger Trick."

„Das stimmt nicht." Die Unterstellung machte Merle noch wütender. „Wie hätte ich das anstellen sollen?"

„So etwas soll Zufall sein? Das glaube ich nicht. Du arbeitest mit Tricks. Und dann demonstrierst du auch noch gegen mich und stellst mich vor den Augen der ganzen Stadt bloß."

„Weil du es verdient hast. Du missbrauchst deine Macht gegen mich."

Kurt ging aufgebracht hin und her, ließ sich aber schließlich auf der Couch nieder. „Komm, setz dich zu mir", sagte er versöhnlicher. „Lass uns miteinander reden, statt uns im Stehen anzuschreien."

Merle nahm auf der Kante des Sessels Platz, bereit, jederzeit aufzuspringen.

„Ich habe mir viel Mühe mit dem Garten gegeben", sagte Kurt. „Damit du eine Freude hast. Und ich habe mich mit Sara auseinandergesetzt. Inzwischen verstehen wir uns wieder besser, fast wie früher. Es ist eine Schande, dass sie eine Meisterköchin zur Mutter hat, aber aus dem Internet kochen lernen muss."

„Na ja, der Hunger hat sie zur Köchin gemacht."

„So oder so, unsere Tochter hat ein heiles Elternhaus verdient. Soll sie wirklich Eltern bekommen, die in Scheidung leben?"

„Von Scheidung redet bisher keiner", murmelte Merle.

„Aber du wirst davon reden", sagte Kurt. „Wenn die Ratsstube gut läuft, bist du über kurz oder lang mit Mario ein Paar. Das ist so unausweichlich wie das Amen in der Kirche. Wenn sie aber schlecht läuft, habe ich den ganzen Kladderadatsch am Hals. Wenn ihr Pleite macht, wird man mir vorwerfen, meine Frau begünstigt zu haben. So oder so sind die Aussichten beschissen."

Merle sprang aufgebracht auf. „Das kann nicht dein letztes Wort sein!", rief sie wütend. „Das lasse ich nicht zu. Ich habe das gleiche Recht wie alle, ob ich nun deine Frau bin oder nicht. Ich lasse mich nicht diskriminieren." Sie hatte einen riesigen Kloß Wut im Hals, der sie am Reden hinderte. Dann spuckte sie es in einem Schwall heraus: „Die Sechzigerjahre sind vorbei. Damals brauchte eine Frau die Erlaubnis ihres Mannes, um zu arbeiten. Um ein Geschäft zu tätigen. In welchem Jahrhundert lebst du eigentlich?"

„Merle", sagte Kurt erneut. „Liebling, komm zu mir."

Aber sie packte ihre Handtasche und stürmte aus dem Haus.

Kapitel 44

Merle ließ ihr Auto in der Zufahrt stehen und ging zu Fuß. Sie musste sich durch Bewegung Luft verschaffen. Sie kochte vor Zorn. Wollte sie wirklich mit einem Mann verheiratet sein, der ihr Knüppel zwischen die Beine warf, wenn sie einen Plan ins Auge fasste?

Sie drehte und wendete die Möglichkeiten hin und her. Die Ratsstube würden sie nicht pachten können, so viel war klar. Aber Mario und sie könnten die *Pizzeria am Fluss* kaufen. Sie hatte noch das Geld aus ihrer Abfindung durch das Hotel Sonne. Das könnten sie als Anzahlung verwenden und einen Kredit aufnehmen. Und falls das nicht reichte? Sie konnte von Kurt verlangen, dass er sie auszahlte. Als Vorschuss auf die Scheidung. Sie hatten gemeinsam Vermögen erwirtschaftet. Sie hatten das Haus.

Tief in Gedanken versunken, merkte Merle plötzlich, dass sie vor einer Tür stand und schon seit einer Minute den Türgriff anglotzte. Sie schaute sich um.

Die Holztür vor ihr war groß und massiv, hatte zwei Flügel und in der Mitte jedes Flügels ein Glasfenster, durch das sie in eine Halle mit gefliestem Boden schaute. Sie trat einen Schritt zurück. Sie befand sich vor einem weiß verputzten Gebäude mit Türen- und Fenstereinfassungen aus rotem Sandstein und roten

Sandsteingesimsen, wuchtig und repräsentativ, so wie man zu Beginn des letzten Jahrhunderts für die Öffentlichkeit gebaut hatte.

So konzentriert hatte sie nachgedacht, dass sie gar nicht gemerkt hatte, dass sie zum Heimlinger Bahnhof gegangen war.

Sie drückte den Griff der Bahnhofstür herunter, doch die war verschlossen.

Auch wenn sie nicht bewusst entschieden hatte, zum Bahnhof zu gehen, wusste sie genau, was sie dort wollte. Seit dem Tag, an dem sie im Internet-Telefonbuch Angelo Di Dios Adresse in Karlsruhe entdeckt hatte, drängte sie den Gedanken immer wieder zurück. Aber sie wollte ihren Erzeuger sehen. Und jetzt begriff sie auch, wieso. Um ihren Zorn über ihn auszukippen.

War er nicht an allem schuld? Wenn sie als Kind das Gefühl gehabt hatte, dass ihre Mutter ihren Papa nicht so liebte, wie er es verdient hätte: Steckte nicht Angelo Di Dio dahinter? Wenn sie die Liebe ihrer Mutter niemals spüren konnte, war das nicht Angelo Di Dios Werk? Wenn sie sich als Fremde in der eigenen Familie fühlte, eine Außenseiterin, die anders aussah als alle: Hatte er nicht ihre Mutter verführt? Hatte dieser „Engel Gottes" nicht ihr, Merle, die erste und tiefste Wunde ihres Lebens zugefügt?

Und ihr Zorn auf Kurt, auf seine sperrige, ihren Plänen widerstrebende Präsenz: War der nicht ein Echo ihrer Wut auf Angelo Di Dio, der sie von Anfang an, schon vor ihrer Geburt, missachtet hatte?

Sollte sie wirklich alles zerstören, was Kurt und sie sich in ihrer Ehe aufgebaut hatten?

Nein. Bevor sie eine solch weitreichende Entscheidung traf, die sie nicht mehr rückgängig machen konnte, würde sie einen Schritt zurücktreten.

Ereignisse, die schon vor ihrer Geburt geschehen waren, hatten ihr ganzes Leben auf ein schiefes, wackliges Fundament gestellt. Merles Kindheit war auf der Lüge errichtet gewesen, dass das Fehlen ihres leiblichen Vaters keine Rolle spielte. Aber ihre Mutter, die ihren Erzeuger totschwieg, hatte sie gleichzeitig nie vergessen lassen, dass sie das Kind des falschen Vaters war.

Der Mann, den Merles Mutter nur den Schuft nannte, hatte sich vor der Verantwortung gedrückt, und Merle musste es ausbaden.

Bevor sie im Zorn eine Entscheidung traf, die sie für immer von Kurt trennen würde, wollte sie einen Blick auf das werfen, was ihr so vieles in ihrer Kindheit vergällt hatte. Sie wollte ihren Zorn an der Adresse abliefern, wo er hingehörte, und spürte, wie die Empörung über ihren Schuft von Vater die Verärgerung über Kurt hinwegschwemmte.

Nie hatte sie über ihren Vater nachgedacht, bis Mario auftauchte. Immer hatte sie sich Grübeleien über ihren Erzeuger verboten. Und ihr war nun auch klar, warum. Die Gedanken an ihn waren wie ein schwarzes Loch, das alle Liebe, alle guten Gefühle in ihrem Inneren aufsaugte.

So wollte sie nicht leben. Mit einer Verbotszone in ihrer Seele. Sie würde ihren Vater konfrontieren. Und wenn es Streit gab, dann hätte sie wenigstens das: ein Gesicht und die Erinnerung an einen Streit statt dieser kalten Leere, dieses Nichts.

Sie ging hinter das Bahnhofsgebäude und betrachtete den Aushang mit dem Fahrplan. Der Spätzug nach Basel fuhr in einer halben Stunde. Einer Reise-App in ihrem Handy entnahm sie, dass sie mit einem Mal Umsteigen gegen halb zwei Uhr nachts in Karlsruhe eintreffen würde.

Jedes Ding hat seine Zeit. Sie raffte ihren Zorn zusammen, hüllte ihre Wunde in einen Mantel aus Empörung. Jetzt oder nie.

In Karlsruhe angekommen, umfing Merle auf dem Bahnsteig eine hohe Gleishalle – wie ein Rachen aus Glas und Stahl. Hastig durchquerte sie das Bahnhofsgebäude, das sie ausspie in die Nacht, als hätte sie nicht geschmeckt. Am Taxistand nannte sie Angelo Di Dios Adresse.

Der Wagen brachte sie zu einem mehrgeschossigen Wohnblock, der sich wie ein Riegel die vierspurige Straße entlang zog. Als sie sich der Tür näherte, sprang eine Außenleuchte an, und sie studierte das Klingelbrett. Da war der Name schwarz auf weiß. Angelo Di Dio. Im zweiten Geschoss.

Sie dampfte noch immer vor Zorn. Während der Zugfahrt hatte sie sich noch mehr hineingesteigert. Dieser Mann war aufgetaucht und hatte ihre Familie zerbrochen, als sie gerade erst im Entstehen begriffen war. Ihre Eltern hatten alles schlecht und recht wieder zusammengeklebt. Mit dem Labyrinth der Schrunden und Abgründe, der Löcher und schlecht verheilten Wunden war Merle aufgewachsen. Und dafür hasste sie ihren Vater.

Gleichzeitig wusste sie, dass sie ihren Zorn brauchte, um ihre Angst vor dieser Begegnung zu überwinden.

Sie würde sich nicht zurückweisen lassen. Nicht noch einmal. Sie würde einen Kübel Wut über ihm auskippen und gehen. Sie hielt sich an ihrer Erbitterung fest wie an einer Waffe.

Versuchsweise drückte sie gegen die Eingangstür, die aufsprang. Schlampige Mieter. Oder ein unfähiger Hausmeister.

Es gab keinen Lift, und sie stieg die schmale Betontreppe zu Fuß hinauf. Im zweiten Stock verlief der Flur aus grauem Beton in beiden Richtungen. Sie ging nach rechts und studierte im trüben Licht der Deckenleuchte die Namen an den Türen. Der Name ihres Vaters war nicht darunter.

Auf der linken Seite des Flurs war das Licht ausgefallen. Sie holte ihr Handy heraus und machte es zur Taschenlampe. Von Klingelschild zu Klingelschild leuchtete sie die Namen ab.

Als sie ihn fand, gestattete sie sich keinen Moment des Innehaltens. Angelo Di Dio. Vor Zorn bebend klingelte sie Sturm.

Erst als die Klingel verhallt war und sie stumm im Halblicht stand, als auch auf der rechten Seite des Gangs die Lampen erloschen und nur noch ihr Handy im Dunkeln leuchtete, als sich aus dem Schweigen ein Geräusch löste und hinter der Tür ein Tappen und Scharren vernehmbar wurde, erst da erschrak sie. Was, wenn sie falschlag? Wenn dieser Angelo Di Dio nicht ihr Vater war und sie einen Wildfremden mitten in der Nacht aus dem Bett geklingelt hatte?

Die Tür öffnete sich einen Spalt weit, und eine Türkette spannte sich von innen quer über die Öffnung. Sie spähte hinein. Drinnen brannte Licht. Davor zeichnete sich eine Gestalt ab, deren Gesicht so verschattet war, dass sie die Züge nicht erkennen konnte.

Nur die Nase glänzte, von der Deckenlampe in Angelos Flur beleuchtet, und sprang ihr entgegen. Wenn man gnädig war, konnte man sie eine römische Nase nennen. Wenn man ehrlich war, hieß sie Hakennase.

Aus dem fremden, vom Schatten verdunkelten Gesicht ragte Merle ihre eigene Nase entgegen. Angelo Di Dio hatte ihren Zinken. Oder es war wohl andersherum. Sie hatte den Zinken ihres Vaters.

Statt ihn mit dem grellen Handystrahl anzuleuchten, wie sie es vorgehabt hatte, richtete sie die Taschenlampe von schräg unten gegen sich selbst und gab sich dem Blick des Mannes preis.

Würde er sie als seine Tochter erkennen?

Sie sah im Halbdunkeln, wie seine Augen zusammenzuckten, wie ihr weißer Glanz sich weitete. „Ursula?", fragte er erstaunt. Er entfernte die Türkette und öffnete die Tür. Dann schüttelte er verwirrt den Kopf. Es war, als wachte er aus einem Traum auf. „Wer sind Sie?", fragte er. „Was wollen Sie hier?"

Ein alter blauer Bademantel hing schlaff an seiner gebeugten, hageren Gestalt herunter. Darunter trug er eine Unterhose und ein weißes Shirt. Seine haarigen Altmännerbeine steckten in Pantoffeln. Seine grauen Haare standen ab, vom Bett zerzaust. Die Nase war wie ein Schnabel. Er blinzelte mit beiden Augen. Er sah aus wie ein erschreckter, aus dem Schlaf gerissener Vogel.

,Ursula' hatte er gesagt. Wie kam er dazu? Merle war überzeugt, dass sie ihrer Mutter kein bisschen ähnelte. Sie schwiegen und sahen sich an. Schließlich sagte der alte Mann: „Komme Sie reine." Sein italienischer Akzent war unüberhörbar.

Die Küche war einfach. Ein Tisch mit einer Wachstuchdecke. Vier abgenutzte Stühle. Herd und Kühlschrank wirkten alt, dazwischen eine Arbeitsplatte und Holzschränke, die nicht zueinander passten und so aussahen, als wären sie beim Trödler aufgelesen. Gelbes Licht strömte von einer Deckenleuchte mit altmodischem Glasschirm herab.

Sie setzten sich einander gegenüber. Merle schaute auf die Wachstuchdecke. Weiße Muscheln, Ankersymbole und Taue, die geometrisch angeordnet über einen tiefblauen Grund trieben. Sie wusste nicht, wie sie anfangen sollte, und blickte auf. Di Dio hatte den Blick auf sie geheftet und schaute nicht weg, als sie zurücksah. Sein Blick saugte sich an ihrem fest. Es kam ihr so vor, als wäre sein ganzer Körper angespannt, als würde er vor Spannung vibrieren. Er bewegte die Lippen, sagte aber nichts.

„Sie sind mein Vater, oder?" Merle war sich sicher. Sie empfand keinen Zorn mehr. Nur ein tiefes Aufgewühlt sein und das Gefühl, dass sich das, was jetzt geschah, ihrer Kontrolle entzog. Sie hatte etwas in Gang gesetzt und konnte es nicht mehr aufhalten, wohin auch immer es führte.

„Ich habe keine Kinder", antwortete Di Dio. Sein Blick war noch immer gespannt auf sie geheftet. Sie schwiegen.

Merle ließ ihn keinen Augenblick aus den Augen. Es war ihr, als brenne sein Blick auf ihrer Haut, als leuchtete er ihr Gesicht, ihre Haare, ihre Augen, ihre Nase mit einer sengenden Lampe ab. Di Dio öffnete die Lippen wie zum Sprechen, doch noch immer blieb er stumm. Dann kamen doch noch Worte heraus. „Ich habe Frau gekannt. Ursula. Junge Frau, sehr lieb. Viele, viele Jahre ist her. Du siehst aus wie Ursula.“

Merle war verblüfft. „Ich sehe meiner Mutter doch überhaupt nicht ähnlich“, sagte sie.

Sein Lächeln war fast ein wenig spöttisch. „Du siehst aus wie sie“, stellte er noch einmal fest.

Merle hatte erwartet, dass er sie vielleicht an ihrer Nase erkennen würde. Am Zinken, der ihm wie aus dem Gesicht geschnitten war. Dass er eine Ähnlichkeit mit ihrer Mutter entdeckte, überrumpelte sie vollkommen. „Das verstehe ich nicht“, sagte sie. „Meine Mutter war blond, ich bin schwarzhaarig. Sie hatte ein rundes Gesicht, ich hab ein schmales. Sie hatte blaue Augen, ich braune. Alles ist anders.“

„Blaue Augen, braune Augen ist nur Äußeres. Du schaust wie sie. Genau selbe Blick. Vergesse ich nie.“

Merle legte die geballten Fäuste auf den Tisch. „Warum hast du sie im Stich gelassen? Und mich? Warum hast du sie schwanger sitzen lassen?“

Ihr Vater schaute, als hätte er etwas vor Augen, was nur er sehen könnte. Wieder bewegte er lautlos die Lippen. „Ich wusste nicht“, sagte er schließlich. „Ich hatte keine Ahnung.“

Merle lachte höhnisch. „Was hast du nicht gewusst?“

„Ich wusste nicht Ursula schwanger“, sagte er.

Merle funkelte ihn wütend an. „Das sagst du nur. Du denkst wohl, ich bin blöd.“

„Nein. Ist Wahrheit.“

„Dann sag: Wieso bist du gegangen?“

Di Dio schluckte. Sie sah, wie sein Adamsapfel hüpfte. „Ich erzähle dir ganze Geschichte", sagte er. „Von Anfang an. Wie ich Ursula kennenlerne: Ich arbeite damals bei Dynamit Nobel. Einmal sonntags mache ich Ausflug nach Basel. Da sitzt am Ufer vom Rhein wunderschönes Mädchen. Es war Liebe auf ersten Blick, wie man sagt. Und guck an: Sie ist Deutsche, sie wohnt in gleiche Stadt in Deutschland wie ich. Macht Schneiderlehre."

Merle stellte sich vor, wie ihre Mutter mit dem schwarzhaarigen jungen Mann am Rheinufer saß, wie sie plauderten und flirteten. Ihre Mutter, die damals schon die Verlobte ihres Papas war.

„Sie ist verliebt und ich bin verliebt. Beide Liebe. Aber sie will nicht. Sie hat andere junge Mann. Und ich bin Italiener. Nicht gut. Ich lasse aber nicht locker. Jeden Abend ich treffe sie. Wir reden. Wir lachen. Viel lachen. Und dann sagt sie, gut, ich will, dass du meine Eltern besuchst. Ich mache, dass sie dich einladen. Ich will deine Frau sein."

Merle stützte den Kopf in die Hände. Sie fühlte sich plötzlich traurig und erschöpft. Als hätten die Gefühle ihrer Mutter sich auf sie vererbt, stiegen sie nun in ihr selbst auf.

„Und dann zeugt ihr mich, und du machst die Biege und bist auf und davon. Auf Nimmerwiedersehen."

„Ich treffe ihre Eltern nie. Sie wollen mich nicht sehen. Meine Mamma in Sizilien ist krank. Ich nehme Urlaub, fahre hin. Sie ist sehr krank. Ich kündige Stelle bei Dynamit Nobel. Sie will nicht, dass ich deutsches Mädchen sehe. Dass ich deutsches Mädchen schreibe. Sie sagt: ‚Du heiratest Sizilianerin. Mädchen aus Dorf.‘ Ich mache gar nichts. Halte still. Dann ist Mamma tot.“

Merle musterte ihn. Erzählte er die Wahrheit? Waren die Mütter auf Sizilien damals so? Vielleicht. Es war eine andere Zeit. Ihr Vater sah so aus, als wäre alles wahr. Sein Gesicht war schmerzlich verzogen. Sie stellte sich vor, wie der junge Angelo damals aus Liebe zu seiner sterbenden Mutter alle eigenen Wünsche unterdrückt hatte.

„Ich fahre zurück in unsere Stadt in Deutschland. Aber Ursula ist weg. Ich klingele bei ihre Eltern. Ihre Mama macht auf. Sie sagt, Ursula ist tot. Ich bin sehr traurig.“

Merle sah ihn geschockt an. Ihre liebe Oma hatte so etwas getan? Dazu war sie fähig gewesen? Ihre Oma hatte alle derart hintergangen? Auch Merle, ihre Enkeltochter? Der hatte sie ihren leiblichen Vater geraubt. Merle war fassungslos.

„Sie hat gelogen“, sagte sie. „Meine Mutter hat geheiratet. Meinen Papa. Sie ist nach Heimlingen gezogen. Und dann kam ich zur Welt.“

„Es tut mir leid“, sagte ihr Vater. „Es ist traurige Geschichte.“

Merle saß zusammengesunken auf ihrem Stuhl, als trüge sie die Last von zwei Generationen auf den Schultern. Da waren ihre Mutter und ihr leiblicher Vater, die nicht zueinanderkommen konnten. Da waren ihre Großeltern – die Di Dios und die Eltern ihrer Mutter - die alles getan hatten, um diese Liebe zu zerstören. Und da war ihr lieber Papa, der abserviert worden war und der Merles Mutter und Merle trotzdem aus dem Schlamassel geborgen und versucht hatte, so etwas wie eine heile Familie zu schaffen.

„Hattest du eine Frau?", fragte Merle. „Später?"

Ihr Vater zuckte mit den Schultern. „Ein paar Freundinnen." Er sah Merle gespannt an. „Lebt Ursula noch?"

Merle schüttelte den Kopf. „Sie hatte einen Autounfall. Sie und mein Papa. Vor ein paar Jahren. Beide sind tot."

Angelo verzog die Mundwinkel nach unten. Er sah traurig aus. „Zweimal gestorben", sagte er.

Wollte Merle ihn trösten? Die nächsten Worte waren heraus, bevor sie darüber nachgedacht hatte. „Freust du dich, dass es mich gibt?", fragte sie.

Er hob den Kopf. Jetzt lächelte er. „Ja, Tochter, ich freue mich sehr."

Er bestand darauf, dass sie in seinem Bett schlief. Er sei ohnehin wach, sagte er und setzte sich in die Küche. Er bezog das Bett nicht frisch, und sie hatte seinen Geruch in der Nase, Rasierwasser und alter Mann. Sie schlief sofort ein.

Kapitel 45

„Wieso bist du gestern spät in Nacht gekommen?", fragte Angelo. „Und nicht zu normale Zeit?" Heute Morgen wirkte er fröhlich, geradezu aufgekratzt. Er hatte sein Frühstück beendet und war aufgestanden, um Espresso zuzubereiten.

Merle schluckte den letzten Bissen ihres Marmeladenbrots herunter. „Wäre ich nicht so wütend gewesen, wäre ich gar nicht gekommen.

„Wieso wütend?", fragte Angelo. Er gab Pulver in den Filter des Espressokochers und füllte den Wasserbehälter. „Ist traurige Geschichte, aber wieso bist du wütend?"

„Jetzt nicht mehr", sagte Merle. „Aber früher immer. Meine Mutter hat dich nur den Schuft genannt. Vielleicht hätte sie nie jemandem von dir erzählt, wäre ich nicht da gewesen. Aber ich war unübersehbar nicht das Kind ihres Mannes. Ich dachte, du wärest gegangen, weil ein Kind dir lästig war. Weil ich dir lästig war."

„Wenn ich damals von dir gewusst habe, alles ist anders. Ich dich wie ein Wunder hüten." Der Espressokocher zischte, und er nahm ihn von der Herdplatte.

Merle betrachtete ihn beim Hantieren. Trotz seines Alters war er flink und geschickt. „Ja, dann wäre alles anders gewesen." Sie dachte an ihren Papa, und ihre

Miene hellte sich auf. Was für ein schrecklicher Verlust, wäre sie nicht seine Tochter gewesen. Hätte Angelo ihre Mutter geheiratet, hätte Merle eine Kindheit gewonnen und eine andere verloren. Sie hätte andere Geschwister. Nicht Bea, sondern irgendwelche dann existierenden Schwestern oder Brüder. Andererseits gäbe es Bea nicht. Ihr schwirrte der Kopf bei diesen Gedanken. Sie wäre nicht die Tochter des liebevollen Bäckers und Konditors gewesen, der zu nachtschlafender Zeit aufstand, um in die Backstube zu gehen, und die Nachmittage mit den Kindern verbrachte, damit ihre Mutter ihren Job in der Schneiderei machen konnte. Stattdessen wäre sie, die älteste ihrer schwarzhaarigen Geschwister, vielleicht der ganze Stolz ihrer Mutter gewesen. Und Angelo, dieser Mann, den sie gestern noch nicht gekannt hatte, hätte sie auf den Armen getragen und ihr die Welt gezeigt.

Als Angelo ihr den Espresso einschenkte, probierte sie vorsichtig. Das Getränk war so bitter, als wäre es mit Asche zubereitet. Nachdenklich rührte sie zwei Würfel Zucker hinein. „Hättest du von mir gewusst und wärst geblieben, wäre alles anders gelaufen." Sie trank erneut einen Schluck. Stark gesüßt war der Espresso trinkbar. „So anders, dass ich nicht mehr ich wäre und mein Leben nicht mein Leben. Das ist ein verrückter Gedanke."

Angelo legte den Kopf schief. „Wäre vielleicht besser gewesen. Oder schlechter?"

„Es hat immer ein Loch gegeben", sagte Merle. „Das war das Loch, in dem du verschwunden warst. Es war wie etwas, das fühlbar vorhanden war, wie wenn man eine Figur aus einem Karton herausstanzt, und gerade dadurch, dass die Figur im Karton fehlt, ist sie da. Jetzt bin ich froh, dass ich dich kennengelernt habe. Dass mir ein echter Mensch gegenübersitzt.“

„Ich bin auch froh, dass ich Tochter habe“, sagte Angelo. „Große Überraschung.“

„Ich kann mir nicht vorstellen, wie es wäre, wenn meine Tochter ohne mich aufgewachsen wäre“, sagte Merle. Sie streckte ihm ihren Unterarm hin. „Hier hab ich meine Tochter Sara eintätowiert. Sie ist so gut wie erwachsen. Sie geht bald zum Studium weg.“

„Wieso Tätowierung?“, fragte Mario. „Findest du schön?“

„Meine Tochter ist mir wichtig“, antwortete Merle. „Sie ist in Gedanken immer bei mir. Das kann ruhig jeder sehen.“

Angelo deutete grinsend auf seinen Unterarm. „Soll ich mir hier Merle tätowieren?“

Merle stutzte. Es war eine merkwürdige Vorstellung. Sie schüttelte den Kopf. „Wir kennen uns doch kaum“, sagte sie.

„Ja“, sagte Angelo. Er machte ein trauriges Gesicht. „Wir sind wie Fremde.“ Dann heiterten sich seine Züge auf. „Aber ich habe Enkelkind. Habe ich nicht erwartet, dass ich alter Mann noch Tochter und Enkelkind kriege.“

Merle überlegte, ob sie Angelo von ihrem Problem erzählen sollte. Er war ein Unbekannter. Andererseits war er ihr Vater. Und er hatte miterlebt, wie Ursula zwischen ihm und Wolfgang geschwankt hatte, hatte selbst unter einer Situation gelitten, die Merle jetzt, eine Generation später und in gesetzterem Alter, zu wiederholen schien.

„Ich liebe meinen Mann“, erzählte sie. „Er heißt Kurt. Aber ich liebe auch einen anderen Mann. Mario. Einen Sizilianer.“

Angelo legte den Kopf schief. „Sizilianer wie ich?“

Merle schüttelte den Kopf. „Mario ist in Deutschland aufgewachsen. Aber trotzdem. Dass er aus Sizilien stammt, hat mich sofort zu ihm hingezogen.“

Angelo nickte. „Das ist Stimme von Blut“, sagte er.

„Was soll ich nur machen?“, fragte Merle. „Gestern war ich wütend auf Kurt, aber soll ich ihn deswegen wirklich verlassen? Wir waren so viele Jahre zusammen. Er unterstützt mich nicht bei meinen Plänen, legt mir Steine in den Weg. Darum wollte ich gehen.“

„Was hast du für Pläne?“

„Ich möchte ein Restaurant eröffnen, zusammen mit Mario.“

Angelo verzog unglücklich das Gesicht. „Schlimm für Kurt. Wenn er Restaurant verhindert, gehst du. Wenn er Restaurant nicht verhindert, bist du mit Mario zusammen und gehst auch.“

„Wieso? Kurt hat auch eine Sekretärin, aber ich sage ihm nicht, dass er nicht ins Büro darf, nur weil sie eine Frau ist.“

„Aber du liebst Mario“, wandte Angelo ein. „Hast du selbst gesagt. Kurt liebt seine Sekretärin nicht. Oder doch?“ Er sah Merle forschend an.

Sie schüttelte den Kopf.

„Hör in dein Herz“, sagte Angelo. „Neue Liebe scheint starke Liebe. Aber nur, weil neu ist. Für mich keine Liebe so stark wie älteste Liebe. Wie Liebe zu Ursula.“

„Du meinst, ich würde es bereuen, wenn ich Kurt für Mario verlasse?“

„Ich weiß nur das: Wenn Ursula meine Frau wäre, wäre ich glücklich. Würde ich meine Frau niemals verlassen.“

„Mario ist für mich Sizilien“, sagte Merle. „Ich hab Sizilien mein ganzes Leben vermisst, ohne es zu wissen. Und dann war plötzlich Mario da. Ein Mann, der wie ich auch Wurzeln in der Fremde hat.“

„Du brauchst nicht Geliebter, um Wurzeln zu kennen“, sagte Angelo. „Dafür hast du Vater.“

Mittags briet Angelo ihr Sardinen aus der Dose, mit Tomatenmark und getrocknetem Thymian. Dazu gab es Nudeln. „Kochst du gern?“, fragte sie.

Eine Frage, die sie sich oft gestellt hatte. Ob sie ihre Kochleidenschaft von ihrem leiblichen Vater geerbt hatte.

Er ging zu einem Regal und zog ein blaues Schulheft heraus. „Das ist Rezeptbuch von meine Mamma“, sagte er und klappte es auf. „Hat sie für mich geschrieben, als ich nach Deutschland arbeiten bin.“

Merle studierte die kleine, saubere Schrift. Die italienischen Wörter und Zutatenlisten.

„Schenke ich dir“, sagte er. „Lernst du Italienisch, lernst du wie Mamma kochen.“

Kapitel 46

Im Zug zurück nach Basel blätterte Merle im Schulheft mit den Rezepten ihrer sizilianischen Großmutter und versuchte, ein paar Wörter zu erkennen. *Pesto* war Pesto. *Maggiorana* vielleicht Majoran. *Zucchini* war Zucchini.

Als der Zug in einen Tunnel fuhr, blickte sie auf. Einen Moment lang meinte sie, im Fenster die Augen ihrer Mutter zu sehen. Sie schrak zusammen.

Was sie tatsächlich sah, war ihr eigenes Spiegelbild. Vor den schwarzen Tunnelwänden brach es sich in der von innen beleuchteten Scheibe und sah ihr entgegen.

Sie hatte immer geglaubt, sie hätte keinerlei Ähnlichkeit mit ihrer Mutter. Die war eine kräftige, rundliche Frau mit roten Wangen und blondem Haar gewesen. Merle selbst, zierlich und schwarzhaarig, sah ganz anders aus.

Hatte sie bisher gedacht.

In ihrem wabernden, von der Struktur der vorbeibrausenden Tunnelwände gestreiften Spiegelbild nahm sie jedoch etwas anderes wahr. Diese neue Sicht auf sich selbst war mit einem Mal da. Sie war wie ein Echo des Ausrufs, den Angelo ausgestoßen hatte, als er sie durch den Türspalt im Flur stehen sah. ‚Ursula!'

hatte er gerufen. Für ihn war die Ähnlichkeit derart groß, dass er seine Tochter auf Anhieb erkannte.

Und nun verstand Merle es auch. Etwas in ihrem Gesicht, nicht in der Form der Augen und des Mundes, sondern in ihrem Ausdruck, erinnerte sie an ihre Mutter.

Dazu kam noch, dass Merle ihren Vater endlich leibhaftig gesehen hatte. Sie wusste jetzt, was sie äußerlich von ihm mitbekommen hatte. Die Nase, den Teint und das schwarze Haar, aber damit endete die Ähnlichkeit bereits.

Sie war kein Abbild eines Phantoms. Sie war sie selbst. Und dieses Selbst besaß auch Züge der Mutter.

Das, was Bea ihre Mandelaugen nannte, kam nicht von ihrem Vater. So viel war sicher. Doch wer auch immer sie ihr vererbt hatte, der Blick, der in ihnen lag, halb distanziert, halb liebevoll, war der Blick ihrer Mutter. Die Distanz hatte Merle immer gespürt. Das Liebevolle nahm sie jetzt erst wahr, im Nachhinein, mit jahrelanger Verspätung. Es tat ihr in der Seele weh, dass die Liebe, die in ihr aufstieg, einer Toten galt.

Etwas in ihrem Inneren rückte sich zurecht, sei es durch den Schmerz, sei es durch die Liebe. Sie dachte an die junge Frau, die hin und her gerissen war zwischen ihrem Verlobten und dem Mann aus der Fremde, die nicht entscheiden konnte, genauso wie Merle zwischen Kurt und Mario nicht entscheiden konnte.

Eine junge, liebende Frau, die ihr Leben lang geglaubt hatte, mit der Hingabe an den Fremden die falsche Entscheidung getroffen zu haben, und darüber ein Stück weit verbittert war.

Und als hätte ihre Mutter ihr genau das in die Wiege gelegt, stand nun auch Merle vor der Entscheidung zwischen zwei Männern. Während sie vor den vorbeihuschenden Wänden ihr geisterhaftes Spiegelbild betrachtete, aus dem ihr der Blick ihrer Mutter entgegensah, begriff sie, dass die Zeit gekommen war. Sie würde nicht zu Bea zurückkehren, zu diesem Aufenthalt im Niemandsland des Gästezimmers.

Der Zug rauschte mit einem Poltern aus dem schwarzen Tunnel heraus. Rechts breitete sich die Landschaft des Markgräflerlands aus, Merles Blick fiel dankbar auf das satte Grün der Rheinebene. Links ragte ein abweisender, bewaldeter Hang auf, vom Zugfenster abgeschnitten. Sie war dem Schwarzwald so nah, dass sie ihn nicht sehen konnte.

Die Zukunft liegt nicht links und nicht rechts, dachte Merle. Die Zukunft liegt vorn.

Der nächste Halt war Basel Badischer Bahnhof.

Von dort würde sie den Zug nach Heimlingen nehmen.

Und zu Hause würde sich ihr Schicksal entscheiden.

Kapitel 47

„Bei Bea ist Mama nicht“, sagte Sara. „Und da war sie auch heute Nacht nicht. Ich habe dort angerufen.“ Sie saßen im Wohnzimmer am Esstisch, und Sara stocherte lustlos in ihrem indischen Kichererbsen-Curry herum. Kurt und Sara hatten mal wieder zusammen gekocht, wie oft seit Merles Weggang, aber keiner von ihnen hatte Hunger. „Und ihr Handy hat sie ausgeschaltet. Das ist doch zum Kotzen mit ihrer Midlife-Crisis. Muss jetzt ich mir um sie Sorgen machen statt sie sich um mich? Normalerweise laufen doch die Kinder weg und nicht die Eltern.“

Kurt stand auf, ging ans Wohnzimmerfenster und schaute auf Merles roten Polo, der seit gestern Abend in der Zufahrt parkte. Heute Morgen war Kurt mit dem Fahrrad zum Rathaus gefahren, weil er mit dem Auto nicht aus der Garage kam.

„Vielleicht sollte ich die Polizei anrufen“, murmelte er. „Wenn Merle bis zum Dunkelwerden nicht auftaucht, mache ich das.“

„Meinst du, Mama ist etwas passiert?“

Kurt drehte sich um. „Einen Autounfall kann sie immerhin nicht gehabt haben.“ Er setzte sich wieder, schaufelte ein wenig Curry mit Reis auf die Gabel, hob sie hoch. Dann verharrte er mit der Hand in der Luft und legte sie auf den Teller zurück, ohne sie zum Mund geführt zu haben. „Tut mir leid", sagte er. „Das ist mir wirklich auf den Magen geschlagen."

„Habt ihr euch gestritten?", fragte Sara.

Kurt hatte keine Lust, von seinem Streit mit Merle zu erzählen. „Ich habe mit Frau Mbembe geredet, der Leiterin des Fachbereichs für Eigenbetriebe."

„Wieso erzählst du mir das?", fragte Sara. „Ich habe gefragt, ob ihr euch gestritten habt, Mama und du."

Kurt seufzte. „Dort habe ich Merle getroffen. Ausgerechnet. Sie kam gerade von Frau Mbembe. Deine Mutter will die Ratsstube pachten."

„Mama will ein Restaurant führen? Cool."

„Ich habe ihr gesagt, dass ich mein Veto einlege. Deswegen war sie wütend."

„Da hat sie recht." Sara sah ihn böse an. „Mama hat das Hotel Sonne zum Schluss fast allein gemanagt. Und sie kann super kochen. Wieso sollte sie kein Restaurant führen können?"

„Darum geht es nicht", sagte Kurt. Er würde sich auf den einen offiziellen Grund zurückziehen und eisern verteidigen. „Die Ratsstube gehört der Stadt. Wenn ich sie an meine Frau verpachte, werden mich alle der Vetternwirtschaft beschuldigen."

„Und du findest nicht, dass du päpstlicher bist als der Papst?"

Kurt senkte den Kopf. Er hatte Merles Talente nicht ernst genommen. Ihm hatte es gereicht, wenn sie ihm damit ein gemütliches Zuhause schuf. Und selbst das hatte er nicht wirklich genossen. Dass sie jetzt weg war, hatte er sich selbst zuzuschreiben.

Aber – er war bereit, sich zu ändern und würde alles dafür tun, um sie nicht an diesen Mario zu verlieren. Er würde alles dafür tun, dass sie zu ihm zurückkehrte. Aber die Ratsstube konnte die Stadt ihr trotzdem nicht verpachten. Mit etwas Pech würde er damit ein ganzes Fass voller Probleme öffnen. Ein Bürgermeister konnte sich in der Stadt nicht mehr herausnehmen als andere Bürger, sondern weniger. Das hatte ihm Schätzles Beispiel deutlich gezeigt.

Es musste eine andere Lösung geben. Das Wichtigste war, dass Merle wiederkam und sie endlich richtig miteinander redeten.

Er hob den Kopf. „Ich habe übrigens eine gute Nachricht", sagte er, um das Thema zu wechseln. Er hatte keine Lust, auch noch mit Sara zu streiten. „Die Demonstration der Seniorinnen und Senioren hat ein paar Leute im Stadtrat sehr beeindruckt. Vor allem die von der CDU. Die haben bei den Alten sonst immer einen guten Stand und wollen ihn nicht verlieren."

Sara hob mit wachsamem Blick den Kopf. „Wird die Planung des Neubaugebiets abgebrochen?"

„Ich als Bürgermeister wäre dafür, das zu prüfen", sagte Kurt und fuhr fort: „Statt das Neubaugebiet zu erschließen, würde ich lieber den Kauf und die Sanierung alter Häuser fördern. Aber das entscheide letztlich nicht ich, sondern der Stadtrat."

„Und in dem hat die CDU die Mehrheit", sagte Sara. „Die werden sich bald vor demonstrierenden alten Damen nicht mehr retten können, das kann ich dir versprechen."

Kurt konnte sich lebhaft vorstellen, wie der Bullterrier Sara mit der wehrhaften Frau Sutter die Köpfe zusammenstecken und neue Pläne schmieden würde.

„Solange Hubert Schätzles Getreue ihm weiter die Stange halten, wird sich nichts ändern." Kurt spießte eine Kichererbse auf die Gabel und schob sie in den Mund. „Er hält sie eisern auf Kurs. Das Neubaugebiet ist für ihn so etwas wie sein persönliches Denkmal. Das will er nicht aufgeben."

„Dann muss man seinen Leuten eben klarmachen, dass der Ex-Bürgermeister vor allem an sich selbst denkt", sagte Sara. Bei ihr klang alles so einfach. Sie packte die Politik so an wie das Kochen. Nichts wissen, nichts können, ein Rezept suchen und einfach loslegen. Beim Kochen war sie damit erstaunlich weit gekommen.

Und diesmal lag sie vielleicht auch in der Politik richtig. Denn Kurt hatte möglicherweise wirklich das passende Rezept gefunden. „Ich war bei der Schatzmeisterin der CDU", erzählte er. „Bei Frau Mbembe, wie schon gesagt. Ich hatte den Verdacht, dass Schätzle sich aus einer schwarzen Kasse der Partei bedient hat. Und sie selbst hat tatsächlich schon in dieselbe Richtung nachgeforscht. Sie hat sich über meine Information gefreut. Vielleicht kommt sie damit weiter."

„Hoffen wir's", sagte Sara. „Iss. Es macht keinen Spaß zu kochen, wenn keiner zulangt."

Kurt lachte. „Ganz die Mutter", sagte er.

In diesem Moment hörte er, wie die Haustür aufgeschlossen wurde, und sprang auf. Merle trat ins Wohnzimmer, und er war mit ein paar Schritten bei ihr und schloss sie in die Arme. „Du bist zurück?", fragte er.

Kapitel 48

Die Antennen ihrer inneren Wahrnehmung steil aufgerichtet, betrat Merle das Haus. Die Diele empfing sie mit einem gastlichen Geruch von warmem Essen und exotischen Gewürzen. Jemand hatte gekocht. Die Zeiten waren vorbei, da sie die Einzige im Haus war, die wusste, wie ein Topf von innen aussah.

Ein wichtiges Gespräch stand ihr bevor, und sie wollte, dass es gut ausging. „Ich war kein Ausrutscher. Keine Panne meiner Mutter", machte sie sich leise Mut. „Ich entstamme einer Tragödie voll Liebe und Schmerz, die in meiner Geburt ihren Sinn gefunden hat. Wenn ich mich nicht klein mache, macht Kurt es auch nicht."

Sie öffnete die Tür zum Wohnzimmer und verharrte kurz. Sie sah, wie Kurt von seinem Stuhl aufsprang und auf sie zukam.

Einen Moment lang stürmten alle Gefühle gleichzeitig auf sie ein. So vieles war geschehen. Die Zeit ihres Schwankens, das Gästezimmer bei Bea, die Sizilienreise, ihre Verlorenheit zwischen Vergangenheit und Zukunft, die Begegnung mit ihrem Vater, all das kulminierte in diesem Moment.

Dann schloss Kurt sie in die Arme und presste sie an sich wie ein Bär. Sie machte sich von ihm frei und trat einen Schritt zurück.

„Eine Ehe ist keine Einbahnstraße“, sagte sie. Sie hatte sich vorgenommen, einige Punkte mit ihm zu klären. Es kam nicht infrage, dass alles so weiterging wie vor ihrem Auszug.

„Wie meinst du das?“, fragte Kurt.

„Ich will sagen, dass ich wie alle Menschen auf dieser Welt ab und zu Anerkennung brauche. Ich will nicht mehr, dass alles, was ich für die Familie tue, für selbstverständlich gehalten wird.“

„Ach Merle“, sagte Kurt. „Ich hab dich so vermisst.“ Kurt berührte sie an der Schulter. „Du bist keine Selbstverständlichkeit für mich. Du bist mein kostbarster Schatz.“

„Es tut mir leid, dass ich so gemein zu dir war“, setzte Sara hinzu. „Ich habe jetzt selbst oft mit Papa gekocht, und ich weiß, wie viel Arbeit es macht, etwas Leckeres anzurichten.“

„Außerdem habe ich dir immer den Rücken freigehalten“, setzte Merle hinzu. „Oder etwa nicht?“

„So würde ich das nicht nennen“, widersprach Kurt. „Den Rücken freihalten ist etwas anderes. Du hast mich hier allein gelassen.“

„Aber vorher habe ich dich immer unterstützt. Und nun möchte ich auch in meinen Plänen unterstützt werden. Ist das etwa zu viel verlangt?“

„Ich will ganz ehrlich mit dir sein“, erklärte Kurt. „Ich kann dich nicht dabei unterstützen, dass du dich mit Mario zusammentust. Ich will dich nicht teilen. Wo warst du die ganze Zeit seit gestern? Etwa wieder bei deinem ‚Chef‘? Habt ihr wieder die ganze Nacht sizilianische Kekse gebacken?“ Bei den letzten Worten troff Kurts Stimme vor Sarkasmus.

Merle dachte an die Küsse, die sie in Sizilien und danach mit Mario getauscht hatte. An die bebende Unruhe der Verliebtheit, die sie seinetwegen erfüllt hatte. Wie viel hatte Kurt davon mitbekommen? Hatte er all das gespürt? Hatte er geahnt, wie es in seiner Frau aussah?

„Mario hat mir geholfen, mich so zu akzeptieren, wie ich bin", versuchte sie Kurt zu erklären. „Er hat Sizilien im Blut, genau wie ich. Deshalb habe ich von Anfang an eine Verbindung zwischen uns gespürt."

Kurt schnaubte. „Nein, mit Sizilien im Blut kann ich nicht aufwarten. Aber willst du deswegen unsere jahrelange Ehe auf den Müll kippen?"

„Mein leiblicher Vater hat mir immer gefehlt, ohne dass ich es wusste. Und die Begegnung mit Mario hat mir klar gemacht, dass ich dieses Problem lösen musste."

„Du willst dich also trennen?", fragte Kurt. „Du denkst, mit Sizilien im Blut ist das Leben immer Sonnenschein?"

„Nein." Merle schüttelte den Kopf. „Beide Male nein. Ich habe meinen leiblichen Vater gefunden. Das wollte ich dir erzählen."

„Was?", fragte Sara erstaunt. Sie hatte den Streit ihrer Eltern bisher mit unglücklicher Miene verfolgt. „Du warst bei meinem unbekannten Großvater?"

„Er lebt in Karlsruhe", erzählte Merle. „Ich bin gestern zu ihm gefahren. Deshalb war ich so lange weg. Er lebt dort allein in einer kleinen Wohnung, ein alter Mann. Ich habe ihn sofort erkannt, denn er hat meinen Zinken." Sie fasste sich an die Nase. „Und er hat mich auch auf Anhieb erkannt, obwohl er gar nichts von mir wusste. Weil ich meiner Mutter ähnlich sehe. Er sagte, blondes Haar oder schwarzes, das sind nur Äußerlichkeiten.“

„Wie schön für dich.“ Kurts Freude klang aufrichtig.

„Er hat mir erzählt, wieso er meine Mutter allein gelassen hat“, berichtete Merle weiter und setzte sich am Tisch auf ihren Stammplatz. „Es war nicht seine Schuld. Er wusste nichts von mir.“

„Und das glaubst du ihm?“, fragte Kurt.

Sie erzählte Kurt und Sara, was sie von ihrem Vater erfahren hatte. Von seiner sterbenden Mutter. Von Merles Oma, die gelogen hatte. „Dadurch ist alles anders“, schloss sie. „Ich war in Mario verliebt, das gebe ich zu, aber seit mein leiblicher Vater ein Gesicht hat, ist ein Phantomschmerz verschwunden. Seitdem kann ich meine Liebe zu dir wieder spüren, Kurt. Wir waren uns einmal so nahe. Erinnerst du dich? Vielleicht können wir noch einmal neu anfangen.“

„Das würde ich so gern tun!“, rief Kurt erleichtert aus. „Glaub mir, ich habe mich geändert. Ich weiß jetzt, wie wichtig du für mich bist. Ein Leben ohne dich ist für mich eine einzige Qual.“

„Aber ich will deine Unterstützung“, griff Merle den Faden von vorhin wieder auf. „Was ist das für eine Ehe, wenn einer nicht dem anderen beispringt?“

„Keine gute“, antwortete Kurt. „Aber du hast mich ja auch nicht unterstützt. Seit ich Bürgermeister bin, stichelst du. Du traust mir das Amt nicht zu. Du denkst, ein Handwerker kann mit seinen schwieligen Händen keine Verwaltung leiten.“

Merle schaute verlegen, sie fühlte sich ertappt. „Ja“, sagte sie. „Das denke ich. Aber es stimmt doch auch, oder? Sonst hättest du nicht all die Monate solche Schwierigkeiten gehabt."

„Oh nein", widersprach Kurt. „Wenn Schätzle mir keine Steine in den Weg legt, kann ich es sogar sehr gut. Ich kann die Stadt vorwärtsbringen."

„Kannst du Schätzle denn loswerden?", fragte Merle.

„Vielleicht ja schon? Die Fotos, die du mir von Frau Schätzle überbracht hast, sind der Schlüssel."

„Ich habe dir immer geholfen", sagte Merle. „So gut ich konnte. Auch wenn ich vielleicht manchmal gestichelt habe. Aber hast du mir jemals geholfen? Hast du meine Wünsche jemals ernst genommen?"

„Jetzt nehme ich sie ernst", antwortete Kurt. „Wirklich."

„Ich will ein Restaurant führen", machte Merle mit ihrem Thema weiter. „Und dafür brauche ich deine Unterstützung."

„Nicht, wenn du es zusammen mit Mario führen willst", erklärte Kurt kategorisch.

„Die *Pizzeria am Fluss* steht zum Verkauf", sagte Merle. „Ich möchte, dass wir sie kaufen."

„Moment mal", sagte Kurt. Er wirkte bestürzt. „Das kostet doch eine Menge Geld."

„Vielleicht ja nicht", erwiderte Merle. „Es ist ein kleines Restaurant."

„Und du willst sie dann gemeinsam mit Mario führen?" Kurt sah sie abwehrend an.

„Nein", antwortete Merle. „Allein." Kurt machte ein erleichtertes Gesicht.

„Ich möchte die Art Restaurant daraus machen, die mir vorschwebt", fuhr Merle fort. „Ideen habe ich genug. Aber wenn du mir nicht zutraust, dass ich etwas auf die Beine stelle, kann ich sie nicht umsetzen."

Kurt schluckte. „Ich traue es dir zu", sagte er schließlich. „Und das Geld bekommen wir zusammen. Das schaffen wir." Er musterte sie erst zurückhaltend, dann immer zärtlicher. „Du bist eine großartige Köchin", sagte er. „Wenn die Leute nicht bei dir essen wollen, ist ihnen nicht zu helfen."

„Juhu!", rief Sara. „Mama führt bald ihr eigenes Restaurant."

Erst als Merle erneut in Kurts Armen lag, merkte sie, wie sehr sie ihren Mann vermisst hatte. Sie tauchte in seinen Geruch ein, in diesen seit Jahrzehnten vertrauten Duft, der nur ihm eigen war. Kurts eigener Geruch nach Sandelholz und Kiefer. Der Duft umwebte ihre Gefühle wie ein Kokon, in dem sich aus einer Larve etwas Neues entwickelt, ein Schmetterling mit zarten Flügeln und schillernden Farben.

Es war das erste Mal, dass ihre neue Liebe zu Kurt die Flügel spreizte. Dieses neue Gefühl war das Kind der Liebe, die sie als junge Frau empfunden hatte, hatte Phasen durchlaufen, in denen es, eingesponnen als Larve, auf seine Metamorphose gewartet hatte, doch nun hatte es sich von Neuem entfaltet.

Ihre Ehe würde sich ändern. Sie würden ein Paar sein, in dem der eine dem anderen etwas zutraute. Wenn eine Hotelfachfrau ein Restaurant führen konnte, warum sollte dann ein Installateur nicht eine städtische Verwaltung leiten können? Und umgekehrt? Jeder hatte das Recht, mit seinen Aufgaben zu wachsen.

Als Merle am tiefsten an ihrer Liebe gezweifelt hatte, war sie neu geschlüpft.

Es war, als wäre ihre Begegnung mit Mario der entscheidende Funke gewesen, der das erkaltete Feuer wieder entflammte, und es brannte nicht für Mario, sondern im heimischen Herd.

„Ja", sagte Merle. Sie hob den Kopf zu Kurt hinauf, ihre Wangen berührten sich, seine Nase streifte die ihre, ihre Lippen fanden seinen Mund. Er war zart und voll wie die Süße einer Kirsche, und kurze Zeit fühlte sie sich ihrem Mann so nah, dass sie nicht wusste, kostete sie ihn oder er sie? Mit welchem Mund schmeckte und fühlte sie, mit seinem oder mit ihrem? Wessen Haut liebkoste oder fühlte sich liebkost?

Als sie sich aus ihrer Verschmelzung lösten, dauerte es einen Moment, bis sie den Teil ihres Gehirns wiederfand, der der Worte mächtig war. „Ja", sagte sie. „Ich bin zurück. Ich bin wirklich und wahrhaftig zurück."

Kapitel 49

Am Montag ging Merle zur Arbeit wie immer. Sie war gerade dabei, Pilze zu schneiden, als Mario in die Küche trat. Er sah sie fragend an. Sie sagte: „Wir reden nach der Arbeit."

Er nickte ihr zu und machte sich wortlos daran, Pizzateig zu Kugeln zu rollen. Als ahnte er, dass sie eine Entscheidung getroffen hatte.

Es gelang ihr nur mit Mühe, sich zu konzentrieren. Sie verwechselte eine Pizza Marinara mit einer Pizza Margherita und musste sie neu backen. Dann riss sie sich zusammen und schaffte es, den Ansturm der Gäste ohne weitere Pannen zu bewältigen.

Am Nachmittag waren sie beim Abwasch und Saubermachen, als Merle endlich auf die Ratsstube zu sprechen kam. „Es wird nichts daraus", sagte sie. „Mein Mann legt sich quer."

Mario nickte. „Als du am Samstag nicht zur Arbeit gekommen bist, habe ich mir so etwas gedacht."

Merle räumte Geschirr in die Spülmaschine und erzählte ihm vom Besuch bei ihrem Vater. „Vorher war er ein Niemand für mich und gleichzeitig eine Gestalt, die mein ganzes Leben geprägt hat. Ich dachte, dass ich sein Abklatsch bin, sein genaues Ebenbild. Ich habe meine Herkunft gehasst. Du aber warst das Versprechen für mich, Frieden damit zu schließen. Durch dich habe ich Gefallen an meiner eigenen sizilianischen Abstammung gefunden.“

„Das finde ich schön“, sagte Mario. „Es freut mich sehr.“ Er gab Pulver in die Spülmaschine und schaltete sie ein.

„Jetzt ist alles anders“, fuhr Merle fort. „Mein leiblicher Vater ist kein Phantom mehr, sondern ein alter Mann aus Fleisch und Blut, der nach Rasierwasser riecht, Sardinen aus der Dose zubereitet und sich freut, dass es mich gibt. Die Leerstelle, die er war, hat mich mein ganzes Leben lang verstört. Jetzt ist sie gefüllt. Und das habe ich dir zu verdanken.“

Mario lächelte. „Ich wusste, wie wichtig es für dich wäre, deinen Vater kennenzulernen.“

„Und auch meine Mutter, denn sie habe ich endlich neu verstanden. Ich dachte, ich sei eine Panne, ein ihr verhasster Ausrutscher, doch jetzt sehe ich es anders. Ich habe meine Mutter an etwas erinnert, was sie bereute, aber sie hat mich geliebt.“

„Hat diese Erkenntnis auch etwas zwischen uns geändert?“, fragte Mario vorsichtig. „Bist du bereit, einen neuen Schritt zwischen uns zu wagen?“

Merle sah ihn mitfühlend an. „Seit ich mich innerlich mit meinen Eltern versöhnt habe, ist etwas wie ein Reif um meine Brust geplatzt. All die Wut, die ich auf sie verspürt habe, musste ich zurückdrängen, und so konnte ich auch meine anderen Gefühle nicht richtig wahrnehmen. Jetzt aber spüre ich eine Flut von Empfindungen.“

Mario schaute hoffnungsvoll. „Und gelten deine Empfindungen mir?“

Merle schluckte. Nun musste die bittere Wahrheit heraus. „Ich war sehr verliebt in dich, Mario. Du bist ein großartiger Mensch. Wäre ich ungebunden, wärest du der Richtige. Aber seit der Begegnung mit meinem Vater nehme ich deutlich wahr, wie sehr ich an Kurt und meiner Ehe hänge. Er ist der Mann, mit dem ich mein Leben aufgebaut habe. Mein Vater hat etwas ganz Wichtiges gesagt: ‚Neue Liebe scheint starke Liebe. Aber nur, weil neu ist. Für mich keine Liebe so stark wie älteste Liebe.‘

Marios schaute unglücklich. „Du hast also eine Entscheidung getroffen?“

Merle erwiderte seinen Blick und nickte. „Mein Vater hat ein Leben ohne Familie geführt. Ich weiß nicht, ob es daran lag, dass er meiner Mutter nachgetrauert hat. Warum sonst hat er sich nie ernsthaft gebunden? Es war jedenfalls so. Ich aber habe ein Leben mit Familie. Ich habe einen Mann und eine Tochter. Das habe ich meinem Vater voraus. Und so soll es bleiben.“

Mario senkte den Kopf. Sie konnte nicht in seinen Zügen lesen. Als er ihn wieder hob, blieb seine Miene ausdruckslos. „Deine Tochter bleibt deine Tochter, mit welchem Mann auch immer du zusammen bist. Du verlierst sie nicht.“

„Vielleicht“, antwortete Merle. „Aber es ist, als hätte die Begegnung mit meinem Vater Schlamm von meiner Seele gespült. Seitdem ist meine Liebe zu Kurt wieder lebendig.“

„Tja, dann gibt es nicht mehr viel zu sagen.“ Mario nahm einen Wischlappen und rubbelte damit so heftig auf der Arbeitsplatte herum, als wollte er ein Loch hineinputzen.

„Wir können Freunde bleiben“, sagte Merle, obwohl er ihr den Rücken zukehrte.

Mario drehte sich um. Er schüttelte alles, was im Lappen gefangen war, auf dem Boden aus und legte ihn hinter sich auf die Arbeitsplatte. „Du hast mir das Herz gebrochen“, sagte er mit einem bitteren Lächeln. „Für mich ist die Zeit hier zu Ende.“ Er schüttelte den Kopf. „Ich gehe weg von hier. Ich werde mit Tommaso zusammenarbeiten, wie er es schon die ganze Zeit wünscht. Die Produkte der fattoria vermarkten.“

„Du bäckst keine Pizzen mehr?“, fragte Merle überrascht.

„Es hat sich ausgebacken.“ Mario lächelte schief. „Auf Sizilien suche ich mir eine junge Frau und zeuge mit ihr zehn Kinder. Ich wollte immer Kinder haben, aber meine Ex wollte keine.“

„Eine neue Phase beginnt“, sagte Merle.

„Du hast gut reden“, fuhr Mario sie an, plötzlich wütend. „Du bleibst bequem im Nest sitzen. Und ich rattere wie ein Hamster im Hamsterrad in die nächste neue Phase.“

Merle trat erschrocken einen Schritt zurück. Mario bekam seinen Zorn so rasch in den Griff, wie er gekommen war. „Ich werde dich nie vergessen.“ Er ergriff Merles Hände und hielt sie fest.

Merle betrachtete sein schmales, bronzefarbenes Gesicht. In seinem schwarzen Haar bemerkte sie einen ersten silbrigen Faden. Seine Mundwinkel waren nach unten verzogen. Sie spürte ein Ziehen tief im Inneren, als scheuerte etwas am Gewebe ihrer Seele. Ihre Entscheidung war gefallen, es gab kein Zurück. Doch ein gemeinsames Leben mit Mario hatte ihr eine Zeit lang als Möglichkeit scharf umrissen vor Augen gestanden. Sie waren sich sehr nahegekommen. Diese Nähe aufzugeben, bedeutete für sie beide einen furchtbaren Schmerz.

Er ließ ihre Hände los. „Geh jetzt", sagte er. „Ich will nicht, dass du mich weinen siehst."

Kapitel 50

Schon eine Woche nach Merles Besuch bei ihrem Vater lud sie ihn zum ersten Mal ein. Er sollte seine neue Familie, und die Familie sollte ihn kennenlernen. Sie alle waren um den Esstisch im Wohnzimmer versammelt und aßen Boeuf Bourguignon. „Angelo, ich bin so froh, dass du bei uns bist", sagte Merle. „Dadurch, dass ich dich gefunden habe, hat sich etwas in meinem Inneren zurechtgerückt."

„Wie schöne, meine Tochter." Angelo lächelte ihr zu. „Für mich ist auch gut hier sein."

„Als Oma und Opa so plötzlich gestorben sind, ist Mama tagelang mit einem versteinerten Gesicht herumgelaufen", erzählte Sara. „Es war mir total unheimlich. Oma und Opa tot und Mama so komisch – das war der Schock meiner Kindheit. Und jetzt geschieht wieder etwas so ganz urplötzlich, aber diesmal genau andersherum. Mit einem Mal habe ich wieder einen Großvater. Das ist toll."

Angelo sah sie glücklich an. Sara grinste schalkhaft. „Und jetzt weiß ich auch, wo Mama ihren Zinken herhat."

Angelo schaute verständnislos.

Merle lächelte über das Talent ihrer Tochter, in Fettnäpfchen zu treten. „Der Zinken, so nenne ich meine

Nase", erklärte sie ihrem Vater. „Sie sieht aus wie deine. Früher habe ich sie gehasst. Aber jetzt finde ich sie stimmig. Sie passt zu deinem Gesicht, und sie passt auch zu meinem."

Merle wischte sich den Mund ab und hob ihr Weinglas. Kurt, Angelo, Sara, Bea und Victor folgten ihrem Beispiel und stießen mit ihr an. „Auf Angelo", sagte Merle. „Wir feiern unser glückliches Wiederfinden." Sie alle tranken einen Schluck.

Im selben Burgunder hatte auch das Fleisch geschmort, und sein Duft stieg Merle in die Nase. Die Garnitur aus Speck, Schalotten und Champignons kitzelte ihren Geruchssinn. Es war ein leckeres Essen und ein liebevolles, gemütliches Zusammensein.

Victor wandte sich an Merle. Diese kannte ihn schon aus einem früheren Besuch in seiner Weinhandlung, und sie mochte den netten Mann sehr. „Bea hat erzählt, dass deine Werbeaktion für den Badischen Abend ein Erfolg war?", erkundigte er sich interessiert.

„Die Liste ist voll geworden, aber ich werde den Abend absagen müssen", antwortete Merle. „Die Pizzeria wird verkauft."

„Sie wird verkauft? Das ist ja eine aufregende Neuigkeit." Victor schaute hellwach. „Wenn das Gebäude nicht zu teuer ist, könnte ich mir vorstellen, es für meine Weinhandlung zu erwerben."

„Ach." Merle sah ihn unglücklich an. „Ich hatte auch vor, ein Kaufangebot zu machen."

Bea fuhr auf. „Ihr könnt doch nicht gegeneinander bieten! In derselben Familie!"

Angelo räusperte sich. „Warum nicht gemeinsam kaufen?", fragte er. „Wein verkaufen und Restaurant aufmachen in gleiche Gebäude."

Merle und Victor wechselten einen Blick. Beide nickten. „Unsere Geschäftsideen würden sich toll ergänzen", sagte Merle begeistert. „Ich könnte die Küche und den Gastraum für meine Ein-Menü-Abende nutzen."

„Und mir stünde der Keller als Weinlager zur Verfügung und das Erdgeschoss tagsüber als Verkaufsfläche."

„Vielleicht könnten wir auch Kochkurse mit anschließender Weinprobe anbieten", fügte Merle fröhlich hinzu.

„Dann ist das ein Plan." Victor lächelte erfreut.

Kurze Zeit aßen alle schweigend.

Bea spießte ein Stück Boeuf Bourguignon auf die Gabel und zerschnitt es in zwei Teile. Dann schnitt sie es gleich noch einmal klein, während sie nachdenklich vor sich hinstarrte. Schließlich legte sie Messer und Gabel neben ihrem Teller ab. „Das ist immerhin etwas, was sich ändern wird", sagte sie. „Aber sonst?" Sie sah Kurt herausfordernd an. „Seid ihr nicht bald wieder im alten Trott, Merle und du? Nicht lange, und du wirst alles, was sie für dich tut, wieder genauso geringschätzig abtun wie früher."

Kurz zuckte Merle zusammen, doch dann fand sie, dass Bea gut daran tat, das Thema anzusprechen. Kurt wirkte jedenfalls nicht gekränkt.

„Ich habe mich geändert", ergriff er das Wort. „Das könnt ihr mir glauben." Er sah Bea an. Dann spiegelte sich sein Blick in dem seiner Frau. „Das kannst du mir glauben." Er lächelte Merle zärtlich an. „Ich weiß jetzt, was Merle mir bedeutet und wie schrecklich ich alles, was sie für mich tut, vermisst habe. Das werde ich niemals vergessen.“

„Und nicht nur Kurt hat sich geändert“, fügte Merle hinzu. „Ich mich auch. Seit ich Angelo kenne, kann ich mich so annehmen, wie ich bin. Dadurch nehme ich meine Gefühle besser wahr und spüre wieder, wie sehr ich Kurt liebe.“

Merle und Kurt wechselten einen innigen Blick.

„Es ist mein gutes Recht, Anerkennung zu verlangen“, fuhr Merle energisch fort, „aber ich brauche sie nicht mehr so dringend wie früher, denn ich erkenne selbst besser, was ich leiste. Außerdem weiß ich inzwischen, was ich will. Ich will nicht nur für die Familie kochen. Sondern für zahlende Gäste. Ich will Menschen um einen Tisch zusammenbringen. Und genau das werde ich künftig tun.“

Kapitel 51

Einige Wochen später waren die Verhandlungen mit dem Karpfen abgeschlossen und Merle und Victor die neuen Besitzer der *Pizzeria am Fluss*. Wegen einiger Renovierungsarbeiten konnten sie die Räume jedoch noch nicht nutzen.

Deshalb hatte Merle den Badischen Abend absagen wollen, aber Kurt hatte darauf gedrängt, dass er stattfand. „Lad die Leute doch zu uns nach Hause ein", sagte er. „Es sind Stadträte, Freunde und Freunde von Freunden. Wir machen eine private Einladung daraus."

Kurts Intimfeind, Ex-Bürgermeister Hubert Schätzle, der sich bei der Werbeaktion als Erster in die Liste eingetragen hatte, würde nicht kommen. Er war inzwischen abgetaucht. Frau Mbembe hatte das Hotel *Edelweiß* in den Alpen ausfindig gemacht, in dem Schätzle mit seiner Geliebten abgestiegen war, und so die Spur des Geldes bis zu einer schwarzen Kasse zurückverfolgen können.

Die fünf geladenen Ehepaare saßen um den großen Esstisch im Wohnzimmer, hatten das Forellenfilet bereits verspeist und kosteten jetzt den Rahmkäse, den Merle aus der Genossenschaftskäserei in einem nahe gelegenen Schwarzwaldort besorgt hatte.

Der Senfbraten schmorte im Ofen. Er war mit einer öligen Mischung aus Kräutern, grünem Pfeffer und Senf bestrichen, aufgerollt und zusammengeschnürt, und Merle roch im Brataroma den Duft von Salbei und Majoran.

Kurt und sie selbst saßen mit ihren zehn Gästen an der Tafel und unterhielten sich. Zwischendrin stand Merle auf und schaute nach dem Braten. Ursprünglich hatte sie Sara engagieren wollen, um das Essen aufzutragen, doch ihre Tochter war nach Freiburg gefahren, um ein WG-Zimmer zu besichtigen, und übernachtete dort bei einer Freundin.

„Ich weiß nicht, was der schlimmere Schock war", erzählte Helmut Langer, einer der geladenen Ratsherren, gerade. „Die alten Damen mit ihren Rollatoren oder unser ehemaliger Parteivorsitzender mit seiner schwarzen Kasse." Langer, CDU-Mitglied, hatte bisher zu den treuesten Anhängern Schätzles gehört. Kein Wunder, dass er verstört war.

„Eure politischen Gegner hatten jedenfalls einen Freudentag", kicherte seine Frau, die im Gegensatz zu ihm bei den Grünen war. Ihr Mann verzog das Gesicht, als hätte er in eine Zitrone gebissen. Seine Frau versetzte ihm einen spielerischen Knuff. „Die CDU und ihre schwarzen Kassen. A never ending story."

„Weiß der Henker, wer das Geld gespendet hat", griff Langer den Faden auf. „Aber der- oder diejenige wollte bestimmt nicht, dass Hubert es mit seiner Geliebten auf den Kopf haut."

Während das Gespräch weiterging, stand Merle auf, holte den Braten aus dem Ofen, zerschnitt den Faden, mit dem er gebunden war, und zerteilte das Fleisch in saftige Scheiben. Das Grün der eingerollten Petersilie, des Schnittlauchs und der anderen Kräuter hob sich appetitlich von dem knusprigen Bratenstück ab. Merle gab zwei Scheiben Braten, Schupfnudeln und Soße auf die Teller und dekorierte alles mit einem kleinen Strauß Petersilie. Die jungen zarten Möhren, die sie als Beilage servieren wollte, hatte sie schon zuvor gegart. Sie schwenkte sie kurz in Butter, gab ihnen mit einem Hauch abgeriebener Orangenschale eine fruchtige Note und drapierte sie ebenfalls auf dem Teller. Das sonnige Orange sorgte für einen weiteren kräftigen Farbakzent.

Hoffentlich wussten die Gäste ihre Mühe zu schätzen, dachte Merle, denn als sie das Essen auftrug, waren die Besucher noch immer bei der Stadtpolitik. „Mir ist am wichtigsten, dass die CDU ihren Widerstand gegen die Idee Umbau statt Neubau aufgegeben hat", sagte Kurt gerade.

„Ganz der Vater seiner Tochter", bemerkte Merle, die einen Teller vor ihn hinstellte.

„Tja", stimmte Langer Kurt zögernd zu. „Man muss wohl mit der Zeit gehen. Die Umweltschützer prangern schon lange die Versiegelung der Böden an. Jetzt ziehen wir als Stadt nach. Die CDU als moderne Partei kann sich dem nicht verschließen."

Kurt lachte. „Umso mehr, als diesmal die Alten mit den Jungen demonstrieren."

Langer zuckte mit den Schultern. „Niemand verärgert gerne seine Wähler."

Die Runde begann zu essen.

„Das ist total lecker, Merle", sagte Kurt. Er steckte ein Stück Braten in den Mund und kaute genüsslich. „Einfach super", nuschelte er mit vollen Backen.

Merle schmunzelte. Die Zeit, da Kurt nicht genießen konnte, war vorbei. Mit Schätzles Abgang war bei ihm ein Knoten geplatzt. Über zu wenig Anerkennung konnte sie sich wirklich nicht mehr beklagen.

„Ja, wirklich köstlich", schloss Frau Langer sich ihm an. „Werden Sie mir das Rezept verraten?"

Merle schilderte, wie sie das Bratenstück aufgeschnitten und mit einer Kräutermasse bestrichen hatte. „Es macht ein bisschen mehr Arbeit als ein üblicher Schweinebraten", sagte sie. „Dafür ist das Aroma einfach toll."

„Wir sollten uns öfter in einer so gemütlichen Runde treffen", bemerkte Helmut Langer. „Es ist schön, mal mit anderen Leuten als immer den üblichen Parteifreunden zusammenzusitzen. Und dieses Essen ist eine wahre Gaumenfreude. Merle, Sie sind eine großartige Köchin."

Diesem Lob schlossen sich alle an und sagten ein paar anerkennende Worte.

„Vor Kurzem haben wir die *Pizzeria am Fluss* gekauft, und künftig wird sie einfach *Speis und Trank* heißen", erzählte Merle und nutzte die Gelegenheit, das Konzept mit den Ein-Menü-Abenden und der Weinhandlung zu erläutern.

Als alles verzehrt war und ein paar Gäste Lust auf Kaffee anmeldeten, stand sie auf und ging in die Küche. Sie hatte beschlossen, im Rückgriff auf die Werbeaktion an diesem Abend als Nachtisch noch einmal eine Schwarzwälder Kirschtorte anzubieten.

Die Torte war fertig, sie musste aber noch letzte Hand
an die Dekoration legen. Damit sie wirklich frisch blie-
ben, wollte sie die zwölf schmückenden Kirschen erst
direkt vor dem Servieren auf die zwölf in der Torte vorgesehenen Stücke setzen.

Sie hatte bereits eine Handvoll Herzkirschen bereit-
gelegt, ergriff jetzt eine nach der anderen und platzierte
sie mit dem Stiel nach oben auf dem dekorativen Sahneklecks, den sie auf jedem Tortenstück eigens für sie
vorgesehen hatte.

Als sie fertig war, merkte sie, dass sie eine Kirsche zu
viel aus der Tüte genommen und gewaschen hatte. Eine
war noch übrig.

In diesem Moment spürte sie, dass Kurt hinter sie
trat. Sie drehte sich um und zeigte ihm die kleine rote
Frucht. Sie seufzte. „So ist das immer", sagte sie. „Das ist
die verflixte dreizehnte Kirsche. Immer gibt es irgendwas, das nicht stimmt. Immer geht irgendetwas nicht
auf. Einer ist zu viel und gehört nicht dazu. Eine ist anders und bleibt außen vor. Wer mit der dreizehnten
Kirsche ankommt, kriegt nicht, was er will, und darf
nicht, was er kann. Die dreizehnte Kirsche ist genauso
gut wie alle anderen, aber weil sie schon Nummer drei-
zehn ist, will niemand sie haben."

Kurt streichelte ihre Wange. „Was für ein Lamento,
Liebling", sagte er. „Was für eine ungerechte Welt."

Er lächelte, griff nach der Dose mit Sprühsahne und
spritzte einen großen, ringförmigen Klecks weißer
Sahne in die Mitte der Torte. „Dabei ist es ganz einfach."
Er gab Merle einen Kuss auf die Nasenspitze.

„Die dreizehnte Kirsche“, sagte er, nahm die Frucht und setzte sie auf den riesigen Sahneklecks, „die dreizehnte Kirsche kommt in die Mitte.“

Dank

Mein Dank gilt meiner Schwester Ulrike Ostrop-Peters, Food-Journalistin und begeisterte Hobbyköchin, die mich mit Rezeptvorschlägen und vielen Ideen unterstützt hat. Ohne sie wäre dieses Buch so nicht geschrieben worden.